AF307830

Nadine Christiane wurde am 18. März 1977 in Flensburg geboren. Seit früher Jugend, damals noch auf der ollen Reiseschreibmaschine ihrer Oma, schreibt sie Geschichten – und wirft sie wieder weg. Beruflich viel ausprobiert, ist sie seit 2015 Logopädin mit dem Schwerpunkt Stimmtherapien und Stimmtransitionen. Doch ihre große Liebe ist das Schreiben. Schreiben ist ihr Yoga. Die Vegetarierin lebt mit ihrer Frau und der inzwischen gut resozialisierten Straßenhündin Tilda in Hannover – und so oft als möglich im Allgäu, wo sie ihren Zweitwohnsitz hat und begeistert Berge besteigt. Sie ist keine Literaturpreis-, aber Brillen- und rechtsseitig Prothesenträgerin. Neuerdings wirft die Geschichtenschreiberin ihre Texte nicht mehr weg ...

Nadine Christiane

A Mords-gschwindigkeit

Ein
Bayern-Krimi

Erstausgabe Dezember 2023

Copyright © 2023 dp Verlag, ein Imprint der
dp DIGITAL PUBLISHERS GmbH
Made in Stuttgart with ♥
Alle Rechte vorbehalten

A Mordsgeschwindigkeit

ISBN 978-3-98778-874-1
E-Book-ISBN 978-3-98778-545-0

Covergestaltung: ARTC.ore Design / Wildly & Slow Photography
Umschlaggestaltung: ARTC.ore Design / Wildly & Slow Photography

Unter Verwendung von Abbildungen von
stock.adobe.com: © Татьяна Прокопчук, © Lucas, © Honey Bear
Depositphotos.com: © krzysztof12
shutterstock.com: © Maglara, © Nik Merkulov, © vhpfoto, © LIAL
Lektorat: Sandra Effert

Satz: dp DIGITAL PUBLISHERS GmbH
Druck und Bindung: Books on Demand GmbH, Norderstedt

Vorwort

Das Bairisch, welches ich in der Geschichte verwendet habe, ist als Dialekt-Andeutung zu verstehen, um die Dialoge möglichst authentisch zu gestalten. Natürlich beherrsche ich als gebürtige Flensburgerin die Redensart von Allgäuern und Allgäuerinnen nur teilweise.

Was macht eigentlich Moni Schwärzel?

Manchmal sitzt sie einfach nur so da und weint. Nicht, weil Bärbel eine besonders traurige Frau ist oder gar depressiv, sondern nur, um Ballast loszuwerden. Denn Tränen machen frei, davon ist sie überzeugt. Sie schwemmen all das Negative aus. Es ist ihr Mantra, ihr Lebensmotto: Weinen hilft! Und Tanzen hilft natürlich auch, daran glaubt Bärbel fest. In diesen Momenten täuscht sie eine Stepptanznummer an und schnipst mit den Fingern. Meistens, wenn sie nur so dasitzt und weint, verlieren ihre Tränen nach zwei bis vier Minuten das Interesse und ziehen sich zurück. Ihr Schluchzen wird zu einem entspannten Seufzen und das benutzte Taschentuch, welches sie aus Gründen der Nachhaltigkeit zuvor mit einer Schere halbiert hat, wandert in den Abfalleimer. Die andere Hälfte spart sie sich für später auf.

Manchmal denkt Bärbel Schramm auch über ihre eigene Beerdigung nach. Nicht, weil sie eine besonders traurige Frau ist oder gar depressiv, sondern einfach nur, weil sie es besser machen möchte als ihre Mutter, die sich ihr Leben lang vor diesem Thema verschlossen hat. Als sie starb, damals vor fünfzehn Jahren, saß Bärbel in der Kirche mit zwei weiteren Gästen. Es gab eine anonyme Einäscherung und eine zufällige Trauer-

rednerin, die ähnlich viel Engagement bewies wie die
Pflichtverteidigerin eines Vergewaltigers. Bärbel entschied sich für eine frühzeitige Planung. Wann immer
ihr ein Einfall zufliegt, zückt sie ihr kleines Oktavheft
und kritzelt mit dem winzigen Rest eines IKEA-Blei-
stifts darin herum.

Lange schon notierte sie den musikalischen Opener
in ihren Ablaufplan: Canon in D-Dur von Pachelbel. Sie
träumt von einer Beerdigung, die groß und glanzvoll ist
wie eine Trauung.

Bärbel Schramm ist eine Frühaufsteherin. Jeden Morgen lässt sie sich von Dr. Alban wecken – nicht persönlich, aber musikalisch. ‚It's my life‘ donnert werktags
um fünf Uhr dreißig durch ihre Datscha. Nicht, weil sie
den Song so großartig findet oder gar Dr. Alban-Fan ist,
sondern einfach nur, weil ihr Ziehsohn Mo diesen Song
so gerne hörte, damals, als er aus der Jugendhaftanstalt
entlassen worden war und sich niemand für ihn inte-
ressierte außer ihr.

Spätestens um sechs Uhr steht Bärbel für gewöhnlich
auf. Allerdings nur an Werktagen und auch nur in der
hellen Jahreszeit, wie sie die Monate Mai bis September
nennt. Eine kalte Dusche und einen heißen Kaffee später stürzt sie sich in gemusterte Leggings und raus auf
ihre Rennstrecke. Einmal Gaisbichl hin und zurück.
Sechs Kilometer Länge garniert mit zweihundertvier-
unddreißig Metern Höhenunterschied.

Zuvor schnallt sie ihre Bauchtasche um, fädelt ihre
Finger in die Fahrradhandschuhe – die guten mit Klett-
verschluss und reichlich Ballenpolster – und bezieht
Stellung auf ihrem E-Scooter. Mit diesem saust sie zum
Wanderparkplatz und setzt ihren schlanken, langen

Körper in Bewegung. Manch einer fragte schon indiskret, distanzlos fast, ob sie eine Essstörung habe.

Ich bin einfach nur vollschlank, erklärt sie ihre Figur, immer freundlich, nie garstig. Und sie hat bis heute nicht verstanden, wann und vor allem warum vollschlank eine Umschreibung für übergewichtig geworden ist.

Sie versteht ebenfalls nicht, das erzählte sie auch ihrem siebenundzwanzigjährigen Ziehsohn Mo, warum einsame Spaziergängerinnen mitleidig angeschaut werden, einsame Spaziergängerinnen, die einen Hund im Schlepptau haben aber nicht. Die Tierheime sind voll mit Hunden, scherzte Mo damals.

Doch Bärbel sieht nicht ein, sich einen Hund ins Haus zu holen, nur um nicht doof angeschaut zu werden. Sie läuft einfach. Einsame Joggerinnen, ob mit oder ohne Hund, werden niemals mitleidig angestarrt. Das Joggen passt ohnehin gut zu Bärbels vollschlanken Körper. Man wird denken, ich bin eine Marathonläuferin, die für die Olympischen Spiele trainiert, glaubt sie.

Goldenes Sportabzeichen, maximal, meint Mo hingegen und blickt ihr immer etwas zu keck auf die partiell gefalzte Mimik. Bärbel liebt seine Scherze.

Bärbel ist eine ambivalente Person. Auf der einen Seite ist sie sehr energetisch, auf der anderen träge. Hin und wieder, wenn sie nach einem anstrengenden Tag nicht nur ihre eigene Energie, sondern auch die ihres E-Scooters verpulvert hat und besonders faul auf ihrem Ausziehsofa versandet, ist sie schlichtweg zu bequem, den ausgehungerten Akku ihres Scooters mit Strom zu füttern. Am nächsten Morgen fühlt sie sich wie eine Rabenmutter. Sie flucht auch ein bisschen, während der

Akku hektisch blinkt und immer noch nach Nahrung kreischt. *Low battery.*

Dann bereut sie, dass sie manchmal so schrecklich bequem ist. Außer Strom kostet es doch nichts, schnell noch einen Akku aufzuladen, sollte man meinen. Ihr bleibt an solchen Tagen nichts anderes übrig, als auf ihr uraltes Bonanzarad zu steigen.

Als Bärbel vor einigen Jahrzehnten noch ein Kind war, besaßen all die anderen Kinder Bonanzaräder, nur sie nicht. Neidisch darauf blickend, mit ihrem artigen 24-Zoll-Mädchenrad, ist sie diese Enttäuschung nie losgeworden. Weshalb sie sich vor vierzehn Jahren zu ihrem fünfundvierzigsten Geburtstag ein gebrauchtes Bonanza schenken ließ – natürlich ohne die Rechnung mit den winzig kleinen Rädern gemacht zu haben. Schnelles Vorankommen Fehlanzeige. Seither reflektiert sie ihre Wünsche und materiellen Begehrlichkeiten und teilt sie in zwei Kategorien ein: Brauche ich oder will ich einfach nur haben. In Bezug auf Männer wendet sie dieses Verfahren ebenfalls an. Es gab viele, die sie einfach nur haben wollte. Daraus resultierten meist sehr spontane und wenig nachhaltige Bekanntschaften. Doch es gab nur einen einzigen, den sie tatsächlich auch brauchte. Sie ist längst nicht mehr mit ihm zusammen, sie redet auch nicht gerne über ihn. Vielleicht, weil sie ungern erwähnt, dass *sie allein* die Beziehung auf dem Gewissen hat. Kein Mensch spricht gern über das eigene Unvermögen – weder über das emotionale noch über das materielle. In den raren Momenten, in denen sie doch ein paar Worte darüber verliert, gibt sie zu, dass sie es verkackt hat. Sie seufzt dann schwer und presst die Lippen blutleer aufeinander.

Doch nicht heute. Heute lief bislang alles nach Plan. Nachdem Dr. Alban sie weckte, genoss sie die kalte Dusche und einen heißen Kaffee. Keine Tränen, kein schlapper Akku, kein Grund, auf das Bonanzarad zu steigen ... „Auf geht's, los geht's", stimmt Bärbel sich mit ihrem Schlachtruf ein. Ein Grinsen liegt auf ihren Lippen. Sie klatscht in die Hände. Es ist sechs Uhr zwanzig.

Mit dreißig Sachen brettert sie auf ihrem Scooter zum Wanderparkplatz und feiert den Fahrwind, der ihr Haar, welches sie mit einem knalligen Haargummi zu einem dicken Zopf an die linke Seite des Kopfes gebunden hat, fahrig aus der Formation treibt. Der Schotter unter den Reifen spritzt zu den Seiten, wie das Fruchtfleisch einer überreifen Apfelsine, wenn sie plattgetreten wird.

Schnell sichert sie den E-Scooter mit einem Zahlenschloss, atmet in die Tiefe ihres Bauches und dehnt sich in die Höhe ihrer Umgebung.

„Auf geht's, los geht's", tönt sie noch einmal, kontrolliert die Doppelschleifen ihrer Laufschuhe und setzt sich in Bewegung.

Ein kühler Wind weht angenehm und sanft, der den Tau von der Wiese vertreibt, während sich die Sonne unverhüllt, fast freizügig auf ihren schweißtreibenden Aufstieg macht. Aus einiger Entfernung sieht Bärbel eine einsame Spaziergängerin mit Hund.

„Griaß di, Bärbel", trällert die junge Frau, als sie auf gleicher Höhe sind. „Immer wenn ich dich sehe, läufst du."

„Servus, Marina", hechelt Bärbel. Sie grinst vergnügt. „Weißt doch, ich trainiere für die Olympischen Spiele."

Das goldene Sportabzeichen hat Bärbel dieses Jahr schon hinter sich gebracht.

„Deine Energie möchte ich haben", ruft Marina ihr hinterher.

„Wünsch dir nichts. Es könnte in Erfüllung gehen", ruft Bärbel zurück.

Als Bärbel vor fünfzehn Jahren nach dem Tod ihrer Mutter ins Allgäu migrierte, musste sie sich erst an die neue Sprache gewöhnen. ‚Städterin' wurde Bärbel genannt. Doch nicht für lange. Schon längst ist sie eine von ihnen. Nur noch selten muss sie so tun, als ob und eine Konversation unauffällig weglächeln, weil sie als Hochdeutsch-Muttersprachlerin nichts versteht.

Einige Zeit später galoppiert Bärbel auf die nächste Spaziergängerin zu. Auch sie führt einen Hund an der Leine.

Heute ist aber viel los. Bärbel fühlt sich beinahe in ihrer Ruhe gestört.

„Guten Morgen, Silvie", hechelt Bärbel und grinst.

„Servus, Bärbel", grüßt Silvie zurück. „Hat sich Johannes am Wochenende gut benommen?", erkundigt sie sich.

„Du meinst im Rambazamba?", fragt Bärbel nach, um ein Missverständnis zu vermeiden.

„Ja, im Rambazamba. Wo denn sonst? Oder hattest du keinen Dienst?"

„Doch, doch."

„Als Jugendliche bin ich da auch schon hingegangen. Stell dir vor, wie lange es das Rambazamba schon gibt." Silvie blickt an Bärbel vorbei. Ihre Mundwinkel drücken Freude aus, ihre Augen Sehnsucht.

„Und immer noch ist es die beliebteste Dorfdiskothek im Ort." Ein-, zweimal im Monat hilft Bärbel im Rambazamba als Barkeeperin aus.

Sie mag das Licht, die laute Musik, die jungen Leute. Das kleine Taschengeld, wie sie es nennt, das sie als Entschädigung fürs Ausschenken von Alkoholika erhält, mag sie ebenfalls. ‚Betreutes Trinken' nennt sie ihre Tätigkeit, da sie immer auch ein waches Auge auf die Pegelstände der Trinkenden hat.

„Ja, natürlich. Es gibt schließlich keine Alternativen", frotzelt Silvie und schüttelt grienend ihren Kopf.

„Um auf deine Frage zurückzukommen: Johannes ist ein wahrer Gentleman." Bärbel schnauft und joggt mit kleinen Tippelschritten auf der Stelle. „Er verhält sich immer gut."

„Das höre ich gerne." In diesem Augenblick zerrt und reißt ihre Hündin an der Leine.

„Scheiß Jagdtrieb", flucht Silvie und schafft es nicht, die Energie der jungen Dackeldame auf Sparflamme zu stellen. „Wenn sie doch nur ein bisschen mehr wie Johannes wäre", ächzt sie. „Wir gehen mal weiter, es scheint mir, Doris hat eine Spur."

Bärbel winkt und trabt vor sich hin. *Ein komischer Morgen*, denkt sie. *So viele Menschen unterwegs.*

Und der Morgen wird noch komischer. Das bemerkt Bärbel etwa zehn Minuten später, als sie auf dem immer schmaler werdenden Kiesweg, dort, wo die Steigung am ärgsten ist, einem Herrn mit knittrigem Schlapphut und fusseligem Schnauzbart entgegensteht.

„Oh", entweicht es Bärbel erschrocken, denn sie hat ihn nicht kommen sehen. Schnell setzt sie zu einem Lächeln an.

„Willst wohl, dass ich dir ausweiche, nur weil du eine Frau bist, was?!", bellt der Kerl, dass Bärbel das Lächeln aus den Gesichtszügen rutscht.

„Äh", lautiert sie und steht der widerborstigen Oberlippenbehaarung direkt gegenüber.

Der garstige Typ, ein Hochdeutsch-Sprechender, kommt noch näher. Er riecht ungelüftet und nach kaltem Aschenbecher. „Was wollt ihr denn noch alles?", schnauzt er.

„Alter weißer Mann", raunt sie und drängelt schulterrempelnd an ihm vorbei.

„Alte weiße Frau", ruft er ihr hinterher.

Und sie muss unzufrieden einsehen, dass er recht hat. „Scheiße", flüstert sie, „ich bin tatsächlich eine alte weiße Frau." *Und vermutlich wird der widerliche Kerl die eigentliche Botschaft meiner Aussage nicht verstanden haben*, denkt sie und seufzt schwer. Sie bleibt kurz stehen, blickt sich um. Der alte weiße Mann ist kaum mehr zu sehen. *Schlag ihn dir aus dem Kopf,* berät sie sich selbst. Garstige Menschen gibt es zuhauf, kein Grund, sich unnötig lange mit ihnen zu beschäftigen. Sie schüttelt den Kopf, bemüht darum, diese sonderbare Begegnung aus ihren Gedanken zu schleudern. Nur eines denkt sie schließlich noch: *Es gibt zwei unterschiedliche Arten von anders. Anders, dass du positiv herausstichst und bewundert wirst, und anders wie dieser spezielle Kollege gerade.* Dann setzt sie ihren Weg fort. *Ein komischer Tag.*

Die restliche Wegstrecke sprintet sie. Als sie über ein quietschendes Drehkreuz eine Viehweide erreicht, macht sie doch noch eine Pause. Um sie herum Glockengetöse, ein unaufhörliches Schellen und Bimmeln, als stünde Palmsonntag vor der Tür. *Stell dir vor, es ist Gottesdienst und keiner geht hin.* Bärbel grient.

„Ja hallo, Denise", begrüßt sie ihre Lieblingskuh, die auf sie zu getrottet kommt. Bärbel kramt einen schrumpeligen Apfel aus ihrer Bauchtasche und füttert die freundliche Hornträgerin.

„Wer ist die Beste? Ja, wer ist die Beste?", trällert Bärbel, führt dabei ein seltsames Tänzchen auf und krault Denise den Kopf, den diese hin und her schwenkt. Und die Glocken läuten und läuten. „Ich könnte das nicht", verrät Bärbel ihrer Denise, während eine Kuh nach der anderen auf die beiden Damen zu trödeln.

„Dieser ständige Lärm, dieses Klimpern. Ich habe schon Stress, wenn ich zu lange Ohrringe trage."

Denise guckt, als ob sie kein Wort versteht, wie Bärbel damals als frisch Zugezogene. Der Apfel ist verspeist, schon trabt Bärbel wieder an.

„Bis morgen, Mädels." Sie winkt, während sie bis zum nächsten Drehkreuz von der Herde verfolgt wird.

Bis zum Gaisbichl keine Störung mehr. Oben angekommen lässt Bärbel ihren Oberkörper prustend nach vorne fallen. Die Füße weit auseinanderstehend pendelt sie vom linken zum rechten Schuh, während ihr dicker Zopf den Boden fegt. So ging Dehnen in den Achtzigern. Heutzutage heißt dehnen Work-out oder Cooldown. *Heutzutage musst du mindestens einen mit synthetischen Eiweißen aufgepäppelten Personal Trainer haben, der dir die Kamellen von damals als Inno-*

vationen von heute erklärt, überlegt Bärbel mit sehr viel Blut und Schwindel im Kopf. Der menschliche Körper von heute funktioniert noch immer wie der menschliche Körper aus den Achtzigern. *Über das, was unsere Gelenke und Sehnen naturgemäß hergeben, kann sich auch der modernste Personal Trainer nicht hinwegsetzen*, denkt sie und richtet sich langsam wieder auf.

„Wow", macht sie, als ihr der Schwindel in den Kopf schießt, und wartet reglos ab, bis die kleinen Sternchen vor ihren Augen und das Blut aus ihrem Kopf verschwunden sind. *Man wird nicht jünger. Zum Glück aber älter.* Sie grient. Sie gönnt sich zwei tiefe Atemzüge. Nichts, was Bärbel in diesem Augenblick belastet.

Keine Sorgen. Keine Gedanken an garstige Männer mit Schlapphut. Kein Grund, einfach nur so dazusitzen und zu weinen. Stattdessen genießt sie die vorzügliche Aussicht. Mit Himmelsrichtungen hatte Bärbel noch nie etwas am Hut. Sie weiß nur, verweht es die Krempe von vorn, ist es zu windig – ganz gleich, ob aus dem Süden, aus dem Westen oder aus dem Osten.

Sie blickt geradeaus, sieht über das Gipfelkreuz hinweg. Für Allgäuer Verhältnisse ist der Gaisbichl mit seinen 923 Metern nichts weiter als ein Hügel. Früher war Bärbel regelmäßig auf den dicken Brocken unterwegs und nahm an Bergläufen teil. Doch die dicken Brocken und hohen Gipfel hat sie inzwischen längst alle erklommen. Heutzutage reichen ihr Hügel wie der Gaisbichl. Von dort aus hat man trotz der geringen Höhe eine gigantische Aussicht. Bärbel seufzt erneut. *Hach, schön.*

Sie blickt in die Ferne, genießt das Panorama der Hochalpen, deren Kuppen dem Schnee ganzjährig ein

Zuhause bieten. Sie plinkert gegen das grelle Sonnenlicht an, guckt und genießt, blickt schließlich hinab nach Fichting-Hof. Ein Ortsteil von Fichting, in dem es keine Ferienunterkünfte gibt, nur Einheimische. Von dort oben sind die Häuser klein wie Daumennägel. Im Ortskern zeigt sich der typisch bayerische Landhausstil – weißer Rauputz, Fensterläden, Holzbalkone und Blumenkästen, aus denen blühende Hängegeranien zu regnen scheinen. Rechts der Siedlung ist ein kleines Neubaugebiet entstanden, in dem sich überwiegend junge Familien niedergelassen haben. Wie Würfel, die irgendwer beim Kniffeln aus dem Becher geschüttet hat, stehen die modernen Häuser – Fensterläden und Hängegeranien sucht man hier vergebens - unsortiert in der Landschaft verteilt. Voller Vertrauen und ohne Barrikaden leben die Familien in Fichting-Hof nebeneinanderher. Allenfalls ein Staketen-Zaun trennt das eine vom anderen Grundstück ab.

Ganz anders als in Hamburg, wo Bärbel früher gewohnt hat. Dort gibt es blickdichte Zäune, Mauern und trennscharfe Grenzen wie in einer Vorratspackung Toffifee. Die Gärten sind vollgestellt mit Aufblaspools, Rutschen und Trampolinen. In den Vorgärten parken Wohnmobile. Ganz anders als in Fichting.

‚Idyllisch‘ ist das Wort, das Bärbel einfällt. Dort scheint die Welt noch in Ordnung zu sein. Aufblaspools braucht es keine. Die Seen und Flüsse stehen und fließen direkt nebenan. *Wozu ein Wohnmobil? Man ist ja eh schon im Paradies.* Bärbel taucht in ihre Gedanken ab. Sie träumt fast wie Silvie vorhin, als sie über das Rambazamba sprachen. In der Ferne läuten die Glocken. Zuerst nimmt sie den gleichbleibenden Klang gar nicht wahr, doch im nächsten Augenblick erinnert sich Bärbel an die Kuh Denise. Bing-Bing. Bing-Bing. Keine Kuh, eine kleine Kapelle spielt auf.

Kapellen und Kirchen gibt es im Allgäu zuhauf, fast mehr als Touristen auf E-Bikes. In Fichting-Hof stehen gleich zwei Kapellen blutleer in der Gegend rum und warten auf Kundschaft. Fragt man Bärbel, ist das eine Verschwendung von Wohnraum. Man fragt sie aber nicht.

Die Glocke hat aufgegeben und Bärbel wandert mit ihrem Blick nach links. Abseits des Dorfes, nur über einen schmalen Wiesenpfad zu erreichen, steht die kleine Hütte von Alois. Sie ist genauso klein und heruntergekommen wie er selbst. Dort wohnt er in der hellen Jahreszeit mit seinen Kühen. Er ist ein schroffer, harscher Kerl, ein einsamer Mann mit schlechten Manieren. Manch einer behauptet, er sei ein Kettenraucher, ein Trinker. Manch anderer meint, er sei ein kettenrauchender Trinker. Ob man möchte oder nicht, man trifft ihn häufig vor dem Supermarkt in Fichting-Au. Dort, wo sich auch die Jugendlichen treffen, die zu jung für das ‚Rambazamba‘ sind. Manchmal sorgt sich Bärbel um ihre Zukunft. *Was arbeiten in Fichting*, fragt sie sich und hegt berechtigte Zweifel an der syntaktischen Vollständigkeit dieses Satzes.

Ach, was soll's. Sie hat schon länger das Gefühl, dass bestimmte Wortarten out sind. Artikel und Präpositionen zum Beispiel sucht man in der Jugendsprache vergebens – Schwamm *drüber.* Die scheinen *unter* den Teppich gekehrt worden zu sein. *Gehst du ‚Rambazamba‘? Ich bin Haltestelle.* Unweigerlich muss Bärbel an Nell denken, die junge Frau, exzellent von Jodie

Foster gespielt, die aus der Wildnis kam und einige Phasen des Spracherwerbs überspringen musste. Nichtsdestotrotz, Bärbel unterhält sich gerne mit den Jugendlichen aus Fichting. So oft wie möglich nimmt sie sich die Zeit für ein unbeschwertes Schwätzchen.

Bleibt sauber, Jungs und Mädels, gibt sie ihnen regelmäßig mit auf den Weg.

Safe, antworten sie meist. Kaum ein dialektaler Hinweis ihrer Herkunft ist zu hören. Die Zeiten ändern sich. Die jungen Leit, wie man sie im Allgäu nennt, orientieren sich inzwischen an internationalen Vorbildern, eher am Hochdeutsch, bevorzugt am Englischen und am liebsten an hipper Jugendsprache. Ein Dialekt stört dabei nur – sehr zum Leidwesen einiger konservativer Einheimischer. Sie sind extrem traditionshörig, das Gegenteil von weltoffen und in Trachtenvereinen aktiv, in denen weibliche Mitglieder, sofern überhaupt zugelassen, laut Satzung lange Haare zu tragen haben. *Ultras.* Bärbel kneift die Augen zu, als hätte sie ein Spritzer Zitronensaft getroffen.

Ich muss Wanderparkplatz, fällt ihr plötzlich noch ein und lächelt. Scheint, als wäre sie gedanklich ein bisschen abgeschweift.

„Auf geht's, los geht's", flüstert sie und klatscht zum x-ten Mal in ihre Hände. Dumpf schlucken ihre Fahrradhandschuhe den Klang. Dann setzt sie sich wieder in Bewegung und trabt bergab zum Ausgangspunkt zurück.

Als sie den Kies des Parkplatzes unter ihren heiß gelaufenen Turnschuhen spürt, sieht sie gerade noch, wie der garstige Kerl mit Schlapphut auf die Landstraße einbiegt. Viel zu hochtourig, der Motor seines alten weißen Wagens schnappt nach Luft und röhrt, rast er davon. Die donnergrollende Musik, dass Bärbel zunächst ein Unwetter vermutet, begleitet ihn. Dann ist er aus Bärbels Sicht- und Hörweite entschwunden. *Nicht aufregen, nur wundern.* Bärbel hockt sich nieder und stellt die Rädchen ihres Zahlenschlosses auf 5678. *Der von ihnen eingegebene Code ist richtig.* Bärbel erscheint der Schriftzug der 100.000 Mark Show. Nell und Ulla Kock am Brink – welch eine amüsante Reise in die Vergangenheit. Und schwupp denkt sie an Michael J. Fox.

Noch immer außer Atem steigt sie auf ihren E-Scooter. „Hyper hyper", tönt sie und schießt davon. Ihre Finger umschließen den Lenker wie eng verzurrte Handschellen. In Gedanken geht Bärbel das schmal gewordene Sortiment ihres Kühlschrankes durch. Sie muss dringend einkaufen, hat aber keine Lust, nach Fichting-Au zum Supermarkt zu fahren. Für das Nötigste tut es auch der Käseautomat.

Käseautomaten gehören inzwischen ins Allgäu wie Dauerwerbepausen ins Privatfernsehen. Sie stehen an Tankstellen, Rastplätzen, Landstraßen, überall dort, wo viele Touristen vorbeikommen und wo es keine Supermärkte gibt. Bärbel fällt die spontane Entscheidung, zum Käseautomaten an der B 12 zu fahren. Der ist immer gut bestückt und funktioniert auch bargeldlos.

Am Rande der Landstraße an Weiden und Wiesen vorbei saust Bärbel durch den Sonnenschein. Die Fluktuation auf der Landstraße erweckt den Eindruck eines autofreien Sonntags. *Bergkäse, zwölf Monate gereift, vielleicht einen Bergblütenkäse.* Bärbel ist hungrig. *Butter, Rahmjoghurt und Milch.*

„Den restlichen Einkauf erledige ich heute Abend“, ruft Bärbel dem Fahrtwind entgegen - als ob es ihn interessieren würde. *Guter Plan.* Sie grinst. Doch plötzlich ist ihre Mimik nicht länger zu einem freundlichen Ausdruck bereit und zieht das Grinsen zurück. Sie zwingt die Bremsen des Scooters, ihren Job zu machen, und stürzt ob des sofortigen Fahrtabbruchs über den Lenker. Nach einer kurzen Unterbrechung durch diese gehechtete Judorolle steht sie direkt wieder auf ihren Beinen, als hätte Bärbel den Schwung des Sturzes gut zu nutzen gewusst.

Mit einer Hand vor dem Mund läuft sie die letzten Schritte der jungen Frau entgegen, die da reglos auf der Straße liegt, neben ihr ein silbergraues Fahrrad. Ein herkömmliches Fahrrad ohne E.

„O nein, o nein“, schrillt Bärbel. Ihr ist schwummerig zumute, fast taumelig. Mit zittrigen Händen zerrt sie das Telefon aus ihrer Bauchtasche und lässt es ungebremst zu Boden fallen.

„Scheiß Fahrradhandschuhe“, krakeelt sie und bückt sich. Zweimal hackt sie auf die eins und einmal auf die zwei ein.

„Bärbel Schramm, kommen Sie schnell. Hier liegt eine bewusstlose Frau auf der Straße“, kreischt sie.

Eine einstudierte Gelassenheit am anderen Ende der Leitung antwortet ihr. „Ganz ruhig. Wo genau befinden Sie sich?“, erklingt es bemüht darum, hochdeutsch zu klingen, während Bärbel mit jedem Atemzug panischer wird.

„B 12 kurz vor der Abfahrt nach Albing, direkt in der Kurve.“

„Ist die Person ansprechbar?“

„Bewusstlos, sagte ich." Bärbel knabbert an ihrer Unterlippe, ihre Finger nesteln am Reißverschluss ihrer Bauchtasche.

„Haben Sie versucht, sie anzusprechen?"

„Anni, komm schon", schnauzt Bärbel, der Situation durchaus angemessen. Anni, deren Stimme Bärbel nach anfänglicher Denkblockade nun erkennt, arbeitet seit Jahren in der Rettungsleitstelle. Man kennt sich in Fichting.

„Schick einfach schnell einen Rettungswagen hierher. Ich kann mich jetzt nicht länger mit dir unterhalten", japst Bärbel und lässt das Telefon erneut fallen – dieses Mal allerdings absichtlich. Sie tost auf die bewusstlose Frau zu, fällt direkt vor ihrem Körper auf die Knie, ungebremst und ohne die Schmerzen des Aufpralls zu bemerken.

„Hallo, hallo." Bärbel rüttelt an der Frau, die einfach so daliegt, friedlich und still, als würde sie schlafen. *Sie reagiert nicht!* Bärbel erkennt, dass die Frau die Moni ist. Moni Schwärzel, die Ex-Freundin ihres Ziehsohnes Mo. Die Beziehung ist zwar schon seit einer Weile keine Beziehung mehr, doch das ändert nichts an Bärbels Gefühlen.

„Moni! Moni! Wach auf!", schreit Bärbel, aber Moni gehorcht nicht. „Nein, nein, nein, nein, nein", quiekt Bärbel mit vibrierender Kinnpartie und greift sich Monis Kopf. *Wenn ich nur fest genug schüttel, nur stark genug störe, dann wacht sie sicher wieder auf.* Ein Trugschluss: Wenn Schluss ist, ist Schluss. Das begreift auch Bärbel in diesem Augenblick. Sie lässt von Moni ab, gewährt ihren Emotionen Freigang. Ihre Wimpern schlagen auf und nieder. Wasser schiebt sich vor ihren

Blick. *Ich sehe nichts.* Ihre Mundwinkel drängen nach unten und schließlich treiben die ersten Tränen ihre Traurigkeit aus. Ihre Finger in Faustform gepresst, möchte sie schreien, doch ihr gelingt nichts weiter als heiseres Fiepen. Schluchzend betrachtet sie ihre Hände. Kein Blut. Und Moni liegt immer noch so da, als würde sie schlafen. In dem Moment nimmt Bärbel das Martinshorn wahr und wenig später das Motorengeräusch. Beides verstummt. Türen werden geöffnet und im Hintergrund Sachen, Koffer, Taschen sortiert. Dann trappeln Stiefel über den Asphalt.

„Nur die Ruhe", wispert Bärbel. „Keine Eile. Moni ist tot."

„Gehen Sie bitte zur Seite", wird Bärbel ermahnt und spürt die Hand eines Mannes auf ihrer linken Schulter.

„Fass mich nicht an", schnauzt Bärbel zunächst. Ihr schießt der alte weiße Schlapphut-Mann in den Kopf. „Ja, natürlich. Entschuldigung", murmelt sie leise schluchzend und schiebt ihren langen Körper zur Seite in Richtung des Fahrbahnrands, ohne den Blick für eine einzige Sekunde abzuwenden. Halbgar motiviert machen sich die Männer vom Rettungsdienst an die Reanimation. Währenddessen tauschen sie Blicke aus und schütteln die Köpfe. Sie seufzen. Die Herzdruckmassage verläuft mit gedrosselter Geschwindigkeit. Immer langsamer werden die Bewegungen des jungen Mannes, der seine Hände auf Monis Thorax presst. Bärbel hatte recht: Moni ist tot. *Doch sie ist ... sie war noch so jung.* Nach einigen Zyklen blicken die Rettungskräfte einander in die Augen und schütteln ihre Köpfe. Ein schweres Prusten ertönt.

„Bedrückend traurig, bedrückend traurig", nuschelt der verspätet eingetroffene Notarzt, der in schwarzen Schuhen hilflos am Rand der Szene steht und ein Formular bekritzelt. In Bärbels Ohren nur Lärm. Vermutlich die Sirenen der Polizeiwagen. Die Sonne scheint hell und Bärbels dünnen Leggins kann der Feuchtigkeit des Grasstreifens nicht länger Paroli bieten. *Paroli ... so hießen Hustenbonbons in den Achtzigern.*

„Sind Sie verletzt?", wird Bärbel plötzlich angesprochen. Wieder eine Hand auf ihrer Schulter. *Von wem? Von einem der Anwesenden.* Es ist voll geworden auf der B 12 kurz vor der Abfahrt nach Albing direkt in der Kurve.

„Ich hab nur einen nassen Hintern", flüstert sie und starrt wach und ohne zu blinzeln auf Monis ‚schlafenden' Körper. Bärbel hat schon einige Leichen gesehen. Nein, nicht in ihrem Keller, Bärbel ist ein feiner Mensch. Doch bevor sie Busfahrerin wurde, jobbte sie in der Pflege und auch im Krematorium. Sie hatte ihrer toten Oma und auch ihrem toten Opa Lebwohl gesagt. Lebwohl, na ja ... Sie ist, was Leichen angeht, sozusagen erfahren. Doch sie hat noch nie eine Leiche namens Moni Schwärzel gesehen, die zudem noch so jung und die Ex-Freundin ihres Ziehsohnes Mo war.

„Junge Dame, sie bluten." *Junge Dame, junge Dame,* trödelt es durch Bärbels nur noch halbleitenden Gedankenapparat.

„Junge Dame sagt man immer nur zu alten Frauen", wispert Bärbel vor sich hin. Sie sieht in Monis ruhendes Gesicht. Keinen Blick lässt sie umherschweifen.

„Entschuldigung", erwidert die Stimme, die zur Hand auf Bärbels Schulter gehört. „Ich meine nur, äh, ihre

Knie ... Sie bluten, ihre Finger und am Kinn." Die liebe Grammatik, der syntaktische Lochfraß ist nicht nur ein Symptom der Jugendsprache, er befällt auch Notfallsanitäter.

„Alles gut. Mir geht es gut ... im Gegensatz zu Moni", wispert Bärbel und tätschelt den Handrücken des freundlich Tröstenden, ohne ihn an- und ohne von Moni wegzusehen.

Als Bärbel Stunden später auf dem Ausziehsofa in ihrer Datscha sitzt, kann sie sich an all das nur noch sehr unscharf erinnern. Sie fängt ihre Tränen ein und schnäuzt ihre rotgewordene Nase. Viele benutzte Taschentuchhälften neben sich. Manchmal weint Bärbel auch aus gutem Grund.

Was macht eigentlich Heather Thomas?

„It's my life, it's my life, my worries". Pünktlich um fünf Uhr dreißig am nächsten Morgen meldet sich Doktor Alban zu Wort. Bärbel erwacht. *Für einen Doktor ist es leider zu spät.* Bärbel schluchzt wie aus dem Nichts. Fahrig boxt sie mit den Lagen ihrer schweren Bett- und der darüber liegenden Wolldecke. Nachts im Allgäu kann es kalt werden, selbst im Sommer. Ihr Ausziehsofa ächzt und knarzt unter der Rage.

„Wo ist denn hier der Ausgang", zetert sie. „Endlich!" Sogleich springt sie vom Sofa, trägt noch immer die wild gemusterten Leggins vom Vortag und rauscht in das kleine Schlafzimmer am Ende ihrer Datscha. Sie reißt die Tür auf, die leicht und kaum dicker als die Wände eines Campingwagens ist.

„Mo", schimpft sie erschrocken, als sie ihren siebenundzwanzigjährigen Ziehsohn im Bett liegen sieht. Er schläft und trägt ein Grinsen in seinem Gesicht. Wie ein Seestern mit ausgestreckten Körperteilen liegt er rücklings in Bärbels Bett. Erst als sie mit ihrem Finger auf den abgeschrammten und altersentsprechend scheppernden CD-Player einsticht, um den Doktor, der nicht mehr benötigt wird, zum Schweigen zu bringen, regt sich Mo.

„Was machst du für einen Stress?", tönt er verwaschen, ohne die Augen zu öffnen. Bärbel hat verschlafen, dass Mo in der Nacht zu ihr gekommen ist. Sie gibt es ungern zu, aber sie hat ganz wunderbar und unglaublich erholsam geschlafen. *Bin ich ein schlechter Mensch? Moni ist tot und ich habe sogar richtig gut geträumt.*

„Was machst du hier?", keift Bärbel.

„Bis gerade eben habe ich geschlafen", erwidert Mo und schiebt seine Finger wie eine Forke durch das dichte schwarze Haar.

„Hast du nicht gehört, dass der Wecker klingelt?"

„Du nennst den alten CD-Player, den du an eine Zeitschaltuhr angeschlossen hast, tatsächlich einen Wecker?" Zögerlich öffnet Mo seine hübschen dunkelbraunen Augen.

„Es lärmte und dudelte direkt neben deinem Kopf. Hast du nichts gehört?"

„Ganz offensichtlich nicht", erwidert er und schnaubt. Seine Sprache ist erwacht und nur noch zaghaft verwaschen. „Was ist denn heute mit dir los? Du bist doch sonst nicht so."

Bärbel seufzt und blickt den langen Weg hinab in Richtung Boden – sie ist eine große Frau.

„Oh", macht sie und betrachtet das knittrige Etwas auf Höhe ihres Bauchnabels. Es sieht aus wie der verlassene Beutel eines Kängurus.

„Hast du etwa auf deiner Bauchtasche geschlafen? Und du unterstellst mir, dass ich nichts mitbekomme?"

„Scheiße", flüstert Bärbel. Sie öffnet den Reißverschluss, der alle paar Millimeter hakelt, und blickt im Innenraum auf ihre zerknitterten Habseligkeiten.

Mein Oktavheftchen. Doch bevor sie darin ihre eigene Beerdigung plant, wäre es Zeit, an Monis zu denken.

„Also, was ist los?", will Mo nun wissen.

„Du hast es noch nicht gehört?", fragt Bärbel leise und blickt Mo aus traurigen Augen an, die rundherum ähnlich knitterig sind wie ihre plattgelegene alte Bauchtasche. „Moni ist ermordet worden." Sie hatte vorgehabt, es ihm behutsam mitzuteilen. Doch sie wusste nicht, wie das geht. Ein Schongang, vorsichtig und sanft, und der Tod, gewaltig und invasiv, haben rein gar nichts miteinander zu schaffen. Sie eigenen sich nicht dazu, in einer gemeinsamen Gleichung aufzutauchen.

Mo richtet sich plötzlich auf. Mit starrem Blick sieht er an Bärbel vorbei und fixiert die hinter ihr liegende weiße Wand. Für einen Augenblick befürchtet Bärbel, dass er seinen Körper verlassen hat.

„Mo?"

Schon sieht er ihr wieder in die Augen. „Du machst einen Scherz. Das ist ein Prank." Mo grient, als warte er auf Bärbels Auflösung.

„Spinnst du?", hakt Bärbel nach. „Haha, Spaß oder was?" Sie schnaubt, zweimal, dreimal und schüttelt den Kopf. „Das ist geschmacklos. „Über so etwas würde ich keine Scherze machen." Während Bärbel längst schon wieder weint – leider hat sie kein halbiertes Taschentuch parat –, äußert Mo sich nicht einmal nonverbal. Reglos und still sitzt er im Bett, eingehüllt in das noch immer grelle Blumenmuster der Bettwäsche aus den Siebzigern. Noch einmal befürchtet sie, dass er seinen Körper verlassen hat. Es herrscht Stille, die Bärbel schließlich durchbricht.

„Es ist so traurig." Bärbel schnieft. „Ich kann es gar nicht glauben." Bärbel fiept. „Moni sah aus, als wenn sie schläft." Bärbel krächzt. „Sie war doch noch so jung." Bärbel seufzt.

„Das ist ein Hammer", meint Mo plötzlich. Er hebt die Arme in die Höhe und legt seine Hände auf dem Schädeldach ab, die geblümte Bettdecke rutscht über seine Brustwarzen und landet auf den Oberschenkeln.

„Das muss sehr schlimm für dich sein", meint Bärbel und setzt sich neben ihren Ziehsohn auf das Bett. Sie leiht sich einen Zipfel der Blumenwiese aus und tupft sich ihre Nase an einer Tulpe ab. Mo schaut, als wäre er angewidert – vielleicht ist er das sogar.

„Warum?", entgegnet Mo.

Endlich spricht er wieder. „Warum?", fragt Bärbel nach. Sie sieht ihn an, als hätte er ihr gerade von einer UFO-Begegnung erzählt. Ein weiteres Mal an diesem Morgen schnaubt sie. „Weil sie deine Ex-Freundin war", erklärt Bärbel, als wenn er die etwa zweieinhalbjährige Beziehung vergessen hätte.

„Das ist ewig her", meint Mo, die Hände ruhen noch immer auf seinem Kopf.

„Ihr seid doch so glücklich miteinander gewesen."

„Wir hatten keinen Kontakt mehr, wie das halt so ist. Ich habe sie ewig nicht gesehen." Mo lässt seine Arme herab und verschränkt sie vor der nackten Brust.

„Ihr seid so ein schönes Paar gewesen."

„Jetzt bitte nicht überdramatisch werden. Du klingst wie eine verhuschte Großmutter, die in der Vergangenheit feststeckt. Erzähl mir lieber, was passiert ist." Und sofort erzählt Bärbel, dass sie Moni als Erste entdeckt, die Blaulichtfahrzeuge alarmiert und sich einen nassen Hintern auf dem Seitenstreifen geholt hat.

„Komisch, von da an kann ich mich an nichts mehr erinnern", verrät sie. „Plötzlich saß ich auf meinem Ausziehsofa. Alles dazwischen ist weg, als hätte es meinen Körper verlassen."

„Du sagtest, sie sei ermordet worden. Klingt eher nach einem Unfall", resümiert Mo.

„Das ist doch das Gleiche", behauptet Bärbel. Aus Mos Gesicht filtert Bärbel einen Ausdruck, dass er ihr gerne widersprochen hätte. Doch er unterlässt es.

Plötzlich schreckt Bärbel hoch.

Mo zuckt einmal kräftig zusammen. „Meine Güte", schimpft er und tätschelt linksseitig seine Brust.

„Ich weiß, wer das getan hat", donnert Bärbel und gestikuliert in der Gegend herum, als wäre sie eine Fluglotsin auf Speed. „Der alte weiße Mann", wütet Bärbel.

„Hä?" Mo zieht seine Oberlippe empor. „Wer soll das sein?"

„Dieser ungewaschene Kerl mit Schlapphut. Ich habe gerade noch gesehen, wie er vom Wanderparkplatz weggefahren ist. Ich muss sofort zur Polizei. Wir haben ihn, Mo. Wir haben ihn." Bärbel rast aus dem Schlafzimmer den schmalen Flur entlang rechts und links an Bad und Küche vorbei durch das Wohnzimmer, bevor sie stehen bleibt und sich umdreht. „Wo bleibst du denn?", ruft sie atemlos. Keine zweieinhalb Sekunden später steht sie wieder im Schlafzimmer. Sie verzieht ihre Nase und kneift die Augen zu. „Hier müsste dringend mal gelüftet werden."

„Hm", macht Mo. „In einem Vierquadratmeterraum sind gute Gerüche schnell verbraucht."

„Jetzt komm!", fordert Bärbel ihren Ziehsohn auf.

„Wohin?"

„Na, zur Polizei", erwidert sie wie selbstverständlich.

„Ich komme nicht mit."

„Was heißt hier, du kommst nicht mit?", fragt sie die Hände in die Taille gestemmt.

„Dass ich hierbleiben werde."

„Komm schon."

„Nein."

„Was, nein?"

„Ich bleibe hier."

„Und dann, was hast du vor?"

„Ich möchte einfach nur hier liegen."

„Ich möchte einfach nur hier liegen", äfft Bärbel seine Worte nach. „Du klingst wie Loriot."

„Kenne ich nicht", erwidert Mo.

„Kunstbanause!"

„Auch den kenne ich nicht", meint Mo – und meint es sogar ernst.

Ach Mo, denkt Bärbel, *du kleiner Töffel.* Sie verlässt das Schlafzimmer, nimmt aus Mangel an Optionen exakt den gleichen Weg zurück ins Wohnzimmer, durchquert dieses und gelangt über den kleinen Windfang ins Freie auf die Veranda. Das beißende Sonnenlicht entlockt ihr zwei Nieser. Sie wünscht sich selbst Gesundheit und sucht den kleinen Vorgarten nach ihrem E-Scooter ab. Links des schmalen Weges kurz vor der Gartenpforte entdeckt sie ihn im hohen Gras. Ihr ist bewusst, dass sie längst mal wieder hätte mähen müssen. *Aber ich muss die Bienen schützen.*

„Nun komm schon", ächzt sie und bringt das Gefährt, das irgendwie auch ihr Gefährte ist, in den Stand. *Auf geht's, los geht's.* In Anbetracht der Ereignisse klatscht sie ausnahmsweise einmal nicht in die Hände. Nicht, dass später noch behauptet wird, sie würde die Totenruhe stören.

Kaum den Scooter vor ihrem Grundstück in Position gebracht, macht sie sich auf den Weg zur Polizei. Sie muss ununterbrochen an den alten weißen Mann mit Schlapphut denken – und auch an einen öden Witz aus Kindertagen. *Erst fang ich dich, dann pack ich dich, dann fress ich dich.* Sie zwingt ihren Scooter, Fahrt aufzunehmen, und donnert los.

„Ich weiß, wer es war!", krächzt Bärbel, als sie um acht Uhr fünfundfünfzig die moderne Schiebetür der kloanen – lütt sagt man dort, wo Bärbel herkommt - Polizeidienststelle betritt. Der Vorraum mit Anmeldetresen und zwei Stühlen zum bequemeren Absitzen von Wartezeit ist leer.

„Äh", macht Bärbel. „Servus", ruft sie. Nichts! Bärbel ruft erneut ‚Servus' und ‚Hallo' immer im Wechsel. Sie hat schon ihr Telefon in der Hand, gewillt die 110 zu wählen, da bummelt Polizeihauptmeister Benedikt Weiler mit einer Wurstsemmel in der Hand hinter den Anmeldetresen herbei.

„Ja mei, Bärbel! Griaß di", grüßt er mit vollem Mund.

„Moin, Benedikt", erwidert sie betont norddeutsch. *Soll er meine Unzufriedenheit ruhig spüren.* „Wieso dauert das so lange?", fragt sie.

„Mia san olle hinten. Mia ham seit gestern olle Händ voll zum tuan", behauptet der Polizeihauptmeister kauend. Er sieht aus wie Pitje Puck. Das findet zumindest

Bärbel. *Ich hasse Schnauzbärte.* Sie hatte so sehr gehofft, diesen fragwürdigen Trend der siebziger-achtziger Jahre, als beinahe alle Männer Schnauzbärte trugen, überstanden zu haben. Sie hatte gehofft, dieser schmutzanfällige Bewuchs zwischen Nase und Mund sei ausgestorben. Doch seit Kurzem weiß sie, der Herr von heute trägt wieder Oberlippenpelz. Selbst bei jungen Leuten sieht man diesen kussunfreundlichen Borstenbalken immer häufiger.

Von hinten hört Bärbel Stimmen. Sie klingen eher nach Small Talk und heiterer Frühstückspause als nach analytischer und kriminalistischer Recherchearbeit.

„Soso, alle Hände voll zu tun", tönt Bärbel scharf. Sie blickt abschätzig, legt den Kopf schief und lässt ihre Hände eine wegwerfende Bewegung machen.

Pitje, äh, Benedikt lächelt angestrengt und zieht die Schultern ohrwärts. „Mia miassen jo trotzdem etwos essn."

„Einen guten Appetit wünsche ich", meint Bärbel ironisch. „Freundlich wie ich bin, serviere ich euch Monis Mörder zum Nachtisch."

Dem Polizeihauptmeister fällt beinahe die Unterlippe und das, was von seiner Semmel noch übrig ist, auf den Tresen. *Er sieht zwar gerade sehr irritiert aus, aber auch adrett in seiner Uniform.* Bärbel behagt nicht, dass solche Gedanken ihr Gehirn befallen.

Sie kennt ihn in Lederhosen und Kniestrümpfen. Er engagiert sich ehrenamtlich bei den Schuhplattlern, dem Fichtinger Ehrenplattlern e. V. und tritt hin und wieder auf Dorffesten auf. Alles, um die Touristen bei Laune zu halten. Letztes Jahr auf einem Dorffest forderte er Bärbel zum Tanzen auf. Es war schon sehr spät, die Touristen längst zurück in ihren Ferienunterkünften und die Einheimischen stellten von volkstümlich auf Salsa um.

„Wenn i bitten dorf", sagte Benedikt und streckte seine Hand nach ihr aus.

Bärbel brach quietschend in Gelächter aus. „Du liebes bisschen, wo kommst du denn weg", scherzte Bärbel, willigte dennoch ein und griff nach seiner Hand. Sie wagten ein paar Tänze miteinander, unterhielten sich gut, doch zwei Maß später war das Maß dann voll - und Bärbel auch. Sie wankte gefährlich auf und ab. Benedikt begleitete sie nach Hause, während er auf der einen Seite ihr Bonanzarad schob und Bärbel auf der anderen Seite untergehakt hatte. Sie kicherte den halben Weg und hatte sich auf dem Campingplatz vor ihrer Datscha zu einer langen Umarmung hinreißen lassen. In ihrer Verfassung wäre auch ein Kuss nicht ausgeschlossen gewesen. Als sie das nächste Mal auf Benedikt traf, ohne Bier und Salsa-Rhythmus im Blut, war ihre Euphorie deutlich abgeflacht. So abgeflacht, dass sie sich nicht einmal mehr eine Umarmung hätte vorstellen können. Zumindest redete sie sich das ein. *So weit kommt das noch, dass ich mich mit einem Polizisten einlasse. Papa würde sich im Grab umdrehen. So haben wir dich nicht erzogen, würde er schimpfen.*

„Monis Mörder?", hinterfragt Benedikt. Er sieht noch immer

irritiert aus ... und adrett. *Er hat die Haare schön.* Er hat leichte Wellen, woraufhin sein Deckhaar so einen schönen Schwung bekommt, während der Nacken akkurat aufgeräumt erscheint. *Wenn nur dieser ent-*

setzliche Schnauzbart nicht wäre. Hätte er den Schnauzer vor einem Jahr schon getragen, ich hätte trotz Bier und Salsa nicht mit ihm getanzt. Bärbel hat ihre Prinzipien.

„Ein Kerl mit Schlapphut, ein Auswärtiger, fuhr einen dicken Pick-up. Er röhrte wie wild vom Wanderparkplatz Richtung B 12. Er muss es gewesen sein. Ich weiß nicht, warum mir das gestern nicht gleich eingefallen ist." Bärbel schüttelt den Kopf. Sie sieht zu Benedikt, Feuchtigkeit legt sich in ihre Augen, danach blickt sie abrupt zu Boden und prustet.

„Ja mei", tönt Benedikt. Er presst die Lippen aufeinander. In seinen Augen glaubt Bärbel eine Untergattung der Hilflosigkeit zu erkennen.

„Worauf wartest du noch? Ruf ihn zur Fahndung aus", poltert Bärbel.

„Hosch'st des Nummernschild?"

„Ein Pick-up."

„Koan Nummernschild?"

„Ein weißer Pick-up."

„Des hilft uns net weider", entgegnet Benedikt. „Hier fahrn viele oanen Pick-up. Denk nur an die Schmidhubers."

„Weiß und auswärtig. Hörst du mir nicht zu?" Die Ungeduld kriecht Bärbel in die Gliedmaßen, dass es in ihren Armen und Beinen kribbelt. „Anstatt hier Partys zu feiern und blöd rumzutrödeln, sollten alle verfügbaren Kräfte unterwegs sein und Monis Mörder jagen." Bärbel gestikuliert ungehalten und deutet mit dem ausgestreckten Arm in Richtung Straße.

Benedikt, der inzwischen seine Wurschtsemmel verspeist hat, wischt sich die Finger an der Uniform ab.

Bärbel schüttelt ihren Kopf.

Er blickt auf den Boden, als suche er etwas. Nachdem er einen versöhnlichen Ausdruck gefunden hat, hebt er seinen Blick wieder auf und bewegt sich langsam auf sie zu. Seine Sohlen knarzen auf dem grauen Steinfußboden. „Bittschee beruhig di. Mia tuan, was mia könna. Vertrau uns."

„Benedikt! Wo bleibst denn du? Der Kaffee wird kalt", ruft in dem Moment eine Kollegin aus dem Hinterzimmer. Bärbel erkennt ihre Stimme sofort. Es ist die Engler Anni oder wie Bärbel auf Norddeutsch sagt, Anni Engler aus der Leitstelle. Erst gestern hatten sie miteinander telefoniert.

„Ihr tut, was ihr könnt", erwidert sie mit einem Schnauben. „Dieses miese Engagement hat Moni nicht verdient. Ihr benehmt euch, als hättet ihr sie bereits aufgegeben. Ich sag dir eins: Ich nehme die Sache nun selbst in die Hand. Und zunächst einmal sorge ich dafür, dass Moni eine anständige Gedenkveranstaltung bekommt, wenn sonst schon niemand hier an sie zu denken scheint."

Dann stelzt Bärbel in Richtung Ausgang und verlässt die Polizeidienststelle. Sie hätte zu gerne mit der Tür geknallt, sie so dolle gegen den Rahmen gedonnert, dass die Raufasertapete ihre Struktur verliert. Stattdessen muss sie artig warten, bis die Lichtschranke sie erkennt und die Schiebetür sich öffnet. Im Oberallgäu geht's halt a bisserl gemütlicher und beschaulicher zu.

Draußen zieht sie noch einmal die Klettverschlüsse ihrer Fahrradhandschuhe stramm – als ob das nötig gewesen wäre – und steigt mit blutleeren Fingerkuppen auf ihren E-Scooter. *Erst fang ich dich, dann pack ich dich, dann fress ich dich.* Sie schraubt am Gashebel und stürmt surrend davon.

„Wart amoi, Bärbel", ruft Benedikt ihr hinterher.

Bemüh dich nicht, ich bin schon weg.

Bärbel rast über den Asphalt. Da sie am Vorabend nicht mehr daran gedacht hat, den Akku ihres Scooters mit Strom zu füttern, kreischt ihr Gefährt(e): *Low Battery.* Bis er schließlich streikt. Abrupt und stur. Beinahe stürzt Bärbel. Sie ist bestürzt. Ihr Unterbauch kracht gegen den Lenker. Dabei hat sie die Blessuren vom Vortag noch gar nicht wahrgenommen, so abgelenkt ist sie durch Monis Tod.

Kurz vor Fichting-Hof ist Ende. Stillstand. Sie flucht wie ein verlassener Ehemann, dem die gebügelten Oberhemden ausgegangen sind. Aber Bärbel ist keine Frau, die verzagt. Sie reagiert sofort und schiebt.

„Servus, Bärbel", heißt es plötzlich von links. Sohnemann Schmidhuber fährt im Schritttempo neben ihr her und spricht sie aus seinem Pick-up an. Überhitzt vom Schieben und Schimpfen blickt sie mit Schweiß auf der Stirn auf. *Hier fahren tatsächlich viele Pick-ups durch die Gegend.*

„Soll i di mitnehm'n?", erkundigt sich der junge Schmidhuber.

„Dich schickt der Himmel", schnauft Bärbel etwas zu euphorisch vielleicht. Sie wuchtet ihren verhungerten Scooter auf die Ladefläche und nimmt neben dem Anfang zwanzigjährigen Ferdi Platz. Bärbel bestaunt die Windschutzscheibe, die so groß ist wie eine Kinoleinwand.

„Dein Auto ist so groß, dass es in den Achtzigern als Camper durchgegangen wäre", staunt sie.

Ferdi lächelt. Seine Bäckchen sind fleischig und dunkelrot, wie man sich einen Landwirt vorstellt. Doch Landwirte sind die Schmidhubers nicht. Sie sind wie die Kardashians, gehören zu Fichtings Prominenz, sind die reichste Familie in der Region. Man munkelt, dass sie im Baugewerbe tätig sind. Ihnen gehört eine Menge Land. Sie vermieten Ferienwohnungen, die sie Chalets nennen, unterstützen die lokale Wirtschaft und fördern Umweltprojekte. Bärbel vermutet allerdings, dass Pick-ups und Umweltschutz nicht zueinanderpassen. Sogar ein Wanderweg ist nach den Schmidhubers benannt.

Im Wagen duftet es nach feinstem Eau de Parfum, Haargel und Waschmittel. Bärbel benutzt Shampoo, Seife und Zahncreme. Nur an diesem Morgen nicht. Sie steckt schließlich noch in ihren gemusterten Leggins vom Vortag. *In dem Muster fallen Flecken ohnehin nicht auf.* Doch dann bemerkt sie die Löcher an ihren Knien. Sie räuspert sich und gibt sich unbeteiligt.

„Wo konn i di absetzt'n?", fragt Ferdi, als wolle er mit seiner guten Kinderstube prahlen.

„Zu Haus auf dem Campingplatz, wenn es keine Umstände bereitet." Bärbel muss den Scooter dringend gegen ihr Bonanzarad eintauschen.

„Wos treibt der oide Wucher-Schorsch?", fragt Ferdi und meint Schorsch Kogler, Bärbels Nachbarn und Campingplatzbetreiber. Ferdi klingt ein bisschen neunmalklug wie ein Sechzigjähriger – ganz anders als die Jugendlichen, die sich in Fichting-Au vor dem Supermarkt treffen. Im Radio läuft Bayern eins. *Was stimmt denn mit ihm nicht? Und dann noch diese Trachtenjacke.*

„Dem Schorsch geht's gut", flunkert Bärbel. Sie plaudert ungern über Abwesende. Was daran liegt, dass Abwesende sich nicht äußern oder wehren können. Die Wahrheit ist, Schorsch lässt sich immer seltener auf dem Campingplatz blicken.

„Was soll i hier noch?", flüsterte Schorsch. Es war eine rein rhetorische Frage, die er Bärbel gestellt hatte. Sie sollte zum Ausdruck bringen, wie schlecht die Geschäfte liefen, dass er kaum noch Buchungen hatte. Dann und wann verirrte sich ein Camper oder Wohnwagen auf den Platz. Manchmal ein Wohnwagen, der an einem Camper hing – Menschen möchten gerade im Urlaub auf nichts verzichten müssen. Doch die fetten Jahre, in denen Schorsch die Reisemobile auf seinem Platz hätte stapeln können, waren vorbei. Seit ein Investor im Nachbarort zwei Hochhäuser in eine riesige Anlage mit Ferienwohnungen verwandelt hatte und die Apartments weniger kosteten als ein Stellplatz bei Schorsch, buchten die Camper dort ihren Urlaub. Auf dem Gelände parkten sie ihre mobilen Einzimmerwohnungen eng an eng wie Heringsfilets in Tomatensoße, aber schliefen im Haus.

„Wo wolltest du oigentlich hi?", fragt der forsche Ferdi und reißt Bärbel aus ihren Gedanken an Schorsch. Er lächelt sie von der Seite her an. *Jede Wette, dass der seine Zähne bleicht.*

„War auf dem Weg nach Fichting-Hof. Ich wollte alle zusammentrommeln. Wollte für Moni eine Trauerstunde organisieren."

„Ja, die Moni", meint Ferdi. „Oane entsetzliche Geschichte, net wohr?!"

Bärbel muss sich korrigieren: *Er klingt wie ein achtzigjähriger und elfmalklug.*

„Mia könna dia do helf'n."

„Was meinst du?"

„Mia teil'n uns auf. Fahr du Hof ab, mia übernehm'n den Rest", schlägt er vor. Sogleich bedient er sein Smartphone per Sprachsteuerung: „Ruf Gerdi on", befiehlt er. *Flori, Ferdi, Gerdi,* sortierte Bärbel die Vornamen der Schmidhuber-Jungs. Im Wageninneren war über die Freisprecheinrichtung der Wählvorgang zu hören.

„Servus, Gerdi, i plon oane Trauerfeier für die Moni."

Ja klar, es ist deine Idee. Bärbel schnaubt leise und kreuzt die Arme vor der Brust.

Dem Gerdi zugeschaltet, erklingt der Flori und auch Schmidhuber Senior hört Bärbel plötzlich sprechen - in Dolby Surround. *Was für eine Klangbrillanz. So eine Qualität gibt es selbst in der Elbphilharmonie nicht.*

„Die Bärbel übernimmt Fichting-Hof, mia übernehm'n den Rest." Die Männer sind sich einig.

Zurück auf dem Campingplatz birgt Bärbel den E-Scooter von der Ladefläche.

„Lieben Dank fürs Mitnehmen", zitiert Bärbel eine beliebte Floskel. *Was für ein blasiertes Arschloch.* Sie grinst und zwinkert mit beiden Augen.

„Pfiat di."

„Bis später."

Bärbel trottet über den Kiesweg an Grasflächen entlang und unter Baumkronen hinweg. Sie kennt sich nicht gut mit Bäumen aus, erkennt aber, dass es Laubbäume sind. Der Scooter lahmt neben ihr her und lässt sich nur schwer über den steinigen Untergrund schieben. Campingbuchten säumen den Hauptweg, hohe Hecken ragen für ein Stückchen mehr Privatsphäre empor und am Rand rauscht die Hilla, die kühle Luft bringt und zum Rafting und Kajakfahren einlädt. Neben dem heruntergekommenen Kiosk, wo sich die sanitären Anlagen befinden, plätschert die Tränke. Bärbel begibt sich direkt dorthin und hängt sich unter das Bergquellwasser. Sie trinkt drei- bis vierhundert Milliliter. Nachdem sie und ihr Gefährt(e)Schorschs Datscha passieren, erreicht sie ihr eigenes Häuschen. Es steht in zweiter Reihe und ist eingerahmt von einer hohen Hecke, die zum Glück nur einmal im Jahr gestutzt werden will. Insgesamt neun Datschen stehen auf dem Campingplatz, die bis vor ein paar Jahren alle bewohnt waren. Heutzutage stehen sie leer, überwiegend zumindest. Sie wurden verkauft und ihre neuen Besitzer, meist Menschen aus der Stadt, nutzen sie an den Wochenenden oder für Urlaube, um ,runterzukommen‘.

Bärbel ist davon überzeugt, am herrlichsten Fleckchen der Welt zu wohnen. Insbesondere, da sich links der Datschen ein kleiner Weiher befindet. Ursprünglich als Badestelle angelegt, hat Bertl Heuser, Biomarktbesitzer im Ort, ihn für seine Fischzucht gepachtet. Bärbel kümmert es nicht. Manche schwimmen mit Delfinen, Bärbel schwimmt mit Forellen. Natürlich nur, wenn Bertl sie nicht sehen kann.

Zurück in ihrer Datscha betankt Bärbel zuerst einmal ihren Akku mit Strom.

„Mo? Mo-ho?", ruft sie ins Innere ihres Eigenheims. Doch Mo ist nicht mehr da. „Wo steckst du nur?", zischelt sie. Er hat ihr nicht einmal eine Nachricht hinterlassen, aber das Bett gemacht und das Fenster im Schlafzimmer auf Kipp gestellt. Sie hadert mit sich, weil sie ihn in der Früh so harsch angegangen war. Doch Moni Schwärzel war gestorben. Wenn dieser unglückliche Umstand ihre Gereiztheit nicht rechtfertigt, was dann?

„Ich kann es jetzt nicht ändern“, resümiert Bärbel im Selbstgespräch und macht eine hinabwerfende Handbewegung. Sie streift sich eilig ein sauberes T-Shirt über ihren vollschlanken Körper. „Und jetzt zack, zack. Sieh zu, dass du auf dein Fahrrad kommst. Auf geht's, los geht's.“ Beinahe klatscht sie in die Hände. Doch die Totenruhe ...

Ihre Knie schmerzen, als sie aufs Fahrrad steigt. Den Aufwand, den sie betreiben muss, um mit den kleinen Rädern vorwärtszukommen, verstärken diese Wahrnehmung noch. Das Bonanzarad quält sich über den Asphalt und Bärbel quält sich auch. Sie schnauft. Als sie schließlich im Ortskern von Hof an einer der beiden Kirchen ankommt, verschwitzt und mit reichlich Laktat in der Muskulatur, entscheidet sie, zu Fuß weiterzumachen. Ohne ihr Fahrrad abzuschließen, läuft sie von Haus zu Haus.

„Ich plane ein stilles Gedenken für unsere Moni. Heute um achtzehn Uhr. An der Unglücksstelle“, erklärt sie. Sie und die Einwohner von Hof liegen sich weinend in den Armen und teilen Taschentücher miteinander. Jedes einzelne Mal wird Bärbel hereingebeten und zu Gebäck oder Kaffee eingeladen.

„I hob no oan Stückele vom Hefezopf“, behauptet die Dorfälteste und schlurft mit runtergerutschten Kniestrümpfen und im geblümten Kittel in der Küche auf und ab. „Jo, wo isser denn?" Suchend blickt sie sich um. Ihr grauer Star ist keine große Hilfe.

„Keine Mühen. Ich kann ohnehin nichts essen. Die ganze Sache ist mir auf den Magen geschlagen", erklärt Bärbel und entdeckt einen leeren Teller mit den Resten eines Hefegebäcks auf der Küchenspüle.

Wohin sie auch geht, ihr wird Gebäck angeboten.

„Mogscht oane Hippe hom?"

„I hob no a Brezen."

„Schau, Birnenbrot."

Birnenbrot im Sommer, das gibt es doch sonst nur im Herbst.

Bärbel fühlt sich wie eine Stopfente. Eine Fütterung folgt auf die nächste und auch die Begriffe wiederholen sich. Auf Platz eins landet ,entsetzlich' gefolgt von ,fürchterlich', ,traurig', ,Tragödie' und ,schrecklich'. Und Bärbel kaut und kaut und nimmt Hefe und Zucker und Fette in sich auf.

„Ich habe nur Snickers", erklärt Daan.

„Gerne", flunkert sie. Sie greift zu, auch wenn sie befürchtet, beim nächsten Happen brechen zu müssen.

Dann endlich hat sie es geschafft. Sie hat alle, die Moni kannten, eingeladen. Na ja, nicht ganz. Alle bis auf einen. Das ist ihr sehr bewusst. Und nun, da sie an der Kirche vor ihrem orangefarbenen Bonanza steht, überlegt sie hin und her. Von hier aus kann sie Alois' Hütte nicht sehen. *Aus den Augen aus dem Sinn*, verarscht sie sich selbst. Bärbel schüttelt ihren Kopf. *Man darf Menschen nicht ausgrenzen. Behauptet wer? Alois ist ein schroffer, harscher Kerl mit schlechten Manieren, ein Kettenraucher und ein Trinker. Und deshalb wird ihm das Recht genommen, zu trauern? Mann-o-*

mann. Doch Bärbel verabscheut Ungerechtigkeiten. Sie kann sich nicht aus ihrer Haut schälen. Also rafft sie sich auf, fasst sich ein Herz, ringt sich durch und macht sich auf den Weg zu Alois.

„Scheiße!", flucht sie laut und stampft mit den Füßen auf. Zwei vorbeiwandernde Touristen sehen sie mit großen Augen aus ihren grellleuchtenden Funktionsshirts heraus an.

Bärbel marschiert noch einmal durch den Ort und nimmt den Wiesenpfad am Ende der Siedlung, der Höhenmeter um Höhenmeter steil bergauf führt und immer schmaler wird und letztlich komplett unter dem saftigen Gras verschwindet. *Was wohnt der mitten im nirgendwo?!* Bärbel flucht. *Der grenzt sich doch selbst aus. Aber nein, ich muss unbedingt wieder so gutmütig sein.*

Das Geläut seiner Kühe wird lauter. Bärbel passiert den Weidezaun. Der Pfad wird wieder sichtbar und schon sind es nur noch fünfzig Meter bis zur Hütte. Sie will gerade nach ihm rufen, da öffnet sich die sperrige Tür und Alois betritt die kleine Veranda, deren Holzplanken noch heruntergekommener sind, als er selbst.

„Dlibschstszprovozirwos?!", trötet er.

„Hä?", trötet Bärbel zurück und muss sein Durcheinander zunächst einmal aufräumen und ins Hochdeutsche übersetzen.

„Du liebst es zu provozieren, was?!", fährt er sie an.

Er streckt seinen krummen Finger mit der dick verhornten Nagelhaut aus und deutet auf Bärbels Brust. Ein Überbleibsel aus Hamburg. Sie liebt dieses Shirt, auf dem in roten Buchstaben mit einem Ausrufezeichen garniert ‚Moin‘ steht. Einst war es hellblau, doch nach fast dreißig Jahren war es nur noch hell.

„Du wirsch’st nie oane von hia soa“, poltert Alois.

„Weißt du, was witzig ist?“, fragt sie. „Du auch nicht!“ Sie grinst frech, obwohl ihr nicht nach Grinsen zumute ist. Alois’ Worten zu folgen, schlauchte sie. Was er spricht, war kein oberallgäuerisch mehr. Was er spricht, hört sich an wie rückwärtsgesprochen. Rückwärtsgesprochen mit einem ganzen Germknödel im Mund. Inklusive der Vanillesoße.

„Ich bin nur hier, um dich heute Abend zu einer Gedenkveranstaltung für Moni einzuladen“, stellt Bärbel klar. Sie lässt ihre Lippen ganz schmal werden und hebt die Nase in die Höhe.

„Wos?“, brummt Alois. Sein Unterkiefer rauscht hinunter. Seine Augen sperren sich weit auf. Er wird blass, was für einen Landwirt, der den ganzen Sommer mit seinen Kühen in der Sonne verbringt, äußerst ungewöhnlich ist. „Die Schwärzel Moni?“, fragt er noch einmal nach. Seine Unterlippe, die sich inmitten des welligen grauen Vollbartes nur schwer ausmachen lässt, zittert … und seine Hände auch.

„Weißt du es noch gar nicht? Moni ist ermordet worden“, erklärt Bärbel. Und Alois schluchzt und wankt. Er quiekt und gurrt und quietscht und quäkt so laut, dass es seine Kühe anlockt. Bimmelnd trotten sie den Hang hinauf. Alois dreht Bärbel den Rücken zu. Alles an ihm tönt und vibriert. Sie hat nie zuvor einen Menschen so sehr weinen sehen. Sie weiß, dass Moni ihm als Jugendliche in den Sommerferien mit den Kühen geholfen und viel Zeit mit ihm verbracht hat. Sie weiß allerdings nicht, dass sie Alois so viel bedeutet hat. *Ahnt ja niemand, dass Alois Gefühle hat.* Sie blickt sich um, als hält sie Ausschau nach irgendwem, der sie aus dieser Situation befreit. Doch niemand kommt. Sie betrachtet ihre Finger, die umhertanzen, als wären sie Marionetten. Was soll sie tun? Ihn trösten? Das würde eine Berührung bedeuten. *Auf keinen Fall, das geht zu weit!* Soll sie ihm ein halbiertes Taschentuch reichen? Vielleicht sogar ein ganzes?

Sie öffnet den Reißverschluss und rührt im Bauch ihrer Tasche herum. „Hier", flüstert sie, ohne ihn anzusehen und wedelt mit einer Taschentuchhälfte. Er greift danach und sieht sie ebenfalls nicht an. Für einen sehr kurzen Augenblick berühren sich ihre Hände. *Ich habs geahnt!*

Auch wenn es Bärbel nicht kalt lässt, diesen sonst so harschen, patzigen, unsensiblen Bergbauern so emotional, leidend und verzweifelt zu sehen, sie kann nichts weiter für ihn tun. Im normalen Leben ist er ein Arsch. Sie hebt ihre Hand wie zu einem Schwur und winkt zögerlich. Alois schnieft. Schon macht sie kehrt und steigt ohne eine verbale Verabschiedung wieder hinab ins Dorfinnere. Ein letzter Blick zurück. Alois ist umringt von Kühen. Sein strubbeliger Hund steht direkt neben ihm. Jeder braucht doch jemanden, der einen tröstet und lieb hat. *Vielleicht sind Tiere die loyalsten Freunde, die du haben kannst.* Es kümmert sie nicht, wo du herkommst, ob du Geld hast, wie du riechst und wie du aussiehst.

Bärbel federt den Wiesenpfad hinab. Sie seufzt, schüttelt sich, um sich von den Gedanken, die immer noch am weinenden Alois hängen, frei zu machen. Zurück an der Kirche, vor der ihr Fahrrad wartet, gönnt sie sich einen Moment zum Verschnaufen. Sie legt ihre Lider ab, beugt sich vor und richtet sich mit der nächsten Einatmung wieder auf. Fünfmal. Erst danach sattelt sie auf.

Schnell, soweit es ihr Bonanza zulässt, radelt sie nach Hause. In ihren Gedanken tobt der alte weiße Mann, den es zu fassen gilt, Alois, den sie niemals so sehen und auch nicht allzu schnell wiedersehen wollte, und Moni, deren Trauerandacht unmittelbar bevorsteht ...

Bärbel ist zurück in ihrer Datscha. Sie lässt sich erschöpft und aufgewühlt auf ihr gelbes Ausziehsofa fallen. Noch zwei Stunden bis zur Trauerfeier.

„Trauern und feiern", zischelt Bärbel. „Ich persönlich schaffe immer nur eins davon zur gleichen Zeit." Sie greift nach einer Wasserflasche mit frischem Bergquellwasser. „Ah!", vertont sie die Erleichterung, die sie nach der Betankung spürt. Bärbel lässt ihre Arme neben den Körper und ihren Kopf auf ein Kissen fallen. „Noch zwei Stunden", wispert Bärbel. Die Flasche Wasser liegt neben ihr und rührt sich nicht. „Na? Bist du auch so erschöpft wie ich?", flüstert sie und grinst. Sie gähnt mit weit geöffnetem Mund, als wolle sie stoßlüften. Sie beschließt, ein kurzes Nickerchen zu machen, liest die Decken auf, die seit dem Morgen auf dem Fußboden liegen und sucht sich einen Eingang. Sie streicht sich über den Bauch ob des fettigen Zuckerzeugs, dass darin lagert. *Hauptsache, ich erbreche nicht im Schlaf und ersticke daran. Schließlich habe ich meine Beerdigung noch immer nicht final geplant.*

„Hm", macht sie. „Oktavheftchen", flüstert sie und greift es sich. Nicht das, in dem sie ihre Beerdigung plant, sondern das andere für spontane Einfälle.

‚Spontane Einfälle' steht auch handgeschrieben auf dem Deckblatt. Darin notiert sie alles, was sie aufschnappt: Zitate, Film- und Songtitel, Witze, Rezepte, dies, das, Eichenfass. Und Namen von Dingen und Persönlichkeiten, um die es ruhig geworden ist, die ihr ganz plötzlich in den Sinn kommen. Auf dem Weg zu Alois musste sie an Heather Thomas denken. Nicht zu verwechseln mit der weitaus bekannteren Heather Locklear.

‚Was macht eigentlich Heather Thomas' gibt sie rasch bei Google ein, als es ihr keine Ruhe lässt.

„Aha", kommentiert sie das Suchergebnis und liest. Der ehemalige Star aus ‚Ein Colt für alle Fälle' war kokainabhängig und ist inzwischen eine politische Aktivistin. Sie ist sechsundsechzig Jahre alt, überfliegt Bärbel beeindruckt. „Sieh an, wie spannend", wispert sie und dreht sich aus Angst zu Erbrechen vorsichtshalber auf rechts ...

Was macht eigentlich Rennie?

Als sie eine halbe Stunde später wieder erwacht, fühlt sie sich nicht minder aufgeblasen, zumindest aber erholt.
Nachricht an Mo:

Tut mir sehr leid, dass ich heute Morgen so hässlich war. Kommst du um 18:00 Uhr zu Monis Andacht?

Nachricht von Mo:

Schon gut. Ich hab dich auch lieb. Ich werde da sein.

Bärbel schmunzelt. *Er hat mich lieb.* Ein Ehrgefühl schiebt sich durch ihren Körper, dass sie gleich viel aufrechter steht.

Sie muss in einer Stunde los und trägt noch immer ihre löchrigen Leggins. Immerhin hat sie die Bauchtasche vor dem Nickerchen abgelegt. Das ‚Moin'-Shirt taugt als Trauergarderobe nicht, so viel ist klar. Im Badezimmer nimmt sie es das erste Mal an diesem Tag mit ihrem Spiegelbild auf.

„Ach du Schreck!", lautet ihr Fazit. Schlaf in den Augen, fettige Haare, Schorf am Kinn und eine Blessur an der Nase. Zu alledem sind ihre Knie aufgeschürft, was

ihr allerdings erst beim Einseifen in der Dusche auffällt.

Gereinigt und getrocknet eilt Bärbel durch ihre Datscha. Im Wohnzimmer bleibt sie stehen, wickelt rät-
selnd eine nasse Haarsträhne um ihren Zeigefinger, als
hätte sie ihren roten Faden verloren.

„Na klar", flüstert sie und legt ihre löchrigen Leggins
neben die Nähmaschine. Schon düst sie ins Schlafzimmer, schlüpft in eine schwarze Unterhose und vertäut
sich mit einem schwarzen BH. *Bound – gefesselt*,
schießt es Bärbel in die Gedanken. Und auch, dass sie
kaum schwarze Klamotten besitzt.

„Was mache ich nur? Was mache ich nur?", fragt Bärbel sich selbst. Sie schließt fröstelnd das Fenster, da sie
über ihre Unterwäsche noch nicht hinausgekommen
ist. „Was mache ich nur?" Schließlich fällt ihr die
schwarze Zunfthose ein, die sie immer beim Holzha-
cken trägt. Sie riecht zwar etwas, da sie seit einem Drei-
vierteljahr schon draußen im Schuppen liegt, doch die
Veranstaltung findet zum Glück im Freien statt. Sie
plündert Mos kleine Kommode und entnimmt ihr ein
schwarzes Oberhemd. In der Küche bügelt sie das obere
Viertel des Hemdes glatt und versteckt den knittrigen
Rest unter ihrer dunkelblauen Strickjacke. *Für Monis
offizielle Beerdigung braucht es etwas mehr.*

„Auf geht's, los geht's." Die Bauchtasche sitzt, die Fahrradhandschuhe sind auf stramm gestellt und Bärbel
saust auf ihrem Scooter über den Campingplatz, dass
der spröde Kies zu den Seiten springt. Sie donnert über
die B 12. Noch weit vor der Abfahrt nach Albing verringert sie die Geschwindigkeit. *Die Totenruhe. Wie sähe*

es aus, wenn ich mit vierzig Sachen in die Trauerstimmung schieße?

Moin Moin und alle aus dem Weg. Da bin ich! Eine kurze Verbeugung und eine lange Geste der Selbstdarstellung. *Auf keinen Fall.*

Kurz vor der Kurve stoppt Bärbel also. Sie stellt ihren Scooter ab und geht die wenigen Meter zum Unglücksort zu Fuß. *Ich bin ein nervöses Hemd*, denkt sie. *Hoffentlich enttarnt niemand, dass ich es nur zur Hälfte gebügelt habe.* Es ist dreiviertel sechs, wie nicht nur ostdeutsche Deutsche sagen, sondern auch süddeutsche Deutsche. Der Abend prahlt mit Sonnenschein und etwas über zwanzig Grad.

„Ich hoffe, dass alle kommen werden", flüstert Bärbel und schon steht sie am Unglücksort, mitten in der Kurve, mitten im Getümmel.

Die Schmidhubers haben ihren Teil der Abmachung übererfüllt. Bärbel staunt oder soll sie verärgert sein? Es gibt einen Grillwurststand. *Wie haben die diesen riesigen Schwenkgrill hierher transportiert?* Es gibt Brezn und Bierausschank. Einen Shuttleservice für die Alten und Gebrechlichen. Die Straße ist gesperrt. Männer mit Knöpfen in den Ohren, die in seltsamen Westen stecken – *Moment, sind das noch Westen oder sind das schon Kutten?* - leiten den Verkehr um. Und auf der Fahrbahn liegen Blumen, dass man darin planschen könnte wie in einem Bällebad. Sogar ein Kreuz steht schon am Fahrbahnrand, an der Stelle, wo sich Bärbel einen nassen Hintern geholt hat.

„Wir haben schon auf dich gewartet", säuselt der schmierige Ferdi. Er begrüßt sie per Handschlag, als wolle er Bärbel einen reparaturbedürftigen Pkw als

Neuwagen verkaufen. Bärbel hat sich entschieden: Sie staunt nicht, sie ist verärgert und zwar maximal. Hier herrscht Schützenfest- und keine Trauerstimmung. Das hat Moni nicht verdient. Von gegenüber winkt Benedikt Weiler aus seiner Uniform. Er hält einen Maßkrug mit Schaumkrone in der Hand. *Frechheit.* Bärbel grüßt nicht zurück.

Neben Bärbel – die guten Plätze werden langsam rar – parkt ein E-Rolli ein. Es ist der ursprünglich aus den Niederlanden stammende Daan. Vor ein paar Jahren hat er in der Region Urlaub gemacht und ist direkt auf seiner zweiten Gipfeltour böse gestürzt. So böse, dass er einen hohen Querschnitt davongetragen hat und ohne seinen E-Rolli nur schwer mobil ist. Im Krankenhaus hat er sich in Pflegekraft Sonja verliebt, weshalb er einfach geblieben und inzwischen mit Sonja verheiratet ist. Er grinst und zwinkert. „Moin, Bärbel.“

„Moin, Daan“, erwidert sie. An den Snickers-Riegel, den sie vorhin bei ihm gegessen hat, erinnert sie sich noch gut.

Sie würde ihn gerne fragen, wie lange sein Akku hält. Sie kann Sonja nirgendwo entdecken und sorgt sich, dass er es nachher nicht wieder nach Hause schafft.

„Muss Sonja arbeiten?“

„Ja, Spätdienst“, antwortet Daan. „Ist das nicht toll, was die Schmidhubers mal wieder auf die Beine gestellt haben?“

Es war meine Idee. Bärbel lässt ihre ‚Triangel of sadness‘ – was für ein öder Film, wobei der Trailer Gutes versprach - deutlich hervortreten.

„Stell dir vor, sie haben mich abgeholt und bringen mich nachher auch wieder nach Hause.“

„Ich werde die Schmidhubers in meine Gebete einschließen“, raunt Bärbel.

„Du betest?“

„Eben nicht!“, erwidert sie, als sich Schmidhuber Senior ein Megafon schnappt und die Veranstaltung für eröffnet erklärt.

Rudi Schmidhuber hebt seinen Zeigefinger in die Höhe und zählt von zehn an herunter. Um exakt achtzehn Uhr läuten die Glocken. Wie jeden Tag. Doch Schmidhuber Senior verhält sich, als hätte er das Getöse extra für Moni Schwärzel organisiert. Bärbel beißt sich auf die Backenzähne und schnaubt. *Was für eine miese Nummer. Das wars mit der Achtung vor den Schmidhubers.* Nach sage und schreibe sieben Minuten ist der Lärm vorbei.

„Servus, ihr Liaben. Dongschee. Mi hauts um. So viele Leit. Des rührt mi. Wenn des die Moni sehn könnt.“ Er pausiert, glotzt deppert auf den Boden und täuscht einen Gefühlsausbruch vor. Er wirft sich die Hand vor den Mund und winkt gleich darauf ab. „Geht scho. Geht scho. Als mia von diesem schrecklichen Unfall hörten, war uns kloar, dass mia wos unternehmen miassen.“ Er nickt, schließt die Augen, presst seine Lippen aufeinander und legt sich seine Hand dorthin, wo eigentlich ein Herz schlagen sollte.

Doch es war meine Idee. Bärbel tost innerlich. Ihr rechtes Bein beginnt hektisch zu wippen. *Vielleicht nicht die Würste, das Bier und der Freizeitparkcharakter, aber es war meine Idee.* In den meisten Gesichtern sieht Bärbel Seligkeit und Dankbarkeit.

„Drum lasst uns g'meinsam oane Schweigeminute oinlegen.“ Bärbel öffnet ihre Bauchtasche, wühlt und kramt, raschelt und knistert, bis sie ihre alte Stoppuhr zu fassen bekommt. Gerade noch rechtzeitig aktiviert Bärbel diese. Abwechselnd blickt sie von der Uhr zum Schmidhuber. Fünfzehn Sekunden. Schmidhuber starrt auf seine Apple Watch. Es herrscht Stille. Nur aus der Ferne dröhnt Kuhgeläut. Fünfundzwanzig Sekunden. Schmidhuber nimmt einen großen Schluck Bier. *Grrrr.* Bärbel fletscht gedanklich ihre Zähne. Fünfunddreißig Sekunden. Vierzig Sekunden.

Schmidhuber greift zum Megafon. „Moni, mia werden di nie vergess'n." Er pausiert kurz, um unbemerkt vom Bier aufzustoßen. Doch Bärbel entgeht nichts. Dann fährt er fort: „Und jetzt, liabe Leit, lasst uns noch a bisserl g'mütlich mitanand soa. Moni hätt des sicher g'wollt."

„Das war keine Minute", reklamiert Bärbel laut und hält ihre Stoppuhr in die Höhe.

„Mia miassen doch net päpstlicher soa als der Pabscht", scherzt Schmidhuber Senior. „Net zu vergess'n, die Bärbel hat uns heut guad unterstützt. Einen Applaus bittschee."

Der Arsch klingt wie Gottschalk. Wetten, dass gleich alle klatschen. In dem Moment wird Bärbel zur Wettkönigin. Ein Segen, dass Monis Eltern das nicht mehr sehen können. Sie sind vor zwei Jahren im Tunesien-Urlaub um ihr Leben und nicht wieder nach Hause gekommen. Moni sprach von einem Tauchunfall. Doch tatsächlich sind sie bei hundert Sachen vom Banana-Boot geflogen und aufs brettharte Wasser geknallt.

Nachricht an Mo:

Wo bleibst du, Großer? Dachte, du wolltest herkommen. Hoffe, es geht dir gut.

Bärbel sitzt einmal mehr auf dem Gras des Seitenstreifens, während das Bier um sie herum reichlich fließt und Volksfeststimmung herrscht. Sie starrt auf ihr Telefon und wartet auf eine Reaktion. Sie wird hibbelig, wenn sie keine Antwort erhält. *Er hat es doch gelesen.* Sie lässt die beiden blauen Häkchen nicht aus dem Blick. Sie nagt an ihrer Unterlippe und lässt ihren Daumen auf und ab fahren, als wollte sie einen Kugelschreiber scharf stellen, während ihr Magen sich zusammenschnürt, wie nach einer Doppelschleife.

„Herrschaftszeiten." Ein Aufruhr geht durch die Trauer… äh … Feierszene. Bärbel guckt auf, vergisst ihre Unzufriedenheit ganz kurz.

„Alois", murmelt sie und erhebt sich.

„Der hat uns gerade noch gefehlt", meint Marina.

Er marschiert langsam über die B 12 mitten auf der Fahrbahn und hält direkt auf die Unglücksstelle zu. Barfuß läuft er vorweg, während sein strubbeliger Mischlingshund und sieben seiner Kühe hinter ihm her trotten. Es hätte niemand vermutet, doch der Alois versteht es, sich in Szene zu setzen und einen großen Auftritt hinzulegen. *Beeindruckend.* Ein Donnern vom Hufschlag seiner mächtigen Begleiterinnen beschallt die Szene. Die Kinder halten sich die Ohren zu.

„Wer hat den denn eingeladen?", ruft es aus der Menge heraus. Bärbel duckt sich weg und blickt flötend auf den Boden.

Ferdi Schmidhuber, der eindeutig seine Kompetenzen als Halbstarker überschreitet, stellt sich Alois in den Weg.

„Halt! Stopp!“ Er setzt seine Handfläche als Grenzpunkt ein, wie in einer Selbsthilfegruppe gelernt und zu Hause vor dem Spiegel einstudiert. „Du hast hier nichts zu suchen“, befiehlt er. Seine Augen blähen sich auf, werden groß wie Christbaumkugeln. Er nestelt mit den Fingern, blickt auf den Boden und wieder auf. Auf den Boden und wieder auf, als traue er sich nicht, Alois direkt anzusehen. Als hätte er sich mit seiner Ansage übernommen. Doch Schmidhuber Senior springt vor Stolz fast das Hirschhorn aus den Knöpfen.

„Geh auf Seide“, donnert Alois.

Bärbel grient, weil ‚geh auf Seide‘ so freundlich klingt. Doch wer weiß besser als sie, dass hierbei kein edler Webstoff gemeint ist. Sie weiß, dass Alois auf oberallgäuerisch ausdrückt, dass Ferdi sich verpissen soll. Als dieser nicht reagiert, schiebt Alois ihn mit seinen Pranken zur Seite und täuscht eine Kopfnuss an. Zeitgleich zeigt der wuschelige Rumpelhund seine Zähne und knurrt.

Ferdi schreckt zusammen, stolpert, stürzt beinahe zu Boden und sieht sich hilfesuchend nach seinen großen Brüdern um.

Blitzschnell übersetzt Bärbel Alois’ Worte für sich ins Hochdeutsche. Er röhrt, dass er eingeladen wurde. Er scheint betrunken zu sein. „I werd der Moni wohl Blumen hinlegen dürfen“, krächzt er. „Aber wie i seh, hom des scho die Schmidhubers g’mocht.“ Er macht eine abfällige Handbewegung in Richtung des Blumenmeeres und wirft seinen selbst gepflückten Strauß aus Wiesenblumen hinterher. Seine Kühe stehen hinter ihm. Das ist der Moment, in dem Bärbel auffällt, dass sich aus ‚Moni‘ ganz einfach ein ‚Moin‘ formen lässt.

„Ois reißt ihr an euch“, tost Alois und starrt mit zusammengekniffenen Augen in die Richtung von Schmidhuber Senior. Er streckt seinen behaarten Arm aus, als wollte er ihn packen. „Ihr kriegt den Hols net voll.“

„Dass der hier keine Bierflasche niedergelegt hat, ist auch schon alles“, murmelt irgendwer im Hintergrund.

„Recht hat er“, nuschelt der Kogler Schorsch, Campingplatzbesitzer und Bärbels Nachbar.

„Schorsch“, spricht Bärbel ihn an. „Ich wusste gar nicht, dass du auch da bist.“ Die Party läuft wieder und Alois ist mit Hund und seinen Kühen verschwunden. Noch hört man die Glocken und das Hufgetrappel, doch bald wird er über alle Berge sein. Vielleicht nicht über alle, zumindest aber auf seinem Hügel, der den Lärm verschluckt.

„Nur der Moni wegen“, antwortet Schorsch. „Hätt i geahnt, was die Schmidhubers für einen Zauber veranstalten, wär i dahoam geblieben.“

Bärbel überlegt, ob sie ihre Gedanken über die Schmidhubers teilen soll. Sie redet schließlich nicht über Abwesende. Doch die Schmidhubers sind in Blickweite, schütteln dort jemandes Hände, tätscheln woanders jemandes Rücken. *So abwesend sind sie also nicht.*

„Ich habe mir noch nie Gedanken über die Schmidhubers gemacht“, flüstert sie. „Doch heute kam mir der Gedanke, dass mit ihnen etwas nicht stimmt.“

Schorsch lacht laut auf. Fast hört es sich wie ein Bellen an. Bärbel checkt die Umgebung, ob sie Aufmerksamkeit erregt haben.

„Der Alois – lass ihn sein, wie er ist – der hot scho Recht. Mit den Schmidhubers lässt man sich besser nicht ein", erklärt der Kogler. „Die hom ma mein G'schäft k'putt g'mocht."

„Hä?", fragt Bärbel nach. Nebenbei linst sie auf ihr Telefon. Mo hat noch immer nicht geantwortet. *Das nächste Mal, wenn er etwas von mir wissen will, werde ich ihn ebenfalls ignorieren.* Bärbel beschließt diesen Plan in ihr Oktavheftchen zu notieren.

„Net hier Bärbel. I verzähl dir ois, wenn i wieder auf dem Platz bi." Bärbel seufzt, weil sie so schrecklich neugierig ist.

„Was mir einfällt. I hob oane Buchung."

„Das ist doch super", trällert sie und boxt ihn mit ihrem Fahrradhandschuh freundschaftlich gegen den Oberarm.

„Oane Buchung macht no long koan G'halt", retourniert er. „Was i di fragn wollt, kannscht du die Buchung viellei für mi üb'rnehmen? Du kennscht di do aus."

Ja, Bärbel kennt sich aus. Schon des öfteren hat sie Schorsch auf dem Platz ausgeholfen.

„Er kommt morgen zwischen zehn und elf zum Check-in."

„Klar, mache ich."

„Dankschee, du hoscht oanen guad bei mir." Das sagt Schorsch jedes Mal. Er tätschelt Bärbels Kopf. Dann verlässt er die Versammlung, die ursprünglich einmal als Trauerfeier für Moni gedacht war und nur noch eine Feier ist.

Bärbel setzt sich zurück ins Gras und beobachtet die Schmidhubers. Sie lässt ihre Augen zu Schlitzen werden und späht alarmiert. *Knitterfrei wie mit Sprühstärke aufgebügelte Immobilienmakler. Mit denen stimmt definitiv etwas nicht.* Der Senior und Ferdi unterhalten sich mit dem Polizeichef und Gerdi streitet sich abseits der Party mit dem Heuser Bertl, dem Biomarktbesitzer und Forellenzüchter im Ort.

Worum geht's da bloß? Bärbel schiebt ihre Lippen hin und her. Kurz ein kleines Spähen aufs Telefon. Nichts.

Bertl wirkt aufgebracht. Er will gehen, doch Gerdi tritt ihm heftig auf den Fuß und hält ihn an seinem Jackenärmel fest. Er kommt ihm ganz nah und raunt Bertl etwas ins Ohr. Bertl schüttelt seinen Kopf. Immer wieder. Er gestikuliert abwehrend, drückt Gerdi von sich weg, reißt sich los und stapft davon.

Gerdi blickt sofort zum Senior hinüber, der sich zwar immer noch mit dem Polizeichef unterhält, aber sehr wohl mitbekommt, dass Gerdi ihm etwas mitzuteilen versucht. Gerdi nickt. Der Senior nickt zurück. Ein kurzes Zucken, eine kleine Kopfbewegung und niemand bekommt etwas mit. Auch der Polizeichef nicht, der sich gerade eine halbe Bratwurst mit Senfstraße in den Schlund presst.

Als Isolde Putzler den Gerdi von hinten anspricht, wird dieser augenblicklich wieder zum knitterfreien Gutmenschen – als wenn's ihm keine Umstände macht.

Bärbel schüttelt ihren Kopf. *Mensch Isolde, auch wenn du schon sehr lange alleinstehend bist, der muss es doch wirklich nicht sein.*

Isolde benimmt sich albern, nagt lasziv an ihrem Zeigefinger, beugt sich so weit vor, als wollte sie ihre Bluse ausleeren, und schüttelt ununterbrochen ihre langen Haare aus.

Das ist ja nicht zu ertragen, denkt Bärbel und blickt zur Abwechslung woanders hin, aufs Telefon zum Beispiel.

Der Einzige der Schmidhubers, der Bärbel sehr unauffällig vorkommt, der eher knittrig denn gebügelt wirkt, ist Flori. Allein und teilnahmslos, Typ Statist, steht er in der Gegend herum und guckt. *Ja, aber wo schaut er denn hin?* Bärbel verfolgt seinen Blick. *Aha, na ja, soso, interessant.* Sein Blick haftet am Stadler Ben. *Ich glaub, der findet den toll.* Bärbel grient.

„Servus, Bärbel." Plötzlich steht Pitje, auch bekannt als Benedikt Weiler, Polizeihauptmeister von Fichting vor ihr.

Moin, Pitje.

„Benedikt", sagt sie und nickt.

„Wos mochsch'st hier so alloa?"

„Von Moni Abschied nehmen, soweit es mir inmitten dieser Partystimmung möglich ist", erwidert sie. „Und was machst du so? Außer gewissenhaft nach ihrem Mörder zu suchen?", stichelt sie.

„Des is unfair", entgegnet Benedikt.

„Unfair ist, dass Moni überfahren wurde und niemand weiß, von wem."

„Bittschee", ermahnt er Bärbel, die nicht nur ihre Stimme erhebt, sondern auch sich selbst. „Net so laud", wirkt er auf sie ein. Als sie vor ihm steht, muss er seinen Kopf ein Stückchen in den Nacken legen, geschätzt um fünfundzwanzig Grad vielleicht.

„Warum nicht?", erkundigt sich Bärbel, wobei ihr seine Antwort im Prinzip scheißegal ist. Sie nutzt ihre

Frage rein rhetorisch als Ausgangspunkt für das, was folgt. Um Schwung zu holen, sieht sie noch einmal auf ihr nachrichtenverweigerndes Smartphone. Sie seufzt und zieht die Mundwinkel Richtung Boden. Dann berappt sie sich wieder und setzt zum Schmetterball an: „Soll ruhig jeder hören, dass ich es zum Kotzen finde, dass die Polizei lieber feiert, als Mörder zu jagen."

Wer mit der Polizei gerade noch ausgelassen Monis Tod gefeiert hat, blickt nun mit eingefrorener Mimik drein.

„Was denkt ihr euch?", schimpft sie. „Eine junge Frau ist gestorben und ihr macht eine Sause draus. Und die Polizei ... nicht Monis Freund und Helfer, so viel ist klar", spottet sie. „Steht hier in Uniform und lässt sich volllaufen." Sie bereut sofort, dass sie das gesagt hat. *Warum ist Mo nicht hier*, überlegt sie verzweifelt. Er hätte zu verhindern gewusst, dass das passiert. „Im Übrigen war die Versammlung meine Idee", stellt sie abschließend noch klar. „Dies nur zur Info für all diejenigen von euch, die hinter einer Grillwurstspende einen Gutmenschen vermuten."

Ihre Rede hat eine Zeitenwende zur Folge: Es wird zwanzig Uhr, der Tag zum Abend und die Feierstimmung fährt auf null. Und sie steht mit hängendem Kopf da und fühlt sich wie eine schwererziehbare Jugendliche, die auf ihrer neuen Schule, einer katholischen, mit Kraftausdrücken a bisserl über die Stränge geschlagen und die Maria aus der ersten Reihe zum Heulen gebracht hat. „Sorry", flüstert sie. „Es tut mir leid."

Wieder ist man geteilter Meinung. Da gibt es die Stimmen, die gegen Bärbel stimmen und diejenigen, die kleinlaut auf sie zukommen und ihr Recht geben.

Von ‚Das muss aufhören, wir dürfen uns von den Schmidhubers nicht kaufen lassen' über ‚Du hast Recht, wir haben das Thema der Veranstaltung völlig verfehlt' bis hin zu ‚Ich hoffe, du fühlst dich jetzt gesehen, du aufgescheuchte ADHS-Henne'. Letzteres kam patzig von Isolde Putzler. Und die Schmidhubers, außer Flori, der starrt immer noch zu Ben, blicken finster, freudlos, furchteinflößend zu Bärbel herüber, genauso wie der Polizeichef. Und die Männer mit den Knöpfen in den Ohren ebenfalls. *Kein Zweifel, sie tragen Kutten.* Mit verschränkten Armen und schlechter Laune haben sie sich hinter den Schmidhubers aufgebaut und demonstrieren Zusammenhalt.

Benedikt, der noch immer in ihrer Nähe steht und seinen Bierkrug ausgetrunken hat, starrt in die Ferne und nagt an seiner Unterlippe. Er und Bärbel waren sich schon einmal recht nahegekommen, beinahe hat sie ihn geküsst. Als wenn er gerade begreift, dass er unendliche Höhenmeter und etliche Gipfelkreuze weit davon entfernt ist, seufzt er.

„Ja mei. Des war's wohl."

Der Shuttleservice nimmt die Alten und Gebrechlichen auf, die Männer in Kutten mit den Knöpfen in den Ohren regeln den Verkehr und Gast um Gast macht sich schließlich auf den Nachhauseweg. Einige senken vor dem weißen Holzkreuz noch mal die Häupter und halten die Schnute, andere lungern am Schwenkgrill oder Bierstand herum und betteln um die letzten Reste. Und eine der letzten – *das ist ja wohl das letzte* – klaubt von der Straße Blumen zusammen und arrangiert sich ein hübsches Sträußchen für die Vase zu Hause.

Es ist leer geworden auf der B 12. Außer Bärbel, Benedikt Weiler, dem Polizeichef und den Schmidhubers ist niemand mehr dort. Bärbel starrt noch etwas in die Berge und kann sich nicht lösen. Sie hat das Gefühl, Moni allein zu lassen, und das Gefühl, dass noch irgendetwas Seltsames passiert. Gedacht, geschehen: Plötzlich stehen die Schmidhubers und der Polizeichef neben ihr.

„Bärbel", spricht der Uniformierte sie an. „Wo ist eigentlich der Mo?" Bärbel hat eine rasche Auffassungsgabe.

Sie schnaubt und zieht ihre Augenbrauen zusammen. Sachte schüttelt sie den Kopf. „Ich sag gar nichts, wenn die dabei sind." Sie zeigt auf die Schmidhubers und verschränkt ihre Arme vor dem halbgebügelten Hemd ihres Ziehsohnes.

„Schon gut", raunt der Senior, klopft dem Polizeichef auf die Schulter und trödelt mit seinen Söhnen aus der Szene.

„Also Bärbel, wo ist der Mo?"

„Je ne sais Peng", antwortet Bärbel wie gewöhnlich, wenn sie eine Frage nicht beantworten kann. Oder will.

„Bittschee wos?", fragt er nach.

„Ich weiß es nicht", formuliert Bärbel ihre Aussage noch mal um zur besseren Verständlichkeit. „Warum?", hinterfragt sie scharf und blickt ebenso pikant drein. Sie rümpft die Nase und sperrt den Mund auf, als hätte sie gerade das Kerngehäuse einer Chilischote verschluckt.

„Wir hätten ihn gern gesprochen. Würden ihm gern ein paar Fragen stellen."

„Wer ist wir?", fragt sie und sucht Benedikt Weilers Augen. Der hapert am Rand der Befragung von einem Fuß auf den anderen und drückt sekündlich den Knopf eines Kugelschreibers.

„Weißt du, wo er gestern zum Unfallzeitpunkt gewesen ist?", verhört sie der Polizeichef.

Peinlich berührt wirft Benedikt seinen Blick zu Boden. Dann sieht er wieder auf, blickt zu Bärbel und lächelt. „Wir sollten keine voreiligen Schlüsse ziehen", krächzt er.

„In meinem Bett." Bärbel zeigt sich auskunftsfreudig.

Und der Polizeichef guckt angewidert, als decke er gerade auf, dass Bärbel und ihr Ziehsohn eine intime Beziehung am Laufen hätten. Er zwingt seine Mundwinkel herab.

„Was schaust du denn so?", fragt sie nach. Sie zieht die Augenbrauen zueinander. Dann versteht sie. Ihre Brauen schießen in die Höhe und setzen ihre Augen groß in Szene. „Sorry, ich kann nichts für deine absurde Fantasie. Stell dir doch vor, was du willst. Mo ist mein Sohn. Er hat einfach nur bei mir übernachtet", donnert sie. Sie zündelt, lodert, brennt vor Wut. Sie befürchtet jeden Augenblick, ihr verbranntes Haar olfaktorisch wahrzunehmen. Dieser Geruch, den man wahrnimmt, wenn man mit der Nase zu dicht an die Flamme der Duftkerze gerät.

„Kurz nach dem Unfall bist du hier gewesen, genau hier." Der Polizeichef lässt seinen Zeigefinger in Richtung Straße sausen. „Woher also willst du wissen, dass Mo zum Zeitpunkt des Unfalls in deinem Bett lag?"

Ja scheiße, denkt Bärbel, *das hätte ich mir klüger überlegen sollen*. Bärbel wollte ihm nur ein hohlraumversiegeltes Alibi bieten. Nicht, dass das nötig gewesen wäre, doch sie weiß genau, worauf diese Befragung hinausläuft. Ihr ist klar, was der Polizeichef vorhat. Er ist unfähig, den wahren Täter zu ermitteln, weshalb er sich kleingeistig und kurz gedacht mit dem für ihn Naheliegendsten beschäftigt.

„Ach, wie einfach", kontert Bärbel. „Aus Mangel an Verdächtigen, weil ihr nämlich euren Job nicht macht, stürzt ihr euch auf irgendwen. Habt ihr geknobelt, oder was?!"

„Mo hat eine kriminelle Vergangenheit."

„Ja genau, und libanesische Wurzeln hat er auch", erwidert Bärbel und schiebt ihren Kopf in seine Richtung, während sie ihre Hände zu Waffen werden lässt. Niemand hat das Recht, ihrem großartigen Söhnchen eine Straftat zu unterstellen. Wenn das geschieht, wird sie zur Angreiferin. Dann hat sie keinen Respekt vor Institutionen, Konfessionen, Qualifikationen, Petitionen und Erektionen. Keinen Respekt vor Mordkommissionen, Ehrenformationen, Machtdemonstrationen, Terroristenorganisation, Bundestagsfraktionen, Gasexplosionen, Panzerbataillonen, Kehlkopfoperationen, Aggressionen, Infektionen und Ausnahmesituationen wie dieser.

„Das spielt doch gar keine Rolle."

„Wenn dem so ist, warum verdächtigt ihr nicht Daan? Vielleicht hat er Moni mit seinem E-Rolli überfahren. Ich hörte, als Jugendlicher klaute er seiner ersten Freundin einen Silberring. Bei Bijou Brigitte. Und was ist mit unserer Dorfältesten? Jeder weiß, dass sie mit ihrer Erbsenpistole Vögel abschießt. Hab sie sogar schon mal dabei gesehen. Da schoss sie allerdings auf eine kleine Natter."

„Das ist absurd. Und geschmacklos."

Pitje Puck, der sonst so spaßige Uniformträger prustet. Er reibt sich die Stirn, kratzt sich im Nacken, blinzelt im Akkord. Vermutlich, weil ihm sehr daran gelegen ist, dass das Verhältnis zu Bärbel nicht noch weiter in Richtung Eiszeit oder sogar Auszeit schlittert. Bärbel vermutet, dass er sie mag. Seine Mimik zuckt unkontrolliert und der grässliche Schnauzbart hüpft auf und ab.

„Geschmacklos ist, dass du mich ausgerechnet hier verhörst." Bärbel fuchtelt mit dem Arm herum, formt in der Luft einen Kreis.

„Wir sollten gehen", empfiehlt Polizeihauptmeister Pitje heiser und nickt seinem Sheriff zu. Klick, klick – er spielt fahrig mit dem Kugelschreiber.

„Es war der alte weiße Mann", raunt Bärbel. „Das sagte ich doch schon. Den solltet ihr befragen."

„Natürlich", meint der Polizeichef ironisch. „Wenn du Mo siehst, sag ihm, wir wollen mit ihm reden."

„Nicht mein Job. Sagt ihm das doch selbst."

„Nicht in diesem Ton, junge Frau."

Doch schließlich dackeln der Polizeichef und Polizeihauptmeister Benedikt Weiler davon.

Kleiner Scheißer. Wie alt ist der? Fünfunddreißig?

Sie steigen in ihren Dienstwagen und verlassen gemeinsam mit den Schmidhubers die Unglücksstelle. *Die haben doch Alkohol getrunken.* Bärbel schüttelt den Kopf. *Vor dem Gesetz sind eben doch nicht alle gleich.*

Bärbel setzt sich wieder ins Gras. Sie seufzt. Fast erinnert ihr Seufzen an ein Klagelied. Sie buddelt in der Bauchtasche nach ihrem kleinen Oktavheftchen und notiert sich Folgendes:

Wenn das jemand liest, bin ich tot. Ich spende all meine Organe, Hornhaut, Linsen, Haare – ich habe schönes dichtes Haar. Nur bitte sorgt dafür, dass die Schmidhubers keine Gedenkveranstaltung für mich organisieren.

Dann tauscht sie das Oktavheftchen gegen ihr Smartphone ein. Keine Nachricht von Mo. Sie hofft, dass er wegen ihres falschen Alibis keine Probleme bekommt und veranlasst - ein kurzer Tastenbefehl -, dass bei ihm angerufen wird. Doch der Anruf läuft ins Leere. Aus ihr rutscht ein weiteres Seufzen, das nach Klagelied klingt.

Bärbel zieht ihre langen Beine an den Körper, umschließt sie mit ihren Armen und legt den Kopf auf ihren Knien ab. *Igitt, die Hose müffelt vielleicht.* Sie rümpft die Nase und blickt sogleich wieder auf die Berge, wo die Sonne hinter den Gipfeln verschwindet. *Wunderschön.* Und schon minimiert sich ihre Wut.

Sie lebt schon seit fünfzehn Jahren im Allgäu, doch an diese Schönheit hat sie sich noch immer nicht gewöhnt. Es heißt, im Allgäu herrsche die höchste Niederschlagsdichte. Wer das behauptet, gehört niedergeschlagen und war doch dicht. Sie kann das nicht bestätigen. Was sie allerdings bestätigen kann, ist, dass es früher dunkel wird. Ganz anders als im Norden, wo die Tage im Sommer nicht zu enden scheinen. Doch wenn im Allgäu die Sonne hinter die Berge rutscht, wird das Licht ausgeknipst. Und dann wird es kühl - zumindest kühler. Sie verträgt das Klima im Allgäu ohnehin sehr gut. Die Sommer in Hamburg, auweia. Sie lungerte regelmäßig in der Obst- und Gemüseabteilung eines Supermarktes herum und lehnte sich überhitzt unter den feinen Sprühnebel. Tropische Nächte waren keine Seltenheit. Sie wäre in ihrer kleinen Dachgeschosswohnung fast erstickt. Tropische Nächte im Norden, das muss man sich mal vorstellen. In den vollversiegelten Großstädten knallt die Hitze wie ein weltklassegespielter Tischtennisball von einer Fassade zur nächsten. In Allgäuer Sommern wird es in ihrer Datscha mitunter so kühl, dass sie unter zwei Decken schläft.

Bärbel hat zu ihrer Ruhe zurückgefunden. Wobei Bärbel und Ruhe ... Zumindest ist sie davon abgekommen, Fichtings Polizeichef verprügeln zu wollen. „Der kleine Scheißer", flüstert sie. ‚Junge Frau' hat er sie genannt. „Respektlos", zischelt sie. „Er hätte mich genauso gut Schätzchen oder Fräulein nennen können." *Ich bin eine erwachsene Frau. Ich bin neunundfünfzig Jahre alt. Da macht er auf offizielle Befragung und besitzt noch nicht einmal den Anstand, mich zu siezen.* „Junge Frau, junge Frau."

Sieht man Werbung, werden Frauen ihres Alters in einem Atemzug mit Scheidentrockenheit genannt. Doch Bärbel fühlt sich noch gut geölt. So gut geölt, dass sie sich nach Sex sehnt. Doch wo? Und mit wem? Fichting ist ein Dorf. Affären und Liebschaften bleiben nicht lange unentdeckt. Doch genau das ist ihr Ziel, unentdeckt zu bleiben. Sie überlegte schon, nach München oder Augsburg zu fahren. Doch das gibt der Akku ihres E-Scooters nicht her. Schneller, anonymer Sex. Es gibt auch Bars für Mittelalte. Doch wie schnell könnte der anonyme Sex sein, wenn sie erst stundenlang nach

Augsburg oder München fahren muss?! Was Sex angeht, hat Fichting keine gute Infrastruktur. Wie dem auch sei, Bärbel fühlt sich zu fresh, um in einem Satz mit Blasenschwäche, Auslaufschutz und Hitzewallungen genannt zu werden.

Plötzlich schreckt sie hoch. *Wer räumt hier eigentlich wieder auf?* Sie rätselt und legt ihren Zeigefinger an die Nasenspitze. *Nun gut, der Schwenkgrill und die Ausschankbüdchen sind auf dem Seitenstreifen zusammengeschoben worden und werden sicher von den Schmidhubers abtransportiert. Aber die unzähligen Blumen mitten auf der Fahrbahn. Nicht, dass hier ein weiteres Unglück geschieht, durch Aquaplaning oder Flowerplaning.* Sie erhebt sich, tippt noch einmal auf ihr Display – nichts – und fängt an, die Blumen von der Fahrbahn zu schieben. Es wird immer dunkler.

„Bärbel", ruft eine Frauenstimme. Sie späht ins Zwielicht und muss ganz genau hinsehen.

„Marta", ruft Bärbel zurück. „Was machst du denn hier?"

Marta hat einen Besen in Übergröße und eine Schaufel dabei.

„Der Schmidhuber schickt mich", erklärt sie. „Ich wollte schon früher kommen. Die Moni kannte ich gut." Ihre Stimme wird ganz dünn, sie fiept. „Aber ich konnte nicht weg. Ich musste einspringen." Marta arbeitet für die Schmidhubers. Sie reinigt die luxuriösen Ferienunterkünfte, die sie Chalets nennen. Ein voller Vollzeitjob zum minimalen Mindestlohn. Vor über zehn Jahren sind Marta und ihr Mann als landwirtschaftliche Helfer ins Allgäu gekommen. Damals arbeiteten sie auf dem Hof der Putzlers. Während ihr Mann nach etwa einem halben Jahr zurück nach Italien zog, blieb Marta einfach hier.

„Bist du etwa zu Fuß?", fragt Bärbel.

„Der Schmidhuber Rudi hat mich gefahren. Er hat mich an der Straße rausgelassen."

„Gib mir die Schaufel", schlägt Bärbel vor. „Ich helfe dir."

Auch wenn die zwei bei vorbeisausenden Autos ausweichen müssen, ist die Fahrbahn nach einer halben Stunde geräumt. Die Blumen haben sie auf dem Seitenstreifen verteilt, möglichst dicht ums Kreuz herum.

„Das hätten wir." Bärbel wischt sich die Anstrengung von der Stirn. Ihre Strickjacke hat sie abgelegt. Es ist dunkel genug für das Outing ihres knittrigen Hemdes.

„Wie kommst du jetzt nach Hause?", fragt Bärbel.

„Weiß nicht."

„Der Olle holt dich nicht wieder ab?"

„Nö."

„Man redet nicht schlecht über Abwesende, aber ich habe das Gefühl, dass die Schmidhubers Ärsche sind."

Marta lacht laut auf. „Was du nicht sagst", erwidert Marta.

Darüber muss ich unbedingt mehr erfahren. Bärbel mustert Marta. Sie lässt ihre Augen schmal werden. *Doch nicht mehr heute, es ist dunkel und es wird kühl.* Sogleich zoomen ihre Augen wieder zurück.

„Soll ich dich nach Hause fahren", fragt Bärbel.

„Sehr gerne!"

Dass sie zehn Minuten später mit Schaufel und Besen hinter Bärbel auf einem E-Scooter steht, ahnte Marta nicht. Sie krallt sich an Bärbels Bauchtasche fest und kreischt bei jeder Kurve, jeder Unebenheit im Straßenbelag, bei jedem Bremsvorgang.

„Lass uns doch am Montagabend treffen. Ich lade dich auf eine Pizza ein", schlägt Bärbel vor, als sie Marta sicher abgeladen hat. Die Pizzeria Berlusconi, so heißt es, soll zwar ebenfalls im Clan-Geschäft tätig sein, aber in Konkurrenz zu den Schmidhubers stehen. Die Preise sollen gepfeffert und gesalzen sein und die Einheimischen munkeln, dass in den Hinterzimmern illegale Geschäfte abgewickelt und ein kleines Bordell betrieben werden. Obwohl die Pizzeria schon seit Jahrzehnten besteht, war Bärbel noch niemals dort. Vermutlich wegen dem, was gemunkelt wird. Aber: Das Etablissement ist ein Touristen-Hotspot, da die Pizza laut Insidertipp die beste im ganzen Allgäu sein soll. Siebeneinhalb von fünf Sternen. Keine Einheimischen verlaufen sich dorthin. Die besten Voraussetzungen für eine Undercover-Befragung über die Schmidhubers.

Marta, die Arme, noch ganz verweht und wackelig auf den Füßen, Schaufel und Besen umarmend, stimmt gerne zu.

„Dann können wir ein bisschen plaudern. Über Moni. Über dies, das, Eichenfass."

Marta legt ihre Stirn in Falten, nickt aber.

„Auf geht's, los geht's", tönt Bärbel und setzt ihren Scooter wieder in Bewegung.

Zurück auf dem Campingplatz fährt sie witterungsbedingt mit Fernlicht. Ein Feature, das sie sich vor einiger Zeit hat einbauen lassen. Der spröde Kies grummelt unter den Reifen und sie schliddert hin und her. Schorsch hat die Weg- und Platzbeleuchtung aus finanziellen Gründen auf funzelig gedrosselt. Funzelig schont zwar seinen Geldbeutel, doch funzelig ist auch gruselig. Bärbel pfeift. Die Totenruhe hat sie soeben aufgehoben. Sie fährt am Kiosk sowie der immer sprudelnden Tränke vorbei und erreicht schließlich ihre Gartenpforte. Sofort lösen ihre Bewegungsmelder aus – nicht funzelig, sondern Fernlicht. Geblendet, Augen zukneifend, steigt sie ab und schiebt den Scooter in ihren kleinen Vorgarten. Gartenpforte schließen, fertig ... das denkt sie zumindest.

Ein lautes Knacken ertönt. Nicht das Knacken, das eine Katze, ein Mader, ein Dachs oder ein Häschen verursacht. Eher ein Knacken eines größeren Körpers. *Ein Wolf,* fragt sie sich. Dann knackt es erneut. *Nein, zu laut für einen Wolf.* Bärbels Herzschlag zieht an. Sie steht noch immer gebückt vor ihrem Scooter, den Akku in den Händen. Ihr Puls rast. Sie bewegt sich keinen Millimeter. *Das geht in den Rücken.* Sie hört sich wie eine Neunundfünfzigjährige an, die sich mit ihren Freundinnen beim Aquajogging über Scheidentrockenheit, Blasenschwäche und dünnes Haar unterhält. *Da!* Wieder knackt es. Es knackt und raschelt. *Jetzt sei bloß nicht so ein Opfer.* Sie legt den Akku leise zu Boden und ruft laut: „Hallo." Keine Antwort. „Hallo, ist da jemand?"

Diese Szene hat sie schon tausendfach in Krimis gesehen. Gleich kreist der Killer seine Keule und schlägt das Opfer von hinten nieder. Keine Keule, sondern ein Rascheln ist die Antwort. Bärbel operiert ihr Taschenmesser aus dem Bauchbeutel und macht es einsatzbereit. Fast bricht sie sich einen Fingernagel dabei ab.

„Hallo?", ruft sie wieder. *Ich bin bewaffnet,* denkt sie, öffnet die Gartenpforte, schleicht über den Kiesweg und lauscht. Doch ihr Herzschlag ist so laut, dass sie ihre eignen Rufe kaum versteht.

„Hallo?" Sie schaut durch die Dunkelheit, atmet schwer, als hätte sie soeben das Gipfelkreuz des Gaisbichl erreicht. Alle Datschen wirken leer. Alles ist dunkel. Einen Fuß vor den anderen gesetzt, der Kies ächzt und knirscht, wagt sie sich weiter vor, das Messer in der Hand am ausgestreckten Arm. Ein kräftiger Windzug schiebt Bärbel von hinten an und sie erschrickt. Dann hört sie es wieder knacken. Wo kommt das her? Sie sieht kaum etwas. Mit leisen Schritten wagt sie sich auf die Datscha der Brandners zu. Sie würde gerne gegen die Angst pfeifen, doch sie traut sich nicht. Aufmerksamkeit kann sie gerade nicht gebrauchen. Nun steht sie unmittelbar vor dem pflanzenbewachsenen Rundbogen und schleicht hindurch in den Vorgarten, Waschbetonplatten unter ihren Sohlen. Das Knacken und das Rascheln haben sich noch verstärkt. Sie scheint auf dem richtigen Weg zu sein.

„Wer is do?", keift eine tiefe Stimme und Bärbel wird von einem grellen Licht getroffen. Vor Schreck fällt ihr das Messer aus der Hand.

„Ich bin bewaffnet", lügt sie und fechtet mit ihren Händen gegen den hellen Schein an.

„Bärbel?", erkundigt sich die Stimme und der helle Schein wandert herab, leuchtet die Bodenplatten aus.

„Bertl!" Sie atmet tief aus. *Ich kenne meinen Mörder also*, denkt sie. Endlich ergreift Bärbel die Gelegenheit, ihr Telefon hervorzukramen, und betätigt die Taschenlampenfunktion.

„Was tust du hier?", interviewt Bärbel ihn, noch immer aufgebracht und atemlos.

„Tjo, oiso“, entgegnet Bertl. *Okay, töten will er mich nicht, anderenfalls hätte er es längst getan.*

„Du hast mich zu Tode erschreckt. Also fast.“ So langsam beruhigt sich Bärbel wieder. Sie bückt sich nach dem Messer und kehrt mit reichlich Blut im Kopf in die seltsame Szene zurück.

„Tjo, oiso“, entgegnet Bertl erneut. Er steht auf der Veranda der Brandners, in seinem Körper steckt Rage. Bei jeder Bewegung knackt das Holz. Kein Zweifel, dass er sich ertappt fühlt. Doch wobei?

„I hob Blumen g'gossn“, behauptet er. „I kenn die Brandners guad. I hob dera Schlissl. Sie san am Wochenende wieda hia.“

„Aha“, erwidert Bärbel. Sie lenkt ihre linke Augenbraue in die Höhe und legt den Kopf leicht schief. *Blumen gießen um halb elf.* Sie fixiert Bertl, betrachtet ihn mit Skepsis. *Blumen gießen, wenn sie am Wochenende selbst gießen können?*

„I bin jetzt fertig. Müde bin i a.“ Er täuscht ein Gähnen vor – fürchterlich mies geschauspielert, als wäre er ein ehrenamtlicher Komparse bei ‚Berlin – Tag & Nacht‘ - und streckt sich. Die Veranda knackt. „I winsch dir oane guade Nocht.“ Als wenn an dieser Begegnung nichts kurios gewesen wäre, trödelt er summend an Bärbel vorbei und gibt sich unbeteiligt. „Ciao.“

„Worüber hast du dich vorhin mit dem Schmidhuber Gerdi gestritten?“, ruft Bärbel ihm hinterher.

„Wos? Mit wem?“

„Gerdi Schmidhuber“, wiederholt sie.

„Woiß gor net“, tönt Bertl. „Ham mia uns g'stritten?!“

„Sah so aus.“

„Dann sah's wohl nur so aus. Ciao.“ Und schon eilt er dem Schein seiner Taschenlampe hinterher und wird bald von der Dunkelheit sowie der Stille, die üblicherweise auf dem verwaisten Campingplatz herrscht, verschluckt.

„Der verarscht mich doch“, schimpft Bärbel. „Ich werde ihn morgen im Bioladen befragen müssen.“

Nachdem Bärbel sich ins Bett gelegt hat, schiebt sie sich ihr Telefon vors Gesicht.

Was macht eigentlich Rennie, fällt ihr ein. Früher war Rennie in aller Munde. Es ist ruhig um ihn geworden. Rennie war einer, der hat noch angepackt. *Der hat den Magen aufgeräumt,* überlegt sie und gibt seinen Namen in die Suchmaschine ein.

„Sieh an“, wispert sie. „Rennie gibt es immer noch. Bei medpex und in der Shop-Apotheke zum Beispiel.“ Aufgeschlaut drückt sie den kleinen Knopf, der die Nachttischlampe zur Nachtruhe zwingt und bringt sich unter dem geblümten Bettbezug in Position.

„Hey, pst“, macht Mo. „Bist du wach?“

Mitten in einem Traum wird Bärbel gestört. Ein schöner Traum. Er handelt von Liebe und Sex. Seit Bärbel keinen Sex mehr hat, träumt sie häufig davon.

„Psst, aufwachen.“

Langsam dringt Mos Stimme zu ihr durch. *Werde ich tatsächlich gerufen oder träume ich das nur?* Bärbel ist sich nicht sicher. *Nicht stören, ich träume grad so schön.* Doch als Mo ihren Rücken berührt und an ihr rüttelt, lässt sie den Sex zurück und entscheidet sich fürs Wachsein. Sie schreckt auf.

„Was ist passiert?“, quäkt sie heiser. Sofort beendet sie die Nachtruhe ihrer Nachttischlampe. „Mo!“, staunt sie.

Dieser sitzt auf dem Boden vor dem Bett und kneift seine Augen vor der plötzlich angreifenden Helligkeit zu.

„Bee", säuselt er verwaschen und will sie umarmen.

„Sag mal, bist du betrunken?"

„Bee!" Mo lehnt sich an das Bett wie ein schlappes Faultier.

Bärbel hinterfragt ihn nicht. Sie rutscht von der Matratze, greift nach ihm und hält ihn fest, während er laut und überschießend drauflosweint. Obwohl sie den Grund seiner Traurigkeit nicht kennt, unterstützt sie ihn. Und beide sitzen mitten in der Nacht auf dem Fußboden ihres kleinen Schlafzimmers und weinen. Das haben sie früher schon getan.

„Was ist los? Erzähl es mir", bittet Bärbel etwa vier Minuten später. Beide haben sich beruhigt, die Tränen machen Pause – kein Mensch weint für immer.

„Ach, Bee", erwidert Mo. Mehr nicht. Und Bärbel erinnert sich ...

Als der fünfzehnjährige Mo damals zu ihr in die Datscha zog – er war gerade aus der Jugendhaftanstalt entlassen worden –, betrachtete er sie und meinte: „Ich kann dich unmöglich Bärbel nennen." Er straffte seine Gesichtszüge und rundete seine Augen.

„Warum nicht?" Bärbel legte sich eine Hand in den Nacken, kniff ein Auge zu. Wollte er sie siezen, sie Frau Schramm nennen? Oder ganz im Gegenteil fühlte er sich ihr so nah, dass er sie Mama nennen wollte?

„Das ist voll der peinliche Name."

„Oh", machte sie. Mit dieser Antwort hatte sie nicht gerechnet. Das hatte ihr noch keiner gesagt.

„Ich nenne dich B", entschied er. Englisch ausgesprochen wie bei Mel B. Nach wenigen Wochen ist aus seinem B ein Bee geworden, weshalb er sie heute hin und wieder auch Bienchen nennt.

„Mo, du kannst mir alles erzählen. Was ist los?"

„Ich bin da in was reingeraten", lallt er und stößt geräuschvoll auf. Nähere Details verrät er, der eigentlich Mohammed heißt, nicht. Er verdreht die Augen und eilt aus dem Raum. Rums, bums, schepper. Mit letzter Kraft torkelt er durch die Datscha und schafft es zum spritzigen Finale vor die dunkelgrüne Toilettenschüssel.

„Hm", seufzt Bärbel. Sie richtet einen Eimer her. Zwei Esslöffel Shampoo auf einen Liter Wasser zum Neutralisieren des bissig-sauren Geruchs und stellt diesen vor dem gelben Ausziehsofa im Wohnzimmer bereit. Sie setzt eine Flasche stilles Wasser daneben ab, schneidet ein paar Taschentücher auseinander und schüttelt noch einmal ihre beiden Decken auf. Fenster auf Kipp und nachdem sich Mo das dritte Mal übergeben hat und im Badezimmer einzuschlafen droht, hilft sie ihm auf und begleitet ihn zu Bett.

„Schlaf gut, mein Junge", flüstert sie und streichelt seinen Kopf. „Kein Hindernis ist so hoch, dass wir als Team nicht gemeinsam darüber hinwegkommen."

Bärbel schlurft ins Schlafzimmer. *Auweia, in was mag mein Mo nur reingeraten sein?* Und dennoch schläft Bärbel erholsam und trotz der schweren Gedanken schnell wieder ein wie eine Fernfahrerin.

Was macht eigentlich Ramona Leiß?

„It's my life, it's my life, my worries."

Bärbel schreckt hoch. Ihr Herz trommelt von innen gegen den Brustkorb. Mit dem Atmen kommt sie kaum hinterher. „Puh", macht sie. Direkt neben ihrem Kopf spucken die Schepperboxen des CD-Players den Doktor ihres Vertrauens aus. Bärbel zählt mit zwei Fingern ihren donnernden Puls aus. *Donnerwetter!*

Sie klettert aus der Blumenwiese, geht ins Bad und steigt in die grüne Duschkabine, bevor sie sich zehn Minuten lang die dichten, langen Haare föhnt. Wann immer sie ihren uralten Föhn benutzt, riecht es danach nach verbranntem Toast. Sie streift Sport-BH, Unterhose und -hemd, Fleece Hoodie, Söckchen und bunte Leggins über.

Im Wohnzimmer auf dem Ausziehsofa liegt Mo. Sie wollte mit ihm sprechen, doch er schläft. Da hilft auch das inszenierte Husten, Räuspern, Naseputzen nichts. Das war zu erwarten, nachdem ihn tags zuvor nicht einmal Dr. Alban wachrütteln konnte. Sie schlüpft in ihre Laufschuhe, legt die Bauchtasche um und verzurrt die Fahrradhandschuhe – „Au, stramm", meckert sie - und verlässt das Haus.

Es ist sechs Uhr zweiundzwanzig. Der Wind bläst so stark, als wenn er Bodybuilder wäre. Die Vögelein zwitschern. Sie hört das Plätschern der Wassertränke und aus weiter Ferne Kuhglockengeläut. Die Sonne starrt ihr in die Augen. Auf ihrem Scooter verlässt sie den Campingplatz.

Ihre Gedanken schießen im Zickzack hin und her. Sie denkt an Moni und an so viel mehr: *Ob ich heute tatsächlich schon wieder laufen gehen sollte?*

Moni ist erst seit zwei Tagen tot. *Sollte man wirklich so schnell wieder zur Tagesordnung übergehen?* Bärbel schnauft. *The Show must go on. Wer hat das noch mal gesagt?* Gedanken rasen durch ihren Kopf und verirren sich in jedem Winkel ihres Verstands. Sie kratzt sich an der Nase. Eine Haarsträhne kitzelt sie im Wind. *Und wer kümmert sich überhaupt um Monis Beerdigung?* Sie hat keine Verwandten. Und die Schmiedhubers …? Bärbel schüttelte den Kopf und sog die Luft ein. *Nein! Ich! Ich könnte da übernehmen. Ich schreibe einfach aus meinem Oktavheftchen ab.* Sie greift an ihr Bauchtäschchen, als wolle sie gleich mit der Planung beginnen. „Wie es Mo wohl gerade geht? Was hat er bloß gemeint, als er sagte, dass er in etwas reinegraten sei?", flüstert sie, als ihre Gedanken wieder Zickzack drehen.

„O scheiße", flucht Bärbel und zieht an der Bremse. Beinahe hätte sie eine Maus überfahren. Vertrauensselig tippelt die graue Eminenz von rechts über den Gehweg. „Anders wird es Moni vermutlich auch nicht ergangen sein", wispert sie. *Du weißt nie, was als nächstes passiert. Es sei denn, du siehst dir das Traumschiff oder eine Pilcher-Verfilmung an.* Und wieder donnert ihr Puls. *Ich habe eindeutig zu wenig geschlafen.* Sie bremst, steigt von ihrem Roller und stellt ihn auf dem Wanderparkplatz ab.

Sie ist heute früh weniger spritzig unterwegs als an anderen Tagen. Sie kämpft sich japsend empor und lässt ihren Zwischenstopp bei den Kühen heute besonders lang werden.

„Ja Servus, Denise", singt sie, schnippt mit den Fingern und deutet eine Stepptanznummer an. „Hallo, hallo." Sie greift sich den massigen Kopf, krault und tätschelt ihn. „Wer ist die Beste?" Schließlich lässt sie von Denise ab – genug der Zärtlichkeiten – und erklärt die Kraulstunde für beendet. Sie klatscht in die Hände, trabt an und quält sich Höhenmeter um Höhenmeter weiter bergauf.

Als sie oben auf dem Gaisbichl ihre obligatorischen Dehnübungen macht, ist sie sich plötzlich unsicher, ob es tatsächlich Denise oder eine ganz andere Kuh gewesen ist, an die sie ihren schrumpeligen Apfel verfüttert hat. Sie fühlt sich ein bisschen aufs Horn genommen.

Was mache ich hier überhaupt? Mit einem Mal hält sie inne. Sie unterbricht ihre Dehnübungen, setzt sich auf den Boden, schaut ins Leere, die langen schlanken Beine dicht an den Körper gezogen. *Mo steckt vermutlich in Schwierigkeiten und ich mache auf normal.* Sie legt ihre Lider ab. *Moni ist vor zwei Tagen gestorben und Fichting feiert ein Volksfest.* Sie schnieft. Schließlich muss sie weinen. Das alles zuzüglich der Erschöpfung durch den wenigen Schlaf überwältigen sie. ‚Zu viel' ist die korrekte Bezeichnung für das Tempo, dass sie für den Rückweg wählt. Sie donnert unkontrolliert die schmalen Pfade, den Wiesenhang, den Waldweg hinunter, dass es staubt, als hätte irgendwer ein Bierfass mit gemahlenem Zimt in die Luft gejagt. Wie auf Skiern rutscht sie zum Wanderparkplatz zurück. Sie hustet ob des Staubes, den sie selbst verursacht hat, und rast auf dem Scooter nach Hause.

„Mo? Mo, bist du wach? Ich bin wieder da", krächzt sie und lässt die Eingangstür hinter sich ins Schloss fallen.

Mo sitzt auf dem Ausziehsofa und sieht nach Kopfschmerzen aus. „Hey Bee", begrüßt er sie und wirft unverzüglich seinen Blick hinunter. Seine Lippen bewegen sich, als würde er im Inneren mit den Zähnen knirschen. „Tut mir so leid!"

„Das muss dir nicht leidtun", erwidert Bärbel und wirft sich auf den blauen Schwingsessel, für den sie sich seit Jahren schon den passenden Fußhocker kaufen möchte. Das steht sogar schon in ihrem Oktavheftchen. „Hauptsache, dir geht es wieder besser."

„Geht so. Ich hab gerade bei der Arbeit angerufen und mich krankgemeldet. Immerhin musste ich nicht mehr ..." Er macht eine kurze Pause und deutet nickend auf den blauen Zehnlitereimer, aus dem es frisch nach Shampoo duftet. „... kotzen."

„Immerhin", wiederholt Bärbel und setzt sich auf. „Wir müssen über etwas reden."

„Über irgendetwas? Dann lass uns übers Wetter quatschen", sagt Mo mit einem Grinsen und flieht vor ihrem Blick.

„Über das, was du gestern Nacht gesagt hast", entgegnet Bärbel. „Das du in etwas reingeraten bist."

„Ach das", murmelt Mo und guckt nachdenklich, als könne er sich nicht mehr daran erinnern. „Können wir ein anderes Mal darüber reden?"

„Ich werde uns jetzt einen Kaffee kochen. Ich hatte heute nämlich noch keinen. Und dann reden wir, okay?" Bärbel tätschelt seine Hand und lächelt.

„Hm", macht Mo.

„Was heißt, hm? Hm, ja? Oder Hm, nein?", fragt Bärbel nach.

„Ich nehme erst einmal eine Dusche, dann einen Kaffee", murmelt Mo. Und wie sich das für einen gut erzogenen jungen Mann gehört, schlägt er zunächst Bärbels Decken auf, räumt sie ins Schlafzimmer, klappt nach Tagen des Platzmangels das Ausziehsofa zusammen und leert den Eimer im Badezimmer aus, während Bärbel vor dem geöffneten Kühlschrank steht und ebenfalls ‚Hm' macht.

„Keine Milch."

Ihr fällt ein, dass sie am Käseautomaten vorbeirollern wollte. Doch dann kam eine tote Moni Schwärzel dazwischen. „Trinken wir den Kaffee halt schwärzel", flüstert Bärbel. „Äh, schwarz", korrigiert sie sich.

„Was ist das?", fordert Mo eine Antwort, nachdem er frisch geduscht auf dem Sofa sitzt. Er hebt das braune Glas mit dem Plastikdeckel an.

„Kaffeeweißer", antwortet Bärbel. „Stell dir vor, ich hatte noch welchen im Haus."

„Igitt", macht Mo.

„Besser als schwarz", behauptet Bärbel. Beinahe hätte sie wieder Schwärzel gesagt.

„Ne, finde ich nicht."

„Ich habe auch noch Kekse und Marmelade. Mit viel Fantasie ist das ein französisches Frühstück", trällert sie. Sie flattert herum wie eine Biene. Ihre Finger machen Tippelschritte, weil sie nicht abschätzen kann, was Mo ihr gleich erzählen wird. „Et Viola!" Sie schiebt das Gebäck und den Aufstrich in seine Richtung. Mo pustet in die Tasse. Bärbel schaufelt vier Teelöffel Kaffeeweißer in ihren Becher.

„Jetzt erzähl mir doch bitte, was los ist", sagt sie, während Mo an seinem schwarzen Kaffee nippt.

„Ich weiß nicht, wo ich anfangen soll."

„Immer schön der Reihe nach." Bärbel gibt sich pädagogisch, bemüht sich sehr, ihre Ungeduld, die Neugier und die Nervosität nicht durchschimmern zu lassen.

Auf einmal betätigt irgendwer ihren Türklopfer. Ein mächtiger Hirsch aus Messing, dessen Geweih gegen die Holztüre schlägt. Es klopft gleich fünfmal hintereinander.

Wer kann das sein? Bärbel zuckt zusammen. *Amazon? Nein, mit Amazon habe ich längst einen Ablageort besprochen. Die Zeiten, in denen Lieferungen per Nachnamen und bar bezahlt werden müssen, liegen einige Jährchen zurück.* Bärbel blickt zu Mo, als ob er wüsste, wer ihr ‚französisches Frühstück' stört. Er hebt seine Schultern, lässt sie wieder fallen. Bärbel stelzt zum Eingang. Mit Augen, die sie in dem Moment aufreißt, als sie die Türklinke in die Hand nimmt, öffnet sie die Tür.

„Hallo, Bärbel! Ist Mo Amir zu sprechen?" Fichtings Polizeichef höchstpersönlich, in Uniform und gekämmt, steht vor der Tür.

„Haben Sie einen Durchsuchungsbefehl", fragt Bärbel. In dem Augenblick entdeckt sie Benedikt Weiler, der mit Schweiß auf der Stirn zu Boden blickt. Neben ihm, die Finger lässig in den Gürtel gehängt, steht eine junge Polizistin.

„Wir brauchen keinen Durchsuchungsbefehl. Wir wollen Mo nur ein paar Fragen stellen", erwidert der Polizeichef.

„Zu dritt? Euer Ernst?" Bärbel geht in die Offensive. Sie tritt auf die kleine Veranda, bis sie dem Trio ganz dicht gegenübersteht und schließt die Tür hinter sich. „Ohne Durchsuchungsbefehl muss ich euch auch nicht reinlassen."

„Jetzt mach es uns doch nicht so schwer", flötet der Polizeichef. „Wir tun hier nur unsere Arbeit."

Bärbel lacht verächtlich auf, dass die junge Polizistin erschrickt. „So?", fragt Bärbel nach. „Habt ihr den alten weißen Mann im Pick-up verhaftet?" Bärbels Puls, Bärbels Puls, Bärbels Puls. *Ruhig.* Sie nimmt sich Zeit für einen Atemzug, der tief in ihrem Bauch landet. *Ich bin gelassen. Ich verhalte mich professionell.*

„Wir würden gerne mit Mo sprechen", sagt die junge Polizistin.

„Worüber denn?", fragt Bärbel.

„Bärbel, bitte!", entgegnet der Polizeichef.

„Könnt ihr keine Aufnahmen besorgen, Verkehrs-überwachungskameras per Satellit anzapfen ... Was weiß ich?" Sie meint es ernst. Doch der Polizeichef und seine junge Kollegin kichern, dass Bärbels Fingernägel ein Muster in ihren Handballen stanzen.

„Wir sind hier nicht beim FBI." Der Polizeichef grient noch immer. „Wir sind nicht einmal bei den Rosenheim-Cops."

„Ja, merke ich. Bei den Rosenheim-Cops geht man Hinweisen nämlich nach."

„Junge Frau", mischt sich die Polizistin mit der schicken Kurzhaarfrisur ein.

Junge Frau, wiederholt Bärbel still. *Das wird eine tolle Stanzarbeit, von der ich noch lange etwas haben werde.*

„Wir nehmen Hinweise aus der Bevölkerung sehr ernst, weshalb wir auch dringend mit Herrn Mohammed Amir sprechen müssen." Weiter kommt die Kollegin nicht.

„Hier bin ich." Mo steht in der geöffneten Haustür.

„Geh wieder rein!", befiehlt Bärbel und drängt ihn zurück.

„Schon gut", erwidert Mo und legt seine Hände von hinten auf ihre Schultern.

„Würden Sie uns bitte auf die Polizeiwache begleiten?", fragt der Polizeichef nach, wenngleich es nach einem Befehl klingt. Benedikt fährt sich mit der Hand über die Haare und lässt sie am Hinterkopf liegen. Obwohl er heute keinen Kugelschreiber dabeihat, benimmt sich sein linker Daumen so.

„Bin ich verhaftet?" Mo geht offensichtlich in die Offensive.

„Du meine Güte", quiekt Bärbel.

„Wir wollen Ihnen nur ein paar Fragen stellen", sagt die junge Polizistin.

„Das könnt ihr doch auch hier", bemerkt Bärbel.

„Kein Ding. Ich komme mit." Mo nickt.

Bärbel flattert umher wie ein Bienchen, das von einer Blüte zur nächsten saust. „Ich komme mit", sagt sie.

„Wir haben nur einen Viersitzer. Aber sie können gerne nachkommen", entgegnet die Polizistin. Auf ihrem Revers steht ‚J. Holler'.

Der Polizeichef schiebt seine Augen Richtung Stirn und blickt mit Mundwinkeln im Abwärtstrend zu seiner Kollegin herüber. „Können wir dann?", informiert er sich. Sein Blick wandert von Benedikt über Frau Weiler zu Mo. Den Abgleich mit Bärbel lässt er aus. Alle bis auf sie signalisieren ihre Abfahrbereitschaft. Aufbruchstimmung, auch wenn sie mies ist. Die Beamten nehmen Mo in ihre Mitte und geleiten ihn von der Veranda.

„Mo, du sagst nichts! Ich besorge dir eine Anwältin", haspelt Bärbel und eilt auf Socken neben den Vieren über den betagten Kies. „Ihr erwarte, dass ihr ihn nachher wieder zurückbringt."

„Selbstverständlich." Benedikt nickt. Seine Hand streckt sich nach ihr aus, doch noch ehe er sie berührt, zieht er sie wieder zurück. Er zwinkert ihr zu und schiebt seine Unterlippe vor.

„Noch nicht einmal gefrühstückt hat der Junge", sagt Bärbel zu Benedikt. Unter den Uniformierten ist er ihr einziger Verbündeter.

„I sorg d'für, doss er bei uns wos b'kommt." Noch einmal zwinkert Benedikt ihr zu.

„Ich schwinge mich gleich auf den Roller, hörst du Mo? Ich bin direkt hinter dir." Bärbel stakst wie ein Pfau während der Balz neben ihm her.

„Ist schon gut." Mo lächelt. „Mach dir keine Sorgen."

Dann haben sie den bereits erwähnten Viersitzer erreicht. Bärbel ist kurz davor, laut loszugrölen, wäre die Situation für sie nicht so ernst. Sie würde sich am liebsten lachend vornüberfallen lassen und amüsiert mit den Klauen scharren - wie ein Pfau.

Vor ihr steht ein winzig kleines Elektromobil, zugelassene Höchstgeschwindigkeit vierzig Kilometer pro Stunde, mit einem einsamen runden Blaulicht auf dem Dach und drei Rädern.

Es dauert eine Weile, bis alle vier im beengten Innenraum ihre Beine und Arme beieinanderhaben und aufrecht sitzen.

„Hier, ein Bonbon." Bärbel reicht ihrem Mo einen Drops aus der Bauchtasche. Er muss nicht wissen, dass dieser mit Bachblüten in Verbindung steht. Frau Holler, die am Steuer sitzt, startet den Motor.

„Bitte Türen schließen", kommandiert der Polizeichef.

Gerade noch rechtzeitig bringt Bärbel ihren Arm in Sicherheit. Sie wirft ihn sich an die Brust und hält ihn mit der linken Hand dort fest. Tuck-tuck-tuck. In Schrittgeschwindigkeit rollt der Viersitzer vom Platz. Ohne sich zu regen, starrt Bärbel hinterher. Doch so lange sie auch starrt, das Fahrzeug bleibt in Sichtweite. Tuck-tuck-tuck, es fährt kaum schneller als ein Tuk Tuk.

„Ich fahre sofort los", ruft sie. Sie streckt ihren Arm aus, doch berühren kann sie den Viersitzer dann doch nicht mehr. *Bestimmt hole ich sie noch ein.*

Bärbel steht in rosa Sneakers auf ihrem Roller und ist abreisefertig, da sieht sie einen Pick-up, der einen sehr langen Wohnwagen hinter sich herschleppt, auf das verwaiste Hauptgebäude zurollen.

„Scheiße, der Check-in, um den Schorsch mich gebeten hat", nuschelt sie. „Der hat mir gerade noch gefehlt." Und als sie sieht, wer aus dem weißen Pick-up aussteigt, mit Schnauzbart und Schlapphut, verliert sie die Kontrolle über ihre Mimik.

„Nein", tönt sie und schlägt sich die Hände vors Gesicht. So verharrt sie ein Weilchen. „Nein. Nein. Nein", keift sie. Luft quetscht sich durch ihre Finger. Mit

Schritten, so groß, als wolle sie einen Spagat machen, stürmt sie auf den Mann zu. „Sie haben Nerven hier aufzutauchen", schnauzt sie.

„Kenne ich Sie?", ruft der alte weiße Mann und legt seine Stirn kraus. Er sieht aus, als wäre er gerade mit einem Kreuzworträtsel beschäftigt.

„Sehr witzig", donnert Bärbel.

„Ich kenne Sie nicht. Sie müssen mich verwechseln." Der Pick-up-Besitzer schwenkt abwehrend seine Hände durch die Luft und nimmt hinter den selbsttönenden Brillengläsern die aufgebrachte große Frau ins Visier.

„Ne, kenne ich nicht", flüstert er mit gerümpfter Nase.

„Und ob du mich kennst", brüllt Bärbel. „Vorgestern auf dem Weg zum Gaisbichl, klingelt es? Und was ist danach passiert? Hä? Ich rede von Fahrerflucht, du Mörder!"

„Spinnen Sie?", donnert er. „Ich will einfach nur einchecken. Ich möchte zu Herrn Kogler", erklärt er auf Hochdeutsch.

Lügner, denkt Bärbel inzwischen dicht vor ihm stehend. So dicht, dass sie seine Barthaare zählen könnte und seinen ungelüfteten Geruch wahrnimmt. So dicht, dass sie ihn küssen könnte. Er ist gut einen Kopf kleiner als sie. Sie blickt hinunter und schnauft. Er guckt herauf und prustet. *Das wird ihm schlecht passen, dass ich so groß bin, geistig sowie körperlich.*

„Kann mir mal jemand helfen? Ich werde von einer Giraffe angegriffen", äußert der rotzige Kerl lautstark. Sein Atem riecht nach Aschenbecher.

„Bodyshaming, wie fein", erwidert Bärbel. Sie wackelt mit dem Kopf, rammt sich die Hände in die Taille und bewegt ihren Unterkiefer vor und zurück.

„Was?"

War klar, dass sich seine Rohheit mit delikaten Themen nicht auskennt. Sie schnaubt. Ihr Herz donnert mit einer Wucht, dass jeder einzelne Schlag von seinem Körper abprallt und an sie zurückgeworfen wird - wie ein Flummi, immer hin und her. Den Rückstoß erlebt sie als Erschütterung. Oder eher als Vibration? Sie stutzt. Irgendetwas vibriert, während sie ihm zum Küssen nahe ist. Ihr Magen verkrampft. Ein Knistern liegt da in der Luft. *O nein. Es knistert gefährlich zwischen uns.* So etwas empfand sie bisher kaum. Sie kann sich nicht wehren, als aus dem Knistern Hitze und Feuer wird. *Ich koche gleich über.* Und dann formt sie zwei Fäuste, tritt ihm mit ihrem rosafarbenen Sneaker gegen das linke Schienbein. Gleichzeitig stößt sie ihn wie ein krawalliger Fußballnationalspieler mit ihrer flachen Brust von sich, als ob sie die vier zu null Niederlage gegen einen Drittligisten nicht akzeptieren könnte.

„Spinnen Sie?!", krakeelt der alte weiße Mann. Er reißt seine Augen auf und guckt sie kugelrund an. Seine Lippen zucken. Ihre Attacke hat ihn zwei Schritte nach hinten versetzt.

„Du Mörder!", brüllt sie. „Wegen dir haben sie meinen Sohn verhaftet." Sie tänzelt wie eine aufgekratzte Kirmesboxerin. *Nie die Deckung fallen lassen.* Doch der Schnauzbart rührt sich ohnehin nicht. Ungläubig guckt er nur und staunt – ‚staunen' auf die negative Art.

„Jo, wos is'n hier los?", ruft der Kogler Schorsch klangvoll und bairisch.

„Die hat mich angegriffen."

„Der hat Moni Schwärzel überfahren."

Schorsch blickt zwischen den Streitenden hin und her. Er gestikuliert, seine Hände fechten durch die Luft. In seinem Gesicht steht ein Fragezeichen. Bärbel ist so aufgewühlt, dass ihr Redefluss ungebremst über die Ufer tritt, während der Geschubste immer wieder behauptet, Bärbel noch nie begegnet zu sein.

„Jetz is a Ruha!", brüllt Schorsch und klatscht einmal heftig in die Hände. Es knallt, als wäre er vom Sprungturm mit dem Rücken zuerst auf dem Wasser aufgeschlagen. Vor lauter Schreck gehorchen die zwei und sind still. Bärbel bemerkt sogleich ihr schlechtes Gewissen, jetzt, da sie von neunzig auf sechzig Grad heruntergekühlt.

„Sorry", nuschelt sie. Erstaunt über ihr eigenes Verhalten – sie hat sich gehen lassen – schüttelt sie den Kopf.

„Er hot die Moni üb'rfohrn? Wie kommsch'st do rauf? Wos für'n Schmarrn!", wütet Schorsch. Eine Premiere: Soweit Bärbel weiß, ist er noch nie wütend auf sie gewesen. „Der Dominik is oan oider Spezl. Griaß di erst amoi." Er umarmt seinen Freund. Einundzwanzig, zweiundzwanzig, dreiundzwanzig. Die beiden Männer zerquetschen einander fast, während sie auf den Rücken des jeweils anderen trommeln.

„Nur weil er dein Freund ist, kann er doch trotzdem ein Mörder sein", erklärt Bärbel und legt noch einmal ihre ‚Beweise' vor.

„Er wor's net. Er wor bei mir."

„Das klingt jetzt aber dünn", erwidert sie und denkt an ihr eigenes erfundenes Alibi für Mo, dass ihm jetzt, da er auf der Polizeiwache befragt wird, hoffentlich keine Schwierigkeiten bereitet. Ein flaues Gefühl nagt an ihrem Magen.

„Herrschaftszeit'n, Bärbel. I hob di nur um oanen Check-in g'beten", raunt Schorsch und fährt sich übers lichte Haar.

„Eben. Was machst du überhaupt hier?"

„I hob do Zeit g'hobt. So oan Glück, sonsch'st wärst jetzt du oane Mörderin. So hob i di noh nie g'sehen."

„Du übertreibst", flötet Bärbel. Sie hat sich wieder beruhigt. Sie weiß, dass sie sich bei Dominik entschuldigen muss. Sie überwindet sich, ohne ihn anzusehen, zu einem ‚Tschuldigung' unterhalb von Zimmerlautstärke.

Dominik ignoriert es.

„Ihr zwoa werdet euch mitanand arrangieren miassen", meint Schorsch.

„Was heißt das?", erkundigt sich Bärbel.

„Der Dominik wird auf'm Campingplatz wohnen. Den Sommer über."

„Hm", macht Bärbel. „Mir egal." *Den Sommer über, dass ich nicht lache. Der wird bald im Gefängnis sitzen.*

„Ich fahre jetzt zur Polizei. Sie haben Mo", erklärt sie.

„Frog noch'm Todeszeitpunkt. Frog, wann d'r Unfall wor. Der Dom konns net g'wesen soa. Er wor in der Früh bei mir."

„Mache ich", entgegnet Bärbel. *Wer's glaubt.* Sie schwenkt ihre Augäpfel umher und hätte liebend gerne wieder davon angefangen, dass sie genau gesehen hat, wie Dominik, ihretwegen auch Dom, wie ein Nikki

Lauda-Double am besagten Unglücksmorgen vom Wanderparkplatz gerattert war. Doch das spart sie sich für die Polizei auf. „Ciao." Sie hebt ihre rechte Hand und wirft sie wieder zu Boden. „Und Tschuldigung noch einmal", sagt sie und richtet sich an Dominik, der in dem Moment wortlos beide Mittelfinger ausfährt.

„Ich habe ihn! Ich habe ihn!" Bärbel ist, als hätte sie diese Situation schon einmal erlebt. *Carpe diem, Déjàvu, wie heißt das noch gleich? Je ne sais Peng!* Ihr fällt es nicht ein. Stattdessen fällt sie in die Polizeiwache ein. Genauer gesagt, stößt sie gegen die Schiebetür. Es donnert, die Scheibe vibriert, sie hält sich die Stirn. „Aua", schimpft sie. *Geh aus dem Weg. Ich trete dir sonst gegen das Schienbein.* Sie beißt sich auf die Backenzähne.

„Bärbel!" Ein Lächeln huscht über Benedikts Gesicht. Er steht hinter dem Empfangstresen.

„Er heißt Dominik, ist ein Spezl vom Schorsch und ist jetzt gerade auf dem Campingplatz. Komm, verhafte ihn. Lass meinen Jungen frei."

„Ja mei", schnurrt Benedikt. Schnurrhaare hat er schließlich genug. „I fohr hi."

„Echt?", fragt Bärbel nach. Damit hätte sie nicht gerechnet. Sie ist erstaunt. Endlich hilft ihr jemand.

„Jo, i fohr hi." Benedikt lächelt.

„Ich komme mit." Wieder tänzelt sie herum wie eine Kirmesboxerin.

„Naa", erwidert Pitje. „Du bleibsch'st hia. Mo braucht di vielleich." Er umschifft den Tresen und bewegt sich auf Bärbel zu. Sie blickt ihm in die Augen, er guckt weg, als schäme er sich. Wird er etwa nervös in ihrer Nähe? Bärbel kräuselt ihre Nase und verengt ihren Blick.

Die Uniform steht ihm gut und schon steht er vor ihr. Er deutet an, seine Hand auf ihre Schulter zu legen, als wäre er ihr ganz persönlicher Freund und Helfer, doch er zuckt zurück. „Du frühstückst jetzt erscht amoi. Hinde in der Küche is der Tisch g'deckt. Do kannsch'st worten. Komm, i bring di hi."

Bärbel nickt. Erst jetzt spürt sie, dass ihr Magen schmerzt. Er ist noch schlechter gefüllt als ihr Kühlschrank. Kaum den Leerstand bemerkt, knurrt er auch schon.

„Du musch'st wos essn", meint Pitje.

Auf dem Weg hinter den Tresen, einem repräsentativen, massiven Tresen aus Holz – vieles im Allgäu ist aus massivem Holz gebaut –, kommt ihnen der Polizeichef entgegen.

„Hoppla", tönt dieser kurz vor der Kollision. Statt seiner Uniform trägt er ein knallrotes T-Shirt, auf dem mit weißen Buchstaben ‚Hugo' steht. *Wer ist hier der Boss*, fällt Bärbel ein. „Du, Benedikt, ich bin jetzt weg", erklärt er.

„Ciao, mach's guad", erwidert Pitje Puck.

„Servus, Bärbel, noch einmal ", meint der Polizeichef und nickt.

„Moin, Hugo", kontert sie, während Pitje kichert.

„Hat der mal auf seinen Tacho geschaut? Macht der ernsthaft schon Feierabend?", informiert sie sich. Sie schüttelt den Kopf und stiert mit zusammengekniffenen Augen auf die Uhrzeit. „Kein Wunder, dass bei euch nichts vorwärtsgeht."

Benedikt ignoriert ihren Seitenhieb, führt sie in die kompakt stehende Küche der Polizeiwache. „Hock di hi. Nimm dir, wosch's mogscht. I fohr grad zum Schorsch."

„Merci, Beaujolais", entgegnet Bärbel wie gewöhnlich.

„Wos meinsch'st?", fragt Pitje nach.

Bärbel antwortet nicht. Sie schraubt schon am Verschluss der dunkelbraunen Kaffeekanne herum.

„Ja, mei", flüstert er und macht eine wegstreichende Handbewegung.

Na, denen geht's ganz gut. Bärbel lässt ihren Blick über den reichhaltig bestückten Frühstückstisch fahren. Sie seufzt und streicht über ihren geflochtenen Zopf. „Warum musste das alles nur passieren?", flüstert sie. Das ist der Moment, in dem sie ihren unangenehmen Mundgeruch bemerkt. Das ist doch sonst nicht ihre Art. *Wahrlich höchste Zeit, den Magen aufzufüllen.*

Sie gießt sich Kaffee in eine Tasse mit Blaulicht-Logo und schneidet eine Semmel in der Mitte durch. Gute Allgäuer Butter und einen anständigen Bergblütenkäse, fingerdick geschnitten, mehr braucht es nicht, um sie kulinarisch zu beglücken ...

Nach insgesamt zwei Käse-Semmeln ist Bärbel satt. Sie hält sich den Bauch. Im Hintergrund tickt eine Uhr. Der Kühlschrank gurrt seltsam vor sich hin. Bärbel nippt an ihrer dritten Tasse mit Kaffee. *Das sorgt nicht gerade für besseren Atem.* Der Raum, ein Durchgangszimmer, wirkt sehr steril. Eine weiße Einbauküche und in der Mitte ein Holztisch. Sie trommelt mit ihren Fingern darauf und rückt ihren Stuhl hin und her. *Die Stuhlbeine könnten Filzgleiter vertragen*, fällt ihr auf. Es quietscht und schlurrt. *Wo bleibt der denn*, fragt sie sich und meint den freundlichen Pitje Puck. Der

Einzige, der etwas unternimmt. Wie es Mo wohl gerade geht? Hoffentlich steckt er nicht in Schwierigkeiten. Und wer kümmert sich jetzt um Monis Trauerfeier? Kein Mensch weiß, ob sie erdbestattet oder verbrannt werden möchte ... äh, wollte. Sie hat sich noch so jung sicher keinen Plan gemacht. Da kramt Bärbel ihr Oktavheftchen und den Bleistiftrest hervor und unterstreicht ‚ich möchte verbrannt werden‘. Kritzelkritzel, mit der Miene dick und druckvoll vor und zurück. „Nein“, rutscht es ihr über die Zunge. Sie erschrickt und erstickt fast vor Schreck. „Nein“, wiederholt sie noch einmal. Atemlos. Mundtrocken. „Nein. Nein. Nein. Scheiße.“ Sie schließt ihre Augenlider, setzt die Kaffeetasse ab und hyperventiliert.

„Ich glaube es nicht“, flüstert sie. Sie atmet ein. Sie atmet aus, viel zu schnell wie ein Windhund bei der Jagd. Was ihr jetzt gerade auffällt, was ihr ruckartig in die Gedanken knallt, ist Folgendes: Dieser scheußliche, alte, ungehobelte, schlecht riechende, schnauzbarttragende, weiße Mann, dieser Dominik Reppenschläger, der Spezl vom Kogler Schorsch, ist vom Wanderparkplatz am Unglücksmorgen nicht in Richtung Albing abgebogen, sondern in die andere Richtung. Mit dieser wieder abrufbaren Erinnerung kommt ihr ein schmerzlicher Gedanke: *Er war es nicht!* Bärbel begreift, dass es zwar schon einfach gewesen wäre, aber leider ein Irrtum ist.

„Servus, Bärbel. Der Reppenschläger Dominik, der wor's net!“ Pitje ist zurück.

„Ach so?“ Bärbel täuscht vor, überrascht zu sein. Sie sperrt den Mund auf, legt den Kopf schief, rundet die Augen. *Scheiße*, denkt sie. Sie hat ihn schon in

Handschellen auf der Rücksitzbank dieses skurrilen Polizei-Elektromobils sitzen sehen, während oben auf dem Dach das einsame lahmende Blaulicht seine Runden dreht.

„Er hot'n wosserdichtes Alibi. Er hot oane Dashcam im Audo und zeigte mir, welchen Weg er g'fohrn is. Ja guad, er is'n Raser, aber sonscht ein sehr netter Monn. Wusstesch'st du, dass er oan Musiker isch?"

Dominik Reppenschläger. Bärbel schüttelt den Kopf. *Ein Musiker? Wie nennt er sich? Dom Rep? Und wieso heißt ausgerechnet dieser Kerl nach einem Traumurlaubsort?* „Als nett würde ich ihn nicht bezeichnen", meint Bärbel. „Ich hatte eine ziemlich unangenehme Begegnung mit ihm." Noch lieber als ‚unangenehm' hätte sie ‚beängstigend' gesagt. Sie überlegt: *Vielleicht bekomme ich ihn wegen irgendetwas anderem dran. Wobei, dann bin wohl eher ich dran – wegen Körperverletzung.* „Danke, dass du meinem Hinweis nachgegangen bist", bedankt sich Bärbel. Sie seufzt.

„Sei net draurig", erwidert Polizeihauptmeister Benedikt Weiler. Er steht in der Tür, lehnt am Rahmen in seiner schicken Uniform mit diesen hübschen Wellen im Haar und lächelt. Er blickt Bärbel in die Augen. *Mutig!*

„Mia find'n Monis Mörder", behauptet er.

„Versprochen?"

„Versprochen!" Er nickt.

„Hier bist du, Benedikt!" Frau Holler, Pitje Pucks junge Kollegin mit der Kurzhaarfrisur betritt die Teeküche. Sie stockt, als sie Bärbel hinter einem eindeutig benutzten Frühstücksteller entdeckt. „Guad, dass Sie do sind", sagt sie und grinst in Bärbels Richtung. „Mo möchte mit Ihnen sprechen. Er besteht darauf." Ihre Finger hängen wieder lässig am Gürtel. Sie steckt in einem blauen Shirt. Auf dem Rücken ein Schriftzug: Polizei. In den Achtzigern waren die Uniformen grün und beige.

„Ich komme." Bärbel erhebt sich, die Stuhlbeine krächzen über die Fliesen. „Filzgleiter", meint sie zu Pitje und nickt. Dann folgt sie der jungen Polizistin über einen schmalen Flur - an den weißen Wänden hängen gerahmte Fotos von lächelnden Uniformierten - in einen muffigen Raum, in dem Mo einsam vor einer braunen Tischplatte sitzt und ein leeres Glas festhält.

„Bee!", singt er. Er lächelt aber nicht.

Auweia. Bärbel nimmt einen Atemzug durch den Mund. „Mein Junge", erwidert sie und zwinkert. „Hat der Bub etwas zu essen bekommen?", erkundigt sie sich und starrt Frau Holler ins Gesicht.

„Bee, schon gut." Mo schüttelt seinen Kopf. „Kein Grund, Stress zu machen. Benedikt hat mir ein Frühstück zubereitet."

„Okay." Sie nickt der jungen Polizistin zu.

„Ich lasse Sie nun allein. Nehmen Sie sich Zeit. Wenn Sie fertig sind, drücken Sie diesen Knopf. Wir kommen dann." Sie reicht Bärbel eine Art Transponder, rund und grün leuchtend wie ein Ufo.

„Kameras und Mikrofone aus. Ich bestehe darauf", tönt Bärbel.

„Frau Schramm", lächelt die junge Frau, als wäre sie examinierte Altenpflegerin und spräche mit einer sechsundneunzigjährigen Insassin. „Wir sind hier nicht bei CSI New York. Wir nehmen hier nichts auf. Wir führen Live-Gespräche, mehr nicht."

Dämliche Kuh. „Verstehe", erwidert Bärbel und nickt. Unter der Tischplatte ballt sie eine Faust. Sie setzt einen verständnisvollen Gesichtsausdruck auf. Dann verlässt Frau Holler den Raum.

„Es ist ja rührend, dass du dich so für mich einsetzt, aber irgendwie auch peinlich", flüstert Mo. Gebückt sitzt er auf einem schmalen Stuhl mit langen metallischen Beinen. Noch immer hält er sich am Glas fest. „Mach bitte nicht immer so einen Wind."

Bärbel nimmt seine Aussage als Empfehlung wahr.

„Hör zu, ich muss dir was erzählen", sagt er.

Bärbel legt ihren Zeigefinger vor die Lippen, steht auf, kreuzt den kleinen Raum mit großen Schritten und sieht sich zackig um – eine Mischung aus Otto Waalkes und einem angriffslustigen Strauß. „Hm", macht sie. „Ich kann nichts entdecken."

„Setz dich", schimpft Mo. Kaum sitzt sie wieder, fluten die Worte über seine Lippen, als hätte jemand den Stöpsel aus einer randvollen Badewanne gezogen. „Ich habe denen noch kein Wort gesagt, aber ich weiß, sie verdächtigen mich. Wegen damals, verstehst du? Ich habe kein Alibi."

„Ich sagte denen, du warst bei mir."

„Was?" Mo zuckt einmal zackig mit dem Kopf, schiebt seine Brauen in die Höhe. „Aber das stimmt nicht."

„Ist doch egal, wenn's hilft", erwidert Bärbel. Sie wippt mit ihrem rechten Bein, dass es das Muster ihrer Leggins verzerrt.

„Bee, ich lüge nicht. Nicht mehr!"

„Was die hier machen, ist reine Schikane. Für deine Fehler damals hast du gebüßt. Ich lasse nicht zu, dass sie dir was anhängen."

„Ich habe nichts getan.“

„Ich weiß“, donnert Bärbel mit voller Überzeugung. „Ich weiß! Doch diese Arschlöcher brauchen irgendeinen Schuldigen. Das erlaube ich nicht.“

„Bee, ich bin verliebt.“

„Äh“, macht Bärbel. Nicht verstehend hebt sie eine Braue und kraust ihre Lippen. Das Bein steht augenblicklich still. „Mein Junge, ich freue mich für dich, wirklich. Doch das ist gerade nicht Thema.“

„Doch, das ist Thema“, erwidert Mo und zerdrückt beinahe das Glas, das ihm die Knöchel weiß hervorstehen. Endlich lässt er das Glas los und hinterlässt eindeutige Fingerabdrücke darauf.

Bärbel schnappt es sich und poliert es mit ihrem Oberteil. „Nur zur Sicherheit.“ Sie zuckt mit den Schultern.

„Ich habe ein Verhältnis mit Franzi.“

„Franzi? Wer ist Franzi?“, informiert sich Bärbel.

„Franzi Schmidhuber“, erklärt Mo und senkt den Blick.

„Franzi Schmidhuber?“, schrillt Bee.

„Ja“, bestätigt er. „Und es darf keiner wissen.“ Bärbel wünscht sich eine Dosis Sauerstoff. Nur zum Runterkommen. Nur, um nicht zu kollabieren. Mundoffen sitzt sie da.

„An dem Morgen, an dem Moni, du weißt schon …“ Mo macht eine Pause. Er atmet tief ein. Seine Augen glänzen feucht. „Franzi und ich sind zusammen gewesen. Ich kam zu spät zur Arbeit. Verstehst du? Niemand im Hotel wird mich entlasten können. Ich habe kein Alibi.“ Mo prustet und sucht den Blick seiner Ziehmutter.

„Franzi Schmidhuber?", wiederholt diese noch einmal. *Sauerstoff, ich brauche Sauerstoff. Ach, der muss nicht sauer sein. Hauptsache Stoff.*

„Ja, Franzi Schmidhuber." Mo nickt.

„Die Frau vom Schmidhuber Senior?"

„Ja."

„Die Mutter von Flori, Gerdi und Ferdi?"

„Ja-ha. Ja doch!", mault Mo. „Verstehst du, was ich dir zu sagen versuche?"

„Du und deine millionenschwere Chefin, die zufällig auch Mutter dreier Söhne und die Frau von Schmidhuber Senior ist, bumsen miteinander", fasst Bärbel die Informationen ohne Mimik und monoton zusammen.

„Wir bumsen nicht, wir lieben uns. Aber das Thema ist doch, ich habe kein Alibi." Mo schnauft und fährt sich mit zittrigen Fingern durch die Haare.

„Kein Alibi? Sag ihnen, dass du mit ihr zusammen gewesen bist."

„Es darf keiner wissen", faucht Mo.

„Ich denke, es ist Liebe."

„Der Senior weiß es noch nicht. Es ist nicht so einfach", haspelt Mo.

„Zeit für ein Outing, würde ich sagen", erwidert Bärbel.

„Ich will sie nicht verraten. Sie sagte, sie redet mit ihm. Sie braucht nur etwas Zeit."

„Spinnst du?", blafft Bärbel. „Deine Loyalität in allen Ehren, aber du musst jetzt an dich denken."

„Ich kann nicht!"

„Du musst!" Sie hechtet so weit vor, dass ihre Nasenspitze seine Stirn berührt. Mo weicht zurück und hebt erschrocken seine Augenbrauen, während Bärbel zurückschwingt und sich gegen die Rückenlehne fallen lässt. Rums.

Für etwa vierzig Sekunden bleiben beide still. *Ausgerechnet die Schmidhuber.* Bärbel starrt gegen die weiße kahle Wand, ihre Schneidezähne liegen auf der Unterlippe. *Eine etwas lebendigere Dekoration könnte nicht schaden,* überlegt sie.

„Franzi Schmidhuber, die Chefin vom Adelweiß, dem Wellness-Tempel für den gestressten Hochadel aus der Stadt, im Bett mit meinem Söhnchen", flüstert Bärbel.

„Was?", fragt Mo nach.

„Nichts", erwidert sie und zuckt mit dem Kopf. Ihr dicker Zopf kitzelt sie am Ohr.

Nur ein einziges Mal hat sie das Adelweiß bisher betreten. Damals, als sie Mo zum Vorstellungsgespräch begleitet hat. *Mein bodenständiger Mo und dieser Bonzen-Palast mit seinen gefühlt acht Sternen Deluxe passen nicht zusammen,* hat sie gedacht. Dann hat er dort seine Ausbildung zum Restaurantfachmann abgeschlossen und wurde der Stellvertreter vom stellvertretenden Restaurantleiter und Bärbel quoll über vor Stolz. Vor zwei Monaten begann er die Ausbildung zum Sommelier, aber steht, was die Entlohnung angeht, noch immer kaum über dem, was in der Pizzeria Berlusconi, im Heuschober oder im Hobelschuppen gezahlt wird. Über seinen betagten VW Golf kommt er nicht hinaus. Während die Schmidhuber Franzi einen Buick, Bugatti, Bentley oder Benetton fährt. Bärbel kennt sich mit Automarken nicht so gut aus.

Es ist eigentlich nur fair, dass sich Mo nach Jahren der Aufopferung selbst einen Bonus verschreibt. Nur muss er deshalb gleich mit seiner alten Chefin schlafen?! Hm, sie ist jünger als ich. Verdammt!

„Es ist so …" Bärbel unterbricht ihre Gedanken und zerteilt das Schweigen. „Entweder du sagst die Wahrheit oder du sagst, du warst bei mir."

„Ich werde nicht lügen."

„Dann weißt du, was zu tun ist." Bärbel fühlt sich getrieben, als wäre sie in Eile. Sie möchte Mo wieder in Freiheit wissen, besser jetzt als gleich. Drum drückt sie den Knopf auf dem Ufo, das es blinkt.

Als Frau Holler den Raum betritt, erhebt sich Bärbel mit den Worten: „Mo hat Ihnen etwas zu sagen."

„Bee, ich kann nicht", zetert er und durchfurcht seine Haare. Er schüttelt den Kopf, rote Flecken aus Stress setzen sich auf seine Wangen.

„Mo hat ein Verhältnis mit der Schmidhuber Franzi und war am Morgen des Unglückstages mit ihr zusammen", trötet Bärbel heraus.

„Stimmt das?", erkundigt sich Frau Holler und blickt Mo mit forschenden Augen ins Gesicht.

Wütend, nein, eher enttäuscht sieht er zu Bärbel herüber.

Sie steht schon an der Tür, streckt die Hand nach ihm aus, um ihn jetzt, da alles aufgeklärt ist, in Empfang und mit nach Hause zu nehmen.

„Frau Schramm", tönt die Holler scharf. „Sie sagten doch, dass er bei Ihnen zu Hause war."

„Es stimmt", krächzt Mo. Das ist der Moment, in dem seine Lider überschwemmen und erste Tränen über den Rand treten.

„Was davon stimmt?“, fragt Frau Holler nach. Sie kneift ihre Augen zusammen, zieht ihren Kopf zurück, dass ein zweites Kinn entsteht.

„Franzi Schmidhuber und ich haben eine …“ Mo stoppt, als vermisse er den passenden Begriff. *Es ist Liebe*, behauptete er Bärbel gegenüber. Doch Liebe wievielten Grades? Reicht sie für eine offene Beziehung? Nicht offen im Sinne von öffentlich, sondern offen im Sinne von Franzi schläft auch noch mit ihrem Ehemann. Ist es eine Freundschaft plus? *Absurd.* Wer will schon mit seiner Chefin befreundet sein? Ist es eine On-off-Beziehung? On, solange sie heimlich bleibt. Off, sobald Mo sein Schweigen bricht.

„Wir haben eine Affäre“, definiert er schlussendlich ihren Beziehungsstatus.

„Nachdem das geklärt ist, kann ich meinen Bub wohl mit nach Hause nehmen, oder?“ Bärbel wackelt ungeduldig mit dem Bein. *Raus, nichts wie raus hier.*

„Halten Sie mich für eine Idiotin?“, kräht Frau Holler. Wenn sie sich bemüht, spricht sie feinstes Hochdeutsch.

„Ich kenne Sie doch gar nicht“, antwortet Bärbel.

„Mord ist nicht mein Hobby, Frau Schramm. Das ist mein Job.“

Jetzt auf einmal macht sie auf Freundin und Helferin. Bärbel und putzt sich mit der Zunge die hinteren Backenzähne.

„Mia miassn dos obklär’n.“ Was Frau Holler nun auf bairisch auszudrücken versucht, ist Folgendes: Sie und vermutlich Polizeihauptmeister Benedikt Weiler und/oder der Polizeichef werden Franzi Schmidhuber befragen müssen. *Autsch.* „Zudem haben Sie eine Falschaussage gemacht."

„Na ja." Bärbel klingt betont gleichgültig. „Verhaften Sie mich doch."

„Provozieren Sie mich nicht", fordert die kurzhaarige Uniformierte und droht Bärbel mit ihrem Zeigefinger. „Und jetzt raus hier! Lassen Sie uns unsere Arbeit machen." Frau Holler öffnet die Tür und streckt richtungsanzeigend ihren Arm aus.

Bärbel schnaubt, fasst noch einmal in Mos Richtung.

„Jetzt!", keift die Polizistin.

„Ist ja gut. Ist ja gut", erwidert Bärbel und huscht durch die Tür. Sie eilt durch den Flur, während Frau Holler sie mit schnellen Schritten vor sich hertreibt. Fast tritt sie ihr in die Hacken. Bärbel fühlt sich verfolgt - weil sie verfolgt wird – und rauscht mit wehendem Zopf am Empfangstresen vorbei.

„Schleich di", raunt die Polizistin noch, als Bärbel vor der gläsernen Schiebetür auf ihren Gang in die Freiheit wartet.

„Sie können Mo nicht ewig hier festhalten", raunt sie zurück, bevor sie durch die Tür stolpert.

Auf dem Bürgersteig vor der Polizeiwache kommt Bärbel sich wie eine Verbrecherin vor. Erstens, weil sie der Falschaussage überführt worden ist. *Das wird Konsequenzen haben,* meinte Frau Holler noch. Zweitens, weil dieselbe Frau Holler ihr Hausverbot erteilt hat. Drittens, weil sie ihren Sohn verraten hat. Doch was hätte sie tun sollen? Schließlich wird er verdächtigt, Moni Schwärzel getötet zu haben. Und viertens, weil sie Dominik Reppenschläger am Morgen tätlich angegriffen hat. „Was für ein beschissener Tag“, wispert sie nervös. „Ich könnte heulen.“

„Wer wird denn glei so traurig sein?“ Pitje Puck betritt den Bürgersteig. Er schiebt seine Unterlippe vor und legt Wärme in seine Augen.

„Darfst du überhaupt mit mir sprechen?“ Bärbel sieht Pitje nicht an.

„Die Holler b’ruhigt si scho wieder.“ Er macht eine wegwerfende Handbewegung. „Soll i di heim fohr’n?“

„Ich bleibe hier“, behauptet sie.

„Besser i fohr di heim“, sagt er. „Sobald mia Mos Aussage übr’prüft hom, konn er gehn. Bis dahi ruhsch’st di am beschten dahoam aussi.“

„Na gut“, erwidert Bärbel. Sie begreift, dass sie Mo aktuell nicht helfen kann. Besser zu Hause auf ihn warten, als sich hier vor der Polizeiwache zu noch einer unüberlegten Dummheit hinreißen lassen.

Nachdem Bärbel auf dem Beifahrersitz Platz genommen hat, hebt Pitje ihren Roller in den kleinen Polizeibus und startet den Motor, der nach Dieselmotor klingt.

„Danke“, flüstert Bärbel.

„Gern“, erwidert Benedikt Weiler.

Je weiter sie sich von der Wache entfernen, desto unruhiger wird Bärbel. *Ich muss mich beruhigen.* Mit einem Kribbeln im Bauch schaufelt sie in ihrer Bauchtasche herum, bis sie zwei Bonbons vom Marktführer für Bachblütenprodukte birgt. Pitje benetzt seine Lippen und freut sich schon, doch Bärbel nimmt erst den einen, dann den zweiten Drops in sich auf. *Beruhige dich!* Sie wackelt mit ihrem linken Bein wie der Wurfspeer einer Leichtathletin durch die Luft.

Pitje blickt sie an und legt seine Hand auf ihr Knie. „B'ruhig di“, meint er.

„Spinnst du“, zetert sie. „Machst du jetzt einen auf Fahrlehrer, oder was?“, beschwert sie sich.

Benedikt weicht zurück.

„Sorry“, nuschelt Bärbel sofort. Ihr ist der harsche Ton direkt aufgefallen. Sie kann gar nicht so schnell lutschen, wie sie sich Ruhe wünscht.

„Heute ist nicht mein Tag“, erklärt Bärbel. Sie stimmt zu, dass ihr Kopf der Schwerkraft entgegenrauscht und blickt auf ihre Leggins. Sie lutscht ihre Bonbons und schweigt für den Rest der Fahrt. Sie bemerkt, dass Pitje ab und zu herüberschaut, doch auch er sagt kein Wort.

„So“, tönt er, als sie den Campingplatz erreichen und leert das Zündschloss. Ohne Hin und Her und Small Talk, genug der Unhöflichkeiten, hievt Pitje den Roller aus dem Fahrzeug und verabschiedet sich. Er blickt an ihr vorbei und wirkt geknickt. „Servus, Bärbel. I geb dir B'scheid, wenn i wos Neus hob.“ Brumm, knarzender Kies, Staub und weg.

Sie betrachtet den in der Luft stehenden Feinstaub und muss an die Knoff-Hoff-Show denken. Was macht eigentlich Ramona Leiß, fragt sie sich. Doch nicht für lange …

„Hast du blöde Kuh mir die Bullen auf den Hals gehetzt?“, keift es aufgebracht aus Richtung Dom Rep hinter ihr her.

Bärbel schiebt ihren Roller weiter und dreht sich nicht um.

„Hey, ich rede mit dir!“

„Nein, du schreist“, brüllt sie zurück und erreicht soeben ihren Vorgarten.

„Hey!“

„Ich hatte für heute genug Drama“, donnert sie, schubst ihren Roller ins hohe Gras, schlurft in die Datscha, knallt die Tür hinter sich zu, dass der Hirsch von außen klopft, und lässt sich rücklings auf das eingezogene Ausziehsofa fallen.

Trotz Bachblüten – Bärbel hat mit dem Rescue-Notfallsäftchen noch einmal nachgetropft – ist von Ruhe keine Spur. *Bachblüten sind wie WD-40 Spray – ihr Ruf ist definitiv besser als das Produkt.*

Was macht denn nun Ramona Leiß, überlegt sie, um sich abzulenken und tippt auf ihr Telefon ein.

„Interessant“, nuschelt sie. „Germanistik hat sie studiert, Hörfunksprecherin, 64 Folgen goldene Hitparade der Volksmusik“, staunt Bärbel und nuschelt weiter. „Im Dschungel war sie auch schon. Ach was, sie schrieb Songs für David Hasselhoff.“ Mit einem Mal wird das Telefon ganz schwer und Bärbel ganz ruhig. Sie schläft einfach ein.

Als sie eine Dreiviertelstunde später erwacht, hat sie die ärgste Unruhe verschlafen. Das Display ihres Telefons verrät, dass keine Neuigkeiten des Polizeihauptmeisters eingetroffen sind.

Spontan schlüpft Bärbel in ihren grünen Badeanzug, zwingt ihre wilden, langen Haare unter eine Badekappe, schnappt sich ein geblümtes Handtuch, rasch die Badeschuhe übergestreift, und trödelt zum Bade... äh ... Bertl Heusers Fischteich. Das saftige Gras kitzelt ihre Knöchel, als sie das Handtuch vor Schreck fallen lässt. „Was um Himmelswillen?“, fiept sie.

Auf der Wasseroberfläche, wild bewegt von kühlenden Böen, treiben Fische. Wie beim Synchron-

schwimmen haben sie sich alle gleichzeitig auf die
Seite gedreht. Doch anders als beim Synchronschwim-
men sind sie alle tot.

Was macht eigentlich Sharon Gless?

Ohne das Handtuch wieder aufzusammeln, rennt Bärbel in ihre Datscha zurück. So etwas hat sie noch nie gesehen. Sie gibt der Tür mit ihren Schwimmschuhen einen kraftvollen Schubs und hechtet wenig grazil – ihre Stirn rutscht über den spröden Sofastoff – ihrem Telefon entgegen.

„So viel Tod", wispert sie und wählt mit zittrigen Fingern die Nummer vom Polizeihauptmeister Benedikt Weiler.

„Griaß di, Bärbel." In seiner Stimme liegt Freude. Direkt nach dem ersten Klingeln hat er das Gespräch entgegengenommen. „Du, mia hom die Schmidhuber Franzi no net erreicht", erklärt er sofort.

„Die Fische vom Bertl Heuser sind tot. Alle!", quietscht Bärbel schrill. So schrill, dass sie für eine massive Störung in der Übertragung sorgt.

„Wos?", keift er panisch. „Wer is tot?"

„Die Fische."

„Fische?"

„Ja. Die Fische vom Bertl."

„Ja mei." Pitje atmet aus. Es klingt, als müsste er vor Erleichterung lachen. „I schick uns'ren Azubi. I kümmer mi erscht amaoi um die Schmidhuber Franzi. Servus."

„Servus.“

Azubi, Azubi, stakst es durch ihre Gedanken. Gemessen an der kriminalistisch gedrosselten Vorgehensweise der fertig Ausgebildeten ist sie skeptisch, was die Expertise eines Azubis angeht. „Scheiß drauf“, meint sie, bekleidet sich mit Jogginghose und Pullover und findet sich kaum später auf ihrem E-Scooter wieder.

„Du hast sie doch nicht alle“, röhrt Dominik Reppenschläger und wischt mit der Hand vor seinem Gesicht hin und her. Er sitzt auf einem Klappstuhl vor seinem riesigen Wohnwagen, einem US-Modell in Silbermetallic, während Bärbel rasant an seinem Platz vorbei und über den Kies donnert. *Schneller, schneller.* Der Wind, der sie mit Presswehen von hinten anschiebt, unterstützt sie in ihrem Vorhaben und schenkt ihr zusätzliche Geschwindigkeit.

„Bertl? Bist du da?“ Bärbel Schramm stürmt in den Bioladen.

Zwei Kundinnen hinter Einkaufswagen und der hellblonde Kassierer sehen erstaunt auf.

„Ist der Bertl da?“, erkundigt sie sich. Obwohl ausschließlich Wind und Roller für ihre Reisegeschwindigkeit verantwortlich sind, schnauft sie, als hätte sie ihre eigenen Kraftreserven anbrechen müssen.

„Naa, der Bertl is bei die Fischteiche“, erklärt der blonde Mann, der hinter dem Kassenbildschirm sitzt und Bärbel sparsam anschaut.

„Ist er auf dem Weg zum Campingplatz?“, verhört Bärbel ihn.

Eine der beiden Kundinnen stöhnt, zwingt ihre Mundwinkel hinunter und schüttelt den Kopf. In Ihren

Gesichtszügen liegt ein: Bittschee, stellen Sie sich hinten an.

„Naa, er meinte, er fährt zu seinen Teichen bei Albing.“

„Ah“, reagiert Bärbel. „Die kenne ich!“ Schon stapft sie zum Ausgang, der gleichzeitig auch der Eingang ist, nimmt im Vorbeigehen die prächtigen Erdbeeren wahr und erinnert sich daran, dass sie dringend ihren Kühlschrank auffüllen muss. *Nicht jetzt. Doch spätestens, wenn der Junge nach Hause kommt, muss der Kühlschrank aufgefüllt sein*, setzt sie sich ein Ultimatum.

Wie ein Coach kurz vor den Bundesjugendspielen treibt Bärbel ihren Roller zu Höchstleistungen an.

„Komm schon, komm schon!“ Sie schwebt über die Bundesstraße, kämpft sich einen steilen Forstweg hinauf und biegt in einen schmalen Ziehweg ein. Durch das Geröll und die Steinchen unter den Rädern wird Bärbel von oben bis unten durchgeschüttelt. *So fühlt es sich auf einem Vibrationstrainer an, der von einer Tüftlerin einen BMW-Motor angeheftet bekommen hat.*

„Bertl, da bist du ja!“, ruft Bärbel im Staccato. In etwa fünfzehn Meter Entfernung steht er auf einem langen Steg. Sie schubst den Roller ins spinatgrüne Gras und eilt über den sandigen Boden zu Bertl auf die maroden Holzplanken. Beide Fischteiche sind mit einer dreißig Zentimeter hohen Absperrung aus schwarzem Kunststoff umgeben. Dazwischen, es blubbert und gurgelt, hat Bertl ein Überlaufbecken angelegt, aus dem sprudelnde Zuflüsse die Fischteiche mit Frischwasser speisen.

Bertl Heuser dreht sich um. Sein Gesicht verliert die Farbe, er erblasst. „Bleib do", keift er und streckt seine Hand zur Abwehr aus.

„Ich war schon im Bioladen", tönt Bärbel, ignoriert seinen Appell und bewegt sich weiter auf ihn zu.

„Bleib do!"

Schon steht sie ganz dicht neben ihm. „Au, scheiße!", flüstert sie. Die gleiche Szene wie auf dem Campingplatz: *Alle toten Fischchen schwimmen auf dem See, schwimmen auf dem See, Köpfchen unter Wasser, Seite in die Höh.* Zum Trost, als hätte er gerade sein geliebtes Haustier einschläfern lassen müssen, legt sie Bertl ihre Hand auf die Schulter. „Ich wollte dir gerade erzählen, dass auf dem Campingplatz auch alle tot sind. Also die Fische." Sie streichelt seinen Rücken.

Bertl schwitzt und sagt kein Wort.

Sie denkt an das massive Fischsterben in der Oder letztes Jahr. „Salzeinleitung?", fragt sie Bertl.

„Quatsch", antwortet dieser harsch.

„Mikroplastik?"

Bertl antwortet nicht.

„Chemikalien?"

„I woiß es net", poltert Bertl und stampft mit seinem Fuß auf.

„Die Polizei weiß schon Bescheid. Sie schicken jemanden zum Campingplatz."

„Woooos?", keift der um seine ‚Ernte' gebrachte Fischzüchter mit weitaufgerissenen Augen, dreht sich um und rennt los, während er Bärbel anrempelt und sie beinahe aus den Schwimmschuhen holt.

„Wo willst du denn hin?", brüllt Bärbel.

Doch Bertl ist schon auf sein Quad gestiegen und donnert mit gestartetem Motor den schmalen Ziehweg hinunter.

„Na toll", seufzt sie. Beim Anblick der toten Fische wird ihr flau im Magen. Was soll sie jetzt tun? Sie tippelt von einem Fuß auf den anderen, wippt mit den Knien, schiebt ihre Lippen übereinander her und kratzt sich schließlich am Kopf. „Ich fasse es nicht", zischelt sie. „Wie peinlich!" Sie trägt ihre Badekappe noch und reißt sie in diesem Augenblick herunter, dass es nur so ziept. „Tut mir leid", wispert sie, ein paar letzte Worte an die Verstorbenen gerichtet, dann schleicht sie hilflos zu ihrem Roller zurück.

Kaum, dass sie ihn angehoben hat, ertönt eine Herbert Pixner-Melodie – ‚Quattro' - aus ihrer Bauchtasche. Sie öffnet den Reißverschluss und schnappt sich das Smartphone, dass einen eingehenden Anruf meldet. „Servus, Benedikt", kräht Bärbel, eine Hand in die Taille gestemmt. Sie würde ihm gerne von weiteren toten Fischen erzählen, doch Pitje steuert frontal mit dem, was er loswerden möchte, auf sie zu.

„Mia ham oan Problem. Die Schmidhuber Franzi streitet ois ab", erklärt er und schnauft.

Von wegen Liebe, schießt es Bärbel in die schockierte Rage. „Das gibt es doch nicht!", ruft sie aus. „Die kaufe ich mir!"

„Bittschee net!", erwidert Pitje noch. Doch Bärbel beendet das Gespräch und rutscht den Ziehweg und sogleich den Forstweg ähnlich schnell hinunter, wie Bertl Heuser zuvor mit seinem Quad.

Während der Fahrt spucken Bärbels Gedanken Windpocken, Gallensteine und tote Fische. Sie bekommt den

Geruch nicht aus der Nase. *Mein armer Junge meint es ernst und sie verarscht ihn nur. Er sprach von Liebe und sie verleugnet ihn. Na warte, Franzi!*

Auf dem Parkplatz des Adelweiß stehen Bentley, Benetton, Bugatti und Borsche und jetzt auch Bärbels E-Scooter. Ein Herr in einem Fake-Frack bürstet mit Feger Staub auf eine Schaufel. *Von wegen. Hier ist es keimarm wie in einem OP.* Sie eilt über den glatten Asphalt, glatt wie ein Ceran-Kochfeld, und stopft die Badekappe, an der noch lose Haare hängen, in die Hosentasche ihrer Jogginghose. Auf dem Weg zum Haupteingang passiert sie eine hochgewachsene Hecke, die gerade von zwei Herren in grünen Latzhosen mit Rosenscheren bearbeitet wird. Was dahinter im Verborgenen liegt, ist kein Geheimnis mehr. Mo ist ihr Informant. Ein Tennisplatz, Jacuzzis aus geschliffenem Holz, mehrere Schwimmteiche und drei großzügige Pools mit Lichtdesign et cetera und so weiter und noch mehr. Bärbel ist unbeeindruckt. Selbst dann noch, als sie den repräsentativen Eingangsbereich betritt. *Himmel, sind das schnelle Schiebetüren.* Sie reißt die Augen auf und sieht sich um. Viel Holz, viel Glas, viel Platz und viele Sitzmöbel. Designerstücke, keine Frage, so unbequem wie die aussehen.

„Servus."

Bärbel steht auf einem gemusterten Läufer vor dem Rezeptionstresen und empfängt das weiße Zahnlächeln einer Dame mit Halstuch, Blazer und Hütchen. Ihre Badekappe hätte sie guten Gewissens aufbehalten können.

„Herzlich willkommen im Adelweiß. Was kann ich für Sie tun?"

„Ich möchte zu Franziska Schmidhuber“, erwidert Bärbel und reckt ihr Kinn nach vorne. Ihr Herz pocht. Wie damals in den Achtzigern, als sie ‚I’m so excited‘ rauf und runter hörte und tanzte.

„Verstehe“, meint die Dame. Bärbel schätzt sie auf Ende vierzig. „Haben Sie einen Termin?“, erfragt sie und reduziert ihre Freundlichkeit um etwa dreißig Prozent.

„Nein, aber ein wichtiges Anliegen.“

„Ohne Termin …“, säuselt sie und Bärbel begreift, jetzt versucht man, sie loszuwerden.

„Sagen Sie ihr, die Mutter ihrer Affäre ist hier und zwar in aufgeheizter Outing-Laune.“ Bärbel lächelt zu breit.

„Hm“, macht sie. „Einen Moment.“ Sie zieht ihre Lippen schmal, bläht ihre Nasenflügel auf und greift augenblicklich zum Telefonhörer. Ein letztes unehrliches Lächeln versteift sich in ihrem Gesicht. Dann dreht sie sich um die eigene Achse und nuschelt kaum verständlich in die hohle Hand, mit der sie wie ein Trainer in der Fußball-Bundesliga ihr Mundbild versteckt. Mit rot gewordenen Bäckchen dreht sie sich wieder zurück. In ihrem Blick liegt Verachtung. Das weiße Zahnlächeln ist nicht mehr zu sehen. „Setzen Sie sich bitte dort hinten hin. Man holt Sie gleich ab.“

„Danke“, erwidert Bärbel. „Ich stehe lieber. Die Stühle sehen schrecklich ungemütlich aus.“ *Bam, wenigstens der sitzt.* Sie nickt. Beinahe klopft sie sich auf die Schulter.

„Folgen Sie mir bitte!“ Ein Herr im schwarzen Anzug mit Knopf im Ohr spricht Bärbel wenige Minuten später an. *Folgen Sie mir bitte*, wiederholt sie seine Worte still. *Wer sagt denn heutzutage noch, folgen Sie mir bitte? Albern, wir sind doch nicht bei Cagney und Lacey.* Sie stockt kurz. *Was macht eigentlich Sharon Gless?*

Sie marschiert artig hinter dem gutduftenden Herrn her. Wie auf einem abwechslungsreichen Wanderweg ändert sich auf der Strecke mehrfach der Untergrund. Stein, unter Umständen geschliffener Nagelfluh, Holz, hochwertiges Parkett, Flausch, frech gemusterte Auslegeware. Sie eiert umher, weil ihre Beine zittern, und starrt hinunter. Sie schluckt, doch der Speichel fehlt. Keine Scheiden-, aber Mundtrockenheit. Sie schnauft. Wieder und wieder geht sie die Anklageschrift im Kopf durch.

„Einen Augenblick, Frau Schmidhuber ist gleich für Sie da." Der distanzierte Herr mit guten Manieren weist sie in ein großes Zimmer - Holz, Glas, Platz. Im Hintergrund weht eine Klimaanlage. Vor der gigantischen Fensterscheibe, die einen hochpreisigen Blick in die Allgäuer Bergwelt zulässt, bewegen sich sachte die Scheibengardinen vor und zurück. Grünpflanzen genießen die Aussicht und auf einem Schreibtisch steht ein Tablett: Wasser mit Frucht- und Kräutereinlage plus zwei Gläser, die wohl lieber Rotweingläser geworden wären. Bärbels Finger tanzen hin und her. *Bin ich froh, wenn der ganze Zauber vorbei ist. So viel Aufregung vertrage ich nicht.*

„Was soll das?" Die Schmidhuber Franzi betritt den Raum. Groß, auffällig, genauso wie ihre Brille. Die Haare gründlich sortiert am Hinterkopf zusammengesteckt, drahtig, die Körperhaltung einer Ballerina.

„Servus", entgegnet Bärbel. Sie zwingt ihre Finger zur Ruhe und versteckt sie in der Faust.

„Sparen Sie sich die Höflichkeiten", speit die Franzi und wirft die Glastür hinter sich zu.

Temperamentvoll. Bärbel zieht anerkennend eine Augenbraue hoch. *Noch temperamentvoller als ich.* Die Moni Schwärzel war ganz anders: Ruhig, gesetzt und sehr lieb. „Sie bringen meinen Jungen in Schwierigkeiten", faucht Bärbel.

„Ihr Junge bringt mich in Schwierigkeiten."

„Augen auf bei der Wahl Ihrer Sexualpartner", entgegnet Bärbel und rümpft die Nase. Sie hält den glühenden Blicken der Schmidhuber Franzi stand. *Was du kannst, kann ich schon lange.*

„Wir Schmidhubers haben einen gewissen Ruf", keift Franzi.

„Nicht mein Problem", erwidert Bärbel und fixiert sie mit ihrem Klammerblick. *Die Schmidhuber ist fünfzehn Jahre jünger als ich.* Bärbel rechnet still nach und nimmt ihre Finger zur Hilfe. *Siebzehn Jahre älter als Mo.* Sie sieht fantastisch aus: Hübsch, jung, blendend. Aus dem eigenen Ich herausgeschaut, fühlt sich Bärbel ähnlich. Sie fühlt sich wie Dorian Gray, solange er nicht in seinen Zauberspiegel schaut. Sie sieht sich, wie sie sich fühlt. Zu fünfundneunzig Prozent sieht man sich nicht an, sondern nur aus sich heraus. Natürlich weiß sie, dass ihre Falten längst nicht mehr nur Lachfalten sind. *Sollen sich die anderen mit diesem ‚Problem' herumärgern.*

„Der Name Schmidhuber hat eine lange Geschichte. Mein Mann hat für diesen Namen seinen eigenen abgegeben", erklärt die Schmidhuber und Bärbel zuckt zusammen. Gedanklich ist sie ein bisschen vom Pfad abgekommen.

„Sie tun grad so, als wären Sie eine von den Royals.“ Bärbel zuckt mit dem Kopf, ohne eine Miene zu verziehen.

„Natürlich nicht“, erwidert Franzi kleinlaut. Sie seufzt, schüttelt ihre Finger aus und täuscht ein Lächeln an. Ihre schicke weiße Bluse hängt an ihrem Körper wie an einem Model. Sie gießt sich etwas Wasser ein und stürzt es hinunter. „Darf ich Ihnen auch etwas anbieten?“

„Nein, danke“, antwortet Bärbel und blickt auf Franzis traumschöne Dreiviertelhose, die sie zu offensichtlich sehr teuren Sandaletten trägt. „Wissen Sie“, beginnt Bärbel. „Mein Bub redet von Liebe.“

Die Schmidhuber Franzi seufzt.

„Was ist das zwischen Ihnen? Ein Spaß? Ein Zeitvertreib? Wären Sie ein Mann, würde ich denken, sie stecken in der Midlife-Krise.“

„Mo tut mir gut“, sagt sie und setzt sich auf einen Glasstuhl. Seine skurril geformte Sitzfläche lässt Bärbel an Verstopfung denken.

„Ich bin meinem Mann zuvor noch nie fremdgegangen.“ Die Schmidhuber hält kurz inne. „Obwohl er ein Arsch ist“, führt sie fort. „Ein Riesenarsch.“

„Wie lange geht das schon mit Mo und Ihnen?“

„Monate, vielleicht schon ein Jahr.“

Bärbel stockt. Warum hat Mo sich ihr nicht anvertraut? Doch im nächsten Moment ist sie fürchterlich stolz auf ihn. *Wie ehrenhaft, er ist zu einem loyalen Mann gereift.* „Hören Sie, es muss niemand erfahren, auch ihr Mann nicht. Sie gehen einfach zur Polizei, erzählen die Wahrheit und fertig", überredet Bärbel die Schmidhuber Franzi.

„Ich kann nicht!", fiept Franzi. „Irgendwer schwätzt immer. Ich kann das meiner Familie nicht antun."

„Pah", speit Bärbel. Die kurzzeitige Harmonie, das Verständnis zweier besorgter Frauen füreinander ist aufgebraucht. Die Stimmung kippt. „Als ob es dir nicht ausschließlich um deinen eigenen Arsch geht", raunt Bärbel und duzt die Schmidhuber, weil sie soeben den Respekt vor ihr verloren hat.

„Ich kann nicht!" Franzi erhebt sich, streift sich ihre Bluse glatt und vielleicht auch die Empathie von sich, die es beinahe an die Oberfläche geschafft hätte. Ein winzig kleiner Augenblick des Kontrollverlusts, doch schon schüttelt sie fest entschlossen ihren Kopf. „Sie gehen jetzt besser!"

„Besser?", wiederholt Bärbel. „Was du vorhast, ist nicht einmal gut. Du hast meinen Bub nicht verdient. Er ist ein liebevoller, loyaler Mensch und du bist eine geldgeile, eiskalte Schnalle ohne Gewissen und Gefühl. Du bist genauso ein Arsch wie dein Mann."

Franzi muss sicht- und hörbar schlucken.

Sie soll an ihrem Speichel ersticken. Bärbel presst ihre Lippen aufeinander, bis sie erblassen.

Franzi Schmidhuber greift nach ihrem Telefon. „Frau Schramm möchte nun gehen. Begleiten Sie sie bitte hinaus?" Dann legt die Schmidhuber den Hörer zurück auf das Hochglanzgehäuse des Endgerätes.

„Ich sage dir eins ..." Bärbels Zeigefinger schießt in Franzis Richtung. Sie muss sich beeilen. Der gutriechende Kerl vom Sicherheitsdienst ist bestimmt schon auf dem Weg. „Gehst du nicht zur Polizei und entlastest meinen Jungen, werde ich zu deinem Mann gehen und ihm alles erzählen. Danach packe ich bei deinen Söhnen aus und bei allen anderen im Ort", droht Bärbel. „Wollen doch mal sehen, wie gut dein Ruf ist, ob sie dir glauben oder mir!"

Die Schmidhuber dreht Bärbel den Rücken zu. Sie steht vor dem riesigen Panoramafenster und blickt in die Berge.

„Du hast Zeit bis morgen früh", schmettert Bärbel, während der Anzugträger sie links unterhakt, aus dem Raum und schließlich aus dem Gebäude führt. Er begleitet sie bis zu ihrem Roller.

„Verschwinden Sie", zischelt er. „Sie haben Hausverbot."

Nicht schon wieder.

Nun steht sie allein im Wohnzimmer in ihrem kleinen Häuschen. Voller Wut und Verzweiflung feuert sie die Badekappe, die ihre Jogginghose so unnatürlich ausgebeult hat, auf den Fußboden. Sie bebt. Ihre Schultern zucken auf und ab, so auch ihr Kinn. Das Schluchzen erschwert ihre Atemzüge. Zudem behindern die angeschwollenen Nasenschleimhäute die Sauerstoffaufnahme. Sie fühlt sich wie eine Schubkarre Elend. Warum kann sie Mo nicht helfen? Warum will die Schmidhuber ihm nicht helfen? Und warum kann sie sich selbst nicht helfen? Irgendetwas wirbelt ihr Innerstes auf. Wie ein Sturm, der nicht mehr zu stoppen ist. *Warum muss ich nur immer so aufbrausend sein?*

Das fragte sie schon ihre große Liebe, damals in Hamburg. Holger war ihr Seelenmensch. Der Einzige, den sie nicht nur haben wollte, sondern brauchte.

Du bist mir zu viel. Du bist mir, emotional betrachtet, zu wankelmütig. Mit diesen Worten schloss er damals sein Plädoyer und Bärbel wurde verurteilt zu einer lebenslangen Trennung ohne Bewährung. Die Bewährung hat sie nicht genutzt.

In den letzten Jahren ihres Zusammenlebens wurde Holgers Kritik immer massiver. *Entspann dich doch mal!* Dann machte Bärbel Sport, tobte sich aus, bewegte sich Thai Chi-mäßig durch und lag ultramüde, platt und faul auf dem Sofa.

Du bist so antriebslos! Dann raffte sich Bärbel auf, verführte ihn an Ort und Stelle - liebkoste Orte und Stellen seines Körpers, oh, là, là – und zeigte sich wild und emotional.

Wie wäre es denn mal mit Medium, fragte er sie. Doch Bärbel gibt es nur Bleu oder Well Done. Die Mitte gibt es bei ihr nicht. Ist sie fahrig, ist sie fahrig. Ist sie faul, ist sie faul. Und mitunter gehen ihre Emotionen einfach steil. Im Übrigen hat sie an ihrem Holger nie etwas kritisiert – außer seine Kritik vielleicht.

Sie weint. In den letzten Tagen nicht nur manchmal, sondern ziemlich oft. „Ich habe ihn verloren und jetzt verliere ich auch Mo", piepst sie. Und zwischen das Piepsen mischt sich plötzlich das Klopfen des Hirsches. *Nicht jetzt.* Sie nimmt sich eine vorbereitete Taschentuchhälfte aus der alten Pappschachtel, die früher das Zuhause von Slipeinlagen war. Wie bereits erwähnt, mit Scheidentrockenheit hat sie kein Problem.

„Servus, Benedikt", schnieft sie.

„Du schaust ja schrecklich aus!", vertont er seine Gedanken ausnahmsweise auf Hochdeutsch. Er wirft sich eine Hand vor den Mund und errötet, als bereue er seine Worte.

Doch Bärbel ist anders als viele andere Frauen. Ohne Emotionen verwertet sie Aussagen auf der Sachebene. Sie interpretiert nicht und fühlt sich nicht angegriffen. Seine Feststellung kommt ihr plausibel vor. Sie hat geweint, sie ist müde, ausgelaugt und voller Sorgen. Wie soll sie schon aussehen?! ‚Schrecklich' trifft es ihrer Meinung nach ganz gut.

„Ich fühle mich auch so", antwortet sie. „Ich war bei der Schmidhuber Franzi. Mir gegenüber hat sie alles zugegeben, aber öffentlich streitet sie alles ab. Was wird denn jetzt aus Mo?"

Benedikt schweigt.

„Ich hätte das Gespräch aufnehmen sollen", flüstert Bärbel.

„Das ist illegal." Benedikt schüttelt seinen Kopf. „Warten wir mal ab. Vielleicht tut sie doch noch das Richtige." Er schaut voller Zuversicht und grinst zaghaft. So zaghaft, dass sich nur sein rechter Mundwinkel bewegt.

Doch dieser Minimalausdruck vermittelt Bärbel das Gefühl, dass Pitje sie versteht. Sie grient einseitig zurück.

„I bin oigentli wegn die tode Fische doa", erklärt Pitje und verfällt wieder in seinen Dialekt. Er blickt hinunter auf die Planken ihrer Veranda, als zähle er sie ab, und nestelt an seiner Jacke herum. Bärbel hat den Eindruck, dass er nervös ist.

„Unser Azubi wor üb'rfordert", fährt er fort. Er blickt kurz auf, bevor er wieder auf die Planken stiert. „Bertls g'somte Fischzucht scheint v'rgiftet worden zu sein." Zu viel der Information. Kein Thema für die Konversation mit einer Zivilistin. „Ja mei, weil i schoma do bin, hob i mir g'denkt, i schau mol noch dir." Benedikt hebt den Kopf, bis er auf Bärbels Höhe ist. „Tjo", tönt er. Seine Schultern fahren auf und nieder.

„Danke", flüstert Bärbel. Sie streckt ihre Hand aus und legt sie an Benedikts Unterarm. Der Stoff seiner Uniform fühlt sich rau und fest an. Sie blickt ihm in die Augen.

Obwohl er sie kaum angesehen hat, senkt er direkt wieder seinen Kopf. Er betrachtet ihre Badeschuhe, schmunzelt und zieht seine Nase kraus.

Bärbel packt es plötzlich. Sie sehnt sich nach Trost, danach, aufgefangen zu werden. Also wirft sie ihre Vorbehalte gegenüber dem schnauzbärtigen Polizeihauptmeister über Bord und sich ihm an den Hals. Sie führt ihre Arme hinter seinem Nacken zusammen und zieht sich ganz dicht an ihn heran. Benedikt umarmt sie innig zurück. Sie stehen im Türrahmen und Bärbel, die seit Jahren schon auf Sparflamme lebt, hört es aus einiger Entfernung in ihrem Lustzentrum knistern. Es baut sich ein Gedanke auf. Ein Gedanke, dass sie sich einfach nur zurück in die Datscha fallen lassen muss. Kein großes Ding. Nichts weiter als eine kleine Gewichtsverlagerung und schon ist die Marschrichtung klar. Pitje würde folgen, Tür zu, Rums und Bums!

„Darf ich dich Pitje nennen?", säuselt Bärbel dem Polizeihauptmeister ins Ohr.

Sie übersetzt: „Alles, was du willst", entgegnet er und seine Hände gleiten ihren Rücken auf und ab. Sie ist sich sicher, in seinem Lustzentrum knistert es ebenfalls.

Nein, nein, nein, nein, rebelliert sie still und löst die Umarmung auf. Sie weicht einen Schritt zurück und Pitje, den sie nun offiziell so nennen darf, blickt erschrocken. Er hebt seine Hände und mustert sie mit pflaumengroßen Augen. „Soso", beginnt Bärbel, als ob es die Sekunden der Intimität nie gegeben hätte. „Euer Azubi ist also überfordert?!"

„Wos?", fragt Pitje nach. Er schüttelt den Kopf, zieht seine Augenbrauen zueinander.

Beinahe hätte ich mich hinreißen lassen. Bärbel fasst sich an den Kopf. *Ich bin einfach zu impulsiv, wankelmütig, ambivalent. Holger hatte recht.* „Was glaubst du, wer das getan hat?", spricht Bärbel Pitje an. Ihre Hand rauscht vom Kopf in die Taille und stützt sich dort ab.

„Wos?"

„Bertls Fische". Bärbel nickt in Richtung des Gewässers und hilft dem abgestraften Polizisten, dem gekorbten, wie man heutzutage sagt, auf die Sprünge. Sie entfernt sich mehr und mehr aus seiner Nähe. Fehlt nicht viel, dann steht sie im Wohnzimmer und ghosted ihn. „Verrückte Zeiten", tönt sie laut. „Jahrelang passiert gar nichts und plötzlich überschlagen sich die Ereignisse." *Verrückte Zeiten,* denkt sie, *jahrelang passiert gar nichts und plötzlich überschlägt sich ihre Libido – wegen einer einfachen Umarmung. Vielleicht sind Umarmungen der Sex des Alters.* Sie schiebt die Unterlippe vor und kratzt sich an der Schläfe. *Oder macht es einfach deutlich, wie ausgehungert und bedürftig ich bin?*

„Ich geh dann mal wieder rein." Sie zeigt mit dem Daumen hinter sich. „Danke, dass du vorbeigeschaut hast." Sie grient, nickt und schließt die Tür. Rums – ohne Bums.

Sie setzt sich auf ihren Schwingsessel und schwingt fast schon aggressiv vor und zurück. „Was war denn das?", flüstert sie noch immer lustvoll und aufgepeitscht. „Ich will nichts vom Pitje Puck", raunt sie und nickt, während ihr Bein auf und nieder wippt. „Es muss an den besonderen Ereignissen liegen", murmelt sie und entscheidet sich spontan, eine kalte Dusche zu nehmen.

Gut gekühlt gelingen ihr schließlich wieder kausal und logisch nachvollziehbare Gedankengänge. *Was, wenn beides miteinander zusammenhängt.* Sie schlitzt die Augen und legt sich den Zeigefinger an die Lippen. Nein, nicht sie und Pitje Puck. Was ist, wenn es zwischen Monis Tod und Bertls toten Fischen einen Zusammenhang gibt?!

„Hm", macht sie laut. *Ich muss es herausfinden. Ich muss etwas unternehmen! Nur nicht wieder so hopplahopp. Holger hat recht. Ich muss mich zügeln. Das ist spätestens seit dem Fünf-Prozent-Koitus mit Pitje klar. Ich muss mich strukturieren.*

Bärbel kippt den Inhalt ihrer Bauchtasche auf dem schmalen Wohnzimmertisch aus. Sie greift sich ein Oktavheftchen – nicht das, in dem sie ihre Beerdigung plant, sondern das andere für spontane Einfälle.

„Spontane Einfälle", liest sie vom Deckblatt ab. Sie blättert darin herum, überliest Namen interessanter Persönlichkeiten, unzählige Zitate, Film- und Songtitel, Witze, Wunsch- und Einkaufslisten, Rezepte, dies, das, Eichenfass. Sogar die Laufleistung ihres Scooter-Akkus hat sie vermerkt. Ihr fällt auf, dass diese zunehmend schwächer wird. Auch der zum Schwingsessel passende Fußhocker, den sie vor Jahren schon kaufen wollte und gerade sehr vermisst, ist in der Wunschliste aufgeführt. Sie blättert, lutscht währenddessen zwei Bachblüten-Drops und liest, dass sie am Montagabend mit Marta in der Pizzeria Berlusconi verabredet ist. *Beinahe vergessen*, fällt ihr auf. Auch, dass sie keinen Platz für weitere Notizen hat. So gerade passt noch Sharon Gless auf die letzte Seite.

„Wo habe ich denn?", murmelt sie und stakst durch das Wohnzimmer. Sie ist barfuß. Die Holzdielen knarzen bei jedem Schritt. Nachdem sie alle Schubladen, auch die leeren, nach einem unbeschriebenen Oktavheft durchsucht hat, gibt sie auf.

„Je ne sais Peng", flüstert sie und starrt gegen ihre Wohnzimmerwand, auf das gigantische zwei Meter mal einen Meter vierzig große Leinwandbild, dass das Gipfelkreuz des Fichtingar Horns – Fichtings Hausberg - und die umliegenden Gipfel der Allgäuer Hochalpen bei Sonnenaufgang zeigt. Bärbel selbst hat dieses Foto gemacht, damals, als sie noch Touristin war und in Hamburg lebte – mit Holger zusammen.

„Et Viola, ich habe eine Idee", flüstert sie und rennt, als würde sie auf den Gaisbichl joggen, aus dem Haus. Sie hastet über den Kies – *au, au, meine Füße!* – hinter den alten Kiosk und öffnet mit einem Schlüssel den maroden Holzverschlag, in dem die Mülltonnen stehen. Ohne zu zögern, ohne Berührungsängste und Zweifel öffnet sie die Papiertonne und kramt darin herum. In der Mitte geknickt hängt sie mit dem Oberkörper in der zweihundertvierzig Liter fassenden Tonne. Der meiste Abfall stammt ohnehin von ihr. Sie schaufelt durch Käsepapier, Pizzakartons, Amazon-Verpackungen, Waschmittelkästen, Müslipakete und

Geschirrspültabs. Sie packt, so viel sie tragen kann. Einen wankenden Turm aus Pappe balanciert sie unfallfrei in ihre Datscha. Dort lässt sie ihn auf den Boden fallen und schneidet voller Enthusiasmus mit einem Cutter Stücke aus den Umverpackungen heraus. Sie wirft ihre Filzstifte auf den Boden und stellt ihr hölzernes Nähkästchen bereit.

Krakel, kritzel, quietsch, es riecht nach Lack, beschriftet sie einen Pappzuschnitt nach dem nächsten. Moni Schwärzel in Rot mit schwarzem Kreuz. Beinahe steigen ihre Tränen wieder auf. Bertl Heuser, Schmidhuber Senior, Flori, Ferdi, Gerdi, Franzi, Alois in Blau, sie zeichnet eine Flasche hinzu, Marta, Polizeichef ‚Hugo‘ und auch Mo. Neben Dom Rep malt sie ein hässliches Gesicht mit Schlapphut, fettem Schnauzbart und Stinkefinger. Dann pinnt sie Moni Schwärzels Kärtchen mit einer Stecknadel mittig an die Fotoleinwand und alle anderen Kärtchen drumherum. Sie legt den Zeigefinger an die Lippen und überlegt. Schon kramt sie das rote Stopfgarn aus dem Nähkästchen, wickelt es ab und verbindet mit dem Faden zunächst die Kärtchen von Franzi und Mo. Weitere Zusammenhänge sind Bärbel noch unklar. Doch genau dafür hat sie diese Crime Wall angelegt, um Klarheit zu schaffen, Zusammenhänge zu verstehen und den Mörder von Moni und Bertls Fischen zu fassen. *Genug Trübsal.* Sie nickt. *Höchste Zeit, tätig zu werden.*

„Auf geht’s, los geht’s“, flüstert sie sich zu und klatscht zunächst noch etwas verhalten in die Hände. *Wenn man nicht alles selbst macht.* In ihren Gedanken blitzt auf, dass Mo auf der Polizeiwache festgehalten wird. Natürlich sorgt sie sich um ihn, natürlich ist sie angespannt, doch sie hat einen Plan. Und laut dieses Plans wird sie ihren Mo spätestens morgen Mittag in den Armen halten. Es beruhigt sie, dass er bis dahin in Sicherheit ist. Dass er vielleicht schlecht schläft, na gut. Dass er die wachen Stunden aber nutzt, um über sich und die Schmidhuber Franzi nachzudenken, da ist sie sich sicher. Er wird verstehen, würde Franzi ihn lieben, würde sie es ernst mit ihm meinen, hätte sie sich für ihn eingesetzt und sich zu ihm bekannt. Eine harte Lehre, ja klar. Doch immer noch besser, als würde sich der Bub noch länger von dieser oberflächlichen, egoistischen Geld-Schleuder veräppeln lassen.

„Ich werde für dich da sein und dich trösten", nuschelt Bärbel. Um ihre Anspannung auszutreiben, swingt sie wie besessen auf ihrem Schwingsessel, gibt ‚Sharon Gless' bei Google ein und hört dazu Italo-Pop der Achtziger auf Bayern 1.

„Ach was!" Bärbel staunt. Sharon Gless, ihre Lieblingsermittlerin aus ‚Cagney und Lacey' hatte mal eine Stalkerin. „Emmy, Golden Globe und ein Stern auf dem Hollywood Walk of Fame", flüstert sie beeindruckt. „Stimmt ja, bei ‚Queer as Folk' hat sie auch mitgespielt. Ist lange her, könnte ich mir mal wieder anschauen."

Was macht eigentlich Gina Gargano?

„Langsam kann ich den Song nicht mehr hören", blökt Bärbel. Wie immer wird sie von Rapmusik geweckt. Rapmusik, ein Euphemismus für Dr. Albans ‚It's my Life'. *Wenn Mo aus der Untersuchungshaft entlassen wird, ist Schluss mit Dr. Alban. Sie summt ‚vamaos a la playa'* von *Righeira*, während sie in die Küche schlurft und Kaffee kochen lässt.

Aus Mangel an Optionen hat sie den Kaffeeweißer wieder für sich entdeckt und stiert in ihre Tasse, in der es unnatürlich beige hin und her schwappt. Sie schlurft auf ihre schmale Veranda und blickt in die Berge. Ein bewölkter Tag. Starkregen in der Nacht. Die Wolken hat der Wetter-Petrus zwar ausgewrungen, aber sie weigern sich weiterzuziehen. Es ist trüb, als wenn die Berge hinter Milchglas stehen würden. Die Gipfel der Hochalpen werden mittig von einem Ring aus Nebel umrundet, als trügen sie ein Karnevals-Tutu. Oberhalb des Nebelrings, der Tutus, ragen deutlich erkennbar die Bergspitzen wie Späher heraus, die stets den Überblick behalten. Vermutlich haben sie beobachtet, wer Moni Schwärzel überfahren hat. Wenn Bärbel sie nur fragen könnte.

Nach dem Kaffee in Beige, die festgezurrten Fahrradhandschuhe in Schwarz. Sie steht auf ihrem Scooter.

Irgendetwas stimmt nicht. *Der Roller bringt kein Vollspeed mehr.*

Trotzdem reicht der Strom, um den Wanderparkplatz zu erreichen. Oben auf dem Gaisbichl ist es beschlagen wie im Minivan, in dem vier Erwachsene und drei Hunde die Nacht über geatmet haben.

Weshalb sie sich sofort wieder auf den Rückweg macht. Langsam wie in einem Milchkarren vom Berner Sennenhund gezogen, trödelt sie auf ihrem kraftlosen E-Scooter nach Hause. Genug Zeit, um ihre Gedanken zu sortieren. Bärbel seufzt. In ihrem Magen spürt sie Enge. In ihren Knien ein Zittern.

„Petze", beschimpft sie sich selbst, weil sie plant, den Schmidhuber-Männern eine Kurzzusammenfassung über Franzis Liebeslebens zu geben.

„Bitte halt dich an das Ultimatum", murmelt sie, als ob Franzi sie hören könnte. *Dann ist Mo frei und ich werde nicht zur Petze.*

Sie biegt ab auf den Campingplatz, trödelt über den Kies und gelangt über ihren Vorgarten ins Haus. Als sie auf ihr Telefon guckt, zeigt es an, dass Pitje Puck schon viermal angerufen hat.

„Pitje, servus! Du hast angerufen?" Herz und Kopf. Von Herzen gerne würde sie ihn anbrüllen, weil sie Mo ohne rechtliche Grundlage über Nacht festgehalten haben. Mit kühlem Kopf betrachtet, weiß sie aber, dass Pitje ihr einziger Verbündeter ist und vermutlich keinen Einfluss auf die Entscheidungen des Polizeichefs hat. Also atmet sie Yoga- und Feldenkrais-mäßig durch und verdrängt ihren Herzenswunsch.

„Die Franzi is grod hier und macht oane Aussoge“, murmelt der Weiler Benedikt, der diese Information laut Polizeirichtlinien gar nicht streuen dürfte.

Danke, danke, danke! Bärbel lächelt, sie schließt die Augen und prustet.

„Word amoi. I seh grod, dass sie den Mo obführn“, flüstert Pitje.

„Abführen?“, kreischt Bärbel. Sofort purzelt das Lächeln aus ihrem Gesicht. Stattdessen landet dort ihre Hand. Ihr Puls krallt sich an ihren Schläfen fest. Still sagt sie die Telefonnummer ihrer Anwältin auf.

„Obführn noch draußen. Dein Bub is frei!“ Benedikt atmet zweimal stoßweise aus.

„Puh!“ Bärbel lässt nicht nur ihren Kopf, sondern alles ab Hüfthöhe vornüberfallen. Sie ist erleichtert. Ihr ist nach Weinen und Tanzen zumute. Doch sie verschiebt das Vergnügen auf später und verschärft augenblicklich ihren Ton: „Du kannst dem Polizeichef sagen, dass ich mich nicht nur an oberster Stelle beschweren werde, sondern euch verklagen werde. Freiheitsberaubung, Kidnapping, alles. Wir fordern eine angemessene Entschädigung.“ Nach diesen Worten beendet sie die Unterhaltung und klingelt sofort bei ihrem Ziehsohn durch.

„Hey, Bee“, krächzt dieser. Er klingt müde. „Wollte dich gerade anrufen. Ich bin raus.“

„Ich weiß es schon.“ Bärbels Stimme überholt sich selbst und stolpert in einen Frequenzbereich, der bei Greifvögeln eine Blindheit auslösen könnte. „Sie bringen dich wohl hoffentlich nach Hause?“, fragt sie nach. „Oder soll ich dich abholen?“

„Ich komme später zu dir. Ich möchte erst mit Franzi sprechen. Sie ist grad hier“, erklärt er.

„Na gut. Ich kaufe in der Zwischenzeit ein. Ich backe eine Pizza“, trällert sie voller Enthusiasmus. „Ach Junge, ich freue mich so!“

Das Gespräch ist beendet. Bärbel weint vor Erleichterung und tanzt. Nach zwei Minuten und sechsunddreißig Sekunden hat sie ihre Emotionen vertanzt und sich wieder unter Kontrolle. „Der Bub kommt nach Hause “, singt sie, kritzelt einen Einkaufszettel ins Oktavheftchen, in dem sie für gewöhnlich ihre Beerdigung plant, und wählt aus Gründen ihres grippal agierenden E-Scooters ihr Bonanza-Fahrrad, das ebenfalls nur Zeitlupentempo kennt. Sie spannt ihren wackeligen Fahrradanhänger hinter das chronisch kranke Gefährt und radelt los nach Fichting-Au.

So gelöst wie seit Tagen nicht spurtet sie durch den Supermarkt. Sie greift nach rechts und links und eher nach unten als nach oben in die Regale, bestückt ihren radstotternden Einkaufswagen.

„Et Viola, Kaffeeweißer“, nuschelt sie und hakt ihr neues Lieblingsprodukt als letztes von der Einkaufsliste ab. Wer im Allgäu lebt und Kaffeeweißer kauft, lebt hart am Thema vorbei. Das ist ihr bewusst.

„Servus, Bärbel.“ Der freundliche Kassierer von nebenan – sie begegnet ihm hin und wieder im Rambazamba, er ist ein ausgezeichneter Tänzer – nickt weltoffen.

„Servus“, grüßt sie mit einem allzu breiten Lächeln zurück.

„I hob g`hört sie hom den Mo“, flüstert er und vergewissert sich zusätzlich, dass hinter Bärbel niemand steht. Es herrscht Ebbe im Supermarkt - tote Lederhose heißt das auf bairisch.

„Zum Glück nicht mehr. Er durfte heute Morgen gehen."

„Gott sei Dank."

„Na ja." Sie macht eine abwägende Handbewegung und grinst. „Der wird wohl kaum einen Einfluss drauf gehabt haben", meint Bärbel wie immer, wenn sie diese Floskel hört.

Der junge Kassierer grient. „Des san a paar Volldeppen bei die Polizei", verrät er. „Richtig schlimm isch es g'worden, seit sie den neuen Polizeichef hom."

Bärbel nickt.

„I wett, Monis Tod wird im Sande v'rlaufen", ergänzt er.

„Klar, sie tun das als Fahrerflucht ab und fertig", bestätigt Bärbel.

Beide seufzen.

„Weißt du zufällig, wer sich um Monis Beerdigung kümmert?"

„Naa." Er schüttelt den Kopf.

„Pfiat di", trällert Bärbel, nachdem der Bezahlvorgang abgeschlossen ist.

Vor dem Supermarkt lenkt Bärbel ihren Blick in die Wolken. Sie sind geblieben, verharren noch immer auf ihrem Standpunkt. Vorsichtshalber schlüpft sie in ihre Regenjacke und sortiert den Einkauf in ihren Fahrradanhänger. Da sieht sie Alois über den Parkplatz schlurfen, barfuß, in Begleitung seines raupelzigen Hundes. Bärbel hebt die Hand und winkt, aber Alois wendet den Blick ab.

„Alois!", ruft sie und marschiert auf ihn zu. Den Einkaufswagen, den sie noch zurückbringen muss, schiebt sie vor sich her.

„Wos?", brummt er.

„Ich wollte dich was fragen."

„Schleich di", grummelt er, während sich sein Hund kratzt. Und kratzt. Und kratzt.

„Du sagtest neulich Abend, dass die Schmidhubers alles an sich reißen würden. Dass sie den Hals nicht vollbekommen. Was meintest du damit?"

„Geh weg!", erwidert Alois. Es ist eine Warnung, die Bärbel gerne überhört.

„Ich gebe dir eine Flasche Bier aus", sagt sie und wackelt mit den Augenbrauen, als würde ihn das reizen.

„I konn mia's Bier selbscht kaufa", schnauzt er und grimassiert, als wolle er sie beißen.

„Bitte, Alois! Wenn du etwas weißt, dann sag es mir. Es geht um Moni", bettelt Bärbel. Und der wuschelige Pelzträger zu Alois' Füßen knabbert hektisch an seinem linken Vorderlauf.

„Sperr doane Augn auf", röhrt er. „Wie deppert bischt denn du? Die Schmidhubers san V'rbrecher. Des isch die Mafia. Bis auf die Franzi v'lloich."

Gute Nachrichten für den Fall, dass sie und Mo eines Tages heiraten sollten.

„Die zieh'n die Strippen in Fichting. Wer net mitspuit wird v'rtrieben." Er macht eine Pause, die Bärbel dringend benötigt, um für sich zu übersetzen. „Wie mi", fährt er fort. „Jetzt hots den Heuser Bertl erwischt und den Kogler Schorsch hom die au scho so weit." Mit dieser Information lässt er Bärbel stehen. Sie wirft sich eine Hand an die Brust und lässt den Unterkiefer fallen.

Wenn sie ‚The Sixth Sense‘ gesehen hätte, könnte sie nicht überraschter sein. Sie blickt vor sich hin, als der wurzelbürstenähnliche Hund an ihrem Bein entlangschrubbt.

„Wos isch nu mit’m Bier?“, brüllt der Alois zurück.

„Ich dachte, du kaufst es dir selbst.“

„I hob g’denkt, du gibsch’st mir aus!“, grummelt Alois. Bärbel reiht den Einkaufswagen ein und löst das Pfand aus. Trabend holt sie ihn ein und legt ihm die Euromünze in die von der harten Arbeit eines Bergbauern gezeichnete Hand. Dunkle Placken verhornter Haut ziehen sich über seine Handfläche wie ein Schutzpanzer.

Der Polizeichef ist ein Volldepp und die Schmidhubers sind kriminell. *Eine durchaus vorzeigbare Informationsausbeute für einen einfachen Wocheneinkauf.* Bärbel nickt und schiebt ihre Lippen vor. *Ich soll die Augen aufmachen, meinte Alois.* Bärbel grübelt. *Bin ich zu naiv?* Sie dachte immer, dass die Welt in Fichting noch in Ordnung sei. Natürlich hat das Allgäu schon Leichen gesehen. Meistens, weil bergunerfahrene Städter mit Turnschuhen oder Flipflops auf die Berge gehen. Bärbel schüttelt den Kopf.

Sie steigt auf ihr orangeleuchtendes Fahrrad und versetzt es in Bewegung. Während sie die Pedalen im Takt durchbewegt und auf sie eintritt, fällt Bärbel eine spontane Entscheidung. Auch wenn es einen Umweg bedeutet, radelt sie noch einmal an der Polizeiwache vorbei. Sie stellt ihr Fahrrad samt Anhänger an der Hauswand ab, steigt ab. Einundzwanzig, zweiundzwanzig, schon gibt die Schiebetür den Eingang frei.

„Servus", ruft Bärbel über den Anmeldetresen hinweg. Keine Uniform in Blickweite.

„Servus." Der Polizeichef höchstpersönlich tritt hinter die Rezeption. Wieder trägt er das rote T-Shirt mit dem Hugo-Schriftzug. Den faustgroßen Kaffeefleck entdeckt Bärbel sofort.

„Schee, dich zu sehen." Bärbel vermutet, dass er flunkert. Falten bilden sich auf ihrer Stirn. Er legt seine Hände auf der Massivholzoberfläche ab und gibt sich devot. Blicke, die von unten kommen, er lächelt ununterbrochen und spricht mit ihr, wie mit einem geliebten Menschen.

„Ich nehme an, im Fall Moni Schwärzel gibt's keine Neuigkeiten?"

„Fahrerflucht ist immer schwierig", antwortet er, jetzt blickt er an Bärbel vorbei.

„Also war es das? Jetzt, da ihr meinen Bub nicht länger verdächtigen dürft?"

Der Polizeichef schweigt.

„Dachte ich mir." Bärbel, vom Radfahren energetisch ausgelastet, spricht ganz ruhig. „Mein Junge ist schon fort, oder?"

„Der ist mit der Schmidhuber Franzi weg."

„Ich werde mich übrigens beschweren", verrät sie und hält ihren Blick direkt auf seine Augen. „Wegen Freiheitsberaubung. Ohne jeden Beweis habt ihr Mo festgehalten. Vorverurteilung nennt sich das. Nur wegen seiner Jugendstrafe. Und weil er libanesische Wurzeln hat, nennt sich das zudem noch Rassismus."

Bärbels Temperament wütet, zerrt ihren Herzschlag aus dem Vorruhezustand: *Es ist deine Entscheidung. Aber ich an deiner Stelle würde mich in dieser*

Situation nicht zurückziehen, sondern voll auf Attacke gehen.

„Huch", macht Bärbel und spricht ironisch weiter. „Das Thema ‚Rassismus' bei der Polizei muss ich wohl gerade erst erfunden haben." Sie grient.

„Das der Mo die Nacht bei uns verbracht hat, war ein Versehen", erklärt er. Fast schon hat sein Gesicht die Farbe des Shirts angenommen.

„Jetzt bin ich aber mal gespannt."

„Die Beamten für die Nachtschicht wussten nicht, dass dort unten im Gewahrsam jemand sitzt."

Bärbel schüttelt den Kopf. „Das ist jetzt nicht dein Ernst?"

„Doch, leider."

„Was für ein inkompetenter Haufen", raunt Bärbel. „Das könnte ein Stammtisch-Thema werden." Sie drischt mit dem Zeigefinger in seine Richtung, dass er zurückweicht.

„Wir haben uns selbstverständlich entschuldigt und dem Mo eine großzügige Entschädigung angeboten." Schweißtröpfchen bilden sich auf seinem Nasenrücken.

„Was für ein korrupter Haufen", raunt Bärbel. „Das könnte sogar die Medien interessieren." Sie beißt sich auf die Zähne und spitzt die Lippen, als würde sie nach ihm picken wollen.

„Wenn wir nun auch die Angelegenheit mit der Falschaussage unter den Tisch fallen ließen ...", schlägt der Polizeichef vor und mustert sie.

Bärbel schnappt nach Luft. Sie überlegt. Einundzwanzig, zweiundzwanzig, zäh wie die Schiebetür. „Meinetwegen", entgegnet sie und gibt sich großzügig. „Da das geklärt ist." Bärbel bleibt beherrscht. Keine emotionale Regung lässt sie zu. Sie nickt nur einmal zackig. „Könnt ihr nun endlich Monis Mörder finden", sagt sie. Nein, erwartet sie und zieht sich Schritt um Schritt zurück. Da es vor dem Ausgang wieder ein bisschen länger dauert, dreht sie sich noch einmal zum Polizeichef um. „Wer kümmert sich eigentlich um Monis Beerdigung?"

„Die neue Pastorin. Die Büchler Larissa hat alles in die Wege geleitet. Sie kannte die Moni ganz guad."

„Okay, danke." Weg ist sie.

Scheiße, ich habe mich kaufen lassen, fällt ihr auf dem Rückweg auf. *Käuflich zu sein, ist der Einstig zur Korruption.* Die Wolken halten sich zurück, nur der starke Wind weist sie Böe um Böe in ihre Schranken. *Das habe ich nicht anders verdient.*

Sie schleicht über den Campingplatz, obwohl sie ihren Beinen keine Ruhe gönnt. Wenn sie noch langsamer fährt, kippt sie um und liegt auf der Seite wie Bertl Heusers tote Fische im Teich. Die toten Fische, Bärbel sieht es von ihrer Datscha aus, werden von Menschen mit Gummistiefeln und Keschern aus dem kleinen See geschaufelt. Sie glaubt, unter den Schaufelnden den Kogler Schorsch und den Dom Rep auszumachen. Nur Bertl Heuser sieht sie nicht. Am Ufer stehen zudem zwei Personen in weißer Vollkörpermontur, die Wasserproben entnehmen.

„Bee!" Die Haustür öffnet sich und Mo steht da.

„Mein Junge", singt sie und fängt ihn mit ihrer Umarmung ein. Sie presst sich an ihn und küsst seine Wange.

„Sie hat Schluss gemacht", fiepst er sogleich und hängt sich an ihren Oberkörper. Sie ächzt, doch sie hält ihn. Er legt seine Stirn auf ihrer Schulter ab und weint so sehr, dass sein Körper bebt.

„Ich weiß nicht, wie es weitergehen soll", schluchzt Mo.

Seit zehn Minuten redet Bärbel auf ihn ein, beruhigt ihren Bub, so gut sie kann. Genauso lange schon wartet der Einkauf im Fahrradanhänger auf sein Zwischenlager im Kühlschrank.

„Sie hat nicht nur Schluss gemacht, sie hat mich auch rausgeschmissen. Ich bin arbeitslos, Bee!"

So eine verlogene, selbstgerechte Bitch. Bärbel klatscht mit der flachen Hand neben sich auf das Polstermöbel.

„Das kann sie nicht tun. Eine Affäre ist doch kein Grund für eine fristlose Kündigung", meint sie. „Droh ihr damit, eure Affäre öffentlich zu machen." *Das hat schon einmal geklappt.* Sie legt sich ihren Finger an die Lippen und lächelt dahinter. „Sie hat bestimmt keine Lust darauf, dass eure Affäre unter den Angestellten die Runde macht."

„Spinnst du? Ich soll sie erpressen?"

„Unbedingt!"

„So etwas mache ich nicht", erwidert Mo und knallt seine Faust neben sich auf die Armlehne des Schwingsessels. „Das würde sie mir nie verzeihen."

„Ist doch egal. Wofür wäre es wichtig, dass sie dir verzeiht?"

„Wenn sie sich doch noch trennt und wir wieder zusammenkommen!", erklärt er und verschränkt seine Arme.

Dem Burschen ist nicht zu helfen. Bärbel wiegt ihren Kopf hin und her. *Wie mir damals nicht, nachdem*

Holger sein Urteil ‚lebenslange Trennung‘ bekannt gegeben hatte. „Und wie sieht's mit mir aus? Kannst du mir verzeihen?“, fragt Bärbel kleinlaut. „Weil ich dich doch gestern auf der Wache so unter Druck gesetzt habe.“ Sie senkt den Blick.

„Schon gut. Ich bin frei, das zählt“, erwidert er und putzt sich geräuschvoll die Nase.

Darüber hinaus ist es still zwischen ihnen. Von draußen weit entfernt vom See hören sie die Stimmen der Fischer - unglücklich ausgedrückt.

„Was ist das denn da?“, fragt Mo plötzlich und nickt in Richtung der Crime Wall.

„Ich versuche Monis Mörder zu finden.“

„Absurd“, erwidert er.

Bärbel fällt auf, dass sie den roten Faden zwischen ihm und der Schmidhuber Franzi wieder kappen kann. *Was für ein Glück!* „Wenn sich sonst niemand drum kümmert“, erklärt Bärbel und zuckt mit den Schultern.

„Viel Erfolg“, raunt Mo. „Ich lege mich erst einmal hin.“ Mo schlurft in Bärbels Schlafzimmer.

„Wie viel haben die eigentlich gezahlt? Wie hoch ist die Entschädigung?“, ruft sie neugierig hinter ihm her.

„Woher weißt du davon?“

„Bin halt eine gute Ermittlerin.“ Bärbel lächelt.

„Die ist ordentlich“, ruft er. „Ich habe mindestens drei Monate Zeit, einen neuen Job zu finden.“

„Dann kannst du mir ja helfen, Monis Mörder zu fassen“, entgegnet Bärbel.

„Mit Sicherheit“, tönt er. „NICHT!“

Während Mo in Bärbels Schlafzimmer ruht, verteilt sie den Einkauf auf ihre Vorratsunterkünfte und setzt einen Hefeteig für die Pizza an. *Der muss jetzt mindestens eine Stunde gehen.* Zeit, die sie nutzt, um beiläufig die Aufräumarbeiten am See zu beobachten. Je näher sie dem Gewässer kommt, desto aufdringlicher mieft es nach Fischfabrik. Nach Fischfabrik, in der die Kühlung ausgefallen ist – vor vier Tagen. Sie hält sich die Nase zu und eine Hand vor den Mund, damit sie nicht speit. Der Kogler Schorsch ist der Einzige, der noch am Ufer im saftig grünen Gras steht. Er hebt die Schirmmütze vom nass geschwitzten Kopf und wedelt sich Luft zu. Bärbel baut sich neben ihm auf. Er erschrickt und zuckt kurz zusammen.

„Tut mir leid, dass ich neulich ausgerastet bin", sagt sie und denkt dabei an die Auseinandersetzung mit Dom Rep. „Was für ein Gestank!" Bärbel benutzt ihre Finger als Nasenklemme.

Schorsch sieht sie an, zuckt mit den Mundwinkeln und antwortet mit: „Passt scho."

„Wo sind die anderen hin?"

„Die san bei die andren Fischteiche", erklärt der Campingplatzbesitzer.

„Du nicht?"

„B'trifft mi net", erwidert er.

„Ich hob vorhin den Alois getroffen."

„Mmh." Als wenn diese Info nicht interessant genug wäre.

„Er hat so Andeutungen gemacht wegen der Schmidhubers."

„Loss mi mit dena in Ruah." Schorsch setzt sich die hellrote Schirmmütze wieder auf den nassen Schmelz. „Wos glaubsch'st, wer hierfür v'rantwortlich is?!" Er guckt, als wolle er Bärbel erleuchten.

„Du meinst die Schmidhubers?" Sie pausiert, ihre Augen groß wie Oreo-Kekse, und weiß nicht, wie sie ihre Gedanken in Worte fassen soll. „Du hast neulich schon diese Andeutung gemacht. Du sagtest, sie hätten dir das Geschäft kaputtgemacht."

„Ganz genau!"

„Inwiefern?"

„Was glaubsch'st, wer der g'heime Investor des Allgäu-Parks is? Wem g'hört des wohl? Des sollde man Schmidhuber-Tower nennen."

„Die Hochhausanlage, die sich als Campingplatz tarnt?"

„Genau die."

„Wusste ich nicht", erwidert Bärbel.

„Mach die Augen auf!" Ein Satz, den sie heute schon einmal gehört hat. Schorsch blickt in die Ferne. Es fließt aus ihm heraus und Bärbel übersetzt ins Hochdeutsche: „Alles war perfekt. Ich war regelmäßig ausgebucht, hier tobte das Leben und ich verdiente gutes Geld. Hätten diese stinkreichen Schmidhubers nicht einfach weiter mit ihren unzähligen Chalets und Luxus-Ferienwohnungen expandieren können? Nein!" Schorsch fährt hoch, seine Stimme wird lauter und strahlt eine Erregung aus, die kurz davor ist, durch seine sonst so geglättete Oberfläche zu schießen, obwohl er schon über fünfzig ist. „Der Schmidhuber Senior war schon in der Schule ein Arsch. Seine Familie war eine der ärmsten im Ort. Nichts gelernt, nichts gebracht, außer zu Schwätzen. Ein Großmaul. Dann lacht der sich die Franzi an und zählt plötzlich zum Fichtinger Hochadel. Seitdem heißt's für ihn nur mehr und mehr. Er muss in allem der Beste sein. Die Nummer eins. Wie ein Gockel duldet er keine Konkurrenz neben sich."

Bärbel staunt. „Fragt sich, was die Franzi an ihm findet? Warum hat sie ihn geheiratet, wenn er so ein Arsch ist?"

„Wos woiß denn i. Er hats auf jeden Foll g'schofft, konkurrenzlos zu sein."

„Ganz klar ein Fall für das Bundeskartellamt", murmelt Bärbel.

„Ach, Bärbele." Schorsch nennt sie gerne so. Bärbele haben im Oberallgäuer Raum eine lange Tradition. Jedes Jahr am 4. Dezember, dem St. Barbaratag, jagen Bärbele mit Schürzen und Holzmasken verkleidet durch die Straßen. Sie sind das weibliche Pendant zu den Klausen, die am 5. und 6. Dezember ihr Unwesen treiben. Mit Fellen, Tierhäuten, furchterregenden Masken und mit Schellen um die Hüften gebunden, poltern sie nachts durch die Ortschaften, um die finstere Gesellschaft zu erschrecken und zu vertreiben. *Dieses Jahr umso doller, um die Schmidhubers zu verscheuchen.*

„Bundeskartellamt", wiederholt er, hebt die Brauen und schwenkt seine Augen umher.

Also bitte, nicht in diesem Ton.

„Ols wenn sich irgendwer für uns hier in Fichting int'ressiert", raunt er.

„Ich versuche nur, mich einzubringen."

„Spar dir die Mühe. Dich betrifft das alles nicht. Du hast kein Geschäft, nichts, was die Schmidhubers dir nehmen könnten."

„Und ob es mich betrifft. Ich bin eine von euch. Wir müssen den Schmidhubers das Handwerk legen."

„Versuch's. Moanen Segen hosch'st du", erwidert Schorsch. „Des hom aber schon gonz ondre versucht."

Schon ganz andere versucht, wiederholt Bärbel still. Glaubt der Kogler, sie sei naiv und weltfremd?

„Die Schmidhubers san guad organisiert. Des isch die Mafia. Sie v'rbreiten Ongst und Schrecken. Propaganda, Rufmord und Schutzgelderpressung. Nur, dass i mi g'weigert hob. Aber geh davon aus, die Geschäfte, die guad laufa, laufa nur guad, weil sie entweder den Schmidhubers g'hören oder weil sich die Schmidhubers dafür b'zahla lossn."

„Ich hatte ja keine Ahnung." Bärbels Magen rumort. Ihr ist übel, ob nun aufgrund der neuen abscheulichen Erkenntnisse über die Schmidhubers oder weil die Reste der toten Fische noch ausdünsten. „Warum hat mir nie jemand davon erzählt?"

„Frei di. Ols Mitwisserin bissch'st du nur no oanen Schritt von den Schutzgeldeintreibern entfernt."

„Schockierend", stellt Bärbel fest. „Ich habe mich auf der Gedenkveranstaltung mit dem Senior angelegt."

„Dann sei immer schee auf der Huat", sagt der Kogler Schorsch.

„Auf der Hut? Ich werde die Arschgeigen fertigmachen!"

„Des nenn i mol oane Kampfansage." Schorsch schmunzelt ein bisschen herablassend. „I geb kloa bei. I hör auf. Zum Abschluss werde i oan Festival hier auf dem Platz v'ranstolten. Noch amaoi oan voller Campingplatz, des isch moan Traum. Der Dominik hot mi drauf g'brocht. Er wird soane Fangemeinde aus dem Pott mobilisieren."

„Du hörst auf?"

„Wenn du oiso oanen Campingplatz kaufa mogscht? Nur pass auf. Du hosch'st die Schmidhuber-Mafia schneller an die Fiaß, ols du gucken konnsch'st." Schorsch schaut gequält, gequält in Richtung: Ich würde gerne lächeln, aber die Umstände erlauben es nicht. „Pfiat di!" Dann entfernt er sich mit schmatzenden Gummistiefeln vom See.

Und Bärbel bleibt mit vielen Fragen in ihrer aufgekratzten Denkfabrik zurück: *Wie schaffe ich es bloß, die Schmidhubers zu überführen? Was, wenn ich, da ich nun offiziell eine Mitwisserin bin, auch zum Opfer werde? Weiß die Franzi von alledem? Wann werde ich wohl wieder im Badesee schwimmen können? Und Fichtings Polizei ... Wird die mitunter auch erpresst? Oder steckt sie mit den Schmidhubers unter einem Hut, unter einer Decke natürlich - auf der Hut sein und unter einer Decke stecken, so muss es heißen. Leisten die deshalb so schlechte Arbeit, weil einer der Schmidhubers die Moni getötet hat? Korruption und Koalition wie in der Politik.*

„Puh", schnauft Bärbel. „Heftig", haucht sie. „Krass", gebraucht sie einen Kraftausdruck.

Dann eilt sie in ihre Datscha zurück, der Pizzateig gärt aufgeblasen vor sich hin, und sie stellt sich die langen dünnen Arme in ihre Taille gerammt vor die Crime Wall. Sie zerstückelt zunächst einmal das Band, das zwischen Franzi und Mo entstanden war und verbindet alle Schmidhubers, außer Franzi, und die Polizei mit Moni. „Eindeutig zu erkennen, wer hier die Bösen sind", flüstert sie. „Aber ich brauche dringend weitere Details."

„Redest du mit mir?" Mo steht hinter ihr.

„Nein!" Sie dreht sich zu ihm um. In seinem Blick hängen noch die Wolken des letzten Regengusses. „Aber ich muss mit vielen anderen reden", erklärt sie und schnallt sich ihre Bauchtasche um. Weil ihre Füße noch in den Sneakers stecken, gelingt ihr ein spontaner Aufbruch. „Bin gleich wieder da", erklärt sie und tätschelt beim Verlassen ihres Hauses Mos Unterarm. „Na ja, vielleicht nicht gleich, aber später", korrigiert sie sich und eilt durch den Vorgarten. Schon sitzt sie wieder auf ihrem Fahrrad und fährt hinunter in den Ort.

Auf der Fahrt versucht sie sich zu erinnern, wer den Schmidhubers während ihrer Volksfestausgabe eines stillen Gedenkens wohlgesonnen war und wer nicht. Der Daan war voll des Lobes wie zwei Drittel der an diesem Abend ausgelassen Feiernden. *Von denen bekomme ich ohnehin keine verwertbaren Informationen.* Denn entweder sind sie diejenigen, die erpresst werden und sich aus Angst vor weiteren Restriktionen nichts zu sagen wagen, oder sie sind diejenigen, die in den Schmidhubers tatsächlich Gutmenschen sehen und vom royalen Flair, der diese Arschgeigen umgibt, profitieren wollen. Bärbel muss zu denen, die sich mit Beifallsbekundungen und Lobpreisungen zurückgehalten haben. Doch sie erinnert sich kaum. Sicher ist nur, dass Alois, der Kogler Schorsch und Bertl Heuser keine engen Freunde der Fichtinger-Kardashians sind. Und Marta natürlich auch nicht, mit der sie sich am Montag in der Pizzeria Berlusconi trifft. Bärbel entscheidet, noch einmal von Haus zu Haus zu gehen. *Kann nicht schaden. Ich werde vorgeben, Geld für einen Kranz für Monis Beerdigung zu sammeln, und dann die richtigen Fragen stellen.*

Sie beginnt mit der Dorfältesten, von der sie direkt zu einem Stück Hefezopf eingeladen wird, den es gar nicht gibt.

Draußen vor der Tür seufzt Bärbel und streicht die arglose alte Dame von der Liste potenzieller Informantinnen. „Auf geht's, los geht's", flüstert sie, klatscht in die Hände und klopft gegen die nächste Tür. Sie streicht ihr Shirt glatt und räuspert sich.

„Du schon wieder." Ines zwinkert.

„Ich komme wegen Monis Beerdigung."

„Wir haben leider keine Zeit", erwidert die Blondine, die mit ihrem Mann einen Friseursalon in Fichting-Au betreibt.

„Ich sagte doch noch gar nicht, wann."

„Wir arbeiten sehr viel", entgegnet sie.

„Müsst ihr so viel arbeiten, damit eure Kohle nach Abzug der Schutzgeldzahlungen am Monatsende noch reicht?"

Hoppla, das ist mir rausgerutscht, denkt Bärbel und bereut es sofort. Rums! Tür zu! *Ich schätze, das heißt ja.* Bärbel nickt und setzt sie auf die Liste der Schutzgeldleistenden.

Neues Haus, neues Glück. Bärbel steht noch immer etwas verdutzt vor dem Haus der Reitmaiers, deren Sohn Johannes sie häufiger im Rambazamba trifft.

„Servus, Silvie", grüßt Bärbel, während sie von einer territorialen Dackeldame angekläfft wird. Ihre gefletschten Zähne interpretiert Bärbel so: *Was erlaubst du dir, hier zu bimmeln? Schleich di!*

„Bärbel, wie schee. Magst du reinkommen?", trällert Silvie, die ihr regelmäßig auf dem Weg zum Gaisbichl begegnet. Doris, die ledige und ledrige Dackeldame, verteidigt weiterhin ihr Revier. Sie ist vermutlich die Einzige, die glaubt, dass es tatsächlich ihr Revier ist.

„Ich muss eh gleich weiter", winkt Bärbel ab und blickt auf Doris' spitze, kleine Dackelzähnchen.

„Du schaust a bisserl mitgenommen aus."

„Du, die Ines hat mir gerade die Tür vor der Nase zugeschlagen", berichtet sie.

„Naa?" Silvie staunt und schiebt sich den dunkelbraunen Pony aus dem Gesicht.

„Ja, doch! Die hat mich abgewatscht. Ich wollte für Monis Beerdigung Geld sammeln ... für einen Kranz." Aus taktischen Gründen verschweigt Bärbel ihren Vorwurf hinsichtlich der Schutzgelderpressung.

„Wo gibt's denn so was?", erkundigt sich Silvie und schüttelt den Kopf. „Mir scheint, wir Fichtinger sind seit Monis Tod sehr nervös, oder?", fügt sie noch an.

Bärbel nickt. Geschickt lenkt sie das Gespräch in die richtige Richtung - das behauptet zumindest sie. In Wirklichkeit schubst sie abrupt ein neues Thema an. „Die Polizei unternimmt nichts. Fahrerflucht und fertig. Stattdessen verhaften sie meinen Bub und halten ihn tagelang fest. Und der Mörder fährt fröhlich weiter durch die Weltgeschichte."

„Du meinst, es war oaner von uns?" Silvie lässt ihre Augen groß werden.

„Je ne sais Peng. Ich weiß es nicht. Kann doch sein."

„Oiso, des wär ein Ding." Silvie schüttelt den Kopf. „Darüber hob i noch gar net nachgedacht."

„Sag mal, was arbeitet dein Hase noch gleich?" Kurzer, kluger Zwischeneinschub. Das findet zumindest Bärbel, um herauszufiltern, ob die Reitmaiers Schutzgeld an die Schmidhubers zahlen.

Silvie, die ihren Mann gern Hase nennt, stockt der Atem. „Bittschee?!", erwidert sie. „Nichts mit Autos", spuckt sie aus. „Der Hase schafft in der Stadt. Als Ingenieur."

„Stimmt ja." Bärbel winkt ab und lächelt, als hätte sie einen Grund dazu.

„Du verdächtigst doch net moanen Hasen, hä?", keift Silvie.

„Nein, nein! Auf keinen Fall!" Bärbel gestikuliert wie eine Graffiti-Künstlerin bei der Arbeit. Diesen Verdacht hat sie wahrlich nicht erheben wollen, doch zu spät. Die Silvie ist nicht mehr zu stoppen und ähnelt ihrer kurzbeinigen Doris in Angriffslust und Bissigkeit auf einmal sehr. Greift jemand ihren Hasen, den Dackel oder ihr Pubertier an, dann wird sie zur bissigen Schlange.

„I denk, wenn's um Autounfälle geht, is dein Bub wohl eher erfahren", donnert sie.

Okay, Schluss mit freundlich. Bärbel schlitzt ihre Augen. Eine Sache hat sie mit Silvie gemeinsam: Greift jemand ihren Bub an, ist sie kurz davor, zum stechenden Ausschlag zu werden. Sie streckt ihre Knie hart durch und zieht ihre Schultern hoch. Finger so weit wie möglich gebeugt, dass ihre Hände wie Steine erscheinen. „Wie kannst du es wagen?!", schimpft Bärbel stimmgewaltig, dass der Dackeldame mit einem Mal die Argumente ausgehen.

„Wie kannst du es wagen, moanen Hasen zu verdächtigen", schimpft Silvie.

„Hab ich nicht!", entgegnet Bärbel wahrheitsgemäß und so überzeugend, dass die Silvie vorsichtig einlenkt.

„Du solltest amoi die Gargano Gina befragen. Der hom sie neulich den Hund totgefahren", erklärt Silvie versöhnlicher. Ihr gleitet die Anspannung aus den Gesichtszügen, ihre Lippen entfalten sich, schließlich lächelt sie.

„Danke für diesen Tipp." Bärbel, ebenfalls etwas kleinlauter, kritzelt diesen Hinweis in ihr knittriges Oktavheftchen.

„I muss nu Wäsche machen." Silvie schließt ohne Vorankündigung die Tür.

„Was ist mit Monis Kranz?", ruft Bärbel noch und glotzt gegen die verschlossene Tür.

Es wirkt fast so, als hätte ich meinen Charme verloren. Als stecke ich meinem Namen entsprechend hinter einer furchteinflößenden Holzmaske. So negativ reagieren die Menschen sonst nicht auf mich. Sie seufzt. Auf einmal fällt ihr der Pizzateig ein, der inzwischen genug gegangen und über seine zehntausend Schritte hinaus sein sollte. Ein nachdenklicher Blick schießt in die Wolken. „Da braut sich was zusammen", flüstert sie. „Und zwar Sonnenschein."

Zwischen dem schattigen Grau und dem milchigen Trüb bereitet sich das satte Hellblau auf sein Comeback vor. Der Wind pustet Dutten-Krägen und Nebelringe von den Bergen und bläst beschlagene Minivan-Scheiben frei. Man kann regelrecht dabei zusehen, wie der Wind für klare Verhältnisse sorgt. Und in der nächsten Minute stehen alle Berge wieder gut sichtbar neben- und hintereinander.

Das Wetter im Allgäu verändert sich mitunter schneller als ein Quick Change Artist. Es gewittert, stürmt und regnet und nur eine halbe Stunde später scheint die Sonne auf einen herunter, während man vergnügt im

Bergsee planscht. Umgekehrt funktioniert das Wetter im Allgäu natürlich auch.

Bärbel seufzt. *Ich habe Silvies Hasen nichts unterstellen wollen*, denkt sie. Silvie hat die Frage schlichtweg fehlinterpretiert. Fehlinterpretiert wie eine Schachlehrerin, die jedes einzelne Mal beim Dame spielen verliert. Kein Grund, verbale Verdächtigungen gegenüber Mo zu äußern. Hätte er die Schwärzel Moni überfahren, hätte ihn die Gurkentruppe der Fichtinger Polizei sicher nicht freigelassen. Vor allem hätte sie keine Entschädigung gezahlt, die dick ist wie ein dreizehntes und vierzehntes Monatsgehalt. Doch irgendwer kommt immer auf seine Jugendstrafe zu sprechen. Einmal kriminell, immer kriminell. Seine libanesischen Wurzeln kommen noch obendrauf. Schön bequem.

Bärbel war die Einzige, die keine Vorbehalte hatte. Kennengelernt in Fichting-Au vor dem Supermarkt, dort, wo sich die Jugendlichen auch heute noch treffen. Als unbegleiteter Jugendlicher aus dem Libanon wurde er ins Allgäu in eine Flüchtlingsunterkunft überführt, in der er sich von Anfang an nicht wohlfühlte. Wie auch? Er knüpfte rasch Kontakte zu einheimischen Jugendlichen, lernte ebenso schnell Deutsch und ging auf die Realschule. Abends, wenn die anderen Jugendlichen mit ihren Familien bei der Brotzeit saßen, kauerte er noch immer vor dem Supermarkt. Er sammelte Pfandflaschen, räumte Einkaufswagen zusammen, half schwere Einkäufe zu verladen und bot sich aufopferungsvoll - und geschäftstüchtig - für sämtliche Helfertätigkeiten an.

Bärbel und Mo kamen ins Gespräch, lernten sich kennen und mochten sich direkt. Sie steckte ihm regelmäßig ein paar Euromünzen zu oder bezahlte ihn für Gartenarbeiten auf ihrem Grundstück. Zu jener Zeit waren ihre Hecke und der Rasen immer gestutzt. Schließlich besuchte Mo Bärbel fast täglich, um mit ihr gemeinsam zu kochen und zu Abend zu essen. Bis es diesen Vorfall gab.

Der Mercedes GLE vom Holzapfel Bubi wurde als gestohlen gemeldet und wenige Tage später schrottreif am Ufer der Hilla kurz vor dem kleinen Wasserkraftwerk gefunden. Fast logisch, logisch im Sinne von rassistisch, dass die Fichtinger Polizei ihre Befragung in der Flüchtlingsunterkunft startete. Eines Abends brach Mo über der selbstgebackenen Pizza in Tränen aus und gestand, dass er in den Wagenklau mit anschließender Crashfahrt involviert gewesen sei. Ganz ohne dass Bärbel Überzeugungsarbeit leisten musste, stellte sich der Bursche noch am selben Abend der Polizei. Sie weiß nicht warum, doch er nahm alle Schuld auf sich. Er musste für zwölf Monate in eine Jugendstrafanstalt, wobei sich das Geständnis und sein jugendliches Alter schon mildernd auf die Dauer der Strafe ausgewirkt haben sollen.

Bärbel besuchte ihn regelmäßig - als Einzige. Keiner seiner Freunde, die ihn wenige Augenblicke vor dem Geständnis sehr gern gemocht hatten, bemühten sich um ihn. Man sprach von Abschiebung. Doch Bärbel bürgte für Mo, bot sich als Pflegemutter an und holte ihren Bub nach dem Verbüßen der Haftstrafe zu sich auf den Campingplatz.

Nie wieder saß Mo vor dem Supermarkt in Fichting-Au. Nie wieder sprach er ein Wort mit seinen angeblichen Freunden. Er machte seinen Realschulabschluss, eine Berufsausbildung und der Rest seiner Karriere, seiner gelungenen Resozialisierung, wie man auf Bürokratisch sagt, ist bekannt. Nie wieder hat sich Mo etwas zuschulden kommen lassen, dass selbst Bärbel seine Entwicklung manchmal zweifelhaft findet. „Das du immer so überkorrekt sein musst, du Spießer", schimpft sie dann.

Sie hätte gerne die Namen der Mittäter erfahren, doch Mo schweigt. Er allein, der kleine Spießer, kennt die Wahrheit.

Ein weiteres Mal in Folge seufzt Bärbel. Sie ist tief hinabgerauscht ins Dickicht ihrer Erinnerungen, während der Himmel hoch oben endgültig durchgelüftet und hellblau erscheint. Auch die Sonne quetscht sich in den Vordergrund. *Nun aber schnell, bevor es zu warm wird.* Bärbel radelt zum Anwesen von Gina Gargano.

Gina Gargano lebt am Rande des Ortskerns hoch oben im Wald. Eine schmale Privatstraße, die für nicht autorisierte Fahrzeuge gesperrt ist, führt hinauf zu ihrer von einem hohen Zaun umgebenen Villa. Zäune, Mauern, Abtrennungen oder Blickbarrieren sind im Allgäu selten. Doch Gina Gargano, früher ein bekannter Schlagerstar, hatte wohl genug von neugierigen Blicken und unangekündigten Fanbesuchen gehabt, woraufhin sie bauliche Vorkehrungen traf. Heutzutage sind ihre Follower erstens zu alt, um Follower genannt zu werden, und zweitens zu alt, um die steile Straße beschwerdefrei erklimmen zu können. Ab einem gewissen Alter rechnet man zweimal nach, ob die Begeisterung für seinen Star noch groß genug ist, um eine Angina Pectoris zu riskieren. Wer hier hoch kommt, ist entweder Bärbel Schramm mit der Absichtserklärung eines Verhöres im

Gepäck oder einsamkeitsliebend. *Ich bin Gina Gargano noch nie begegnet.* Bärbel schnauft, während sie ihr Bonanzarad neben sich herschiebt. Doch die Blöße eines E-Bikes gibt sie sich nicht. Sie grinst und freut sich schon sehr auf den Rückweg.

Vor dem hohen Zaun am Tor von Gina Gargano braucht selbst Bärbel Schramm, eine alpinerfahrene Läuferin, die das goldene Sportabzeichen in der Tasche hat, einige Momente, um wieder in ihre Ruheatmung zurückzufinden. Dann schubst sie mit dem Zeigefinger den goldenen Klingelknopf an. Sie räuspert sich.

„Bittschee", erklingt es durch die Gegensprechanlage.

„Servus, mein Name ist Bärbel Schramm. Keine Sorge, ich bin kein Fan, ich möchte ihnen nichts verkaufen. Ich führe Gutes im Schilde und möchte ihnen nur ein paar Fragen stellen", erklärt sie der Schlagerikone.

„Wortens, i komm." Circa vier Minuten später öffnet sich das Tor und eine umwerfend schöne Rentnerin, schön wie der Sonnenaufgang vom Gipfelkreuz des Sturkopfes, schreitet voller Anmut und Eleganz auf sie zu.

Okay?! Bärbel fällt der Unterkiefer zu Boden. *Vielleicht bin ich doch ein Fan.* Was für eine Erscheinung. Kein Wunder, dass man Gina Gargano die Ornella Muti des Allgäus nennt. Fast ist Bärbel ob ihrer glanzvollen Ausstrahlung eingeschüchtert. Was ungewöhnlich ist, denn für Bärbel ist Mensch Mensch. Ob Merkel, Biden, Meghan, die Markle, Trainor oder Fox, kein Grund, nervös zu werden. Sie könnte sich mit allen unterhalten. Doch Gina Gargano sorgt für ein plötzlich einsetzendes Gefühl von Ehrfurcht und einen nervösen Schluckauf.

„Entschuldigung", wispert Bärbel und hickst. Sie hält sich die Nase zu, während sie dreimal hintereinander trocken schluckt.

Gina schaut ihr besonnen und sympathisch dabei zu. Sie lehnt sich gegen einen Zaunpfeiler. Ihre Lippen werden zu einem Halbmond und ihre Augen sind von einem Blick geflutet, der Wärme, Zuversicht und Empathie ausstrahlt.

„Jetzt geht's wieder", erklärt das Bärbele.

„Wie kann ich Ihnen helfen?", erkundigt sich die Gargano ruhig und lächelt weich.

Bärbel schmilzt dahin. Der Titel ‚Ornella Muti des Allgäus' wird ihr nicht gerecht. Bärbel entdeckt auch Spuren einer Christine Kaufmann und das gewisse Etwas, was sie bislang nur bei der jungen Priscilla Presley zu sehen glaubte. „Vor ein paar Tagen ist auf der B 12 eine junge Frau überfahren worden", haspelt die ehrenamtliche Detektivin.

„Wie entsetzlich!" Gina spricht jetzt akzentfreies Hochdeutsch.

Wahnsinn, wir haben die gleichen Wurzeln. „Da die Polizei nichts unternimmt, bin ich nun selbst auf Mörderjagd."

„Wie engagiert. Ich bin beeindruckt." Die Gargano blickt Bärbel wach und weise in die Augen.

Bitte keinen Schluckauf. „Danke!" Sie grinst und starrt auf ihre Füße. „Ich wollte fragen, ob sie von hier oben irgendetwas Ungewöhnliches beobachtet haben."

„Nein, leider nicht." Sie fährt sich über die Haare hinter dem Ohr und am Nacken entlang bis zu ihrer Schulter und lässt die Hand dort liegen.

Wie gelenkig, wie elegant.

„Wenn Sie mögen, kommen Sie gerne herein. Ich habe von meiner Schattenterrasse einen guten Überblick“, erklärt sie und lädt das flatterhafte Bienchen ein.

Bärbel folgt ihr durch den Garten, der eher wie ein kunstvoll arrangierter Park anmutet. „Schön haben Sie es hier.“

„Lieben Dank. Schauen Sie.“ Sie führt Bärbel auf die Schattenterrasse, dreimal so groß wie ihre Datscha, und macht eine schwungvolle Armbewegung. Die Terrasse, die auf einer Anhöhe liegt, bietet einen weiten Ausblick. Mit Fernglas könnte Bärbel exakt hinunter auf die Unglücksstelle gucken. *Ob ich hier während meiner Untersuchungen ein Lager aufschlagen darf*, fragt sie sich und denkt gleichzeitig, *sicher nicht.*

„Ich habe leider nichts Ungewöhnliches beobachtet“, verrät die Gargano mit vornehmer Zurückhaltung.

„Hm“, macht Bärbel und überlegt sich eine geschickte Überleitung. „Ich hörte, ihr Hund sei kürzlich überfahren worden.“ *Fail, das war alles andere als geschickt.*

„Meine Katze. Es war eine Katze“, erwidert sie und gickst. „Erinnern Sie mich nicht daran.“ Der Gargano steht der Schmerz in den feuchten Augen. Bärbel würde sie am liebsten umarmen.

„Mein herzliches Beileid“, säuselt Bärbel.

„Das war nicht die erste Katze“, erklärt sie, wirft ihren Blick zu Boden und schnieft. „Im Laufe des letzten Jahres sind vier meiner Katzen überfahren worden.“

„Wie viele Katzen haben Sie denn?“ Bärbel hat eine neugierige Seele. Sie streicht sich ebenfalls über die Haare, um die Hand am Ende auf der Schulter liegen zu lassen, versaut Ginas eleganten Move allerdings komplett.

„Immer nur zwei zur gleichen Zeit“, antwortet sie. „Ich hole sie aus dem Tierheim.“

„Wie selbstlos“, säuselt Bärbel.

„Das erzählen Sie mal denen im Tierheim. Die wundern sich inzwischen, was ich mit den Katzen mache, wie sie sich vorstellen können.“

„Kann ich mir vorstellen.“ Stille, kurze Pause. Bärbel überlegt.

„Es wundert mich nicht, dass sie nun einen Menschen erwischt haben.“

„Aha?“, macht Bärbel und horcht auf.

„Neulich erst sagte ich zu meinem Hubertus, eines Tages erwischen sie einen Menschen.“

„Wer?“, fragt Bärbel nach und stellt ihre Stirn geriffelt auf Empfang.

„Hubertus, mein Hund.“

„Na klar.“ Bärbel nickt ungeduldig und schickt hinterher, was sie eigentlich wissen wollte: „Wen meinen Sie?“

„Bitte?“ Gina versteht nicht.

„Sie sagten zu ihrem Hund, eines Tages erwischen sie einen Menschen. Wer erwischt eines Tages einen Menschen?“

„Die Raser.“

„Raser?“ Bärbel verliert die Kontrolle über ihre Mimik. Sie ist maximal aufgeregt.

„Dort unten.“ Gina zeigt in Richtung B 12. „Meist an den Wochenenden. Ich höre sie, wenn es dunkel wird. Und am nächsten Tag, wenn eine meiner Katzen nicht nach Hause kommt, weiß ich, dass ich sie unten am

Straßenrand finde ... tot. Neuerdings gibt es keine Freigänge mehr. Sie bleiben in der Stube."

„Haben Sie die Raser zufällig schon bei der Polizei gemeldet?"

„Was denken Sie? Selbstverständlich!"

„Und?"

„Sie unternehmen nichts. Die lassen meine Katzen einfach im Stich und nehmen mich nicht ernst. Lass sie nur reden, die gealterte Schlagertante. Die hat doch keine Ahnung. Pah!"

Gina, wir sollten Freundinnen werden! „Wann haben Sie den Vorfall gemeldet?" Bärbels Puls verlässt seine Ruhezone. Sie wippt mit dem Bein, ihre Finger spielen Keyboard, weil sie ihre große Chance wittert, den Polizeichef dranzukriegen, wegen ... ja, weswegen eigentlich?! Bärbel weiß nicht, wie sie diesen Straftatbestand nennen soll, denkt aber in Richtung: *Weil dieser selbstgefällige Arsch Hinweisen aus der Bevölkerung nicht nachgeht und seinen verflixten, um nicht zu sagen verfickten Job nicht macht. Mord durch Unterlassung,* fällt ihr dann noch ein. Auch wenn das unter Umständen den Nagel nicht zu hundert Prozent auf den Kopf trifft.

„Das letzte Mal vor etwa vier Wochen, als sie die Kitty Cat überfahren haben. Wissen Sie, inzwischen heißen alle meine Katzen Kitty Cat."

Aha und bingo, ich habe ihn! Wie eine Helferin bei Gericht stenografiert sie Ginas Aussage ins Oktavheftchen, in dem sie eigentlich ihre Beerdigung plant. *Die Jury wird ein hartes Urteil fällen.* „Darf ich Ihnen ganz frech eine Frage stellen?" Keine Scheu mehr. Die Berührungsängste sind verbraucht. Inzwischen fühlt sich

Bärbel sicher, als unterhalte sie sich mit Merkel, Biden oder einer der Meghans.

„Selbstverständlich. Und nennen Sie mich doch bitte Gina."

„Gerne, ich bin Bärbel."

„Angenehm." Gina lächelt hübscher, als Christine Kaufmann das je könnte.

„Dürfte ich mich am Wochenende bei dir auf die Lauer legen, um herauszufinden, wer dort unten rast und Katzen und Menschen überfährt?", fragt Bärbel an.

„Gewiss, wenn ich bei der Aufklärung eines Mordes behilflich sein kann. Ich sehe es als meine Bürgerpflicht an."

Danach verabschieden sich die beiden Frauen voneinander.

„Bis bald", ruft Bärbel, winkt und steigt gelöst und siegessicher auf ihr Bonanzarad. „Auf geht's, los geht's", trällert sie und saust, ohne den Bremsbügel auch nur zu beachten, den steilen Privatweg hinunter.

„Ich habe Gina Gargano kennengelernt", quiekt Bärbel, als sie mit großer Geste und erheblicher Thermik ihre Datscha betritt.

„Ich habe eine Pizza gebacken", erwidert Mo, ebenfalls mit großer Geste und viel Temperatur, die aus dem Backofen drängt.

„Es duftet köstlich! Ich decke den Tisch." Sie saust zum Küchenschrank und schnappt sich zwei Teller. „Das hätten wir." Sie nickt. Ehe sie sich setzt, legt sie ihre Bauchtasche ab und klickt auf Spotify. Dann legt sie ihr Telefon auf dem Wohnzimmertisch ab.

„Die Musik ist schrecklich. Was spielst du da?", erkundigt sich Mo.

Bärbel beißt von ihrem knusprigen Pizzastück ab, der krachendsalzige Geschmack einer Kaper in Kombination mit dem Schmelz des weichen Ricotta-Käses verteilt sich in ihrem Mund. Boom, wie eine geplatzte Geschmacksbombe. „Best of Gina Gargano", antwortet sie mit vollem Mund und schmatzt. „Habe ich bei Spotify gefunden."

„Ein Jammer, dass sie sich nicht besser versteckt hat", erwidert Mo. „Einfach schrecklich!"

„Mir gefällt's", behauptet Bärbel. „Aber vielleicht sind Lieder übers Verliebtsein gerade einfach nicht das Richtige für dich."

„Schlager, Bee. Schlager sind nicht das Richtige für mich."

„Wie geht's dir überhaupt?" Kaum die Frage ausformuliert, bemerkt Bärbel, dass ihr Bub feuchte Augen bekommt.

„Geht schon", lügt er und legt sein angebissenes Pizzastück ab. „Sie geht nicht ans Telefon und hat mich bei WhatsApp blockiert. Ich bin arbeitslos. Sonst geht's."

„Sei froh, dass sie dich ignoriert. Wie ich herausgefunden habe, lässt man von den Schmidhubers besser die Finger weg."

„Jaja", raunt er. „Ich kenne die Gerüchte. Nur die Franzi hat mit deren Clan-Geschäften nichts zu tun, glaub mir. Die führt ein ehrliches Business."

„Clan-Geschäfte?", wiederholt Bärbel. „Du wusstest davon?"

„Wer nicht?!" Mos Schultern zucken einmal in die Höhe und landen wieder.

„Scheinbar wissen alle davon, nur ich nicht!" Sie schnaubt und zieht einen Flunsch. Dennoch weiß sie das Wissen der anderen für sich zu nutzen: *Wo diese Erkenntnisse herkommen, stecken sicher noch weitere Informationen.*

„Weißt du was von Rasern?“, fragt sie nach.

„Du meinst Autorennen?“

„Die Gina erzählte davon.“

„Was denkst du wohl, weshalb der Mercedes damals schrottreif am Ufer der Hilla gefunden worden ist?!“

„NEIN?!“

„Doch.“ Mo nickt.

„Du hast an einem Autorennen teilgenommen?“

Mo nickt. „Ich hatte nur keine Ahnung, dass die noch immer stattfinden. Ich dachte, nach der Geschichte damals war Schluss.“

„Und die Schmidhubers veranstalten diese Rennen?“ Bärbel verhaspelt sich fast.

„Nein, falsche Spur. Die Schmidhubers haben ausnahmsweise nichts damit zu tun. Zumindest sind sie nicht die Veranstalter. Ob sie teilnehmen, weiß ich nicht.“

„Das wird ja immer doller hier im Ort“, bemerkt sie und staunt. Staunen auf eine schockierte und überforderte Art. Sie steht auf und rammt sich ihre Hände in die Taille. Ihre Ellenbogen zeigen steil nach hinten, als wären sie die Spitzen zweier Lanzen. „Wenn die Schmidhubers nicht die Veranstalter sind, wer dann?“

„Ich weiß es nicht!“

„Mo, bitte. Vergiss einmal deinen Ehrenkodex. Die Sache ist zu ernst. Ich habe Grund zur Annahme, dass einer dieser Raser die Moni überfahren hat.“ Bärbel sucht seinen Blick.

„Ich weiß es wirklich nicht." Mo winkt ab, macht eine Geste der Verteidigung. „Ich wusste es auch damals nicht. Ich habe einfach nur mitgemacht."

„Schon gut. Schon gut." Bärbel legt einen versöhnlichen Gesichtsausdruck auf. Noch immer singt Gina im Hintergrund von der großen Liebe und malerischen Sonnenuntergängen.

„Ich mache Siesta", erklärt Mo. „Ich leg mich hin."

„Ist gut, mein Junge."

Mo war schon im Flur auf Höhe des Badezimmers, als er wieder umkehrt. „Bee?"

„Ja!"

„Ist es okay, wenn ich einfach noch bleibe?"

Sie fährt ihre Lanzen zurück und schlägt den Bub wie in Butterbrotpapier gehüllt in eine Umarmung ein. „Du kannst bleiben, solange du willst! Hier wird immer dein Zuhause sein."

„Hab dich lieb!"

„Hab dich auch lieb!"

Verklärt blickt sie ihrem Mo hinterher. Sie legt sich eine Hand auf die stolze Brust. Puck, puck, puck hüpft ihr Herz. Je älter sie wird, desto seltener hört sie, dass man sie lieb hat. Und wenn sie es von Mo hört, ist es umso schmeichelhafter. Bärbel lächelt und genießt die Wärme, die sich bis in ihre feuchten Augen ausbreitet. Sie wartet noch ab, bis er im Schlafzimmer verschwunden ist. *Genug der Emotionen.* Und keine zwei Minuten später stakst Bärbel vor ihrer Crime Wall auf und ab, ein Stück lauwarme Pizza in ihrer Hand.

„Was ist nur los in meinem Ort?", flüstert sie kauend. „Hier gibt's gleich mehrere Herde des Übels."

Sie rollt das Stopfgarn ab und zieht noch einige Strippen. Doch den erhofften Durchbruch bringt es nicht.

Was macht eigentlich Michael Groß?

Es ist Samstag. Kein Grund, um fünf Uhr dreißig aufzustehen. Kein Grund, auf den Gaisbichl zu turnen. Bärbel erwacht um sieben Uhr zwölf. Kaum geben ihre Lider den Blick frei, denkt sie an die Brandners. *Ungewöhnlich!* Sie richtet sich auf, erst den Oberkörper, schließlich steht sie neben dem Ausziehsofa. Sie schlitzt ihre Augen, tippt sich gegen die Lippen und schürzt sie. Mit beiden Ohren horcht in sich hinein, nimmt ihr Bauchgefühl wahr. Ihre Hand legt sich genau dorthin. *Geh rüber und sieh nach.*

„Auf geht's, los geht's", nuschelt sie, setzt sich in ihrer Schlafgarderobe in Bewegung und schleicht zum Grundstück der Brandners. Der Kies unter ihren Füßen hat schon Temperatur, irgendetwas zwischen Fieber und lauwarmer Pizza. Kein Auto steht vor der Datscha, die Gartenpforte ist verschlossen. Kurzentschlossen schwingt sie ihre langen, dünnen Beine über den hüfthohen Jägerzaun. Sie hätte gut daran getan, Hochspringerin zu werden. Doch zu spät. Aufgeregt tippelt Bärbel über die Wegplatten zur Veranda.

„Was hast du hier neulich Nacht getrieben?", murmelt sie zu sich selbst und meint Bertl Heuser, dessen verbale Reaktion ihr wie eine Lüge vorkam. Mit ihren Händen rechts und links der Schläfen schirmt sie sich vom Sonnenlicht ab und drängt ihr Gesicht dicht an die Fensterscheibe. *Niemand da. Zum Glück.* Wie sollte sie diesen Überwachungsüberfall erklären?

„Was ist das denn?", spuckt sie aus und weicht vor Schreck einen halben Meter zurück. Sie guckt erneut durch die Scheibe und weicht abermals zurück. „Ich fasse es nicht!"

Ein schlimmer Verdacht keimt in ihr auf. Im Inneren der Datscha stehen Fässer. Fässer allein sind noch nicht besorgniserregend, wenn es Gurken-, Wein- oder Bierfässer sind. Doch diese Fässer sind blau und mit einem Etikett beklebt, dass orange, quadratisch und mit einem Totenkopf-Piktogramm gekennzeichnet ist. *Dies, das, Leichenfass,* rauscht es ihr durch den Kopf.

„Bertl, was hast du nur getan? Und ich dachte, du seist Umweltschützer." Wie von Usain Bolt angeschoben, rennt Bärbel davon. Der Reppenschläger Dominik, der aus irgendeinem Grund auf dem Kiesweg herumscharwenzelt, sieht gerade noch, wie sie mit einem Satz über den Jägerzaun jagt. Sie springt ihm beinahe auf die Füße.

„Na, du blöde Kuh", ätzt er. „Bist du jetzt unter die Einbrecher gegangen?"

„Halt die Fresse", keift sie und stürmt auf ihr Grundstück zurück.

„Ich behalte dich im Auge", ruft er.

„Musst ja selbst wissen, wie du deine Freizeit ausfüllst", erwidert sie und schlägt die Tür zu, während es dem Dom Rep die Sprache verschlägt.

Im Inneren ihrer Datscha schlüpft sie in eine Strickjacke und bereitet sich einen Kaffee zu. Doch anstatt am heißen Beige zu nippen, stellt sie die Tasse zur Seite.

Sie ist zu aufgewühlt, um einen weiteren Energiekick verarbeiten zu können.

„Was geht hier vor?", bezieht sie sich in ihre Selbstgespräche ein. „Irgendwelche Ideen?" Sie starrt auf ihre Crime Wall. *Ich muss umdekorieren,* kommt ihr der Gedanke. Sogleich verbindet sie die toten Fische mit dem Kärtchen vom Heuser Bertl. Moni und den neuen Kartonausschnitt, der für Gina Garganos überfahrene Katzen steht, pinnt sie nebeneinander. Davon ausgehend zieht sie einen roten Faden auf ein Feld mit einem Rennwagen, den sie nach bestem Können und mit großer Mühe aufgezeichnet hat. Ein Fragezeichen als Ausdruck, dass sie keine Idee hat, wer für die Rennen verantwortlich ist, kritzelt sie nachträglich hinzu und malt dabei gewaltig über den Rand. „Scheiße", flucht sie und begutachtet den verursachten Schaden. Wie es aussieht, verfügt der Gipfel des Fichtingar Horns neuerdings über ein zweites Kreuz. Doch keine Zeit zu quengeln.

„Fazit", flüstert Bärbel. „Erstens: Die Schmidhubers, ausgenommen der Franzi, sind kriminell und erpressen Schutzgelder. Zweitens: Bertl Heuser hat eventuell, es gilt die Unschuldsvermutung, seine eigenen Fische vergiftet. Drittens: In Fichting finden illegale Autorennen statt. Viertens: Ich habe mich des Frevels schuldig gemacht, indem ich ausgerechnet im Allgäu, wo die gute Milch so nahe ist, auf Kaffeeweißer umzusteigen." Sie fasst nach der Tasse, umschließt den Henkel und nimmt einen Schluck. *Leider köstlich.*

Seit einer Viertelstunde schon starrt sie auf ihre Crime Wall. Irgendwann läuft Mo an ihr vorbei.

„Bin weg. Bis später", sagt er. Vielleicht auch etwas anderes, Bärbel hört nicht richtig hin. Zu intensiv ist sie durch ihr Starren abgelenkt. Immer mal wieder fällt ihr das neu entstandene Gipfelkreuz auf.

„Grrr", röhrt sie. Doch so sehr sie auch röhrt, sie kommt nicht weiter. *Wie früher beim Sudoku.* Durchs Starren übersieht man Details. Das weiß sie und gibt trotzdem nicht auf. „Irgendwo da steckt die Lösung", nuschelt sie und streckt ihren Arm nach der Crime Wall aus. *Aber dieses Rätsel werde ich jetzt nicht entwirren*, begreift sie und starrt weiter und weiter. *Nur wie hängen die einzelnen Ereignisse miteinander zusammen*, fragt sie sich. *Wenn sie denn zusammenhängen.*

„Je ne sais Peng", flüstert sie schließlich. Da klopft der Messinghirsch von außen an die Tür.

„Guten Morgen." Bärbel staunt. Vor ihr steht Pitje in Zivil und hält einen Blumenstrauß in der zittrigen Hand.

„Servus, Bärbel!" Er strahlt. Im nächsten Augenblick blickt er an ihr herunter und mustert sie auf dem Rückweg nach oben gründlich. Er strahlt noch heller.

„Sorry, ich stecke noch in Schlafklamotten." Bärbel zieht ihre Mundwinkel hinunter und verschließt die Strickjacke vor ihrer Turnhose und dem Feinrippunterhemd.

„I wollt di zum Ess'n ausführ'n ", verrät Pitje.

„Jetzt?" Bärbel schiebt ihren Kopf in den Nacken und kraust die Stirn.

„Naa, net jetz." Er blickt auf den Boden und errötet. „Heute Abend", erwidert er und bewegt seinen Schnauzbart hin und her.

„Keine Zeit", sagt Bärbel. *Dieser scheußliche Bart!*

„Natürlich", entgegnet Pitje und schnaubt. Er bläht seine Nasenflügel auf und schaut wie ein Ersatztorhüter, der es beinahe in den Kader der Nationalmannschaft geschafft hätte – aber eben nur beinahe. Er schüttelt den Kopf und winkt, als wolle er aufbrechen.

„Ich bin mit Gina Gargano verabredet", erklärt sie schnell, als sie sein Vorhaben durchschaut.

„Ja mei", erwidert er und nickt.

„Vorher hätte ich Zeit", äußert sie.

„Oh, okay." Ein Aufbäumen der Zuversicht wandert quer durch Pitjes Gesicht. „Wann?"

„Nachmittags!"

„Das wäre toll."

„Nur bitte lass uns irgendwo hingehen, wo die Schmidhuber-Mafia nicht aktiv ist."

„Mafia?", fragt er nach und schlitzt seine Augen.

„Komm mal rein", flüstert sie und guckt sich um, ob sie beobachtet werden. Negativ!

„Et Viola!" Triumphierend präsentiert Bärbel ihre Leinwand und macht eine große Geste, wie bühnenerfahrene Showgirls sie machen.

„Bärbel!" Pitje nähert sich der Crime Wall und fährt mit seinen Fingern die Fäden entlang. „Das ist professioneller als alles, was ich bisher bei uns auf der Wache gesehen habe."

Bärbel nimmt seine Aussage als Bestätigung, dass die Arbeitsmoral und Einsatzbereitschaft der Fichtinger Polizei einfach mies sind. Sie zuckt beiläufig mit den Schultern. Nach dem Abringen eines Versprechens – „Versprochen, versprochen, ich sage es keinem weiter", stammelt Pitje – beginnt sie mit ihren Ausführungen und teilt ihre Erkenntnisse.

„Und dann entdecke ich in der Datscha der Brandners diese Giftfässer. Ich bin mir sicher, dass der Bertl sie dort gelagert hat", sagt sie und schließt ihre Zusammenfassung.

„Bärbel", schimpft Pitje und rutscht wieder in seinen Dialekt zurück. „Des konnsch'st net mochn. Du konnsch'st net oinfach fremde Grundstücke b'treten. Wenn di jemond g'sehen hot."

Sie denkt an Dom Rep und sorgt sich still. Macht aber eine wegwerfende Handbewegung.

„Sonscht, guade Arbeit", lobt er, was ihre Sorgen sogleich wieder vergessen macht.

Scheiß auf den alten weißen Mann.

„I hob jo koane Ahnung g'hobt."

„Du bist Polizeihauptmeister", kontert Bärbel und schüttelt ihren Kopf.

„I hodde koane Ahnung", wiederholt er, hebt seine Hände und lässt seine Schultern auf und nieder hüpfen.

„Hilfst du mir?" Bärbel zwinkert ihn an.

„Wobei?"

„Diesen ganzen kriminellen Scheiß zu ordnen und Monis Mörder zu fassen?"

„Mia san dran, Bärbel. Mia san dran."

„Pffffff", macht sie. „Als ob!"

„Mia tuan, wos mia könna."

„Was denn? Ich allein, eine Frührentnerin ohne kriminalistische Vorkenntnisse, habe mehr herausgefunden als euer gesamter Stab an Uniformierten."

„Sei vorsichtig, sonst verpflichtet sie dich für ihre privaten Mordermittlungen“, frotzelt Mo, der in diesem
Augenblick durch die Tür herein ins Wohnzimmer
tritt. „Mich hat sie auch schon gefragt.“ Dann verschwindet er ohne Umwege gleich wieder im Schlafzimmer.

„Üb’rloss des liaba der Polizei.“ Pitje bemüht sich um
die richtigen Ratschläge.

„Du siehst doch, das führt zu nichts. Also? Hilfst du
mir?“

„Des dorf i net“, erklärt er und schüttelt seinen Kopf.
„Wir bringen deine Aufzeichnungen auf die Wache
und ermitteln offiziell.“ Kaum das ein Satz mit ‚offiziell‘
gespickt ist, benimmt er sich auch so und verfällt hochoffiziell ins Hochdeutsche.

„Nein! Nur du und ich“, stellt sie klar.

Er presst seine Lippen aufeinander.

„Und ich nehme dich nach dem Essen mit zu Gina
Gargano.“ Mit diesem Lockangebot glaubt sie, ihn überreden zu können.

„Also guad.“ Er nickt. Aber nicht in der Art, dass er einverstanden ist, sondern eher, als müsse er sich selbst
noch überzeugen.

„Wir finden Monis Mörder“, juchzt Bärbel. Fehlt
noch, dass sie ihre Faust voll Körperspannung in die
Höhe reißt. „Kein Mensch wird erfahren, was wir in unserer Freizeit tun“, verspricht sie ihm. „Und erst, wenn
wir genug Beweise und alles aufgeklärt haben, konfrontieren wir den Sheriff damit.“

„Also dann.“

„Also dann“, wiederholt Pitje Bärbels Worte, die ihre
Verabschiedung einleiten sollen.

„Soll i di nochher abhol'n?"

Bärbel steht nicht auf die alte Schule. Doch der multimorbide Akku ihres E-Scooters, dem plötzlichen Herztod ganz nah, lässt keine andere Entscheidung zu. *Noch eine Tour auf dem Bonanzarad ertrage ich nicht.* „Aber nur, weil mein E-Scooter kaputt ist."

„Kaputt?"

„Ja, der bringt nur noch Schrottgeschwindigkeit, nicht einmal mehr Schrittgeschwindigkeit." Sie lacht.

„Hob mi imm'r scho g'frogt, wesholb du dir koan E-Bike g'kauft hosch'st."

„Damit ich nicht aussehe wie eine Touristin", erwidert sie. „Am besten noch in Radlerhose und Funktionsshirt, als wenn ich mich auf einem E-Bike anstrengen müsste."

„Ob E-Bike od'r Scooter, wo is obg'sehn von der Sitzposition d'r Unterschied?"

„E-Scooter sind ehrlicher. E-Bikes sind Fake, weil sie nur vortäuschen, dass du Sport machst, während in Wirklichkeit der Motor alles übernimmt."

„So hot ja jed'r soane Meinung", sagt er und grinst. „I hob no oane Fünfziger in der G'rage stehn. Ehrlich wie oan E-Scooter und voll funktionstüchtig. Bisch'st int'ressiert?"

„Was willst du dafür haben?" Bärbel denkt nach: *Eine Fünfziger? Vielleicht keine schlechte Idee. Ich bin des Rumstehens während der Fahrt schon recht müde. Und immer daran denken zu müssen, bloß den Akku wieder aufzuladen, nervt mich auch.*

„Gor nichts", erwidert der Polizeihauptmeister. „I brauch se net. Hob noch oane Zwoate. Hob sie damals für mi und moane Frau g'kauft. Hom se nie benutzt und i bin seit acht Johre g'schieden." Er lächelt.

„Ich kann sie mir unmöglich schenken lassen", sagt Bärbel.

„Dann bezahl halt du des Essen. I versprech, i wähl nur des Teuerste."

Nicht, dass sie es sich vorgenommen hat, doch Bärbel lächelt ebenfalls. „Also gut", sagt sie. „Dankeschön." Ein verbales Dankeschön, das seiner Großzügigkeit angemessen erscheint, mit Nachdruck, dem Nicken ihres Kopfes, einem Lächeln und Weichheit im Gesicht. Aus dem Affekt heraus passiert ihr noch ein schnelles Körperzucken, dass mit viel Fantasie eine Umarmung hätte andeuten können. Doch in der nächsten Hundertstel fängt Bärbel das Körperzucken wieder ein und weicht zurück.

Pitje, der vermutlich schon auf eine Umarmung gehofft hat, lehnt sich ihr entgegen, als sie noch einen Schritt zurückweicht. Wie Michael Jackson im Video zu ‚Smooth Criminal' geht er in Schieflage und wankt in Richtung Veranda.

Und Bärbel macht es noch peinlicher, als sie ihre Hand ausstreckt, um sich auf Distanz zu bedanken. „Dankeschön", wiederholt sie noch einmal.

„Passt", raunt der Gekorbte. „Bevor i des vergess. I hob no Blumen für di."

„Für mich?", fragt sie und drückt sich den Zeigefinger gegen die Brust, obwohl sie die Antwort längst kennt. „Danke." Sie nickt noch einmal und greift sich die inzwischen warm gewordenen Stiele.

„Pfiat di." Dann flüchtet er.

Fichting in Gefahr! Wer Hinweise und Wissen hinsichtlich illegaler Machenschaften hat, kann sich anonym unter der unten stehenden Nummer melden.

Bärbel blickt auf die Zettel, die sie selbst angefertigt hat und ist voll der Selbstzufriedenheit. Sie strammt ihre Schultern. Es ist kurz vor Mittag und die Geschäfte noch prall gefüllt. *Genau der richtige Zeitpunkt*, denkt sie. Sie verteilt ihre Kopien beim Feneberg, in der Apotheke, im Buchladen et cetera. Bei Aldi Süd kauft sie neues Guthaben für ein altersschwaches Tastentelefon, das sie noch besitzt, und steigt wieder auf ihr Fahrrad.

Als Pitje Bärbel nachmittags vom Campingplatz abholt, entlädt er zunächst die Fünfziger von seinem Anhänger und übergibt sie ihr vor dem Gartenzaun. Eine Probefahrt später ohne Helm – da muss der Polizeihauptmeister Kulanz walten lassen – fällt sie ihm um den Hals.

„Danke. Merci, Beaujolais", quietscht sie und schraubt sich eng an ihn heran. Sie hat sich verliebt! *Vergiss den E-Scooter, meinen Bonanza-Kindheitstraum, die Freiheit wartet auf dem Rücken der Fünfziger*, schießt es ihr so schnell durch die Gedanken, wie sie zuvor über den Kies geschossen war.

„Ich liebe sie", quietscht Bärbel und lässt von Pitje ab, bevor es zu einer erneuten Absichtserklärung ihrer Libido kommen kann. Sie lacht ihrer neuen Cross-Maschine entgegen. Sie ist sexy orange wie ihr olles Bonanzarad und schneller noch als ihr Scooter, dessen Tod sie nun nicht mehr kümmert. Pitje guckt stolz, Bärbel glücklich gemacht zu haben. Er richtet sich auf, drückt die Brust raus und hängt seine Daumen in den Hosenbund. Einen Moment später weist er sie noch darauf hin, dass sie für ihre KTM einen Helm kaufen und auch tragen muss, bevor sie in Pitjes Kleinwagen steigen und den Campingplatz verlassen. Der sperrige Anhänger rattert hinter ihnen her.

Es ist sechzehn Uhr dreißig. In einer halben Stunde öffnet die Heuschnecke, ein kleines französisches Restaurant in Oberstätten, einem Ort, dreißig Kilometer von Fichting entfernt. Dreißig Kilometer, die gegen die Einflussnahme der Schmidhubers sprechen.

Die Unterhaltung ist etwas ins Stocken geraten. „Ja mei", sagt Pitje und atmet tief ein.

„Jaja", erwidert Bärbel und blickt durch die Seitenscheibe.

Pitje kichert.

Warum kichert der, sagt aber nichts?

Er kratzt sich am Hinterkopf.

Ein Zucken durchfährt Bärbels Lid.

Jetzt nickt er. „So isches."

„Wie bitte?", fragt sie nach.

„I hob nichts g'sogt", antwortet er.

„Hast du." Sie mustert ihn.

„Naa."

„Dann nicht." Sie verschränkt die Arme vor der Brust. Und dort bleiben sie, bis Pitje seinen Kleinwagen vor dem Restaurant abstellt.

Sie steigen aus und laufen über einen Weg mit Kopfsteinpflaster dem Eingang des gemütlichen Lokals entgegen.

„Nur regional ist erste Wahl", liest Bärbel von einem Werbebanner ab. Sie überlegt kurz. „Erzähl das mal einem Berufsfußballer."

Pitje kichert.

„Wir können uns doch einfach schon setzen. Ich meine, wo die Tische schon mal draußen stehen", meint Bärbel. Inzwischen ist es sechzehn Uhr fünfzig.

Er nickt, verzieht jedoch die Augenbrauen, als wolle er sie rügen.

„Et Viola", tönt sie, klopft mit der Hand auf den Tisch und lässt sich auf die geflochtene Sitzfläche aus Polyrattan nieder. Kaum sitzt sie, erschrickt sie.

„Wir öffnen erst in zehn Minuten", erklärt ein junger Mann in schwarzer Hose und weißem Hemd, der seine Arme hinter dem Rücken zusammenführt und sich derart entgegenkommend gibt, als würde er gleich eine Verbeugung machen.

„Kein Problem, wir warten", entgegnet Bärbel und grinst. Immerhin hat sie heute eine Cross-Maschine geschenkt bekommen. Geschenkt, abgesehen vom Abendessen.

„Was ich sagen wollte: Bitte warten Sie woanders."

„Warum?", fragt Bärbel und zieht ihre Augenbrauen in die Höhe.

„Wir öffnen erst in zehn Minuten."

Die Diskussion, ein Hin und Her von Argumenten und Gegenargumenten – „Dann stellen Sie die Tische nicht nach draußen, wenn Sie nicht wollen, dass sich jemand hinsetzt." -, dauert so lange, bis es schließlich siebzehn Uhr geworden ist.

„Was darf ich Ihnen zu trinken bringen?", erkundigt sich der Kellner pünktlich.

Bärbel und Pitje ordern etwas Unalkoholisches. Alkoholfrei, auch was die Speisen angeht.

„Dann sollen die ihre Tische nicht nach draußen stellen“, zischt Bärbel und bezieht sich noch einmal auf die zuvor geführte ‚Unterhaltung‘. Sie schüttelt ihren Kopf.

„Schee, dass mia Zwoa endlich amoi z'amma sitz'n“, sagt Pitje schließlich und lehnt sich zurück.

„Ich freue mich auf unsere Zusammenarbeit“, erwidert sie und setzt sich auf.

„Wer hat die Käspressknödel?“ fragt der Kellner, der mit dampfenden Tellern neben ihnen steht. Pitje meldet sich.

„Dann haben sie, Verehrteste, das Ratatouille und die überbackene Zwiebelsuppe?“

„Richtig, danke!“ Bärbel grient und hebt die Hände in die Höhe, damit der Kellner die Speisen abstellen kann.

„Guten Appetit!“

„I woiß so wenig über di“, erwähnt Pitje.

„Ich bin einfach so schockiert. Ich hatte keine Ahnung, was bei uns in Fichting passiert. Man denkt ja immer, so etwas passiert nur woanders, in der Großstadt zum Beispiel.“

„Wos is'n deine Lieblingsfarbe?“

„Wir müssen den Schmidhubers das Handwerk legen.“

„I hoff, Blumen san dir net zu retro.“

„Welche Beweggründe könnte der Bertl haben, seine eigenen Fische zu vergiften?“

„Die Fünfz'ger musch'st natürlich no onmelden, weisch'st?“

„Ich wette, es gibt einen Zusammenhang zwischen Ginas getöteten Katzen und der Moni.“

„Is scho guad. Is scho guad“, raunt Pitje. „I hob's. I hob's jetz.“ Er schnaubt und blickt vom Teller auf – und von dort aus in die Ferne. Mit der Serviette wischt er sich über die Lippen, tupft seinen Schnauzbart ab und legt den knittrigen Verbundstoff auf die noch kaum berührten Kaspressknödel ab.

„Was ist denn? Schmeckt es dir nicht?", fragt Bärbel und ersticht ein Stück Paprika mit ihrer Gabel. Wie eine Mörderin. Danach verschlingt sie es auch noch.

„I hob des G'fui, du brachst mi nur ois Polizist." Pitje blickt sie jetzt direkt an. Er verschränkt die Arme vor der Brust und presst seine Lippen fest zusammen.

Ist er etwa beleidigt? Bärbel mustert ihn. „Ich kann einfach nicht entspannen, wenn Monis Mörder noch frei rumläuft", antwortet sie und erbittet sich Verständnis, indem sie ihren Kopf schief legt und einseitig grient.

Pitje seufzt und entknotet seine verschränkten Arme. „Ja mei."

„Wollen wir zahlen?", fragt Bärbel. Sie befürchtet, dass die gemeinsamen Ermittlungsarbeiten heute nicht konstruktiver werden.

„Ja mei", entgegnet er erneut.

„Die Rechnung bitte", ruft Bärbel und meldet sich wie früher in der Schule. Es herrscht Stille. Pitje und Bärbel blicken in unterschiedliche Richtungen, wie viele Ehepaare nach der Silberhochzeit. „Darf ich ehrlich zu dir sein?", fragt Bärbel nach und zerfurcht die Stille.

Pitje nickt.

„Ohne Schnauzbart hast du mir besser gefallen." *Jetzt ist es raus.*

„Vierunddreißig fünfzig", fordert der Kellner in dem Moment.

„Stimmt so." Den Prolog längst vergessen, rundet Bärbel auf und überlässt dem jungen Kellner fünf Euro fünfzig Trinkgeld. Er bedankt sich mit einem Nicken, wieder kurz vor einer Verbeugung, und lächelt. Bärbel ist also nicht der einzige Mensch, der nicht nachtragend ist und verzeihen kann.

Es ist gerade einmal achtzehn Uhr siebzehn. Vor zwei Minuten schlug die Glocke irgendeiner Kapelle, die man nicht einmal sieht, aber überall hört. So tickt Bayern. Es ist zu früh für ihren geplanten Besuch bei Gina Gargano. *Sie rasen erst, wenn es dunkel ist*, hat sie gesagt. Hätten sie und Pitje ein Date, würde Bärbel einen Spaziergang vorschlagen und an der nächsten Eisdiele einen Nachtisch bestellen. Zwei Kugeln salziges Karamell-Eis mit Schokostreuseln. Die Mühen des blauen Abendhimmels, der kurz vor Feierabend noch einmal zeigt, was er draufhat, sollten nicht umsonst gewesen sein. Dazu ein schwacher Wind und Temperaturen wie in einer tropischen Nacht. Doch ihr Treffen ist rein kriminalistischer Natur und dient der Aufklärung eines Mordfalles, was wohl das Gegenteil eines Dates ist.

„Schee", meint Pitje. „I wor schon long net mehr in Oberstätten. Mogsch'st spazieren g'hen?"

Kein Date, Bärbel, *kein Date*.

„Mia könna um den Stätt'ner See laufa", schlägt er vor und lockt sie mit seinen Augenbrauen, die er wie Salven in die Höhe schießen lässt.

„Jetzt, wo du wieder gute Laune hast, ärgerst du dich bestimmt, dass du nicht aufgegessen hast", scherzt Bärbel und zwinkert ihm zu.

„An der Promenade gibt's oane Eisdiele", sagt er.

„Also gut, gehen wir." Sie stupst ihn an, dass er lächeln muss und hakt ihn unter. *Es bleibt dabei, es ist kein Date! Kein Date!*

Sie laufen an der Promenade auf die Eisdiele zu. Bärbel blickt auf das blaugrüne Wasser, was eingefasst von einem gewaltigen Gebirgszug und teilweise steilen Abbruchkanten ist. Ein Tonsignal lärmt und Bärbel schreckt auf. Ausnahmsweise keine Kirchenglocken. Sie weiß sofort, was zu tun ist und zieht ihr Telefon aus der Bauchtasche, die sie für diesen besonderen Anlass nach hinten trägt, damit sie weniger auffällt.

Allgemein hat sich Bärbel recht keck herausgeputzt. Sie trägt ihre schwarze Zunfthose, die sie kürzlich erst wiederentdeckt und bei fünfundsiebzig Grad durchgewaschen hat, dazu Sandalen, nicht so edel wie die der Schmidhuber Franzi, aber trotzdem schick, und eine gemusterte Schlupfbluse ohne Ärmel. Die Haare wie immer mit einem dicken Zopf seitlich am Kopf zusammengebunden. Und genau dieser Zopf weht ihr gerade ins Gesicht, als sie auf ihr Smartphone guckt und seufzt. „Ich muss grad mal eine Nachricht abhören", murmelt sie und presst sich das Gerät ans Ohr und die Augen fest zu, zum Abschirmen weiterer Sinneseindrücke. „Mist", fasst sie die News zusammen. „Ich muss heute Nacht im Rambazamba aushelfen."

„Wos? Net echt, od'r?", erwidert Pitje, der sich bis auf den scheußlich buschigen Schnauzbart auch auf Hochglanz gebracht hat – mit einem olivgrünen Knickerbocker und einem Poloshirt in zartrosa.

„Doch, leider. Ich muss nach Hause. Muss versuchen, noch etwas vorzuschlafen", erklärt sie und cancelt still ihre Verabredung mit Gina Gargano.

„Pfiat di.“

„Pfiat di“, greift Pitje ihre Worte auf. Bis vor die Haustür hat er sie begleitet und nun stehen sie voreinander auf der Veranda, den Schlüssel hat Bärbel schon ins Schloss gesteckt.

„Hast du morgen Abend schon was vor?“

„Naa“, erwidert er und sperrt seine Augen, die sich gerade mit Hoffnung füllen, weit auf.

„Dann treffen wir uns hier zum Brainstorming?“, fragt sie.

„Ja guad, des passt. Um dreiviertel sieben, wos meinsch’st?“

Tornadoschnell rechnet Bärbel die Zeit in Hochdeutsch um und nickt.

Bevor sie sich wieder aus der Affäre zu ziehen versucht, zieht Pitje sie an sich und nimmt sie fest in seine Arme.

Bärbel erwidert die Umarmung. In ihrem Lustzentrum fahren die Damen, die vor Jahren in Altersteilzeit geschickt wurden, die Systeme wieder hoch. *Von wegen alt und ausgemustert. Ich wusste, sie wird uns eines Tages brauchen, schallen ihre Stimmen durch Bärbel. „Stopp“, fiept sie und befreit sich. *Zu viel*, denkt sie, als ihr auffällt, dass sie sich mit ihrem Unterleib sehr hingezogen fühlt. „Wir dürfen das nicht tun.“

„Wos?“ Pitje schüttelt den Kopf. „Wos meinsch’st?“ Er kneift die Augen zusammen, als ob er nach der Antwort späht.

„Umarmen“, antwortet sie mundtrocken.

„I hob di nur g’herzt“, entgegnet er und hebt die Hände, um seine Harmlosigkeit zu unterstreichen.

„Bis morgen", stottert sie, greift nach seiner Hand und schüttelt sie auf und ab.

„I werd v'rsuchn, die Brandners ausfindig zu mochen. Koane Alleingänge wegen die Fässer", appelliert er an ihre Vernunft und spielt wieder den Polizisten.

Schon schließt sie die Tür hinter sich und lehnt sich von innen mit dem Rücken dagegen. Sie prustet, schließt die Augen und legt sich die Hand aufs Herz. *Hand aufs Herz, das war heiß.* Als sie die Augen wieder öffnet, bemerkt sie, dass Mo in ihrem Schwingsessel schaukelt und sie angrinst.

„Was war das denn?", fragt er.

„Ich weiß nicht, was du meinst." Bärbel steht immer noch an der Tür und meidet seinen Blick. Ihr ist klar, dass er von dieser Position aus einen Panoramablick auf ihre Umarmung gehabt hat.

„Ich meine euren Trockensex", erwidert Mo und grient.

Sie hat sich gewünscht, dass er nach der Schmidhuber Franzi wieder lachen kann, doch bitte nicht auf ihre Kosten.

„Geht da was?"

„Also ich gehe jetzt ins Bett", knurrt sie. „Muss vorschlafen. Habe Schicht im Rambazamba." Dann poltert sie ins Schlafzimmer und wirft die Tür hinter sich zu.

Das darf nie wieder passieren.

‚Vamos a la playa' um einundzwanzig Uhr in ihrem Schlafzimmer. Dr. Alban hat ausgedient und ihr abgeschrammter CD-Player auch. Sie dirigiert ihr Telefon zum Schweigen, trinkt noch einen Kaffee mit Weißer und rödelt im Garten in ihrem Schuppen herum, bis sie schließlich fündig wird. Das Fundstück, ein grellgelber

Bauhelm, landet auf ihrem Kopf. „Muss reichen", flüstert sie. Mit Polizeipräsenz oder -kontrollen ist in Fichting ohnehin nicht zu rechnen, was die unaufgeklärten Morde an Moni und Ginas Katzen beweisen. Sie tritt den Kickstarter an ihrer neuen Maschine und knattert, wrumm über den Kies.

Es ist dunkel. Nicht heller als eine Turnhalle bei Kerzenschein. Die scharfkantige Silhouette der Berge ist nur noch zu erahnen. Vor einem Vorzelt sitzen der Reppenschläger Dominik mit einer Gitarre auf dem Schoß und der Kogler Schorsch mit Zigarillo im Mundwinkel. Den einen grüßt sie, dem anderen zeigt sie ihren Mittelfinger und verliert kurzfristig die Kontrolle über die Maschine. Nach diesem unfreiwilligen Schlenker versteht sie die Notwendigkeit eines Schutzhelms. *Gut, dass ich einen trage*, denkt sie und gibt auf der Landstraße Vollgas. Zwölfmal hintereinander juchzt sie vor Vergnügen.

Vor dem Rambazamba in Albing sichert sie die Maschine mit ihrem alten Zahlenschloss. Noch gleicht der Parkplatz einem Unigelände bei Nacht. Doch schon bald rollen die Pkws und Shuttlebusse an.

„Servus, Kevin." Sie winkt dem Türsteher.

„Worsch'st long net do", stellt dieser mit einem Lächeln fest, bevor sie die schwere Lärmschutztür aus dem Weg schiebt und von der Dunkelheit empfangen wird, die nur von einigen auserwählten Lichtquellen erhellt wird. Unter der Decke des hallengroßen Etablissements gehängt folgen sie farbenfroh ihren Befehlen. Mit spätestens Mitte sechzig ist Schluss im Rambazamba, hat sie sich vorgenommen. Der donnergrollende Bass ist jetzt schon schwer verdaulich.

Sie betritt eines der Hinterzimmer - Servus hier, servus da –, schlüpft in ihre Arbeitskleidung, ein schwarzes Shirt mit fluoreszierendem Aufdruck, bindet sich eine Schürze zur Bauchtasche und tritt hinter den Tresen. Die Arbeitsabläufe sitzen. Gläser spülend wiegt sie sich zum Takt der Bässe hin und her. *Tanzen hilft*, denkt sie. Gegen Stress und sexuelle Unterforderung - was im Prinzip das gleiche ist.

„Servus, Bärbel." Eine lässig gekleidete Frau mit wilder Frisur tätschelt sie. „Sauguad, dass du einspringen konnsch'st."

„Na klar." Bärbel nickt ... und tanzt. Das ist der Moment, in dem Bärbel ihrem neuen Lieblingslied begegnet. ‚Auf die Party' heißt der Song, wie sie später von DJ Jane erfährt. Hände hoch und Laune hoch. Bärbel tanzt, als wäre sie beim Tae Bo-Aerobic. „Ich komm auf die Party und will sofort wieder gehen", singt Bärbel. Vanessa, eine etwa vierzig Jahre jüngere Kollegin, springt ihr zur Seite und macht aus Bärbels Solo ein Duett. Die Frauen beben. Der Nachfolgesong von Calvin Harris verspricht Abkühlung und Ernüchterung. Genau zur richtigen Zeit, da im Rambazamba mittlerweile gedrängelt wird, so voll ist es. Bärbel kommt mit den Bestellungen kaum hinterher, gibt einen Drink nach dem anderen heraus.

„Hey, Johannes", begrüßt sie Silvies Sohn. Doris, die territoriale Dackeldame, sitzt Bärbel noch fest in Erinnerung. „Wie geht's der Mutti?", fragt sie nach, um herauszufinden, ob diese ihr das blöde Missverständnis immer noch nachträgt.

Johannes grinst. „Ich soll eigentlich nicht mit dir reden", brüllt er über die Beats hinweg.

Okay, sie trägt es mir nach. Bärbel verzieht den Mund. Johannes schmunzelt. Bärbel und er kennen sich schon lange. „Albern", ruft er. „Die kriegt sich wieder ein."

Auch sie haben sich damals vor dem Supermarkt kennengelernt. Als er noch halbstark und jugendlich war. Weil man sich als halbstarker Jugendlicher in Fichting-Au halt mit anderen halbstarken Jugendlichen vor dem Supermarkt trifft. Das gehört wohl zum Erwachsenwerden im Allgäu dazu. Inzwischen hat er das Halb abgelegt, ist ausgewachsen und volljährig.

„Hier, dein Wodka-O." Sie schiebt das hohe Glas über den Tresen. *Einige Getränkekreationen geraten nie aus der Mode.* „Geht aufs Haus." Sie tätschelt seine Hand.

„Danke!" Dann ist er auch schon wieder weg und Bärbel nimmt die nächste Bestellung entgegen. Wieder einen Wodka-O.

„Hey!" Etwa eine halbe Stunde später steht der freundliche Kassierer am Tresen, mit dem sie gerade erst während ihres Wocheneinkaufs über den Polizeichef und Monis Beerdigung geplaudert hat.

„Hey", erwidert sie. „Wodka-O?"

„Naa, des mog i net", sagt er. „Cola."

„Dein Wunsch ist mir Befehl." Sie nickt.

Sie schiebt die Cola inklusive der vier Eiswürfel über den Tresen, doch ehe er danach greifen kann, stoppt sie. „Hast du was von Bertl gehört?", fragt sie und weiß jetzt schon, dass sie morgen heiser ist. Warum er nicht im Bioladen kassiert, wenn Bertl doch sein Onkel ist, hat sich Bärbel schon oft gefragt.

„Naa." Er schüttelt den Kopf. „Er is net erreichbar. Seit der Sache mit den Fischen net."

„War schon jemand bei der Polizei?"

Der junge Mann nickt.

„Und?", röhrt Bärbel.

„Nichts!"

„Gibt's doch nicht!", röhrt sie noch einmal.

„I sog doch, der neue Polizeichef is des Letzte."

Aus dem Hintergrund drängt sich eine Beschwerde nach der anderen auf.

„Sieh mal zu!"

„I hätt gern Wodka-O."

„Komm schon!"

„Schiebung!"

„I hätt gern Wodka-O!"

Bärbel verdreht die Augen. „Ja doch!", keift sie in die Menge und blickt ohne Fokus den grellen Strahlen der Scheinwerfer entgegen. „Eins noch ..." Sie übergibt die Cola und rückt sich über den Tresen an sein Ohr. „Hast du zufällig Infos über die Schmidhubers?"

„I woiß nur, die do hinten in der Lounge links der Tribüne, die arbeiten für sie. Aber Vorsicht. Des san wirklich schwere Jungs", antwortet er und schwenkt mit seinem Kopf nur andeutungsweise in ihre Richtung. Dann tippelt er davon.

Bärbels Blicke nehmen die kürzeste Route zur Lounge. Das Ziel befindet sich links der Tribüne. Als hätte er nur darauf gewartet, begegnet sie der Aufmerksamkeit eines bulligen Kerls mit kinnlangem Haarschopf und Vollbart. Er nickt und deutet pantomimisch an, dass er sie im Blick behält. Ein Schreck blitzt durch ihren Körper. Erst nach seiner vollständigen Entladung macht sie sich daran, die aufgelaufenen Bestellungen abzuarbeiten. Ihre Bewegungen sind hektisch. Fast sieht es aus, als ob sie rudert. Kein Wunder, dass sie Gläser umschubst. Es klirrt. Sie fegt Scherben zusammen. Schweiß glänzt auf ihrem Gesicht. Sie atmet schnell wie am Gipfelkreuz vom Gaisbichl.

Jedes Mal, wenn sie zu den schweren Jungs guckt, trifft sie auf eine nonverbale Antwort dieses bulligen Kerls. Er leckt sich die Lippen, schürzt sie oder grient.

„Ich brauch mal ne Pause“, quäkt sie ihrer Kollegin ins Ohr. „Bin gleich wieder da.“

Durch die schwere Lärmschutztür an Kevin vorbei gelangt sie unter den freien Nachthimmel. Auf dem schummrig ausgeleuchteten Parkplatz wuseln junge Leute herum, stehen Autos und weht ein gemäßigter Wind. Sie schluckt und gönnt sich eine XXL-Portion frische Luft. *Bin ich in Gefahr,* fragt sie sich mit einer Hand in der Bauchtasche auf der Suche nach einem Bachblütendrops. In dem Moment entdeckt sie Johannes. Er hält ein Mädchen an der Hand und sitzt auf der Motorhaube eines Opels. Die beiden lächeln einander an und kokettieren. Ihre Finger spielen Fangen und ihre Nasenspitzen ticken sich jeden Augenblick an. *Jede Wette, sie küsst ihn zuerst.*

„Nur ungern störe ich eure Harmonie“, sagt Bärbel schließlich, während sie die Hände vor der Brust faltet und ihr Kinn darauf ablegt. Die beiden schrecken hoch.

„Servus, Bärbel.“

„Ach, Lena, ich hab dich gar nicht erkannt.“ Bärbel kennt auch Lena schon seit Jahren. *Wie süß, dass aus diesen beiden mal ein Pärchen wird.* Sie lächelt. „Ich verspreche euch, ich bin gleich wieder weg.“

„Passt scho“, entgegnet Johannes. „Hock di hi.“ Er klopft auf die Motorhaube. Schon sitzt sie wie eine störende Erziehungsberechtigte zwischen ihnen.

„Wisst ihr was über die Typen aus der Lounge?“ Sie guckt auf Johannes’ Sneakers, die, was die seltsame Form und das futuristische Design angehen, wie E-Autos aussehen.

„Die Funditos?“, fragt Johannes nach.

„Hä? Wer?“ Bärbel kraust ihre Stirn.

„Die nennen sich Funditos!“, erklärt er.

„Funditos, ey“, ertönt es aus dem Off. Die achtzehnjährige Milla torkelt zum Wagen, fällt halb über die Haube, dass sie rülpsen muss, und lächelt sie schief an. „Von wegen Fun. Ich schwör, die lachen nie“, lallt sie. „Die fühlen sich voll Superstar.“

Bärbel greift ihren Arm und hält sie auf Kurs, bevor sie neben der Syntax auch noch den Stand durch den Alkohol verliert. *Kein Drink mehr für dich, Mädchen,* denkt sie und festigt ihren Griff.

„Für mich sind die Red Flags, Bruder“, mischt sich Yannis ein, der nüchtern und klar, trotzdem seine syntaktischen Fertigkeiten ignoriert. Bärbels Herz schlägt für die Jugend, wenn nur ihre gewöhnungsbedürftige Sprache nicht wäre.

„Moin, Yannis. Lange nicht gesehen.“ Innerhalb der nächsten fünf Minuten pumpt sich die Gruppe auf insgesamt zwölf Mitglieder auf. Vergessen ist ihr innerer Aufruhr. Sie lächelt und kann sich im Schutz der Gruppe fallenlassen. Alle quatschen durcheinander, während Bärbel genau zuhört.

„Bruder, ich schwör dir, die geben dir Kopfschuss. Die sind voll shady.“

Das ist alles recht unterhaltsam, doch die Dichte der verwertbaren Informationen ist eher mau. Was sie neben einigen Wortneuschöpfungen herausfiltert, ist, dass die Funditos zweifellos für die Schmidhubers arbeiten, und, dass man sich besser nicht mit ihnen anlegt, da sie jederzeit gewaltbereit sind. Gerüchte, dass sie Brandzeichen haben, tätowierte Augäpfel, ultrarechts sind und eine Hanfplantage betreiben, entspringen vermutlich einer durch den Alkoholkonsum beflügelten Fantasie. Das hofft sie zumindest.

„Ihr Süßen …“, trällert Bärbel. „Ich muss wieder rein. Wenn ihr bei mir eine Cola bestellt, bekommt ihr die umsonst.“ Ein Lockangebot und eine Kampagne gegen den Alkohol.

Boom, boom, boom. Der donnergrollende Bass nimmt sich Bärbels Innereien vor, kaum dass sie die Disco, wie es in den Achtzigern und Neunzigern hieß, wieder betritt. Bunte Säulen aus Licht berühren ihren langen Körper. Nebel steigt auf wie morgens von den Bergen, wenn es in der Nacht geregnet hat. Kaum, dass sie hinter dem Tresen steht, treffen sie Blicke wie tödliche Schüsse. Sie sieht einmal rasch hoch, während sie Limettenspalten in ein Glas mit Eis und weißem Rum sortiert. Der bullige Kerl links der Tribüne glotzt herüber. Sogleich löst sie den Blickkontakt auf. *Ich werde ihn ignorieren.* Betont lässig und tanzend nimmt sie die Bestellungen auf, befüllt Gläser und kassiert.

Nach einiger Zeit steht Yannis vor ihr und ordert eine Cola. *Meine Kampagne trägt Früchte.* Bärbel schmunzelt und hängt eine geschlitzte Limettenspalte ans Glas. „Lass sie dir schmecken!“ Sie nickt ihm zu. Es stampft ein wilder Beat, eine aufmontierte Whitney Houston-

Ballade ertönt, beschleunigt auf hundertfünfzig BPM, als sie sich der nächsten Bestellung widmet.

„Cola“, ordert der bullige Kerl, der jetzt mit dreister Miene vor ihr steht und sie fixiert. „Hab gehört, ich krieg die umsonst.“

Einer der Funditos wird mich draußen mit den Kids belauscht haben. „Du nicht!“, antwortet Bärbel mit fester Stimme. Eine unangenehme Hitze verteilt sich über ihr Gesicht. Unter dem Tresen schüttelt sie ihre Hände aus, damit er ihre zitternden Finger nicht bemerkt.

„Warum nicht?“

„Das Angebot gilt nur für Menschen, die ich mag.“ Sie grinst breit und täuscht vor, dieser Situation gewachsen zu sein.

„Mich magst du also nicht?“, fragt er nach.

„Kann ich nicht, weil ich dich nicht kenne.“ Sie schiebt ihm das dunkle Getränk entgegen und schnappt sich den Fünfeuroschein, den er ihr zwar präsentiert, aber nicht überreicht. *Du Arsch*, denkt sie. *Du kleiner Scheißer, du hast eindeutig zu viele Gangsterfilme gesehen.* Der Arsch, der kleine Scheißer bleibt vor ihr am Tresen stehen und nippt mit viel Gehabe an seiner Cola. Nach jedem Schluck hört sie ihn trotz des Partylärms. Er macht ‚Ah‘, ‚Lecker‘ oder ‚Köstlich‘. Im Gegensatz zu ihm lässt sie ihre Emotionen, ein Wutschnauben, so leise wie möglich ab.

„Du musst nun wieder gehen“, ruft sie ihm zu. „Das hier ist kein Verzehr-, sondern ein Bestelltresen.“ Sie zwinkert und täuscht Weltoffenheit vor, die sie für Leute wie ihn in Wirklichkeit nicht aufbringen kann.

„Chill ma. Bin schon weg“, erwidert er und schiebt bei
jeder Silbe seinen Kopf einige Zentimeter nach vorne.
„Schöne Grüße übrigens vom Schmidhuber Senior.“

Bärbel fasst seine Grüße als Drohung auf. Sie ist hin-
und hergerissen, ängstlich auf der einen Seite, wütend
auf der anderen. Sie zwingt sich zu einem Lächeln und
entscheidet sich für eine Reaktion, die besser mit ihrer
Wut koaliert. „Grüße zurück“, schreit sie über die Musik hinweg, die genauso ballert wie ihr Herzschlag.
„Grüße auch an seine Gattin, insbesondere von meinem Sohn.“

Der bullige Kerl, von der Statur her wie Meister Prop-
per, macht eine Wischbewegung. Er wendet sich ab
und schiebt sich durch die Menge zurück in die Lounge.

Bärbel prustet erleichtert, bevor die nächste Bestellung eingeht.

Um vier Uhr fünfzehn löst das Lumen die Dezibel ab
– Schichtwechsel sozusagen. Laut- gegen Lichtstärke.
Der letzte Gast hat die Halle verlassen. Nur noch Mitar-
beitende vor Ort. Überall gähnt es. Es klappert und
scheppert. Gesprochen wird nicht mehr viel. Als Dienst-
älteste erfährt Bärbel vor allen anderen von ihrem
Schichtende.

„Servus.“ Die junge Veranstalterin mit der wilden Frisur, die während der Nacht noch wilder geworden ist,
verabschiedet sich per Umarmung und bedankt sich
noch einmal für Bärbels spontane Einsatzbereitschaft.

„Pfiat di“, erwidert Bärbel und gähnt. Um diese Uhrzeit achtet niemand mehr auf Etikette. Kein Grund, die
Hand vor den Mund zu nehmen.

Draußen auf dem Parkplatz ist es menschenleer. Die
Autos, die noch parken, gehören den Angestellten. Im

Schein der Straßenlaternen setzt sich Bärbel den Bauhelm auf den Kopf. Es ist so kalt, dass Bärbels Atem dampfend sichtbar wird, als hätte jemand die Nebelmaschine betätigt. Sie öffnet ihr Zahlenschloss und übt mächtig Druck auf den Kickstarter aus. Wrumm! Es ist Viertel vor fünf und die Umgebung hängt zwischen Helligkeit und Dunkelheit fest.

Mit gemäßigtem Tempo tuckert sie über den Parkplatz. Als sie nach rechts auf die Straße abbiegen will, zündet hinter ihr ein greller Autoscheinwerfer, der, sie blickt sich kurz um, zu einem dunklen Geländewagen gehört. Das Licht blendet sie, dass sie eilig davonbraust.

Die funzelige Umgebung fordert höchste Konzentration. *Folge dem Licht.* Bärbel fixiert den hellen Schein, den ihre flotte Maschine auf den Asphalt wirft. Rechts und links der Straße gibt es keine Beleuchtung, wie man es von großen Städten gewohnt ist. *Hätte ich mir bloß Handschuhe eingepackt,* überlegt sie, als es trotz der nicht vorhandenen Straßenlaternen plötzlich hell wird. Geräusche werden laut. Der Lichtkegel wird größer. Ein knurrender Motor und Nebelscheinwerfer. Immer dichter fährt der Wagen auf. Bärbel macht eine Handbewegung, winkt, zeigt an, dass sie gerne überholt werden möchte. Doch der knatternde Motor, als hätte irgendwer den Auspuff abgesägt, bleibt dicht hinter ihr. Sie rutscht auf ihrem Sitz hin und her, der Helm verrutscht ob der Schweißperlen auf ihrer Stirn. Sie dreht sich um. Der dunkle Geländewagen fährt schnell hinter ihr her. Sie wettet, einer der Insassen, wenn nicht der Fahrer selbst, ist der bullige Kerl mit Vollbart und kinnlangem Pagenschnitt. Der Wagen schert mit einem Mal aus und röhrt im Linksverkehr neben ihr her. *Nicht zur*

Seite gucken. Bleib ruhig. Der Geländewagen schießt eine Hupsalve ab, als hätte die deutsche Fußballnationalmannschaft der Herren eine Weltmeisterschaft gewonnen. Dann setzt sich der Wagen vor sie und bremst abrupt ab. Keine Zeit, das Nummernschild zu lesen. Sie reißt den Lenker herum und gerät in Schieflage. Ihr Hinterrad bricht aus, das linke Knie steht kurz vor Bodenkontakt. Sie festigt ihren Griff und kämpft mit der Lenkung, die wild hin und her rüttelt. Erst knapp vor dem Fahrbahnende bringt sie ihr Vorderrad wieder in die Spur. Schließlich schafft sie es, sich wieder auszutarieren, um auf der linken Fahrbahn zu beschleunigen. Sie will die Funditos überholen. Ein frommer Wunsch, da das röhrende Feind-Vehikel ebenfalls beschleunigt. *So wird das nichts.* Sie bremst freiwillig ab und reiht sich hinter dem Geländewagen ein. Sofort bremst er wieder und Bärbel muss erneut ausscheren. Ein noch riskanteres und knapperes Manöver als ihr erstes. Dieses Mal touchiert ihre Zunfthose den Asphalt. Bärbel hält den Atem an. Sie fühlt sich, als würde sie die Kontrolle verlieren - über die Maschine und auch über sich selbst. Wer weiß, vielleicht hat sich Moni Schwärzel in ihren letzten Momenten ähnlich gefühlt.

Stell dir vor, du wirst provoziert und steigst nicht drauf ein ... sondern steigst aus ... und verweigerst die Weiterfahrt. Bärbel erinnert sich an ihre Zeit beim HVV, als sie noch Busfahrerin war. Sie bremst. Die Füße abgestellt, entfernt sie ihre Hände vom Lenker, verschränkt die Arme vor der Brust und bleibt mitten auf der Fahrbahn stehen.

„Ich spiele nicht mehr mit", verkündet sie lautstark, als ob sie irgendwer außer der Berge hören könnte. Die

Funditos scheinen Bärbels Streik vor lauter Spaß nicht zu bemerken, denn es dauert eine kleine Weile, bis der Geländewagens ebenfalls stoppt. Etwa fünfzig Meter vor ihr schwellen die grellroten Bremslichter an und glimmen auf. Sie reckt ihr Kinn vor, sperrt die Augen auf und stellt fest, dass es tatsächlich schon heller geworden ist, dass sich der Tag in die Szene drängt. *Ich bleibe hier stehen, bis die Sonne scheint. Ich fahre nicht weiter.* Bärbel starrt geradeaus. Immer schneller verringert sich der Abstand des plötzlich rückwärtsfahrenden Geländewagens.

„Kommt ruhig her", japst sie. „Ich habe keine Angst." Was eine Lüge ist, denn je näher sie kommen, desto stärker japst sie. Etwa einen Meter vor ihrem Frontscheinwerfer stoppen sie. *Und jetzt,* fragt sie sich mit blutleeren Beinen. Nichts. Es passiert gar nichts. *Gut gepokert.* Fast grinst sie. Die angeblich so schweren Jungs warten etwa zwei bis vier Minuten ab, hupen, grölen so laut, dass Bärbel ihre Stammesrufe deutlich hört, schlagen von innen gegen die Heckscheibe, dann rast der Wagen mit Raketenschub in die Ferne.

„Bon Voyage", flüstert sie und es hört sich aus ihrem Mund wie die ehemalige Hauptstadt der Bundesrepublik Deutschland an. Sie blickt dem Rot der Rücklichter hinterher, die zunächst verblassen, bis sie sich auflösen. Noch befürchtet sie, dass sie wiederkommen. Mit Schmidhuber Seniors Pick-up im Konvoi. Während seine dämlichen Jungs mit Forken und Spaten bewaffnet auf der Ladefläche hocken. Doch nichts dergleichen geschieht. *Soll ich einen Notruf absetzen,* fragt sie sich.

Die Funditos sind lange weg, doch der Powerstart ihres knurrenden Geländewagens hat den Geschmack einer Umweltverschmutzung auf ihre Zunge gezaubert und das Klingeln eines Knalltraumas in ihren Ohren hinterlassen. Um sie herum wird es heller und heller. Ihre Atmung beruhigt sich. Ihre Beine werden wieder mit ausreichend Blut versorgt. Das Knattern ihres Motorrades holt sie in die Wirklichkeit zurück. Sie schüttelt ihren Kopf. Schließlich bricht sie in Tränen aus. Sie operiert eine Taschentuchhälfte aus der Gesäßtasche, nicht nur das Herz war ihr in die Hose gerutscht, und weint. Nicht für lange, nur kräftig und laut, bevor sie sich schließlich auf den Weg nach Hause macht.

„Was für eine entsetzliche Nacht", flüstert sie und kriecht unter ihre Bettdecken. Zuvor googelt sie noch nach Michael Groß. Am Stätt'ner See musste sie plötzlich an ihn denken.

„Ach was", flüstert sie. „Heute ist er als selbstständiger Unternehmensberater und als Vizepräsident der IHK Frankfurt tätig", liest sie und schläft kurzdrauf ein.

Was macht eigentlich Tanita Tikaram?

Bärbel hat geträumt, dass ihr alle Haare und alle Zähne ausgefallen sind. Das Erlebte hat sie Verlustangst spüren lassen. Zur Bestandsaufnahme rast sie aufgescheucht vor die Scheiben ihrer Vitrine. Entwarnung: Haare, Nägel, Make-up, alles on Fleek - oder so ähnlich.

Es ist halb eins durch und im Hintergrund klappert es im Badezimmer. *Mo*, denkt Bärbel. Sie riecht sein Aftershave durch die verschlossene Tür. *Ich muss ihm unbedingt alles erzählen.* Doch er scheint andere Pläne zu verfolgen.

Pfeifend verlassen er und seine zum Niesen animierende Duft-Aura das Badezimmer. Wenige Schritte und Töne später steht er bei ihr im Wohnzimmer. „Hey, Bee", trällert Mo. „Wie war die Nacht?" Er wartet ihre Antwort nicht ab. „Stell dir vor, Franzi hat sich bei mir gemeldet." Ein Grinsen öffnet seine Lippen, dass Bärbel bis zu den Molaren blicken kann. „Wünsch mir Glück, Bin weg", erklärt er und Bärbel legt sich die Hand ins Gesicht und schüttelt ihren Kopf.

Der Verwunderung ausreichend Raum gegebend macht sie sich kurzdrauf an ihrer Crime Wall zu schaffen. Aus einem Karton für Spülmaschinentabs schneidet sie ein etwa zehn mal zehn Zentimeter großes Stück heraus, bemalt es und beschriftet es: *Funditos.*

Darunter skizziert sie den dunklen Geländewagen und zeichnet fünf Figuren, die sie möglichst zwielichtig erscheinen lässt. Sie arbeitet mit Schattierungen und Schraffierungen. Schließlich pinnt sie die Karte unter die der Schmidhubers. „Ihr verlängerter Arm", flüstert sie.

Nachdem sie geduscht und Kaffee getrunken hat, klopft sie beim Kogler Schorsch. *Hoffentlich ist er da*, denkt sie und tippelt vor seiner Datscha von einem auf den anderen Fuß.

„Bärbele", staunt er. „Is wos possiert?"

Falsche Frage zum falschen Zeitpunkt, da sie katapultartig im Takt ihres bebenden Aufruhrs monologiert und von der Verfolgungsjagd erzählt.

„Mei", seufzt der Schorsch, hebt sein Basecap einmal an. „Halt di raus", rät er ihr. „Zu g'fährlich. Des hob i dir g'sogt."

„Zu spät. Es muss doch eine Möglichkeit geben, die Schmidhubers dranzukriegen."

„Wie denn?"

„Das frag ich dich!", tost Bärbel.

„I woiß es net. Frog den Benedikt."

„Eins noch ..." Nachdem sie sich eigentlich schon verabschiedet hat, kommt Bärbel ihm noch einmal sehr nah. „Kannst du deinem Spezl bitte ausrichten, dass er aufhören soll, mich zu bespitzeln. Ich bin so mit der Polizei." Sie schiebt ihren Mittel- über den Zeigefinger, dass der Kogler es gut sehen kann. Wenn sie von der Polizei redet, meint sie selbstverständlich nur einen Polizisten.

„Ihr Streithähne", erwidert der Schorsch und lacht auf. „I sog's ihm. I woiß net, wos ihr zwoa für Probleme mitanand hobt."

„Gut", resümiert Bärbel. „Du weißt nicht zufällig, wo sich der Bertl aufhält, oder?"

„Naa, des woiß i net."

„Danke, Schorsch!" Keine weiteren Fragen.

Fast ohne Umwege – ein kleiner Abstecher zur Datscha der Brandners wird hoffentlich noch erlaubt sein – kehrt Bärbel nach Hause zurück. Die Datscha der Brandners war verwaist, denn auch die Fässer sind verschwunden. Das muss wohl letzte Nacht geschehen sein, schlussfolgert sie und bereitet sich zunächst einmal ein herzhaftes Frühstück mit Ei, Bauernbrot und würzig gereiftem Bergkäse zu. Im Hintergrund läuft der Fernseher – ‚Aktenzeichen XY‘.

Den ganzen Nachmittag läuft Bärbels Fernseher. Sie zappt von Aktenzeichen XY ungelöst zu Aktenzeichen XY gelöst. Es ist zwanzig nach sechs. Sie zählt die Minuten bis dreiviertel sieben zusammen. *In fünfundzwanzig Minuten kommt Pitje zu mir.* Sie schaut auf ihre Finger, mit deren Hilfe sie nachzählt. *Zeit genug für ein Tänzchen.* Bärbel setzt ihre Kopfhörer auf, so dick, dass man an Motorsäge, Flex und Hydraulikhammer denken muss und verbiegt sich zu schnellen Beats, die sie laut singend begleitet. „Ich komm auf die Party ...", trällert Bärbel, da nimmt sie nach einer Kopfdrehung vom äußersten Rand ihres Gesichtsfeldes eine Gestalt wahr, die vor ihrem Fenster steht. Zwei Gesichter schießen ihr vors innere Auge. Das vom bulligen, kleinen Scheißer und das vom alten weißen Mann. Sie reißt die Kopfhörer zu Boden und springt mit einer Geste des Selbstverteidigungswillens vor die Scheibe.

„Scheiße, Pitje!", kreischt sie und wirft energisch ihre Fäuste gen Boden. Auch wenn sie kreischt, sie ist erleichtert. Mit wenigen Schritten tost sie zur Tür und reißt sie auf. „Was stimmt nicht mit dir?", keift sie außer Atem, denn Tanzen ist Sport. Nach den verstörenden Erlebnissen der letzten Nacht braucht es nicht viel, Bärbel erneut in Alarmbereitschaft zu versetzen. Sie fühlt sich, als stünde sie mit dreihundertneunzehn Kaffee-Shots am Massenstart.

„Des hob i net g'wollt", entschuldigt sich Pitje und wehrt ihre Energie mit einer friedvollen Geste ab.

„Ich fasse es nicht", meckert sie und macht: „Oh!". Mit offenem Mund steht sie da und streckt einen Finger in seine Richtung. „Oh", wiederholt sie und grinst. „Wo ist dein Schnauzbart hin?"

„G'follts dir?" Pitje zwinkert.

Ganz gleich, was sie antwortet, es ist offensichtlich, dass es ihr gefällt. „Warum hast du das gemacht?", erkundigt sie sich. *Gut sieht er aus.*

„Du sogtest, i g'fall dir besser so."

„Hm", macht Bärbel. So etwas hat noch niemand für sie getan. Also will sie Milde walten lassen und bittet den Polizisten in Freizeitchic herein.

Sie bewegt sich wie eine Referendarin während der ersten Sichtstunde vor ihrer Crime Wall auf und ab, präsentiert Pitje die neuesten Entwicklungen. „Warte mal kurz." Sie unterbricht, steckt sich die Zeigefinger in die Ohren und lässt sie rotieren. „Mir klingeln die Ohren", erklärt sie. „Ich brauche dringend neue Kopfhörer, sonst bin ich bald taub." Dann fährt sie fort. Zehn

Minuten später ist der Datentransfer abgeschlossen, sie hat all ihre Information übertragen.

„W'rum hosch'st mi net ong'rufen?", fragt Pitje. Er hastet auf sie zu, öffnet seine Arme und beugt sich vor.

„Nein, nein, geht schon." Bärbel reagiert blitzschnell und winkt ab. Sie erkennt eine beabsichtige Umarmung, selbst wenn sie mit einem Fallschirm gerade erst von der ISS herabgelassen wird. Ohne seine Kussbremse, barrierefrei sozusagen, befürchtet sie, dass die Umarmung eskaliert. „Wir sollten uns auf unsere Arbeit konzentrieren", stammelt sie.

Pitje seufzt.

Und während sie ihm erzählt, dass sie bei den Brandners noch einmal durchs Fenster gelinst hat, bemerkt sie, dass er einen sonderbaren Tick hat. Sie schmunzelt. Denn während Pitje sehr konzentriert ist und zuhört, öffnet er seinen Mund, legt den Kopf in den Nacken und schüttelt ihn sachte.

„Du tust, was du willst", fasst er die Fakten zur besseren Verdeutlichung auf Hochdeutsch zusammen. „Und bringst dich damit in Gefahr."

„Jaja, merci, Beaujolais. Dies, das, Eichenfass. Je ne sais Peng", feuert sie mit Floskeln auf einen Polizisten. Einfach nur, weil sie nicht weiß, wie sie anders auf diesen warmen, sorgenvollen Ausdruck in seiner Stimme reagieren soll. „Zumindest sind die Fässer weg und der Bertl auch."

Pitje und Bärbel haben viele rote Fäden gespannt, Karten umpositioniert und Bärbel hat sich die wichtigsten Fakten des Brainstormings in ihr Oktavheftchen gekritzelt.

Bertl Heuser: wird verdächtigt, seine eigenen Fische vergiftet zu haben. Warum?

Schmidhuber Senior und Söhne: Clan-Kriminalität, Schutzgelderpressung. Beweise? Können wir Alois und den Kogler Schorsch zu einer Aussage überreden?

Die Funditos: der verlängerte Arm der Schmidhubers, Schmidhubers Ausführungsorgan/Dienstleister.

Moni Schwärzel: ist sie absichtlich oder unabsichtlich überfahren worden? Als Opfer eines Autorennens? Oder weil sie irgendwem auf die Füße getreten ist und zu viel wusste?

Wer veranstaltet die illegalen Autorennen?

Warum verweigert die Polizei ihre Mitarbeit?

Über den letzten Punkt hat Pitje noch zu diskutieren versucht, doch Bärbel besteht darauf. Nun schlägt sie das Oktavheftchen zu und beide seufzen auf. Ein Zusammenhang zum Mord an Moni wird hier nicht deutlich.

„Ich hoffe, unser Besuch bei Gina Gargano wird uns weiterbringen", sagt Bärbel.

In dem Moment sperrt ein exzellent gelaunter Mo Amir die Haustür auf und lächelt breit. Sein Gesicht verrät in aller Ausführlichkeit, dass er und die Schmidhuber Franzi intim gewesen sind. *Schock, der Junge hat gebumst.* Bärbel reißt ihre Brauen empor und lässt ihre Augen groß werden. Etwas, das eine Mutti nicht wissen möchte. Er strahlt wie eine erotische Sondersendung. Sie schaltet, äh, schaut weg.

„Servus", singt er.

„Wo kommsch'st denn du her mit dieser fontostischen Laune?", fragt Pitje und grinst.

„Das wollen wir gar nicht wissen", grätscht Bärbel verbal dazwischen und schüttelt den Kopf.

Auch Pitje schüttelt seinen Kopf. Wieder öffnet er seinen Mund.

Soso, also nicht nur, wenn er sich konzentriert. Bärbel schmunzelt. „Wir müssen los", behauptet sie.

„Jetz scho?", hinterfragt Pitje, der in einem dunkelblauen T-Shirt mit V-Ausschnitt steckt und sich über die haarlose Partie oberhalb der Lippen fährt, als müsse er die Rasur erst noch begreifen.

Bärbel rafft rasch einige Habseligkeiten zusammen, verstaut das Tastentelefon und das Oktavheftchen und verschließt mit einem leisen Klick ihre Bauchtasche unterhalb des Nabels. „Auf geht's, los geht's!"

In Schrittgeschwindigkeit trödeln sie die steile Privatstraße zu Gina Garganos Anwesen hinauf. Pitje hält sich am Schaltknüppel fest, damit er nicht aus Versehen wieder Bärbels Knie berührt, mit dem sie hoch und runter wippt. Ihren Kopf kippt sie seitlich aus dem geöffneten Fenster. Den Schrecken der letzten Nacht trägt sie noch in sich oder liegt es am Schlafmangel, dass sie sich irgendwie zerzaust fühlt? Es ist schwül, fast dampfig wie in einer Großküche. Wolken haben sich vor die Sonne und in ihre Strahlen geschoben. Durch den zusätzlichen Schatten, den die Bäume vom Wegesrand generieren, könnte man annehmen, dass der Sonnenuntergang naht. Bärbel muss an die dunkle Jahreszeit denken, wenn sie nicht mehr werktäglich auf den Gaisbichl läuft, wenn es auf dem Campingplatz noch einsamer wird. Noch einsamer, obwohl das kaum vorstellbar ist.

„Du wirksch'st so nochdenklich", stellt Pitje fest. „Wos is los? Gehts um den Foll?"

„Je ne sais Peng. Um alles und nichts. Ich könnte Urlaub vertragen." Sie lächelt. „Auch wenn ich Frührentnerin bin und eigentlich immer frei habe."

„Ah wos, du und frei. Du hosch'st do immer wos zum tuan." „Stalkst du mich?", scherzt Bärbel.

Pitje grient und zwingt seinen Skoda die steile Privatstraße hinauf. Vor dem Tor von Gina Garganos Anwesen steigt Bärbel kurz aus, drückt auf den goldenen Klingelknopf und setzt sich wieder auf den Beifahrersitz. Als das Tor wenige Minuten später öffnet, lenkt der Polizeihauptmeister seinen Wagen auf das Grundstück der Schlagerikone und parkt.

Bärbel kann es kaum erwarten, sie zu begrüßen und eilt aus dem Auto.

„Moin", grüßt Gina Gargano, mit viel Melodie in der Stimme.

Bärbel lacht hell auf und blickt an sich herunter auf ihr Lieblingsshirt.

Gina steckt in einem wehenden Umhang und veranlasst per Fernbedienung, dass sich das Tor wieder schließt.

„Salut, Gina", erwidert Bärbel und gibt sich mondän. Sie spitzt ihre Lippen und wackelt albern mit dem Kopf. Die Arme angewinkelt, hängen ihre Hände daran wie Gießkannen.

„Servus", ergänzt Pitje.

„Weißt du, ich stamme auch aus Norddeutschland", sagt Gina, nachdem ihre Gäste aus dem Wagen gestiegen sind und sie gemeinsam in Richtung Schattenterrasse schlendern. „Ich heiße in Wirklichkeit Uschi Tams.“

„Uschi“, wiederholt Bärbel.

„Nur bitte sag es niemandem.“ Gina kraust ihre Nase und hakt sich bei Bärbel unter. Sie fühlt sich wie eine gute Freundin.

Pitje hingegen fühlt sich als überflüssiges Rad … am Wagen … im Getriebe … in einem E-Bike-Shop.

Wir haben definitiv eine Vertrauensbasis miteinander. Vor lauter Stolz streckt sich Bärbel, als würde sie am Kopf um zwei, drei Zentimeter in die Höhe gezogen. Sie träumt davon, zu Trauben und Käse ein süffiges Gläschen Wein zwischen Daumen und Zeigefinger hin und her zu drehen, sich mit Gina eine Fließdecke zu teilen, während sie einen langen Abend auf der Schattenterrasse bei guten Gesprächen genießen. Doch Fehlanzeige!

„Ich lasse euch jetzt eure Arbeit machen“, sagt Gina, nachdem sie den Beobachtungsposten erreicht haben. „Wenn was ist, ich bin im Haus. Eine kurze WhatsApp-Nachricht reicht und ich komme.“

„Äh“, macht Bärbel.

Pitje schmunzelt und reibt sich die Hände.

Bärbel erschrickt, als sie die Uhrzeit checkt. *Beim Sudoku und Observieren vergisst man die Zeit.* Und beim Angeln, hat sie sich sagen lassen. „Schon so spät.“ Sie blickt Pitje von der Seite her an, mustert sein rasiertes Gesicht und grient.

„Ja mei“, erwidert er.

„Kühl heute.“ Bärbel reibt sich die Unterarme. Schon seit zweieinhalb Stunden sitzen sie im Schatten. Die Sonne hat Feierabend.

„Soll i di wärmen?“, fragt er höflich nach. Er legt seinen Kopf schief und holt seine Arme aus der Verschränkung.

„Nein!“ Sie winkt ab.

„A bisserl Wärme hat noch koanem g’schodet“, flüstert er, öffnet seinen Mund halb und schüttelt den Kopf.

„Mag sein“, nuschelt sie und erschlägt eine Stechmücke auf ihrem Unterarm. Mit ‚Basta‘ begleitet sie den Tötungsakt.

„Wie kommt’s oigentli dos du Single bisch’st?“, erkundigt er sich mit einem Mal.

„Was wird das hier?“ Bärbel schiebt ihren Kopf zurück, schlitzt die Augen und streichelt aus Verlegenheit ihren langen Zopf. Obwohl sie keine Lust hat, ihre Vergangenheit auf die Schattenterrasse von Gina Gargano zu heben, antwortet sie. „Meine große Liebe hatte ich schon. Bevor alles danach mich ernüchtert, lasse ich es lieber ganz“, sagt sie und strammt ihre Schultern, während ihr linkes Augenlid zuckt. *Papperlapapp, was erzähle ich für einen Mist.* Sie wischt sich mit dem Handrücken über die Stirn.

„Wos, wenns umgekehrt isch? Wenns du nur dochtesch’st, dass es die große Liebe wor, sie dich in Wahrheit ober ernüchtert hat?“

„Ich glaube, du guckst zu viele Disney-Filme“, ätzt Bärbel und wird, obwohl sie es hasst und vermeidet, über ihre Vergangenheit zu reden, mit einem Mal ganz auskunftsfreudig. Vielleicht liegt es an der Zweisamkeit in der Dunkelheit, vielleicht an der Flasche Wein, die sie sich vorstellt, gemeinsam mit Gina Gargano unter einer Decke steckend zu leeren. „Ich bin ihm zu viel geworden." Die Kränkung darüber schwingt auch nach all den Jahren noch in ihrer Stimme mit. Nicht, dass sie es beabsichtigt hätte, doch ihre Mundwinkel zucken. Sie seufzt.

„Zu viel?", hinterfragt Pitje auf Hochdeutsch.

„Ja. Meine Energie. Mein Temperament. Meine Ambivalenz. Ich."

„Ambivalent? I find du bisch'st straight."

„Je ne sais Peng", entgegnet sie. „Fazit, irgendwann konnte er mit mir nicht mehr umgehen. Ich habe alles versucht, doch ich bin schuld, ich konnte ihn nicht halten." Ihre offenen Worte schmerzen Bärbel sehr. *Von wegen Offenheit tut gut.*

„Laare Hosn", spottet Pitje, schnaubt abschätzig und schüttelt seinen Kopf. „I sog dia …". Und dann fährt er konzentriert auf Hochdeutsch fort: „Wenn einer sagt, du bist ihm zu viel, dann liegt's an seinem Unvermögen und nicht an dir. Nur Schwächlinge können nicht mit starken Frauen umgehen. Nur Schwächlinge suchen die Schuld bei anderen."

So habe ich das noch nie betrachtet. Sie fängt gerade an, seinem Einwand zu vertrauen, da reißt sie ihren Kopf herum wie ein Rattler im Jagdmodus. „Hörst du das?" Sie stellt ihren Zeigefinger auf. Vergessen sind seine Worte und der Zuspruch.

„Ja", flüstert Pitje. „I hör's."

Aus der Ferne mal kein Glockengeläut, nicht von Kühen, nicht von den Katholen, sondern das Knurren und Brummen von getunten Motoren, die absichtlich in die Höhe gepeitscht werden. Fast hört es sich wie ein Heulen an.

„Das sind sie. Es geht los." Bärbel nickt. Sie blickt Pitje in die Augen und hält mit offenen Lippen ihren Atem zurück. Dann erhebt sie sich aus dem Strandkorb, ein edles Geflecht, und starrt hinab in die Dunkelheit, dorthin, wo sie die B 12 vermutet. „Ich sehe Autoscheinwerfer. Komm, die holen wir uns."

„Die hol'n mia uns", wiederholt Pitje.

Beide rennen zum Auto wie aufgeregte Kinder dem bimmelnden Eiswagen hinterher. Während sich Pitje anschnallt und den Motor anlässt, schickt Bärbel eine Sprachnachricht: „Gina, bitte mach dein Tor auf!" Dann brausen sie die steile Privatstraße hinab. Wobei, was das Brausen angeht, gibt es unterschiedliche Vorstellungen.

„Halt an!", knurrt Bärbel. „Ich fahre! In dem Tempo sind wir nicht zum ersten Advent auf der B 12." Und schon sitzt Bärbel am Steuer.

Pitje fädelt seine rechte Hand in den Türgriff. „Herrschaftszeiten", spuckt er aus.

Mit Fernlicht fliegt sie über die schmale, steile Straße. Beide Hände am Steuer, das Gaspedal zeigt nach unten. Sie nimmt die Kurven wie Niki Lauda und beschleunigt wie Dominic Toretto. „Wenn wir jetzt einen Wildwechsel haben", erklärt Bärbel, „geht's schief." Sie behält den ausgeleuchteten Rand des dicht bewachsenen Waldes im Blick.

„Bittschee, net so schnell", fleht Pitje, während er seine Füße kreuz und quer über die Fußmatte schiebt.

Endlich gelangen sie auf die zwar immer noch schmale, aber nicht mehr steile und immerhin zweispurige Dorfstraße. Ohne zu blinken, biegt Bärbel ab. Beim Wirt zum grauen Ross herrscht noch Betrieb.

Reaktionsschnell manövriert sie das Auto über die kurvenreiche Straße. Das Mauerwerk alter Gebäude fliegt wie ein Schatten an ihnen vorbei. Sie passieren gerade den Hauptsitz einer kleinen Privatbrauerei. *Wamperlbräu*, liest Bärbel im Vorüberziehen von der beleuchteten Werbetafel ab.

„Hier ist dreißig", äußert Pitje einen Hinweis, während er sich in seinen Sitz krallt.

„Aha." Bärbel drückt aufs Gas. Den Ortskern abgefahren peitscht sie Pitjes Skoda über die B 12. *Endlich. Jetzt nur noch dem Straßenverlauf folgen. Hoffentlich kommen wir nicht zu spät.*

Die Dunkelheit erhellt sich. Lichter werden groß. Bärbel mustert die Ferne. Zwei nebeneinander herfahrende Autos schießen ihr entgegen. Einer auf der rechten, der andere auf der linken Spur, während vor allem das linksfahrende Fahrzeug ihr die Aussicht vermiest und aus grellen Scheinwerfern blendet. Das Wageninnere wird ausleuchtet wie bei einer Drogenrazzia. „Eindeutig ein Autorennen", stellt Bärbel fest und hält drauf zu. Sie drückt das Gaspedal noch weiter hinunter.

„Bremsen, bremsen!", quietscht Pitje und krallt sich mit beiden Händen am oberen Haltegriff der Seitentür fest, der umgangssprachlich auch Angstgriff genannt wird. Spätestens in solchen Situationen lässt sich erahnen, weshalb. „Bremsen", quäkt er wieder, während die direkte Beleuchtung von vorne immer aggressiver wird. „Bevor i des net mehr sogen konn, I liab di", fiept Pitje.

Doch zu sehr auf den Gegenverkehr konzentriert, rauscht seine Liebeserklärung an Bärbel vorbei wie auch endlich das linksfahrende Fahrzeug, das sich sehr knapp vor seinen Kontrahenten setzt. Kaum dass beide Fahrzeuge in die Dunkelheit verschwunden sind, donnern mit einigem Abstand fünf weitere Autos in Vollspeed an ihnen vorbei. Bärbel überlegt nicht lange. Sie bringt die Scheinwerfer zum Schweigen, wendet nach einem fürs Brustbein schmerzhaften Bremsmanöver mitten auf der Fahrbahn und verfolgt die Raser, ebenfalls rasend, ohne Beleuchtung, doch mit großer Zuversicht.

„Moch des Licht a", bettelt der Polizeihauptmeister.

„Dann sehen sie uns", erklärt Bärbel wie im Wahn. „Ich will wissen, wohin sie fahren." Einige Minuten später, nach einer gewagten Verfolgung durch die Finsternis, haben sie Gewissheit. Alle Fahrzeuge, eines nach dem anderen, biegen auf dem Hof der Putzlers ab, den aktuell und schon seit einigen Jahren Isolde Putzler bewirtschaftet.

„Soso, Isolde", raunt Bärbel und fährt leise, dunkel und fast unterhalb von Schrittgeschwindigkeit weiter auf der B 12 am Hof vorbei. „Die hat mich neulich eine aufgescheuchte ADHS-Henne genannt", klärt Bärbel ihren schweißnassen Beifahrer auf.

„Wos?" Pitje wischt sich den Schweiß von der Stirn.

„Du warst sogar dabei. Als wir neulich Abend der Moni gedacht haben. Na ja, gedenken wollten", sagt sie in Erinnerung an eine wilde Bierzeltsause. „Beschämend, wie sie sich dem Schmidhuber Gerdi angeboten hat." Bärbel nutzt eine kleine Asphaltbucht auf der linken Fahrbahnseite, die landwirtschaftlichen Fahrzeugen als Zufahrt dient, als Parkplatz und zieht den Zündschlüssel. „Wir müssen ganz leise sein", flüstert sie mit ihrem Zeigefinger vor den Lippen. Dann verlassen sie das Auto und lehnen die Türen an. Gebückt schleichen sie neben der B 12 über den Grasstreifen. Bärbels Puls dreht sich hoch. Sie schnauft, stößt ihren Atem in den Nachthimmel, während ihr der Nervenkitzel in den Wirbelkörpern sitzt. „Weiter können wir nicht gehen", flüstert sie. „Sonst bemerken die uns."

Pitje, der von Berufswegen üblicherweise für derartige Zusammenfassungen zuständig ist, nickt.

Sie legen sich dicht bei der Hofeinfahrt bäuchlings ins Gras, kriechen wenige Meter weiter vor und hören zu und beobachten.

Das ‚Moin' ihres Shirts und die Reißverschlüsse der Zunfthose drückt sie so platt wie möglich ins Grün, was durch die Dunkelheit grauschwarz geworden ist. Sie haben beste Sicht auf den von Strahlern beleuchteten Hof. Insgesamt neun Autos, zwei davon sehr flach wie Rennwagen mit Nummern und Zahlen beklebt, parken nebeneinander vor einer langen, breiten Scheune auf sandigem Untergrund. Traktoren, Drescher, fahrbare Ungetüme lümmeln in der Scheune herum.

„Da ist auch der Geländewagen", flüstert Bärbel. *Das gibt es doch nicht*, denkt sie, während ihr Unterkiefer herabstürzt. Und schon erkennt sie den Bulligen mit Vollbart, der gerade aussteigt, zwar nicht aus seinem Jeep, aber aus einem der platten tiefgelegten Flitzer. Er hält auf einen anderen Kerl zu, den Bärbel als den Schmidhuber Gerdi wahrnimmt, und boxt ihm gegen die Schulter.

„Good Job", tönt er. „Du hast Eier gezeigt. Erst im letzten Augenblick eingeschert."

Der Hof füllt sich mit jungen Männern, die nach und nach den Fahrzeugen entsteigen. Einige von ihnen kann Bärbel identifizieren. Sie hat sie letzte Nacht im Rambazamba gesehen. Und dann entdeckt sie den weißen Pick-up, in dem sie sich neulich erst vom Ferdi hat mitnehmen lassen. „Ich wusste es", faucht sie. „Ich wusste, die Schmidhubers stecken mit drin. Die stecken alle unter einer Decke."

„Pst!", ermahnt Pitje sie.

Isolde Putzler betritt den Hof. Schräg hinter der Scheune steht ihr mit reichlich hängenden Blumen dekoriertes Bauernhaus. Ein Koloss, dreistöckig und eingerahmt von einem umlaufenden Holzbalkon. „Servus, Jungs!" In Rock und einer Strickjacke, die sie soeben zuzieht und -knöpft, rauscht sie direkt auf Gerdi zu. Sie gibt ihm ein Küsschen auf die Wange, er greift ihr ans Gesäß.

„Zugriff", wispert Bärbel. Und sie hätte dieser Szene keine treffendere Überschrift verpassen können. „Zugriff", wispert sie erneut.

„Wie? Weil er ihr on den Orsch pockt?"

„Weil wir gerade ein Autorennen beobachtet haben."

„Im Moment beobachten mia nur a paar Deppen, die getunte Autos fohr'n. Des is net strofbar."

„Wer hat gewonnen?", informiert sich Isolde.

„I natürlich", trumpft der Gerdi auf und posiert, als spritze er Sekt aus einer geschüttelten Magnumflasche in die Menge.

„Ihr habt euch eine Stärkung verdient", behauptet Isolde.

Wofür, fragt sich Bärbel.

„Kommt." Mit einer Handbewegung fordert sie die Funditos auf – *ja, das sind die Funditos*, wird Bärbel gerade klar - und bittet sie ins Haus.

Als Pitje und Bärbel eine halbe Stunde später auf dem knarzenden Holzfußboden im Wohnzimmer ihrer Datscha sitzen, da Mo schlafend das Ausziehsofa besetzt, müssen sie das Erlebte erst einmal verarbeiten. Pitje schüttelt seinen in den Nacken gelegten Kopf bei gleichzeitig geöffnetem Mund. Wobei es viel weniger ein Schütteln als viel eher ein Hin- und Herschwenken ist. Sein Tick erinnert sie an einen hingebungsvollen Künstler, einen Bildhauer oder Maler vielleicht, der kritisch sein neues Werk betrachtet – schwenk, schwenk.

Es ist schummrig. Das Deckenlicht spart sich Bärbel auf, damit sie Mo nicht weckt, und nur halb gar funzelt eine Stehlampe. Pitje und Bärbel sitzen nebeneinander an die kühle Wand gelehnt. Über ihnen die Crime Wall, die Bärbel zu gerne mit den neuen Informationen spicken würde. Doch ihr Junge schläft und schläft.

„Ich bin ewig nicht Auto gefahren", fistelt sie. „Hat mir Spaß gemacht."

„Mir wird flau, wenn i dron denk." Pitje hält sich den Bauch, seine Wangen blähen sich auf.

„So schlimm?" Bärbel kneift die Augen zu.

„A Mordsgschwindigkeit. Wie auf der Wiesn."

Er räuspert sich. „Wie kommt's, des du koane Busfohrerin mehr bisch'st?"

„Wie kommt es, dass du Single bist? Wie kommt es, dass du keine Busfahrerin mehr bist? Heute willst du es aber wissen", sagt sie und legt ihren Kopf schief, dass ihr der Zopf ins Gesicht schlägt.

„Mia arbeid'n mitanand und i kenn di kaum."

„Ich habe es geliebt, Busfahrerin zu sein", schwärmt sie lächelnd. Ihr Blick wird leer, als gucke sie weit zurück in ihre Vergangenheit. „Was nur kaum jemand weiß, es ist ein Knochenjob. Rückenprobleme vom vielen Sitzen und durch das permanente Lenken des manchmal schwergängigen Steuers geht es auf die Gelenke, Sehnen und Nerven. Ich hatte beidseitig chronische Sehnenscheidenentzündungen, Karpaltunnelsyndrom, das volle Programm. Immer nur Schmerzen. Nachdem auch die Operationen keine Verbesserung brachten, legte man mir nahe, mich beruflich umzuorientieren. Ja klar ... umorientieren." Sie lacht auf. „Ich hatte als Achtzehnjährige eine Berufsunfähigkeitsversicherung abgeschlossen. Nach diversen Gutachten und Begutachtungen reichte ich meine Frührente ein. Es kam zu einer Härtefallentscheidung. Zu meinen Gunsten." Bärbel grient. „Solche großzügig geschnürten Versicherungspakete gibt es heute gar nicht mehr. Früher gab's die noch. Und ich habe meine Chance genutzt. Zu der Zeit ging meine Beziehung in die Brüche, meine Mutter starb. Der perfekte Zeitpunkt, um alles hinter mir zu lassen und um im Allgäu, wo ich immer schon leben wollte, neu anzufangen. Das ist meine Geschichte." Bärbel ist in Plauderlaune. Sie rechtfertigt ihre Auskunftsfreude damit, dass sie von Kriminellen verfolgt und beinahe von einem Raser frontal gerammt wurde. *Fast schon eine Nahtoderfahrung.*

Sie seufzt und lässt ihre schweren Gedanken inklusive Kopf zur Seite fallen. So weit, bis er auf Pitjes Haaren landet. *Halt,* denkt sie. Nicht Halt wie Stopp, sondern Halt wie aufgefangen werden. Für einen kurzen Augenblick ist sie beseelt. Sie schließt sogar ihre Augen.

Doch dann schreckt Pitje plötzlich hoch. „Wos? So spät scho? I muss los", flüstert er. „I hob Frühdienst."

Zwei Minuten später stehen sie in der geöffneten Tür und aus irgendeinem Grund lässt sich Bärbel gleich wieder fallen. Sie lässt sich fallen, sinken und schließlich von Pitje ein- und auffangen. Sie seufzt, während er sie in seine Arme schließt. Ihr Kopf liegt auf seiner linken Schulter – er ist ein ganzes Stückchen kleiner als sie. Sie hängt in seiner Umarmung, während ihre Arme am Körper herunterhängen. Sie schmiegt sich an, zumindest bis zum Bauchnabel. Unterhalb des Nabels hält sie Kontaktsperre. Sie schiebt ihr Gesäß wie eine Ente nach hinten weg. *Eine kleine Umarmung ist erlaubt, solange ich meine Körpermitte fernhalte*, lauten die Rahmenbedingungen, die sie sich im Kontrollzentrum bestätigen ließ.

„Seh'n mia uns morgen?", fragt Pitje.

„Ich bin morgen Abend mit Marta in der Pizzeria Berlusconi verabredet", entgegnet sie. „Ich ruf dich an."

„Pfiat di."

„Servus."

Pitje eilt über den Kies, dass es knirscht, und verschwindet in der Dunkelheit.

Sie blickt noch hinterher. In sicherer Entfernung sieht sie, dass im Vorzelt des alten weißen Mannes noch ein Lämpchen brennt. Solange er auf Abstand bleibt, kann er hier ruhig wohnen, entscheidet sie großzügig. Sie lässt ihre Schultern in die Höhe hüpfen.

„Seid ihr jetzt ein Paar?", fragt Mo, als sie sich umdreht und die Tür hinter sich verschließt. Ihr Ziehsohn zwinkert ihr zu und verteilt Luftküsse. Er lacht auf.

„Quatsch!" Sie streitet alles ab. Ihre Hände winken durch das Wohnzimmer.

„Aber ihr habt es schon wieder getan." Mo schmunzelt.

„Was?"

„Trockensex!"

„Ich dachte, du schläfst", bellt sie.

„Schlafen?", wiederholt er. „Wie denn, wenn ihr im gleichen Zimmer Trockensex habt."

„Sehr witzig", entgegnet Bärbel und zieht einen Flunsch. „Ich geh Zähne putzen."

„Ich glaub, du stehst auf ihn", ruft Mo ihr hinterher und kichert.

„Seit du wieder Sex hast, bist du unausstehlich", erwidert sie und schließt die Badezimmertür hinter sich.

Als Bärbel am nächsten Morgen auf den Gaisbichl joggt, ist die Clique rund um Kuh Denise das einzig Lebendige, das ihr begegnet. Es nieselt. Am Gipfelkreuz ist es sulzig. Sie rutscht aus, verrenkt sich seltsam und landet mit den Händen im Matsch. „Was für ein Twist", murmelt sie und streift sich die Hände an den Leggins ab. *Twist in my sobriety*, fällt ihr ein. *Was macht eigentlich Tanita Tikaram?* Schließlich lässt sie ihren Oberkörper vornüberfallen und dehnt sich. *Ein Pitje zum Anlehnen wäre nicht schlecht*, kommt ihr der Gedanke. Ungewollt natürlich. *Nein, nein, nein. Keine Gefühlsduseleien, nur weil wir gemeinsam eine Extremsituation überstanden haben. Wir sind hier nicht bei ,Speed'. Das Tempo bestimme immer noch ich!* Ihr dicker Zopf fegt über den nassen Boden. Mit rotierenden Armen richtet sie sich wieder auf. „Mein Bodypump sind die Berge", ächzt sie.

Es ist schwül, etwas drückend, die Sicht, als hinge ein Fliegengitter in der Luft. Nach ihrer kurzen Aerobic-

Einlage guckt sie innehaltend auf Fichting hinab. Ihr Blick landet auf Alois' Hütte, auch wenn sie von hier aus kaum größer als ein Fingerhut erscheint. Über dem Hügel, auf dem sie steht, schwebt ein dünner Nebelfilm. Sie wird nachdenklich. Noch nie hat sie sich irgendwo unerwünscht gefühlt. Daran, dass Holger sie nach der Trennung in seinem neuen Zuhause nicht begrüßen wollte, erinnert sie sich gerade nicht. Noch nie hat ihr jemand die Tür vor der Nase zugeschlagen. Auch in diesem Kontext denkt sie an ihrem Ex-Freund Holger vorbei. Doch jetzt fühlt sie sich fremd im eigenen Ort. Sie hat das Gefühl, nicht mehr dazuzugehören.

„Ich mach doch nur meinen Job", flüstert sie und ihre Augen werden feucht. *Was, wenn meine Ermittlungsarbeiten dazu führen, dass am Ende niemand mehr mit mir sprechen will?* Sie schlägt sich die Hand vor den Mund. „Ich will nicht wie Alois enden", gickst sie. Doch schon eine halbe Minute später findet sie zu ihrer Hoffnung zurück. „Auf geht's, los geht's", motiviert sie sich, klatscht in die Hände und macht sich auf den Rückweg.

Auf dem Wanderparkplatz schwingt sie sich auf ihre flotte Fünfziger, setzt den Bauhelm auf und rettet ihre Haare vor dem Nieselregen. „Auf geht's, los geht's", murmelt sie noch einmal, vertäut ihre Fahrradhandschuhe und schubst den Kickstarter an. Wrumm. Der Kickstarter gehorcht, der Motor lautiert, doch sie fährt nicht los. Sie stemmt die Hände in die Taille und fährt Ellenbogen hinter ihrem Rücken aus. Ein Denkprozess sichtbar begleitet durch das übereinander Herfahren ihrer Lippen wird gezündet. Sie überlegt, zur Unglücksstelle zu fahren. Es ist noch früh, es ist ruhig. Keine Schmidhubers in Sicht, die eine Trauersause veranstalten könnten. „Das bin ich Moni schuldig", sagt sie laut und biegt auf die B 12 in Richtung Albing ab, an den Ort, der alles veränderte.

Je näher sie der Unglücksstelle kommt, desto unruhiger schlägt ihr Herz. Sie verringert die Geschwindigkeit, verringert den Lärm, während ihr Puls genau das Gegenteil macht. Etwa fünfzehn Meter vor Monis Mahnmal, dem üppigen weißen Kreuz gesponsert von Familie Schmidhuber, hält sie mitten auf der Fahrbahn.

Im Grün am Straßenrand, dort, wo sich Bärbel einen nassen Popo holte, liegen die unzähligen Blumen, die inzwischen welk und braun geworden sind. Die kriminalistische Straßenkunst, die am Unglückstag auf den Asphalt gekritzelt wurde, ist nicht mehr zu sehen. Nur ein junger Mann fällt in Monis Blick. Er kniet neben Monis Kreuz, das Gesicht in seinen Händen begraben. *Begraben ...*, überlegt Bärbel. *Morgen ist Monis Beerdigung. Wer ist das*, fragt sie sich.

„Wer bist du?", flüstert sie, um keine Sekunde später laut ‚Hey' zu rufen.

Der junge Mann erschrickt und sucht hektisch seine Umgebung ab. Als er Bärbel auf ihrem Motorrad entdeckt, springt er auf und sprintet davon.

„Hey", brüllt sie noch einmal. „Warte!"

Den Gasgriff nach unten gedreht, schießt die Geschwindigkeit hoch. Sie saust über die Landstraße, während der junge Mann auf dem Seitenstreifen unterwegs ist. Fünfzig Meter hinter Monis Kreuz holt sie ihn ein. Sie schießt links über die Gegenfahrbahn und den Grasstreifen, hebt durchgeschüttelt von ihrem Sitz ab.

Ganz knapp vor dem Flüchtigen bremst sie und stellt ihre Maschine quer.

Der junge Mann guckt erschrocken, reißt Mund und Augen auf. Abrupt wie beim Squash bremst auch er nur wenige Zentimeter vor Bärbels KTM. Sein Brustkorb pumpt sich auf und ab. Er japst.

„Ich will dir nichts tun", erklärt Bärbel, hebt ihre Hände in die Höhe und zeigt, dass sie unbewaffnet, ungefährlich und unter keinen Umständen unzurechnungsfähig ist. Sie stoppt den Motor, setzt ihren Kasperhelm ab und lächelt. Misstrauen und Skepsis liest sie in seinem Gesicht. Sie liest ebenfalls, dass er am liebsten weglaufen möchte. Bingo, richtig gelesen.

Er dreht sich herum – wäre er ein Auto, dann auf jeden Fall ein Rennwagen – und rast zurück in die Richtung, aus der er gekommen ist.

Obwohl sie es geahnt hat, ist sie perplex. Viel zu lange überlegt sie, ob sie hinterherlaufen oder -fahren soll. Sie entscheidet sich für Variante A, klappt ungeschickt den Ständer aus, was sie wertvolle Sekunden kostet, steigt vom Motorrad und hastet hinter ihm her.

„Warte", brüllt sie, als ob das einen Sinn ergibt. Der Flüchtige verlässt den Seitenstreifen und biegt auf eine Viehweide ab. Trotz der Höhenmeter zum Gaisbichl, die sie gerade erst muskulär eingespeist und noch gar nicht verdaut hat, zwingt sie sich zur Maximalgeschwindigkeit. Bis vor wenigen Jahren nahm Bärbel regelmäßig an Bergläufen teil. *Ich betreibe Trailrunning, da werde ich einen fliehenden Banausen wohl einholen können.* Wie bei einer Schere klappen ihre Beine auseinander, während sie einen Satz über den Weidezaun wagt, der zum einen Strom führt und zum anderen aus

Stacheldraht besteht. Sie spurtet, als ginge es um nichts Geringeres als den Titelsieg, um Platz eins in ihrer Altersklasse der Ü-50-Starterinnen. Abseits des goldenen Sportabzeichens - und als Trailrunner abseits der Wege - hat sie schon viele Medaillen gewonnen, sogar schon einen Pokal. *Den hole ich mir,* denkt sie.

Sie kommt ihm nah und näher. Er dreht sich nach ihr um. Sie bemerkt seinen roten Kopf und ist sich sicher, dass er nicht mehr lange durchhält. Sie streckt ihre Hand nach ihm aus. Nur wenige Schritte später packt sie schließlich zu. Wie die Greifer auf der Kirmes bekommt sie nur einen kleinen Fitzel des Stoffes zu fassen. *Jetzt gut festhalten!* Obwohl die feuchte Wiese unter ihr schmatzt, als würde sie Trauben zertreten, kommt ihr zu Ohren, wie eine Naht an seinem T-Shirt zerreißt. Endspurt, Turbo Boost, Raketenschub, sie hat ihn. Sie lässt sein immer länger werdendes Shirt los und wirft die Arme von hinten um seinen Oberkörper. Der Banause stolpert und stürzt. Bärbel stolpert und stürzt hinterher. Sehr kompromittierend wie sie, eine Ü-50-Dame, auf dem Jüngling liegt, der ein zerrissenes T-Shirt trägt, schnauft und japst. Noch dazu, weil er sich unter ihr windet und wehrt.

„Ich will dir nichts tun." Bärbel schnauft. „Bitte!" Sie schiebt sich seitlich neben ihn, setzt sich auf die Knie und streichelt seinen Rücken.

Der junge Mann blickt sich nach ihr um. Er atmet durch den Mund, Schweißtropfen rinnen über sein Gesicht. Dann setzt auch er sich auf die Knie. „Was wollen Sie von mir?", fiept er und seine Augen werden feucht.

Sie befreit ihre Bauchtasche vom gröbsten Dreck und reicht ihm daraus ein halbiertes Taschentuch. Ohne ein

Wort greift er danach. Er ist aufgebracht, außer Atem und schmutzig. Bärbel denkt an Bachblüten, da sticht er mit seinem Zeigefinger in ihre Richtung. „Ich kenne Sie doch“, meint er. „Sie sind die Frau, die als Erste am Unfallort war.“

„Bärbel Schramm. Sag Bärbel zu mir.“ Sie nickt. „Und wer bist du?“

„Ich ... Ich bin Gregor“, stammelt er. „Ich war auch da“, erklärt er, steht auf und sieht an sich herunter. „Scheiße“, flucht er, was auf einer Viehweide durchaus möglich ist, und schrubbt über das zerrupfte Shirt. „Ich war einer der Notfallsanitäter.“

„Kann mich nicht erinnern“, erwidert Bärbel und mustert ihn mit zusammengekniffenen Augen. Da ist nichts an ihm, das ihr im Kopf geblieben ist. „Warum bist du weggelaufen?“ Da sie schon zum wiederholten Mal von einem Kälbchen angeschubst wird, erhebt auch sie sich jetzt.

„Ich weiß nicht. Ich hatte Angst“, meint Gregor.

„Vor mir?“ Sie fährt mit der Hand durch die Luft, als wolle sie eine Fliege verscheuchen, und fixiert das Kalb. „Reicht gleich, Fräulein“, schimpft sie, streckt den Arm aus und legt ihre Hand an den Kopf des Jungtieres, um die privaten Tanzbereiche auseinanderzuhalten.

„Du schautest so aggressiv.“

„Ich?“, fragt Bärbel. *Was ist nur los? Menschen begegnen mir neuerdings, als wenn ich meinen Charme verschüttet hätte. Außer Mo. Und Pitje natürlich.*

„Jetzt schon wieder“, behauptet der junge Notfallsanitäter.

„Was hast du überhaupt dort zu suchen gehabt?“, lenkt Bärbel ab. Still sieht sie ein, sie benimmt sich wie eine Kripobeamtin beim Verhör - also tatsächlich uncharmant und aggressiv.

„Was geht dich das an?"

„Wer nichts zu verbergen hat, rennt doch nicht weg, weil angeblich jemand aggressiv guckt." Das angeblich betont Bärbel achtmal stärker als nötig. „Woher kanntest du Moni überhaupt?"

„Ich kannte sie nicht", erklärt er, als seine Augen sich mit Tränen füllen. Er senkt den Blick, starrt auf die Wiese und schluchzt.

Geweint hat er auch an Monis Kreuz. Für einen, der sie nicht kannte, bisschen viel der Emotionen. Sie schiebt ihre Lippen übereinander.

„Sie war meine erste Leiche", flüstert er.

„Bitte?"

„Sie war meine erste Leiche", wiederholt er. „Ich mache den Job noch nicht so lange. So eine junge Frau ... Das nimmt mich einfach mit." Er schnäuzt sich die Nase, dass es wie eine defekte Wasserpumpe klingt.

„Hm", tönt Bärbel. *Ist das die Wahrheit oder ist er ein guter Schauspieler?*

„Ich wollte mich verabschieden, mehr nicht. Während des Einsatzes geht das nicht."

„Hm", tönt das Bärbele erneut. Ob Wahrheit oder Schauspiel, auch ihr werden die Augen feucht.

„Wenn meine Kollegen das wüssten. Sie würden sagen, ich bin ein Schwächling." Wieder ertönt die defekte Wasserpumpe.

„Ich verrate dich nicht." Bärbel ringt sich ein versöhnliches Lächeln ab.

Gregor lächelt nicht zurück. „Ich muss jetzt gehen", erwidert er. „Guck mal, wie ich aussehe." Er zeigt auf sein T-Shirt. „Hast Glück, dass ich dich nicht anzeige." Dann marschiert er über das saftige und schmatzende Gras quer über die Weide mitten durch die Kühe, keine Ahnung, wohin.

„Und du hörst jetzt auf", bellt sie. Keine Chance, den neugierigen Schädel des Kälbchens länger auf Abstand zu halten. Sie knickt ein. *Immerhin auf Kühe wirke ich unwiderstehlich.*

Wrumm. Sie tritt den Kickstarter, gibt mit der rechten Faust Gas. Auch die Sonne gibt Gas. Es nieselt nicht mehr. Schwül ist es nach wie vor. Sie fährt und grübelt. Eine ungünstige Kombination, da sie nicht nur mit ihren Gedanken abschweift. „Meine Güte", flüstert sie erschrocken und bringt sich, ehe der hupende Camper sie erwischt, wieder auf die rechte Fahrspur. Drei Verfolgungsjagden in drei Tagen hinterlassen ihre Spuren. *Für den Fall einer vierten Verfolgungsjagd brauche ich unbedingt einen Motorradhelm,* überlegt sie und macht sich auf den Weg nach Fichting-Au.

Sie entschließt sich, wachsam und skeptisch zu bleiben, weil Gregors Geschichte zwar rührend klingt, aber nicht nach der Wahrheit. *Den werde ich gründlich durch sämtliche mir zur Verfügung stehenden Suchmaschinen jagen.* Offline in Form von Fake-Anrufen auf Rettungswachen. Undercover in Form von verdeckten Befragungen.

Online schaut sie gerade bei Google nach, was Tanita Tikaram eigentlich macht. „Was? In Münster geboren", nuschelt Bärbel. Sie sitzt noch auf ihrem Motorrad, das Smartphone vor der Nase. „Tanitas älterer Bruder ist Schauspieler. Sie ist seit 2012 mit der Medienkünstlerin Natacha Horn liiert." Mehr findet sie nicht heraus. Also

steigt sie von ihrem Gefährt und betritt den kleinen
Baumarkt.

Was macht eigentlich Martina Navratilova?

Bärbel Schramm besitzt jetzt einen Motorradhelm. *Den behalt ich gleich an*, hat sie zum Verkäufer im Baumarkt gesagt. Kaum zurück in ihrer Datscha setzt sie sich ans digitale Branchenbuch. Branchenbücher zum analogen Durchblättern werden in Fichting schon seit Jahren nicht mehr ausgegeben.

Sie ist allein. Mo hat eine Nachricht hinterlassen, dass er sich mit Franzi trifft – und einen Smiley plus Herz unter seine Unterschrift gekritzelt.

„Grüß Gott", eröffnet sie das Gespräch mit verstellter Stimme, unterdrückter Rufnummer und macht mächtig auf bairisch. Normalerweise sagt sie so etwas nicht, also ‚Grüß Gott'. Sie glaubt an keinen Gott. Die Grüße kommen ohnehin nicht an.

„Grüß Gott", näselt es durchs Telefon.

„Bin i do beim Bayerischen Roden Kreiz, bei die Reddungswoche", fragt Bärbel nach.

„Jo, sans."

„I bin die Mutter vom Gregor. Sein Smartphone liegt dahoam. Is der Bub grad zu sprechen?"

„Oanen Gregor hom mia net", antwortet die Stimme nasal.

„Herrschaftszeiten, da bin i bei die falsche Reddungswache g'landet." Bärbel kichert übertrieben, entschuldigt und verabschiedet sich und klingelt bei der nächsten Rettungswache an.

„Gregor? Und wie weiter?“, fragt da jemand nach, der nach Datenschutz und Nachrichtensperre klingt.

„Gregor, meinen Bub. Ihr kennt den Gregor doch“, behauptet sie. Bis auf das unsichere Kichern, das ihr schon zum wiederholten Mal rausrutscht, bleibt sie konzentriert.

„Gregor gibt's hier net.“

Beim nächsten Anruf heißt es: Bingo!

„Der Greiner Gregor? Naa, der hot heid frei“, erfährt sie.

Gregor Greiner, denkt sie. *Das muss er sein.* „Natürlich!“, ruft Bärbel aus. „Des hätt i fost v'rgessen.“

„Koan Problem. Servus, Frau Greiner.“

„Servus“, erwidert Bärbel und klatscht vor Begeisterung in die Hände. „Hab ich dich“, flüstert sie. „Erst fang ich dich, dann pack ich dich, dann fress ich dich“, singt sie, springt auf und wagt für wenige Takte ein Tänzchen in ihrem Wohnzimmer. *Gute Arbeit*, lobt sie sich still. Sie könnte sich vorstellen, hauptberuflich als verdeckte Ermittlerin zu arbeiten.

„Wohl eher verdreckte Ermittlerin“, stellt sie fest, als sie an sich herunterschaut. Ihre Sportklamotten tragen noch immer die Spuren der morgendlichen Verfolgungsjagd. Doch das bisschen Dreck kümmert sie nicht.

Stattdessen kümmert sie sich um ihre Crime Wall. Sie fertigt aus dem ehemaligen Waschmittelkarton ein neues Kärtchen für Gregor an. Sie skizziert ihn als nervösen Notfallsanitäter mit zittrigen Knien und pinnt ihn an die Leinwand. Dann greift sie zu ihrem roten

Stopfgarn, rollt es ab und verbindet Gregor Greiners mit Moni Schwärzels Karte. Bärbel weicht einige Meter zurück und stellt fest, dass sie keine Fortschritte macht. Es gibt mehr Verdächtige denn je. Sie seufzt, bis sie leere Lungen hat. „Ich weiß nur, dass ich gar nichts weiß." Sie lässt das Stopfgarn fallen, den schwarzen Filzstift auch und schließlich sich selbst rücklings in den Schwingsessel. Schwing, schwing. Wie der gleichnamige Song von Gina Gargano, der von zwei Liebenden handelt, die sich bei einem Tanzkurs kennenlernen.

Erst am frühen Nachmittag steht sie wieder auf. Stechend leuchtet die Sonne in ihre Augen. Die Atmosphäre ist dampfig aufgeladen, die Schwüle hängt in den Tälern. Sie steigt auf ihr Motorrad und saust über den Campingplatz.

„Hey du blödes Huhn, das ist hier keine Rennstrecke", nörgelt Dom Rep aus vollem Rohr, während er eine Faust in die Höhe hebt. *Junge, von Rennstrecken scheinst du keine Ahnung zu haben.* Bärbel erinnert sich an die grellen Autoscheinwerfer, die letzte Nacht auf sie und Pitje zugeschossen sind.

„Servus", grüßt Bärbel, als sie den traditionsreichen Blumenladen in Fichting-Hof betritt. „I hätt gern einen großen bunten Strauß mit Wiesenblumen", gibt sie ihre Bestellung für Monis Beerdigung auf. Nichts ist schrecklicher als eine Beerdigung voller weißer Rosen, Lilien und Callas. In Bärbels Oktavheftchen stehen Vergissmeinnicht, Gänseblümchen und Alpen-Disteln, vorausgesetzt sie stirbt zwischen Juni und September.

Hinter dem Tresen steht May-Britt, die siebzehnjährige Tochter der Taufners. Sie ist groß, kompakt, trägt

Dirndl und zwei geflochtene Zöpfe. Vom Typ her eher heimattreu trifft man sie weder vor dem Supermarkt in Fichting-Au noch im Rambazamba. Anstatt freundlich zurückzugrüßen, ruft May-Britt nach ihrem Vater. Bärbel kommt das Verhalten merkwürdig vor, doch sie bleibt unvoreingenommen und grinst.

Auf einmal stößt jemand die Schwingtür auf, die Verkaufs- und Lagerraum voneinander trennt. Hubert Taufner, einer der Ultras, betritt die Szene mit sehr viel Energie. Bärbel kennt ihn gut. Sie bläst mit ihm im Alphornchor. Noch ehe Bärbel die Hand zum Gruß heben kann, attackiert er sie verbal. „Konnscht glei wieder geh'n. Mia bedien di net.“

„Hä?“, entgegnet Bärbel und reißt die Augen auf. Ihre Gesichtsfarbe verblasst. Aus Pastell wird plötzlich antikweiß.

„Mia bedien koane Verräterin!“, keift er. „Schleich di!“ Er streckt seinen Zeigefinger aus und deutet auf die Ladentür.

„Ihr also auch“, erwidert sie und schüttelt den Kopf, als sie den Laden verlässt. Sie braucht ein paar Minuten, um das Erlebte zu verarbeiten, dann erst tritt sie den Kickstarter ihrer Fünfziger herunter.

Zurück auf dem Campingplatz streift sie ihren Badeanzug über und marschiert entschlossen in Richtung Wasserstelle. *Selbst wenn sich das Gift noch nicht vollständig abgebaut haben sollte*, denkt sie, *bin ich robuster als ein Fisch. Ich werde es schon überleben.* Sie sieht sich um. Einige der Datschen wirken belebt. Auf den Veranden sitzen Städter, Türen stehen offen und Vorhänge sowie Köpfe bewegen sich vor den Fenstern. Schließlich sind zehn Bundesländer in den Sommerferien. Schon steht sie am Ufer, die kühle Wiese kitzelt ihre Zehen, und lässt sich langsam zu Wasser.

„Uh, kalt", quiekt sie. Doch die Abkühlung ist genau das, was sie jetzt braucht. Quer durch den verwaisten Teich schwimmend muss sie plötzlich weinen. Sie muss Druck abbauen. Tränen rinnen über ihre ohnehin schon nassen Wangen. *Sie hassen mich. Alle hassen mich. Wie konnte es nur so weit kommen. Wenn Moni doch noch leben würde!*

In dem Moment, als sie aus dem Wasser steigt, ihre Nasenspitze fährt schnüffelnd über den Unterarm, stellt sie fest, dass das Wasser wieder nach Wasser riecht. Sie weint nicht mehr und bleibt abrupt stehen – aufrecht und stabil wie der Dengelstein. *Nein.* Sie stampft mit dem Fuß auf. *Ich lasse mich nicht klein- noch unterkriegen.* Sie schüttelt sich entschlossen, schüttelt nicht nur die Wassertropfen von sich, sondern auch die Resignation.

Um achtzehn Uhr dreißig zwingt sie abermals ihren Kickstarter zu Boden. Wrumm. Ihre Maschine knattert. Noch ehe sich Marta, das Zimmermädchen der Schmidhubers, dem sie neulich bei den Aufräumarbeiten nach Monis Gedenkveranstaltung geholfen hat, vor der Pizzeria Berlusconi langweilen kann, trifft Bärbel pünktlich ein.

Pizzeria Berlusconi – kriminell gut, steht in den italienischen Nationalfarben auf dem länglichen Werbeschild, dass oberhalb des Eingangsbereiches an der rauverputzten Fassade befestigt ist. Gepflegte Fensterläden, Kräuter in Blumenkästen und leuchtende Laternen.

„Das ist mein erstes Mal“, flüstert Bärbel Marta während der Begrüßung zu. „Ich war noch nie in der Pizzeria Berlusconi.“ Die beiden Frauen lösen sich aus der Umarmung und Bärbel ist glücklich, dass es noch Menschen gibt, die sie mögen.

„Man hört ja viel. Alles Quatsch“, behauptet Marta und nickt in Richtung Jägerzaun, der den Außenbereich des Restaurants einmal sauber umrundet.

„Schön hier“, stellt Bärbel fest und sieht sich um. Gezwickt von ihrer Neugier würde sie sich zu gerne einen Blick in die Hinterzimmer gönnen. Die Einheimischen tuscheln über illegale Firmen-Sex-Events, über Kokain und Prostituierte.

„Zwei Dinge, die du nicht glauben solltest“, sagt Marta auf einmal, als hätte sie Bärbels Skepsis in ihren Augen gesehen. „Erstens glaub nicht, was man über die Pizzeria Berlusconi sagt. Und zweitens glaub nicht, was man über die Schmidhubers sagt. Die einen sind entgegen allen Annahmen keine Verbrecher, die anderen entgegen allen Annahmen keine Gutmenschen. Der Ruf der Berlusconis ist die Wahrheit der Schmidhubers.“

Bärbel staunt. *Gut vorgetragen.* „Aber“, flüstert Bärbel. „Man redet von illegalen Geschäften, Sex-Partys, von Kokain und Prostituierten.“

„Den Schmidhubers sagt man Wohltätigkeit nach.“ Marta grinst. „Nicoletta Berlusconi hat diese Pizzeria in den Achtzigern eröffnet. Sie kann doch nichts für ihren Namen. Die Schmidhubers sind schuld. Sie streuten die Gerüchte, weil die Berlusconis sich nicht erpressen ließen. Und schon redeten alle im Ort von verbrecherischen Aktivitäten, von Mafia. Davon, dass sie verwandt sind mit Silvio Berlusconi.“

„Hm", macht Bärbel. Nichtsdestotrotz einen Kurzbesuch in die Hinterzimmer würde sie sich wünschen.

„In den Reiseführern steht nicht umsonst, dass es in der Pizzeria Berlusconi die beste Pizza des Allgäus gibt. Ich esse gerne hier."

„Hm", macht Bärbel wieder. Obwohl sie noch skeptisch klingt, ist sie langsam überzeugt.

„Die Berlusconis haben irgendwann angefangen, mit ihrem schlechten Ruf zu spielen. Kriminell gut, zum Beispiel." Marta kichert. „Schau doch, wie voll es hier ist."

„Jetzt schäme ich mich." Bärbel zieht eine Schnute, als hätte sie eine Handvoll rote Johannisbeeren zerkaut. „Ich hab immer gedacht, dass ich unvoreingenommen bin."

„Denken wir doch alle." Marta grient und zwinkert. „Komm, lass uns bestellen!"

Bärbel bestellt die Spezialität des Hauses, die Nummer 118, Pizza ‚Bunga Bunga'. Dazu eine große Apfelschorle und zum Dessert spekuliert sie auf ‚Eisbombe Meloni'.

„Du möchtest mit mir über die Schmidhubers sprechen?"

Kann Marta aus Kaffeesatz, Glaskugel und Gesichtszügen lesen? Bärbel staunt und nickt. Sie nimmt einen großen Schluck aus der großen Apfelschorle. „Ist das okay für dich?"

„Klar", erwidert Marta. Sie trägt ihre dunklen, von einzelnen verblassten Strähnchen durchzogenen Haare streng nach hinten frisiert zu einem hochgesteckten Zopf. Ihre braunen Augen beobachten sie.

„Weißt du, kaum jemand möchte mit mir sprechen. So muss man sich als Bild-Reporterin fühlen“, sagt Bärbel und lacht.

„Sehr viele lassen sich von den Schmidhubers beeinflussen, weil sie von den Schmidhubers abhängig sind.“

„Du arbeitest doch auch für sie.“

„Schon, aber mich erpressen sie nicht. Ich bin eine einfache Angestellte. Die Söhne stecken mir manchmal Geld zu, damit ich meinen Mund halte. Ohne dass der Senior das weiß, feiern sie Partys in den Chalets. Da findest du das Koks und die Nutten. Ich putze am Ende alles weg.“

„Warum erzählst du ausgerechnet mir davon?“

„Weil ich die Moni gut kannte.“

„Du glaubst auch, dass die Schmidhubers etwas mit ihrem Tod zu tun haben?“, flüstert Bärbel. Sie blickt über ihre Schulter.

„Keine Sorge, du hast unseren Treffpunkt gut gewählt. Hier sind tatsächlich nur Touris. Niemand weiß, wer die Schmidhubers sind.“

In dem Augenblick fliegt die Bedienung in Carmen-Bluse vorbei und serviert Bärbel ihre Pizza. „Einmal Bunga Bunga. Fleischeslust, ganz ohne zu bereuen“, sagt sie und zwinkert.

„Merci, Beaujolais.“

„Und für dich Pasta Camorra mit getrockneten Tomaten aus Neapel.“ Die Kellnerin wendet sich hübsch lächelnd an Marta.

„Grazie!“ Die beiden Frauen kennen sich offensichtlich gut. „Wir Italienerinnen halten zusammen“, verrät Marta, während Bärbel der unwiderstehliche Duft ihrer Pizza in die Riechzellen kriecht.

Erst nachdem sie ihr größtes Verlangen befriedigt und die Hälfte der Pizza verspeist hat, ist sie zur Wiederaufnahme einer Konversation in der Lage. „So eine gute Pizza habe ich noch nie, noch nie gegessen“, nuschelt sie mit vollem Mund und legt ihren Kopf in den Nacken.

„Sagte ich doch.“ Marta fädelt eine Rigatoni mit den Gabelzinken auf und schiebt sie in den vom Lippenstift gezeichneten Mund.

„Also …“, bringt Bärbel das Gespräch wieder auf Spur. „Du glaubst, die Schmidhubers haben etwas mit Monis Tod zu tun?“

„Ich trau denen alles zu.“

„Kennst du die Funditos?“

„Si“, erwidert Marta und zieht ihre Augenbrauen zusammen.

„Die haben mich neulich Nacht verfolgt.“

„Sei vorsichtig. Mit denen ist nicht zu spaßen.“

„Die und die Schmidhuber-Söhne veranstalten gemeinsam mit Isolde Putzler illegale Autorennen.“

„Das überrascht mich nicht.“ Marta legt ihre Schneidezähne auf der Unterlippe ab und nickt. „Die Schmidhubers sind Verbrecher. Außer der Franzi und dem Flori. Die sind harmlos. Aber vom Rest lässt sich Fichting schon viel zu lange lenken. Wird Zeit, dass jemand denen das Handwerk legt.“

„Ja“, seufzt Bärbel. „Nur wie? Es gibt hundert Hinweise, aber keinen einzigen Beweis.“

„Die haben ein ganz schön ausgeklügeltes Netzwerk. Stimmt schon. Und keiner traut sich was zu sagen, weil sie alle erpresst werden.“ Martas Hand greift in die Bluse und kehrt mit einer Zigarettenschachtel zurück.

Die muss irgendwo auf Höhe der Oberweite gesteckt haben. Bärbel staunt, während Marta den Tabak zum Glühen bringt.

„Traust du dich, etwas zu sagen?", stellt Bärbel die alles entscheidende Frage.

„Öffentlich? Nein! Das würde auch ich niemals tun", teilt sie mit und bläst den Zigarettenqualm in die Luft.

„Was müsste passieren, damit du eine öffentliche Aussage machst?"

„Ich dürfte vom Senior nicht mehr abhängig sein. Wenn ich einen anderen Job hätte, vielleicht würde ich dann eine Aussage machen."

„Et Viola." Bärbel klatscht einmal kurz in die Hände und schnauft. „Und schon sind wir wieder am Anfang. Viele wissen etwas, aber aus Angst will keiner etwas sagen."

„Herzlich willkommen in Fichting", entgegnet Marta und drückt ihre Zigarette aus. „Da kommst du mit deinen Abreißzetteln auch nicht weiter."

„Wie? Abreißzettel?" Bärbel gibt sich ahnungslos, obwohl sie sich maximal ertappt fühlt. Das entgeht auch Marta der Weissagerin und Leserin nicht.

„Hab einen bei dm entdeckt. Alle reden drüber. Jeder weiß, dass die von dir sind."

„Mist!" Bärbel guckt abermals, als hätte sie eine Handvoll rote Johannisbeeren zerkaut, was den guten Nachgeschmack der Bunga Bunga-Party crasht. „Ich weiß nicht weiter", sagt sie. Das gilt auch für die Wahl ihres Desserts. ‚Eisbombe Meloni' oder ‚Cassata Salvini', fragt sie sich und entscheidet sich schlussendlich für keine der beiden Sünden. Stattdessen bestellt sie einen Grappa.

„Ich hatte heute eine seltsame Begegnung“, erzählt Bärbel und gießt den brennenden Schnaps hinunter. „Kennst du zufällig einen Gregor Greiner?“ Sie hüstelt und schluckt viermal nach. So lange dauert es, bis der scharfe Saft gelöscht ist.

„Warte“, sagt Marta und überlegt. „Ja klar, Gregor. Den kenne ich. So ein schlanker Süßer. Ist Sanitäter oder so.“ Sie tippt sich mit den Fingern gegen die geriefte Stirn. „Der war mal mit dem Flori zusammen.“

„Welcher Flori?“, fragt Bärbel nach.

„Schmidhuber“, klärt sie auf. „Die haben ein paar Luxus-Wochenenden im Chalet verbracht. Der Flori hat mir Geld gegeben, damit ich es nicht dem Senior verrate. Ganz sauber die Jungs. Ich brauchte hinterher kaum zu putzen.“

„Wie?“ fragt Bärbel nach und streichelt überrascht ihren dicken Zopf. „Der Flori und der Gregor waren ein Paar?“

Marta nickt. „Jetzt hab dich nicht so. Das ist doch nichts Besonderes.“

„Was? Nein! Natürlich nicht“, stellt Bärbel klar. „Lieb doch, wen du willst. Ich finde nur die Zusammenhänge so verrückt. Die ganze Sache wird immer unklarer und undurchsichtiger.“ Sie schüttelt den Kopf, denkt an ihre Crime Wall, die inzwischen aussieht wie ein misslungenes Schnittmuster, und versteht überhaupt nichts mehr. „Ein beschaulicher Ort wie Fichting“, flüstert sie. „Luftkurort, Naturschutzgebiet und Erholungszone. Von wegen. Wenn das die Touris wüssten.“

Wenig später löst Bärbel ihr Versprechen ein und zahlt die Rechnung. „Wie kommst du nach Hause?“, fragt sie zu Marta gewandt.

„Zu Fuß."

„Ich kann dich mitnehmen."

Marta winkt ab, dass ihre weite Bluse wild umherweht. „Ich habe die letzte Fahrt noch nicht verdaut. Wir sehen uns morgen auf Monis Beerdigung."

Bärbel thront auf ihrem Motorrad, will sich gerade den Helm überstreifen, da bimmelt ihr Tastentelefon in der Bauchtasche. Sie erschrickt. *Ein Hinweis!* Ihr Gesicht bekommt Farbe, ihr Puls beschleunigt sich.

„Hallo?", lautiert sie mit verstellter Stimme.

„Bärbel!", hört sie Pitje auf der anderen Seite. „I woiß, doss du's bisch'st."

Scheiße nein, denkt sie und legt auf. Sofort bimmelt das Telefon erneut. „Kein Anschluss unter dieser Nummer", gaukelt Bärbel dem Polizisten vor und drückt die Taste mit dem roten Telefonhörer. Es bimmelt ein drittes Mal. Sie atmet einmal tief durch und nimmt das Gespräch entgegen.

"Wos hosch'st du dir d'bei g'docht", rügt Pitje sie. „Des is g'fährlich!"

„Ich brauche Hinweise", entgegnet sie.

Pitje gibt ihr eine zweieinhalbminütige Zusammenfassung darüber, was sie wegen der Aushänge im schlimmsten Fall losgetreten haben könnte.

„Morgen nehm'n mia die Zettel wieder ob ", befiehlt er in einem strengen Ton.

„Okay", erwidert sie kleinlaut.

„Koane Alloigänge mehr, hörsch'st?"

Sie schüttelt den Kopf, damit er es nicht hören kann. Denn diesen einen Alleingang, diesen einen kleinen Investigativ-Besuch hat sie noch geplant.

Es ist kurz nach halb zehn, als Bärbel an Isoldes Hof vorbeischleicht. Den Scheinwerfer ausgeschaltet passt es gut zur untergegangenen Sonne. Sie parkt ihre Maschine in der kleinen Asphaltbucht auf der linken Fahrbahnseite wie Pitjes Skoda zuvor. Mit langen Schritten, als würde sie über eine Hängebrücke balancieren, schleicht sie sich an. Meter für Meter, während sie der Hofauffahrt immer näherkommt und in der Dunkelheit verschwindet. Ihr dunkler Helm versteckt Haar und Haut. Aufgrund ihrer nervösen Atmung beschlägt das Visier. Zu zwölf Prozent fühlt sie sich wie Jason in Freitag der Dreizehnte. „Ich sehe nichts", flüstert sie.

Autos fahren mit Scheinwerferlicht an ihr vorbei. Sie dreht sich weg, geht in die Knie und wirft sich auf den Bauch. Rums. Ihr Helm landet. Im nächsten Augenblick richtet sie sich wieder auf, streift den Staub von sich und bewegt sich weiter fort. Endlich betritt sie Isolde Putzlers' Hof. Sie sieht sich um und mustert ihre Umgebung.

„Scheiß drauf", wispert sie und schiebt das Visier nach hinten weg. *Luft!* Sie watet über den sandigen Boden. Ihr Blick haftet an der riesigen Scheune, die sich nur noch aufgrund der Umrisse von der Abendstimmung abhebt. Das große Wohnhaus im Hintergrund ist sehr viel deutlicher auszumachen. Dort brennt in der untersten Etage Licht. Und schwupp brennt auch auf dem Gelände Licht. Bärbel erstarrt und blinzelt in die Strahler, die auf Bewegung reagieren. *Jeder kann mich sehen.* Ihr Herzrhythmus eskaliert wieder. Sie wirft ihren Kopf herum. *Was tun?* Hätte sie eine Erbsenpistole, sie würde die aufdringlichen Strahler erschießen. Sie regt sich nicht, fixiert das Wohnhaus. Doch auch dort regt sich nichts. Plötzlich wird es wieder dunkel. *Okay,* denkt Bärbel. *Ob du wirklich richtig stehst, siehst du, wenn das Licht angeht.* Und es geht an, da sich Bärbel bewegt hat. *Ich könnte ein Fuchs, eine Katze, Reh oder Waschbär sein. Daran, dass die Bewegungsmelder auslösen, wird die Putzler Isolde gewöhnt sein. Ich muss nur zusehen, dass das Licht nicht ständig an- und ausgeht, sonst schöpft Isolde doch noch Verdacht.* Deshalb schnürt Bärbel ihren Mut an die Beine und sprintet los. Einmal quer über den Hof und durch das Flutlicht hindurch, bis sie vor der Scheune stoppt und sich ganz dicht an das Holztor drängt. Bumm. Als sie sich bewegt, donnert ihr Helm gegen die vertäfelte Fassade. Ächzend stemmt sie sich gegen das schwere, bestimmt drei Meter hohe Tor und hängt sich richtig rein. *Schieb, Bärbel, schieb,* feuert sie sich gedanklich an. Doch das Tor, es quietscht und knarzt, lässt sich nur wenige Zentimeter bewegen. *Wenn Isolde das hört, kommt sie sicher her.* Volles Risiko. Sie setzt ihren Helm und die Bauchtasche ab, schiebt sich das Smartphone in den BH – *was Marta kann, kann ich schon lange* – und zwängt sich durch den sehr schmalen Spalt. Der Spalt, kaum breiter als vierzig Zentimeter, ist mit einer grobgliedrigen Kette und einem Vorhängeschloss vor dem Aufklaffen gesichert. Wem, wenn nicht der zierlichen Bärbel, dürfte es gelingen, hindurchzuschlüpfen? Für ihre Nase wird es beim Übertritt in die düstere Scheune eng, doch sie schafft es hinein.

Es ist dunkel wie in einer Unsichtbar. Bärbel kann nur noch riechen, Benzin, und tasten nach ihrem Telefon. Sie sieht die Dunkelheit vor lauter Dunkelheit nicht. Mit pochendem Herzen stochert sie auf das

Display ein, bis sie die Taschenlampenfunktion trifft. ‚Erleichterung‘ ist das Wort, das Bärbel gerade neben dem Geschmack von Zapfsäule, Gummiabrieb und Lack auf der Zunge liegt. Bärbel leuchtet den Bauch des hallenähnlichen Ungetüms aus und orientiert sich. In der ersten Reihe die mächtigen Nutzfahrzeuge. In zweiter Reihe die nutzlosen Machtfahrzeuge. Flache Rennautos, von Planen verdeckt, die sie gerade zurückschlägt. Staub wirbelt in ihre Lungen. Sie hustet. *Nicht so laut.* Sie wirft sich die Hand vor den Mund und erstickt den Lärm. „Soso“, wispert sie und inspiziert jedes einzelne Fahrzeug. Im Schein des kleinen Lichtkegels sucht sie die Fahrzeuge nach Fehlern, Macken und Spuren ab. Wie während einer Unterbodenwäsche scannt sie sogar die versteckten Bereiche ab. Nichts! Nichts, was auf einen Unfall oder eine Reparatur hindeutet. Sie seufzt.

Gerade als sie aufgeben will und sich an eine Wand lehnt, weicht diese zur Seite. „Aha, eine Attrappe“, flüstert sie und stemmt sich dagegen, während sie dem Schwung der Tür hinterherstolpert und beinahe hinfällt. „Es gibt wohl noch eine dritte Reihe“, murmelt sie und staunt ob der weiteren Raketenautos, die keine Nummernschilder, aber auch keine Dellen oder Schäden haben.

Gab's da nicht mal diesen Vorfall vor paar Monaten? Sie streichelt ihren Zopf. Und schon ergreift sie die Erinnerung, nach der sie gesucht hat: Achtzig Kilometer von Fichting entfernt, in einem Ort mit siebzigtausend Einwohnern, sollen Luxusautos aus einem Resort verschwunden sein. Es gab keine Verdächtigen. Die Ermittlungen verliefen ins Leere.

„Das ist ein Ding", bemerkt Bärbel laut und lässt erstaunt ihr Telefon in den Sand fallen. „Ich muss Fotos machen!" Mit zittrigen Händen bückt sie sich, greift nach dem Smartphone und knipst von oben, unten, vorne, hinten, rechts und links. Im Blitzlicht, knapp an der Stroboskopgrenze, fühlt sie sich wie auf der Tanzfläche im Rambazamba.

Bärbel fasst zusammen: *Die Karren in der Scheune sind vermutlich gestohlen, sicher nicht straßentauglich. Doch sie scheiden als Unfallfahrzeuge aus. Sie sind zwar getunt, aber ohne Dellen. Etwas, womit man heutzutage viele Frauen glücklich machen kann. Wieder eine Einbahnstraße.*

Dann ein grelles Aufbäumen. Plötzlich melden die Außenstrahler eine Bewegung. *Oh, nein!* Bärbel zuckt zusammen. *Bitte nicht.* Sie schließt die Augen, presst sich das Telefon mit der leuchtenden Seite gegen den Körper und hält den Atem an. Sie hört ein Rascheln, eine Bewegung. Der Strahler irrt sich nicht. *Erst fangen sie mich, dann packen sie mich, dann fressen sie mich.* Bärbel schwenkt ihren Kopf nach rechts und links. Wenn dem so ist, dann ist dem so. Sie lässt locker, erlaubt sich wieder einen Atemzug. Als sie ihre Augen öffnet, wird sie tatsächlich angestarrt.

„Geh nach Hause", empfiehlt sie dem Fuchs, der von außen durch den Türspalt linst. „Kscht", macht sie, weil gutes Zureden keine Wirkung zeigt. Dann verschwindet er. Und auch Bärbel verschwindet. Sie bringt die Fake-Wand wieder in Position, wirft die Planen zurück über die Autos und quetscht sich durch den Spalt nach draußen. Helm, Bauchtasche und nur noch den Spalt wieder schließen. Es knarzt und lärmt.

„Hallo? Ist da jemand?", hört sie Isolde Putzler rufen.

Bärbel schnappt einmal nach Luft und friert ein. Wie beim Stopptanz, wenn die Musik verklingt, verharrt sie in ihrer Position.

„Hallo?" Isolde bewegt sich auf die Scheune zu.

Bärbel hört ihre Schritte auf dem sandigen Boden und beißt sich auf die Unterlippe. Der Bewegungsmelder löst aus, Isolde kommt nah und näher. Ein Schrillen ertönt. Bärbel fasst an ihre Bauchtasche. *Nein! Nein!* Sie schwitzt.

„Servus", hört sie Isoldes Stimme ums Eck. „Muss des jetzt soa?" fragt diese.

Hä? Bärbel legt ihre Stirn in Falten, bis sie begreift, dass nicht ihr Telefon geschrillt hat.

„Wort, i schau grod noch." Stapf, stapf, stapf. Isoldes Schritte entfernen sich.

„Puh", macht Bärbel gleich dreimal hintereinander. Der Bewegungsmelder schaltet auf Stand-by. Drei, zwei, eins, los. Bärbel rennt vom Hof und springt auf ihre Maschine. Mit zittrigen Beinen tritt sie den Kickstarter und fährt die nächsten hundert Meter ohne Licht. In sicherer Entfernung betätigt sie den Scheinwerfer. Bärbel ist nach einem Aufschrei zumute. Sie johlt und tönt durch die Nacht, so lange, bis ihr Adrenalin verpufft.

Auf dem Campingplatz sind das Vorzelt des alten weißen Mannes und einige der Datschen hell erleuchtet. *Schön, wenn sich der Platz mit Leben füllt.* Sie hingegen ist allein, zappt sich in die Mediathek von ZDF und lässt eine Folge ‚Aktenzeichen XY‘ laufen. Dazu befeuchtet sie ihre Zellen mit Bergquellwasser, das sie aus einem Maßkrug trinkt und frisch an der Wasserstelle gezapft hat.

„Hallo, Pitje", trällert sie. „Ruf mich bitte unbedingt zurück. Ich habe Schockierendes aufgedeckt. Kann jetzt keine Einzelheiten nennen, falls wir abgehört werden", überdramatisiert Bärbel die Situation und legt sich auf das Ausziehsofa.

„Hey, Bee!"

Bärbel erschrickt. Sie muss kurz eingenickt sein.

Mo stapft durchs Wohnzimmer, die Haare zerzaust, Wonne in der Mimik.

Ich kann jetzt auch aus Gesichtszügen lesen. Bärbel lächelt müde. „Du glaubst nicht, was ich heute Abend herausgefunden habe." Sie setzt sich auf.

„Wir sind wieder zusammen", posaunt Mo dazwischen. Er trägt ein weißes Hemd, dazu eine Bluejeans im Used-Look und Sneakers, die noch nach Sneakers aussehen und nicht wie E-Autos. „Ab nächste Woche arbeite ich auch wieder." Er strahlt.

„Franzi wohnt jetzt im Adelweiß."

„Äh, okay", erwidert Bärbel, die ihre eigene Story zu gern mit ihm geteilt hätte.

„Ach ja, du sollst Franzi anrufen. Sie will dir helfen und gegen den Senior auspacken", erklärt Mo und tippt auf seinem Telefon herum. „Das ist ihre Nummer."

Fast zeitgleich schüttelt es Bärbels Telefon durch.

„Gehen wir morgen zusammen zu Monis Beerdigung?", fragt er.

Bärbel nickt. Sie hätte nicht gedacht, dass er diesen Termin im Kopf hat.

„Franzi kommt auch", verrät er. „Ich hau mich hin. Hab dich lieb." Schon verschwindet er im Badezimmer und wenig später im Schlafzimmer.

Bärbel blickt zurück zum Aktenzeichen, ohne dass der Ton läuft, das begreift sie erst jetzt.

Am nächsten Morgen um fünf Uhr dreißig fällt Bärbel auf, dass sie versäumt hat, ihren Wecker scharf zu stellen. Kein Italo-Pop am Strand von Righeira. Doch die Macht der Gewohnheit, vielen bekannt als innere Uhr, lässt sie trotzdem pünktlich erwachen. Sie streckt sich, vier bis fünf Zentimeter zusätzliche Körperlänge holt sie dadurch locker raus. Bärbel gähnt, dass es sich nach Wind anhört, und kneift die Augen zu. Der Fernseher hat sich irgendwann in der Nacht automatisch ausgeschaltet und Bärbel vermutet, dass sie es heute nicht auf den Gaisbichl schafft. Schon um neun Uhr muss sie in der Kirche sein.

Sie wetzt durch ihre Datscha. Mo, bereits vornehm frisiert und schwarz gekleidet, sitzt im Wohnzimmer und sieht ihr wortlos hinterher. Schlecht vorbereitet, wie sie das von sich kennt, hetzt sie in ihrer neuen Allzweckwaffe, der schwarzen Zunfthose, durch den Flur.

„Hast du noch ein schwarzes Hemd?", quietscht sie und durchsucht ihre Kommode.

„Ein schwarzes Polohemd", antwortet er

„Perfekt." Sie schnauft erleichtert.

In Mos VW fahren die zwei im Schritttempo an der prächtigen weißen Sankt-Irgendwem-Kirche vorbei. Nach irgendwem ist sie sicher benannt.

„Verschwendung von Wohnraum", meckert Bärbel – wie immer.

„Da, ein Parkplatz!", stellt Mo fest und setzt seinen VW in die mickrige Parklücke zwischen zwei Pick-ups, die, Bärbel weiß es ganz genau, den Schmidhubers gehören. Sofort durchfährt sie ein mulmiges Gefühl.

„Ich habe ein mulmiges Gefühl", teilt auch Mo ihr gerade mit. „Der Senior weiß inzwischen, dass Franzi und ich ein Paar sind."

„Ich hoffe nur, die Funditos sind nicht auch noch hier", nuschelt Bärbel, während sie aussteigt. Es kommt zu einem intensiven Kuss zwischen ihrer Tür und der des nebenstehenden weißen Pick-ups. Durchaus üblich in einer Bussi-Bussi-Gesellschaft.

Aufgrund der Geschehnisse der letzten Tage war Moni Schwärzels Tod etwas in den Hintergrund geraten. Und dass, obwohl ihr Tod die Basis der Geschehnisse ist. Doch jetzt, da Bärbel bei ihrem Mo untergehakt auf dem Weg in die Trauerlocation ist, ist ihr Schmerz allgegenwärtig. Bärbels Mundwinkel drängen hinunter. Ein seltsames Gefühl der Leere erfüllt sie. „Der scheiß Taufner hat mich gestern aus dem Laden geschmissen", zischelt sie.

„Hm", macht Mo. Er schlurft neben ihr her und zuckt mit den Schultern.

„Ich bin vermutlich die Einzige, die keine Blumen hat", klagt sie.

„Ich hab doch auch keine", tröstet Mo seine Ziehmutter.

„Scheiß Taufner", wiederholt Bärbel noch einmal.

In dem Moment schiebt sich Pitje neben sie auf den Bürgersteig. „Servus", grüßt er aus seiner zugeknöpften Polizeiuniform heraus.

„Servus", antworten Bärbel und Mo synchron.

„I hob heid früh die Brandners erreicht", erklärt Pitje. Er spricht leise und schnell und begleitet seine Worte mit einem Nicken. „Die ham mir b'stätigt, dos der Bertl oanen Schlüssel hot. Eing'brochn is er oiso net."

„Hast du was von den Fässern erzählt?"

„Naa, hob i net. I hob nur g'frogt, ob sie wos vom Bertl g'hört ham. Mia miass'n mit dena schwätz'n, wenn's do san in ihrer Datscha." Er seufzt. „Doane Nochricht hob i au grod ersch'st abg'hört", flüstert er. „Wos wor denn? Is ois in Ordnung?" Pitje klingt besorgt.

„Nicht hier", zischelt Bärbel. „Ich erklär dir alles später." Sie senkt augenblicklich ihren Blick, während sie die restlichen Meter bis zur Kirche schweigt. Pitje und Mo fügen sich.

Überall am Straßenrand stehen Fahrzeuge. Und überall auf dem Kirchenvorplatz stehen Menschen. Menschen in schwarz und Menschen mit Blumen. Bärbel schüttelt den Kopf und prustet.

Es ist acht Uhr vierzig und warm. Das geliehene Polohemd passt perfekt zur Außentemperatur. Nur Bärbels Beine unter dem dicken Trenkercord der Zunfthose sehnen sich nach Minusgraden – oder nach den Temperaturen, die im Kirchenschiff auf sie warten. Doch die Türen sind noch verschlossen.

Bärbel und Mo laufen, nachdem kaum ein Mensch sie grüßt, um die eng beieinanderstehende Trauergemeinde herum, die viel Platz vor dem Eingangsbereich gelassen hat. Pitje, seine uneingeschränkte Loyalität untermauernd, schlendert entschlossen hinterher. Als die drei vor den zwei breiten Stufen ankommen, die auf das graue halbrunde Treppenpodest führen, können sie den großen Abstand nachvollziehen. Dort steht

Alois. Die drei stellen sich neben ihn, andere Verbündete und Alternativen sind gerade nicht in Reichweite, und nicken zur Begrüßung. Er antwortet mit einem kehligen Knurren.

„Ich habe keine Blumen", flüstert Bärbel und guckt traurig auf das Kopfsteinpflaster.

„Woard amoi", murmelt Pitje. Er fährt durch die Stiele und überreicht ihr die Hälfte seines Straußes. Viele weiße Blüten.

Besser als gar nichts. „Hab vielen Dank", flüstert sie und lächelt. *Schon das zweite Mal, dass Pitje mir Blumen schenkt*, fällt ihr auf. Und sie denkt daran, dass der erste Strauß, der zu Hause in ihrer Datscha welkt, dringend frisches Wasser und eine Prise Zucker vertragen könnte.

Bing-bing, bing-bing. In dem Augenblick setzt das Glockengeläut ein. Die schwerfälligen Flügeltüren aus massivem, dunkel gebeiztem Hartholz öffnen sich und die Trauergemeinde setzt sich drängelnd und schwankend in Bewegung. Zuvorderst die untergehakte Dorfälteste, die sich, ihrem Gesichtsausdruck nach zu urteilen, eher aufgegabelt fühlt.

„Schnell rein", sagt Bärbel. „Die zertrampeln uns sonst." Sie nimmt die Stufen mit einem Schritt, tippelt über das Treppenpodest und eilt über die akkurat gesetzten Steinfliesen des Mittelgangs bis in die zweite Reihe. Die erste Reihe ist für den Chor reserviert. Mo rutscht hinter ihr her und dann Pitje. Alois entscheidet sich für Reihe drei und schiebt sich ganz nach außen, einen selbstgepflückten Strauß in der Hand. *Für diese hübschen und ausgefallenen Blumen muss er mindestens auf eintausendachthundert Meter gewesen sein,* staunt Bärbel, setzt sich halb quer auf die schmale Bank mit wenig Beinfreiheit und beobachtet über ihre linke Schulter die einströmende Trauergemeinde. Schmidhuber Senior und seine drei Söhne, die sich an der Dorfältesten und ihren Unterstützern vorbeimogeln, nehmen ebenfalls in der zweiten Reihe Platz, allerdings demonstrativ auf der anderen Seite des Mittelganges.

„Pff", macht Bärbel.

Und alle machen es den Schmidhubers nach, sodass die links des Mittelganges liegenden Bankreihen unter dem Gewicht der gequetscht sitzenden Gemeindemitglieder kurz vor einem Ermüdungsbruch stehen. Wohingegen die rechtsseitig liegenden Bankreihen eine Besucherdichte wie an Allerseelen aufweisen. Nicht Allerseelen, aber fünf Seelchen zählt Bärbel bisher auf der Habenseite. Haben im Sinne von, die haben einen Arsch in der Hose und das Zeug dazu, sich gegen die Schmidhubers aufzulehnen. Dazu zählen Bärbel, Mo, Pitje, Alois und Schorsch, der soeben die Kirche betritt. Zu Bärbels Überraschung sortiert sich Marta linksseitig ein. Sie schiebt mit vollem Einsatz ihren Hintern in die Reihe, doch am Ende reicht es trotzdem nur für den Schoß des Taufner Huberts. Bärbel legt die Stirn in Falten. Und Marta lächelt einerseits freundlich herüber und zuckt gleichzeitig ihre Schultern, was wohl ausdrücken soll, dass sie keine andere Wahl hat.

Bärbel verzieht ihren Mund zur Seite und entlässt Marta aus ihrem Blick. Doch sehr zu ihrer Freude hat auch Gina Gargano den Weg in die Kirche und in ihre Reihe gefunden.

„Schön, dich zu sehen", flüstert Bärbel und knufft einmal ihren Handrücken. Ehe der Spalt zwischen den sich schließenden Türen klein und kleiner wird, schiebt jemand von außen ein ‚Warten Sie‘ hindurch. Gäste und Köpfe geraten in Schwung, stoßen hier und da aufgrund der beengten Verhältnisse gegeneinander und blicken sich um. Franzi Schmidhuber klackert in Stöckelschuhen mit einer Clutch und dunklen Blumen in der Hand durch den Mittelgang. Sie setzt sich hinter Mo in die dritte Reihe und tätschelt seinen Rücken. Raunen, Erstaunen, Flüche und Sprüche hallen und wallen durch das sogenannte Gotteshaus. Und Schmidhuber Senior sieht aus, als durchlebe er eine hypertensive, wenn nicht sogar eine Lebenskrise. Sein Gesicht verfärbt sich hummerrot und seine Nasenflügel blähen sich auf. Doch spätestens als die junge Pastorin in Zivil den Grund der Veranstaltung vorbetet, glätten sich viele der Zornesfalten und die Fichtinger Bevölkerung konvertiert zu einer demütigen Trauergemeinde, die sich nachdenklich und würdevoll von Moni Schwärzel, einer von ihnen, verabschiedet.

Am Urnengrab auf dem kleinen Friedhof, der die prächtige Kirche im Halbbogen einfasst, halten sich Mo und Franzi an den Händen. Bärbel legt Pitjes Blumen nieder. Sie schluchzt. Ein Kaspisches Meer aus Blüten breitet sich vor der kleinen runden Öffnung aus, in der die weiße Urne versenkt worden ist.

Die junge Pastorin hat einen guten Job gemacht. Ein paar ihrer Ideen würde Bärbel gerne in ihr Oktavheftchen schreiben, doch jetzt ist nicht die Zeit dafür.

Die trauernde Gemeinschaft löst sich auf. Nur noch einzelne Trauernde sind übrig geblieben. Darunter Bärbel, Pitje und Mo. Auch Franzi musste zurück ins Adelweiß. Blitzschnell, fast heimlich, gab sie Mo einen Kuss, dann stöckelte sie davon, über die Blumen, den sandigen Boden, über Kopfsteinpflaster und den Bürgersteig – exakt in dieser Reihenfolge.

„Sollen wir auch mal?", fragt Mo irgendwann.

„I muss au glei wieder schaff'n", antwortet Pitje.

„Kommst du noch mit?", fragt Bärbel und Pitje nickt.

„Noch kurz auf einen Kaffee", erwidert er auf Hochdeutsch, was jedes einzelne Mal recht ulkig klingt.

Pitje steigt in seinen Streifenwagen, während Bärbel und ihr Bub über den Bürgersteig staksen. So lange, bis ihnen der Weg von Männern in Tracht versperrt wird. *Die Ultras!* Bärbels Augen steigen auf in Richtung Stirn. Viele von denen sind schrecklich, mit einigen bläst Bärbel im Alphornchor. Und einer von ihnen, der Taufner Hubert, spricht sie direkt an.

„Mia beantrog'n oan Vereinsausschlussverfahren für di, nur damit du's weißsch'st", spielt er sich auf.

Der Senior der Schmidhubers, der ebenfalls dort steht, nickt und blickt finster. Allerdings finster in Richtung Mo und weniger finster zu ihr.

Die Arschgeigen wollen mich aus dem Alphornchor kicken. Das lasse ich mir nicht gefallen. Bärbel versteckt ihre Daumen in den Händen und presst fest zu, während sich ihre Zunge gegen den Gaumen drückt. Sie bemüht sich um Haltung und einen unlesbaren Gesichtsausdruck. „Dann beantragt mal", erwidert sie rotzig. „Bin auf die Begründung gespannt. Und bis dahin nehme ich mir eine Anwältin."

„Dieser Gender-Gaga, pfui", schimpft Hubert Taufner und richtet seinen affigen Hut, dessen Gamsbart, riesig wie ein aufgeplustertes Pfauenrad, die Kopfbedeckung immer wieder in Schieflage manövriert.

„Entschuldige bitte, dass meine Anwältin eine Frau ist! Und jetzt lasst mich durch", empfiehlt Bärbel, obwohl es eigentlich eine Drohung werden sollte.

„Verräterin", raunt einer.

„Oide Hex", ein anderer.

Ein weiterer wirft ihr drei der Abreißzettel vor die Füße – zerknüllt und nur noch Tischtennisballgroß.

„Vielleicht gründe ich meinen eigenen Alphornchor." Nach dieser Ankündigung ist ihr nach einem Mic drop zumute. Sie erinnert sich noch sehr gut an das sperrige Aufnahmeverfahren. Damals musste sie sich quasi einklagen, da eine Mitgliedschaft nur Männern vorbehalten war. Die Betonung liegt auf ‚war'. War wie Krieg! Als Bärbel mit den Vereinsstatuten fertig war, wuchs auf der Wiese der Gegenargumente kein Gras mehr. Sie hat hart, aber fair gekämpft und besitzt quasi einen Beamtenstatus. Sie ist unkündbar, als wäre sie schwerbehindert. *Damit kommen die nicht durch.* „Die Abreißzettel lasse ich liegen, falls noch jemand einen Hinweis hat", entgegnet sie und reckt ihre Nase zum Himmel, während sie innerlich zittert.

Dann setzen Mo und sie die letzten Meter zum geparkten Auto fort. Der Pick-up auf der Fahrerseite ist verschwunden. Der Pick-up auf Bärbels Seite wird abermals geküsst. Sie drängelt sich auf den Beifahrersitz, zerrt am Sicherheitsgurt, dass er alle drei Zentimeter einrastet, und rumst die Tür zu. Sie befummelt ihr Gesicht, als trüge sie einen gelockten Vollbart, den sie glattzustreichen versucht. Ihr linkes Bein hüpft unruhig auf und ab.

„Was haben die dir für Zettel vor die Füße geworfen?", erkundigt sich Mo.

„Nicht der Rede wert", lügt Bärbel. *Besser, wenn er von dieser Aktion nichts weiß.* Zum linken hüpft nun auch das rechte Bein.

„Ruhig", empfiehlt Mo und tätschelt ihren Oberarm. „Scheiß auf die."

„Ich scheiß auf alle. Ich kann hier sowieso bald wegziehen, weil mich jeder hasst." Mit flatterndem Kinn und Tränen auf den Wangen blickt sie aus dem Seitenfenster. Ihre wippenden Beine haben sich indes beruhigt.

Bärbel hat das schwarze Polohemd ihres Ziehsohnes gegen ein blaues Uraltshirt vom NDR eingetauscht, auf dem Antje, nicht die aus Holland, mit breitem Bart- und Stoßzahngrinsen zu sehen ist. Sie stellt eine rechteckige Pappschachtel auf den Wohnzimmertisch, während sich Mo und Pitje auf die Sitzmöbel in ihrem Wohnzimmer verteilen.

„Was?", fragt Mo und schiebt sich die Schachtel dicht vor die Augen.

„Passé!", liest er vor. Er schmunzelt und zuckt mit den Brauen. „Passé von Torero. Was soll das sein?"

„Das Original von Ferrero kostet drei Mark mehr", erklärt Bärbel.

„Euro. Das heißt inzwischen Euro", korrigiert Mo und grient.

„Passé von Torero, der Trabbi unter den Pralinés", scherzt er.

„I geb mir die Kugel", frotzelt Pitje und alle drei lachen, was Bärbels bitterer Stimmung die dringend benötigte Süße bringt.

„Also seid ihr dabei?" Bärbel hat den beiden Männern von ihrer Begegnung mit dem Greiner Gregor erzählt.

Dass er einer der Notfallsanitäter am Unglückstag gewesen ist, dass sie ihm nicht traut und was Marta über ihn und den Schmidhuber-Filius berichtet hat. Die Verfolgungsjagd hat sie verschwiegen.

„I scho", antwortet Pitje.

„Ich passe", erklärt Mo. „Sorry, ich meine natürlich, ich Passé!"

Nur Pitje lacht.

„Okay", erwidert Bärbel. „Dann eben nicht." Sie schnauft, wohingegen Pitje seine Lippen vorschiebt und schmunzelt. „Dann beginnen wir mit der Observierung um neunzehnhundert." Bärbel macht mächtig auf CSI, CIA und FBI. SOKO Fichting. Aktenzeichen UVWXYZ.

Bärbel begleitet Pitje, der nun wirklich dringend auf der Polizeiwache erwartet wird, auf die Veranda. Ungewollt und unkontrolliert fällt sie ihm um den Hals. Sie schließt die Augen und prustet. Für einen kurzen Augenblick muss sie ihren Ballast nicht mehr ganz allein tragen. „Danke", flüstert sie. Sie vergisst sogar, dass sie ihm dringend von ihrer Entdeckung in Isolde Putzlers Scheune erzählen wollte.

„Schmecken besser als das Original." Mo tritt kauend nach draußen. „Ups", stockt er. „Die Passé, meine ich."

Bärbel löst sich aus der Umarmung, springt einige Zentimeter zurück und räuspert sich.

„Wisst ihr was? Ich bin heute um neunzehnhundert doch dabei." Mo zwinkert.

Wunderbar.

„Euch zwei kann man ja nicht allein lassen", sagt Mo und lächelt.

Bärbel ruht müde auf ihrem unbewegten Schwingsessel. Was macht eigentlich Martina Navratilova, fragt sie sich. Das ZDF überträgt gerade ein Tennisturnier.

„Naheliegend", flüstert Bärbel. „Der Tennisstar ist Trainerin geworden. Sie war auch schon im Trash-TV zu sehen. Sie hat mehrere Krebserkrankungen überwunden und ist seit 2014 mit einem ehemaligen Model verheiratet." Bärbel gähnt und nickt wenig später ein.

Was macht eigentlich Gervais?

„Uhrenvergleich", tönt Bärbel wie eine richtige Ermittlerin.

„Bee", schmettert Mo von der Rücksitzbank. „Wir haben Smartphones."

„Also bei mir ist es achtzehn Uhr sechsundfünfzig", meint Bärbel und ignoriert seinen Hinweis.

„Bei mir isch es au vier vor sechs", bestätigt Pitje und lässt seinen Arm wieder neben sich fallen.

„Was für eine Überraschung", erwidert Mo mit sarkastischem Unterton. „Synchronisieren nennt sich das."

Aufgrund ihrer Tarnung sehen Bärbel und Pitje aus, als wären sie beim Karneval.

„Du bist der Einzige, der auffällt." Bärbel betrachtet Mo durch den Rückspiegel. Er blickt von seinem Telefon auf.

„Ich?" Er schüttelt den Kopf. „Ich sehe wenigstens nicht nach Rosenmontagsumzug aus."

„Ohne Tarnung wird man dich identifizieren können."

„Pff", macht er. „Wir wollen nur observieren und keine Bank überfallen", stellt er klar. Einen Augenblick bleibt es abgesehen vom Motorengeräusch still.

„Also um neunzehn Uhr soll Gregor Feierabend haben“, erklärt Bärbel am Steuer sitzend und blickt noch einmal in ihrem Oktavheftchen nach.

„Woher weißt du das?“, erkundigt sich Mo, der in seinem eigenen VW die Kontrolle abgeben musste und nun mit jedem Meter durchgerüttelt wird.

Pitje vielleicht auch. Zumindest schüttelt er seinen Kopf und öffnet seinen Mund.

„Ich habe auf der Wache angerufen“, antwortet sie.

„Wieder als Mutter?“

„Als bester Freund.“

„Als bester Freund? Dein Ernst?“ Mo klingt amüsiert.

„Ich habe viele Talente“, betont Bärbel und lautiert guttural, sodass sie fast wie ein Death-Metal-Sänger klingt. „Ich schätze, dass er, sofern er keinen Einsatz mehr fahren muss und pünktlich Feierabend hat, gegen Viertel nach sieben hier herausspaziert.“ Sie wendet sich Pitje zu.

„Des posst.“ Er nickt und guckt sofort wieder aus dem Fenster.

„I hob long net observiert.“

Bärbel hat den alten VW im Alphorngässchen wenige Meter vor der Rettungswache am gegenüberliegenden Straßenrand geparkt.

Ohne laufenden Motor, keine laufende Klimaanlage. Die Drei haben die Fenster heruntergelassen und atmen nach draußen.

„Nicht so weit rauslehnen“, mahnt Bärbel. „Sonst sehen sie dich.“ Sie zupft an Pitjes Tarnung, einem Overall, in dem sie in der Vergangenheit ihr Wohnzimmer gestrichen hat.

Es ist neunzehn Uhr elf. Das Alphorngässchen ist eine verkehrsruhige, kleine Straße am Ortsrand, in der neben der Rettungswache ein Lagerhaus für Trachtenmode, ein Schlachthaus, das nicht mehr als vier Tiere zeitgleich verarbeiten kann, und ein Reisebusunternehmen mit großem Parkplatz stehen. Sofern man in einem kleinen Ort wie Fichting den Begriff ‚Industriegebiet‘ wählen mag, beschreibt er ziemlich genau das, was das Alphorngässchen ist. Ins Alphorngässchen fährt derjenige, der aufgrund des Wendehammers am Ende der Straße wenden möchte, der Trachten oder Fleisch vom Werk kauft oder der berufsmäßig Bus oder Rettungswagen fährt. *Hoffentlich fallen wir hier nicht auf.* Ihre Beine zucken in die Höhe.

Als Gregor in Zivil mit einer blonden Kollegin durch den Rundbogen aus roten Klinkersteinen schreitet, durch den ganz entspannt zwei massige Rettungswagen nebeneinanderher fahren können, nimmt ihr Zucken exponentiell zu. „Da ist er“, gickst sie und rutscht so weit wie möglich in den Fußraum. Ihre langen Beine blockieren die Flucht. „Runter“, faucht sie.

Doch Mo rührt sich nicht und tickert teilnahmslos auf seinem Smartphone herum.

„Was reden die denn so lange?“, flüstert Bärbel.

Dann endlich steigen Gregor und seine Kollegin gemeinsam in einen hellblauen Ford, der am Straßenrand steht.

„Hä?“, macht Bärbel. „Fahren die zusammen?“

Gregor startet den Motor, steuert das Fahrzeug in Richtung Wendehammer, wendet und fährt rasant an Bärbel, Pitje und Mo vorbei.

„Hinterher", krakeelt direkt auf der zerfurchten Straße, ohne den Hammer zu benutzen, und heftet sich an die Bremslichter.

„Net so dicht", ermahnt Pitje. „Wos, wenn er di erkennt?"

Sie bremst ab und lässt sich so weit zurückfallen, dass ein Sicherheitsabstand entsteht.

Gregor lenkt das Auto durch Au in Richtung Ortsmitte über die Landstraße nach Hof, überquert einspurige Sträßchen, biegt links ab, biegt rechts ab, passiert eine Kirche, die gerade schellt, und hält schließlich vor einem Neubau mit Holzschindeln am Giebel an.

„Fahr bloß weiter", meint Mo. „Fahr dran vorbei. Sonst sieht er uns."

Im Rückspiegel beobachtet Bärbel, wie die blonde Frau aussteigt und die Beifahrertür zuschlägt. Sie winkt und Gregor setzt sein hellblaues Gefährt wieder in Gang. Mit hoher Geschwindigkeit fährt er Bärbel auf. Ein Zittern in ihren Sprunggelenken. Mitten im Dorf weiß sie nicht wohin, während Gregor von hinten drängelt. Sie nutzt eine Auffahrt - privat steht auf einem Schild davor – und lenkt den VW bis ganz dicht vor die Doppelgarage. Sofort rast ein übergewichtiger Sennenhund auf sie zu. *Nur so lange, bis Gregor vorbeigezogen ist.* Doch der Hund hat seine Pranken bereits durch das geöffnete Fenster auf den Rahmen gelegt.

„Kscht", macht Bärbel und wedelt mit den Händen. Kaum, dass er ihren Unterarm zu fassen kriegt, leckt er diesen der Länge nach ab. „Ach, du Hase!" Bärbel schmunzelt. Ihre Stimmung kippt in Richtung Vergnügen. Sie muss an die Kuh Denise denken und streichelt dem Rüden seinen ebenfalls recht wuchtigen Kopf. „Ich muss leider weiter", flüstert sie. „Ich werde deinen Leuten nicht verraten, dass du als Wachhund nichts taugst. Versprochen!" Ein letztes Kraulen, dann setzt Bärbel zurück, fädelt sich wieder in den Rechtsverkehr und auf das Sträßchen ein. *Schnell, ich verliere ihn.* Sie gibt Gas, Stoff, Gummi, Tempo, Speed und volle Kraft.

„Et Viola. Da ist er wieder", quietscht sie und bremst ab. Gregor biegt gerade auf die B 12 und beschleunigt.

„I wett, der fährt na Oberstätten", bemerkt Pitje.

Gregor drosselt die Geschwindigkeit, als er das Ortsschild von Oberstätten passiert – und es beinahe auch touchiert, so kurvig ist er unterwegs.

„Do, des gibt's do net", mosert Pitje. „Der Lackel hängt om Telefon."

„Vielleicht kannst du ihn stattdessen später für den Mord an unserer Moni verhaften", entgegnet Bärbel. Ihr kommt der Weg, den sie hinter ihm her tuckert, sehr bekannt vor. Und als Gregor schließlich auf dem beengten Parkplatz des französischen Restaurants parkt, in dem sie neulich erst mit Pitje zu Abend gegessen hat, weiß sie auch, warum. „Macht euch klein", nuschelt sie. „Ich parke dahinten." Sie nimmt eine freie Parkbucht am Straßenrand und lässt den Motor verstummen.

Bärbel starrt in den Rückspiegel, ihre Zähne auf der Unterlippe, fährt diese hin und her. Sie hat ihren Kopf weit in den Nacken gelegt und beobachtet das geparkte Auto.

Die Fahrertür öffnet sich. Gregor steigt aus. Er schlägt die Tür zu, verschließt sie, dass die Blinker aufleuchten, und guckt sich in der Gegend um. Seine Finger tanzen, er wippt mit dem Fuß.

„Der hat doch was zu verbergen", behauptet Bärbel. Sie stößt Pitje mit ihrem Ellenbogen an, woraufhin dieser nickt und ebenfalls durch den Rückspiegel linst.

„Ich schätze, der Junge hat einfach nur ein Date", bemerkt Mo und widmet sich sofort wieder seinem Telefon. Er sitzt inzwischen quer und ausgestreckt auf der Rücksitzbank.

Gregor kontrolliert in der Seitenscheibe seine Frisur, glättet seine Augenbrauen, den Mehrtagesbart und das gemusterte T-Shirt mit V-Ausschnitt. Unter dem Strahlen der Abendsonne schwenkt er wie ein Ganter, der seine brütende Dame bewacht, seinen Kopf durch die Umgebung. Fahrig nestelt er an sich herum, am Shirt und der weißen Jeans. Dann kniet er sich hin und kontrolliert die Schnürsenkel der Sneakers. Er trägt welche, die wieder wie E-Autos aussehen. Er erhebt sich und streckt sich aus, während von hinten ein langer Mann heranschleicht. Mit vorsichtigen Schritten nähert sich dieser. Gut erkennbar, dass er beim Aufsetzen der Füße akustisch unentdeckt bleiben will.

„Da tut sich was", kommentiert Bärbel die Szene, als wenn Pitje es nicht selbst sehen könnte.

Der Mann breitet seine Arme aus.

Pitje nimmt den Türgriff in der Hand. Sein Körper spannt sich an, als rechne er damit, dass er eingreifen muss.

Bärbel schluckt geräuschvoll. Und dann hält der Mann dem Greiner Gregor von hinten die Augen zu, exakt in dem Moment, als Pitje sagt: „I kenn den!"

Gregor weht ein Lächeln durchs Gesicht. Er greift nach den Händen.

„Des is der Krüger!", piepst Pitje.

Krüger schmiegt sich an Gregor, während sich dieser langsam umdreht. Es kommt zu einem inniglichen Kuss zwischen den beiden Männern.

„Der Krüger von der Kripo", ergänzt Pitje und reißt die Augen auf. Er rupft sich ob der Verwunderung das Kopftuch und die breite Sonnenbrille, Typ Paris Hilton, vom Kopf und hängt sich ohne Tarnung aus dem geöffneten Seitenfenster. Vielleicht irrt er sich und es ist doch nicht Hagen Krüger von der Kripo. „Ja mei, er isses. Des is der Krüger", bestätigt Pitje und wirft sich zurück ins Auto.

„Ich sagte doch, der Junge hat ein Date", entgegnet Mo, guckt ganz kurz vom Smartphone auf und verzieht die Mundwinkel gelangweilt nach unten.

„Der Krüger und der Greiner Gregor", sagt Pitje und staunt.

„Glaubst du die machen gemeinsame Sache?"

„I woiß es net." Pitje schnauft.

„Was, wenn sie die Ermittlungen boykottieren?", erwidert Bärbel.

„Des is ma vui zvui", keucht er und durchkämmt seine welligen, dunklen Haare mit den Fingern.

„Du musst unbedingt in Erfahrung bringen, wie lange die zwei schon ein Paar sind", bettelt Bärbel. „Kannst du dich bei deinen Kollegen mal umhören? Vielleicht ist das geheim. Vielleicht weiß niemand von ihrer Beziehung."

„Das sieht jetzt nicht nach Heimlichtuerei aus", mischt sich Mo ein und lässt seine Augenlider flattern.

„I hör mi um", entgegnet Pitje. Dann schreckt er auf – ein Martinshorn erklingt. „Des bin i. Des is des Dienschttelefon", erklärt er und durchwühlt die zig Taschen des geliehenen Overalls. „Herrschaftszeiten!" Er greift zunächst nach seinem Privatgerät und hält einige Moves später das Diensttelefon in seiner linken Hand.

„Musst du heute noch arbeiten?", erkundigt sich Bärbel.

„Naa!" Er schüttelt seinen Kopf.

„Dann geh bloß nicht ran", sagt Bärbel. Sie weiß genau: Eine zu große Arbeitsbereitschaft in Kombination mit einer ununterbrochenen Erreichbarkeit werden schnell ausgenutzt. Doch zu spät.

„Polizeihauptmeister Benedikt Weiler", japst er ins Gerät, das kaum größer als ein Taschentuchpäckchen ist.

„Servus, Michi!" Pitje legt sich einen Finger vor die Lippen. „Wos sogsch'st?" Er sperrt seine Augen auf. „Ja, mei!" Bewegt sie von einer zur anderen Seite. „Guad, schee, i komm!" Pitje senkt seinen Kopf. Er legt das Telefon auf dem Schoß ab, dort, wo schon das andere liegt. Ein Seufzen verlässt seinen Körper. Er schüttelt seinen Kopf. „Des gibt's net", murmelt er.

„Was ist passiert?" Bärbel klingt besorgt. Sogar Mo zeigt Interesse und unterbricht den Chat mit seiner Franzi.

„I dorf's net verzählen." Er wiegt seinen Kopf hin und her, kneift die Augen zusammen und presst seine Lippen aufeinander. „Wos soll's?! I dürft au gor net hier soa", fügt er an und macht eine wegschiebende Handbewegung. „Der Allgäu-Park muss evakuiert werden", erklärt er auf Hochdeutsch. „Jemand hat das Trinkwasser vergiftet. Ein Schnelltest hat ergeben, dass es dasselbe Gift wie in den Teichen vom Heuser Bertl ist."

„Ach du Scheiße", platzt es aus Bärbel heraus. „Du
weißt schon, dass der Allgäu-Park den Schmidhubers
gehört, oder? Der Kogler Schorsch nennt die Hochhäuser Schmidhuber-Tower."

„Wos? Naa, des wusst i net", erwidert Pitje. „Schmidhuber-Tower", wiederholt er und mustert Bärbel mit
hochgeschobenen Augenbrauen.

„Ich ruf den Schorsch an. Sicher stürmen sie jetzt seinen Campingplatz", erklärt Bärbel.

„I muss mi umzieh'n. Färsch'st mi heim?"

„Natürlich." Schon startet sie den Motor und lenkt
das Auto über die Straße am Parkplatz und am kleinen
französischen Restaurant vorbei, wo Hagen Krüger
und Gregor Greiner gerade Platz nehmen.

Vor Pitjes Haus tritt Bärbel auf die Bremse. Der VW
stoppt, sein Motor stottert. Pitje öffnet die Tür. Sein
rechtes Bein steht schon draußen auf der gepflasterten
Auffahrt.

„Dankschee." Er zwinkert ihr zu. Ehe er aussteigt,
beugt er sich zu ihr herüber und gibt ihr zur Verabschiedung ein Küsschen auf die Wange.

„Moment mal", protestiert sie.

Mo hält sich die Augen zu. „Lalala", singt er.

Pitje schlägt die Tür zu und Bärbel gibt Gas.

„Sag nichts", fährt sie Mo an und ermahnt ihn durch
den Rückspiegel.

Er lacht und verteilt Luftküsse.

„Ich will nichts hören." Bärbel schnaubt. Eine Weile
beherzigt Mo ihr Sprechverbot. Bis er schließlich sagt:
„Ich komm zu dir nach vorne." Er klettert von hinten
auf den Beifahrersitz, schnallt sich an und grinst seinem Telefon entgegen.

Als sie und Mo durch Fichting-Au am Baumarkt vorbeifahren, läuft ihr ein angetrunkener Alois vor das Auto. Im letzten Augenblick bremst sie. Ein Hau, ein Ruck, dass sich Brustbein und Sicherheitsgurt mit einem Hauruck kennenlernen.

„Spinnt der", schimpft sie.

Mo sucht im Fußraum nach seinem Telefon.

Alois zieht ohne Vorwarnung auf die Straße und sein strubbeliger Hund folgt ihm. Nun stehen beide vor der Stoßstange des alten VW und glotzen unsortiert.

„Zebrastreifen, du blöde Kuh", fischt Bärbel aus seinem dialektalen Verbalangriff heraus.

„Nein! Hier ist kein Zebrastreifen", entgegnet sie und schlägt auf das Steuer.

Hinter ihr, ein kurzer Abgleich im Rückspiegel, steht ausgerechnet der Reppenschläger Dominik, der sich wie ein durchgeknallter Amokläufer mit seiner Hupe prügelt. Pick-ups haben sehr sehr laute Hupen.

Bärbel wächst ein Flaum aus Schweiß aus ihrem Haaransatz. „Geh weiter", meckert sie winkend und hängt sich aus dem geöffneten Seitenfenster. Dann dreht sie sich herum. „Guck doch hin! Soll ich ihn überfahren?", keift sie den alten weißen Mann an, der hinter ihr in seiner höhergelegten Karre eskaliert. „Arschloch", schimpft sie.

Dann endlich schlurfen Hund und Mann von der Fahrbahn. Im Weggehen behauptet Alois noch einmal, dass er im Recht ist und Bärbel einen Zebrastreifen übersehen hat. *Meinetwegen*, denkt Bärbel und beobachtet, während sie das Gaspedal in Richtung Fußmatte drückt, wie der betrunkene Bergbauer auf ein klappriges Fahrrad steigt.

„Wie es nur so weit kommen kann", murmelt Mo. „Der ist mehr als einmal in seinem Leben falsch abgebogen." Er seufzt und klingt dabei irgendwie mitfühlend. „Hoffentlich kommt er gut nach Hause."

„Er hat ja seinen Hund dabei", retourniert Bärbel, als ob das irgendeinen Sinn ergäbe. Ihre Gleichgültigkeit lässt sich nicht verbergen.

Mo zischelt empört.

„Ich kann jetzt nicht hinterherfahren", erklärt sie. „Ich muss zum Campingplatz. Außerdem muss ich diesen Riesenarsch hinter mir loswerden." Wie ein Dampfhammer stampft sie gegen das Gaspedal und befürchtet schon, dass ihr noch eine Verfolgungsjagd bevorsteht. Doch ihre Befürchtung bleibt unerfüllt, denn Mos alter VW hat es noch drauf. Spritzig und flott - addiert mit Bärbels Fahrkünsten – saust sie Dom Rep in seinem röhrenden Panzer davon.

Vor der Auffahrt zum Campingplatz macht Bärbel eine Vollbremsung. Sie steht im Stau! Und staunt. Mo verliert die Kontrolle über seinen Unterkiefer. Rote Bremslichter von unzähligen Wohnmobilen und Wohnwagen reihen sich vor ihr auf. Gerade öffnen sich die Türen des Campers, der direkt vor ihnen steht. Vom Beifahrersitz eilt eine kleine, dünne Frau mit grellroten Haaren und grauem Ansatz ums Fahrzeug herum. Gleichzeitig verlässt ein Mann in beiger Anglerweste mit beiger Haut den Fahrersitz.

„Fahr du doch", schimpft dieser, als sie sich auf halber Strecke hinter dem Fahrzeug begegnen und stapft zur Beifahrertür. Bums. Tür zu. Bums. Die Frau schiebt sich hinter das Lenkrad.

„Et Viola." Bärbel schnauft. „Szenen einer Ehe." *Ich bereue nicht, dass ich nie geheiratet habe.*

„Ich wollte eigentlich noch zu Franzi", erklärt Mo auf einmal.

„Weißt du was?" Bärbel dreht sich zu ihm. „Fahr ruhig. Ich gehe den Rest zu Fuß. Hier ist eh kein Durchkommen." Sie steigt aus und Mo turnt über die Mittelkonsole auf den Fahrersitz.

„Hab dich lieb", erklärt er.

„Ich dich auch!"

Während Mo nach einer gekonnten Dreipunktwende die Auffahrt des Campingplatzes verlässt, sucht Bärbel schnellen Schrittes nach Schorch. Sie hatte ihn telefonisch kontaktiert und verbal auf den eventuellen Besucheransturm, der jetzt zu einem definitiven geworden ist, vorbereitet. Sie rennt neben den drängelnden Kolossen her und begibt sich an den vereinbarten Treffpunkt. Als sie sich noch einmal umdreht, sieht sie, dass sich nun auch der Pick-up des alten weißen Mannes hinten einreihen muss. Ein Grinsen erfasst ihre Lippen.

„Schorsch, Servus!" Bärbel hechelt gehetzt.

„Bärbele", antwortet er. Obwohl die Dämmerung ihre Schicht noch nicht offiziell angetreten hat, hat Schorsch die Beleuchtung von sparsam funzelig auf verschwenderisch grell getunt. Er steht vor dem sonst so verwaisten Kiosk. Der kleine Brunnen mit dem frischen Bergquellwasser gurgelt und sprudelt im Hintergrund.

„Dankschee, des du mi ong'rufen hosch'st."

„Sehr gerne", erwidert sie und wundert sich doch sehr, da es im Hintergrund nicht nur gurgelt und sprudelt, sondern auch nach frittierten Fritten riecht. *Der ist aber auf Zack. Als wenn er es geahnt hätte.* Sie spinkst an ihm vorbei und entdeckt die bestückten Kühlschränke. „Für einen, der seine Geschäftsaufgabe plant, bist du aber gut vorbereitet." Sie grinst ausgesprochen freundlich, um die Behauptung, die in ihrer Aussage mitschwingt, prophylaktisch zu entschärfen.

Schorsch wirkt für einen kurzen Augenblick angezählt, neun, acht, sieben, dann berappt er sich wieder. „Des Festival", entgegnet er und grinst ebenfalls ausgesprochen freundlich. „I hob ois scho do, weisch'st?!"

„Hm, na klar." Bärbel nickt, während sie aus seinem Gesicht Folgendes abliest: *Gut, das mir das noch eingefallen ist.*

„Kommst du zurecht?", fragt sie. Sie ist trotz oder gerade weil ihr die Situation sehr verdächtig vorkommt, bereit, ihn zu unterstützen.

„Der Dominik kommt glei."

„Ja", raunt sie. „Habe ihn gerade getroffen. Ich geh besser mal." Schon zuckelt sie in Richtung der Datschen und landet nachdenklich auf ihrer Veranda.

„Ach was", flüstert sie mit den Ellenbogen auf der zaunähnlichen Umrandung abgestützt, als sie Licht in der Ferienunterkunft der Brandners entdeckt. „Da sind sie ja. Aber zu spät. Die Fässer sind weg", wispert sie im Selbstgespräch.

Im Inneren ihrer Datscha zum offiziellen Schichtbeginn der Dämmerung stellt sie sich mit verschränkten Armen vor ihre Crime Wall. Sie seufzt. Auf eines ihrer vorbereiteten Pappkärtchen skizziert sie den Krüger von der Kripo, pinnt es neben Gregor Greiner und verbindet die beiden mit einem Herz. Das rote Stopfgarn hält sie in der Hand. Doch wohin damit, fragt sie sich und sieht umher. Wo ist die Verbindung? *Alles nur Spekulation. Beweise habe ich keine. Obwohl ich mir ziemlich sicher bin, dass der Schorsch von der vergifteten Wasserleitung im Schmidhuber-Tower wusste. War er es vielleicht sogar selbst? Und wenn ja, hat er auch die Teiche vom Bertl vergiftet? Ich weiß es nicht.*

„Kacke", flucht sie. Und plötzlich muss sie an Alois denken. Kein schöner Gedanke! Aber es war schön zu hören, dass sich Mo um seine Mitmenschen sorgt. Er wäre am liebsten hinterhergefahren. „Er hat ja seinen Hund dabei", wiederholt sie leise ihre Reaktion und klatscht sich die Hand gegen die Stirn, als sie beschließt, zu Alois zu fahren, um nach ihm zu sehen.

Wrumm. Ihre Maschine spurt. Der Scheinwerfer leuchtet direkt auf den leblos im hohen Gras liegenden E-Scooter. Sie lenkt das knurrende Gefährt über den inzwischen ausgebuchten Campingplatz, auf dessen Zufahrt weitere mobile Wohneinheiten um Einlass bitten.

„Zwei in eine", wiederholt sich Schorsch ununterbrochen und wedelt mit den Armen wie ein hyperaktiver Dirigent. „Damit es passt, immer zwei Wohnwagen in eine Campingbucht", ruft er auf Hochdeutsch durch die Dämmerung, während Dom Rep am Kiosk Fritten und Cola im Akkord verkauft.

Bärbel braust über die B 12. Wäre der kühle Fahrtwind vorher mit ihr in Kontakt getreten, hätte er ihr einen Pullover empfehlen können. Doch zu spät. Sie trägt ihr geliebtes Heidi-Kabel-T-Shirt.

Nun steht ‚In Hamburg sagt man Tschüss' auf ihrer Brust.

Sie ist in Fichting-Hof angekommen und fährt gerade an einer der beiden Kirchen vorbei. Vor ein paar Tagen, um von Tür zu Tür zu gehen und das ganze Dorf zur Gedenkveranstaltung einzuladen, hat sie dort ihr Bonanzarad abgestellt. *Doch heute nicht,* denkt sie, weil ihr der beschwerliche Weg zu Alois' Hütte noch gut in Erinnerung geblieben ist.

Mit langsamer Geschwindigkeit durchquert sie den Ort mit der Absicht, am Ende der Siedlung den aufsteigenden schmalen Wiesenpfad zu nehmen. Sie biegt auf den Ziehweg ein und erschrickt, als sie ein lautes Knattern wahrnimmt. Unter dem Helm schwenkt sie ihren Kopf von rechts nach links. Sie sieht nichts. Doch dann wird das Knattern immer lauter und ein schwarzes Ungetüm rollt ihr entgegen. Es kommt direkt aus der Dämmerung.

„Hey", brüllt sie. Doch der Trecker ohne Licht hält einfach auf sie zu. Bärbel fährt scharf nach rechts und rettet sich mitsamt dem kleinen Motorrad ins Gras, indem sie sich fallen lässt. Der Scheinwerfer leuchtet die Wiese aus und lässt Insekten aufsteigen. Während das Knattern und Röhren der alten Landmaschine knapp an ihr vorbeizieht, gelingt ihr ein Blick auf den Fahrer. *Donnerwetter. Es ist Alois.*

Ihr erster Gedanke: *Alois beherrscht das Fahrrad auch im Suff.*

Ihr zweiter Gedanke: *Er ist ganz offensichtlich gut nach Hause gekommen.* Sie lächelt. *Mission erfüllt.*

Doch als sie Fässer auf dem kleinen Anhänger entdeckt, den der Traktor hinter sich herzieht, fällt ihr etwas anderes ein. Sie überlegt, ob sie ihm folgen oder seine Abwesenheit nutzen und sich in seiner geheimnisvollen Hütte umsehen soll. *Umsehen, definitiv umsehen.*

Sie richtet sich und die Maschine auf, knipst die Scheinwerfer aus und fährt Höhenmeter um Höhenmeter steil bergauf. Sie genießt die Aussicht in den wolkenlosen Abendhimmel, der durch sein grelles Orange aufdringlich für Romantik wirbt. Bärbel war lange nicht romantisch und für einen Rückfall gibt es gerade jetzt keinen Grund. Sie folgt dem Weg, der immer schmaler wird und letztlich komplett unter dem Gras verschwindet. Wenige Meter vor der Hütte stoppt sie. Mit ihrem Fuß klappt sie den Ständer aus. Sie schlüpft aus dem engen Helm, steigt ab und sieht sich in der dunkelnden Umgebung um. Kühe, Wiese und Licht in der Hütte. Nichts, was auf den ersten Blick verdächtig scheint. Auf den ersten Blick! Doch als sie einen zweiten Blick wagt und vorsichtig in die Hütte linst, die Tür krächzt und schleift, wird ihr Verdacht plötzlich riesengroß.

„Was machst du denn hier?", gickst sie und wirft sich eine Hand vor den Mund.

„O weh", antwortet ein angesoffener Bertl Heuser und rülpst vollmundig.

‚Schulz' hätte Bärbel für gewöhnlich entgegnet. Doch gewöhnlich ist die Situation gerade nicht. „Alle suchen dich! Was machst du hier? Hält Alois dich gefangen? Erpresst er dich? Hat er die Teiche vergiftet? Bist du verletzt?" Die Fragen hageln ungebremst aus ihr heraus und sie hat noch weitere im Köcher.

„O weh", macht der Biomarkt- und ehemalige Fischteichbesitzer noch einmal. Er sitzt zusammengekauert an einem rustikalen Holztisch, auf dem Gläser, Bier- und Schnapsflaschen in Reihe geschaltet sind. Wenn ein Glas kippt, wird daraus der Domino Day.

„I gesteh", lallt er. „I gesteh ois. I hobs dem Alois g'sogt, i konn net länger lügen. I konn net. I konn net mehr!" Er wiederholt sich wieder und wieder, schüttelt seinen Kopf und bricht schließlich in Tränen aus. Hätte er diesen Flaschenhals nicht unter seine Stirn geschoben, sein Kopf wäre auf die Tischplatte gedonnert.

Bärbel greift sich ihr Telefon. Mit wippenden Knien lauscht sie ungeduldig dem Verbindungsaufbau. „Pitje?", poltert sie. „Komm bitte sofort zum Alois in die Hütte. Allein!"

„Is wos p'ssiert? Bisch'st in G'fohr?" Pitje japst, als käme er gerade aus der Kletterhalle. Die Angst in seiner Stimme hört Bärbel sofort.

„Komm einfach schnell her. Ich brauche dich hier."

„I fohr s'fort los. Hörsch'st, i bin glei doa." Dann kracht und krächzt es. Bärbel vermutet, dass Pitje das Telefon aus der Hand gefallen ist. Tut, tut, tut.

Auch die Angst in ihrer eigenen Stimme hat Bärbel wahrgenommen. Sie gibt zu, sie fürchtet sich. Nicht vorm Heuser Bertl, der ist harmlos, angesoffen und beichtfreudig, sondern vorm Alois, der theoretisch und auch praktisch jeden Augenblick zurückkehren kann.

„Ich hab den Pitje gerufen", erklärt sie.

„Wen?"

„Polizeihauptmeister Weiler", korrigiert sie sich. „Wo fährt der Alois hin?" Sie setzt sich neben dem Weinenden auf die Sitzbank, die keine Rückenlehne hat.

„Fässer weg", antwortet er.

Bärbel hat keinen Zweifel, dass er tatsächlich und absolut bereit ist, die Wahrheit zu sagen, wie auch immer die aussehen mag.

Die Minuten fühlen sich wie Stunden an. Bärbel wippt ununterbrochen mit dem linken Bein, während Bertl ununterbrochen weint. *Jeden Augenblick muss Pitje da sein*, beruhigt sie sich selbst.

Mit schwächelnder Auge-Hand-Koordination beugt Bertl sich zu einer Bierflasche vor.

„Das lässt du besser", befiehlt Bärbel und verlegt den Standort der braunen Flasche auf den Fußboden, da sie auf dem vermüllten zugestellten Tisch gerade keinen Platz findet. „Ich koche dir einen Kaffee." *Irgendetwas muss ich schließlich tun.*

Sie erhebt sich, macht drei Schritte, duckt sich unter den herabhängenden Fliegenfängern weg und bewegt sich bis zur Kochnische vor. Auch auf der kleinen Arbeitsfläche stehen Geschirr, leere Flaschen und noch mehr leere Flaschen. Es klirrt. Bärbel sucht nach etwas, das nach einer Kaffeemaschine aussieht.

„Gervais Obstgarten", liest sie vor und hebt einen ausgekratzten Plastikbecher in die Höhe. *Den gibt's doch gar nicht mehr.* Sie schüttelt den Kopf. In einem der maroden Oberschränke entdeckt sie schließlich einen Kaffeefilter aus Porzellan. Ein geschwungener Schriftzug – ‚Melitta' - ziert das weiße Küchenutensil. Beim Öffnen hält sie plötzlich die Schranktür in der Hand.

‚Hoppla' und ‚Scheiße' murmelt sie. Sie kneift ein Auge zu und schiebt ihre Unterlippe vor. *Wohin damit?* Sie sieht sich suchend um. Schließlich stellt sie die Tür auf den Boden neben das Trockenfutter für den Hund, dass unangenehm in einem Zwanziglitersack ausdünstet. *Wo ist der Hund überhaupt*, rätselt sie. *Nicht hier*, stellt sie fest und sucht in den kleinen Schubladen, die sich bei jedem Zug verkanten, nach Filterpapier.

„Et Viola!", tönt sie und befüllt den verschmutzten Wasserkocher, der selbst am Außengehäuse verkalkt ist. *So könnte ich nicht leben.* Sie blickt sich um. Es ließe sich viel mehr aus dieser Hütte machen. An den Wänden hängen die blind gewordenen Reste von Play-boy-Postern und ein Pirelli-Kalender aus dem vergangenen Jahrhundert. In einer Nische steht Alois' Bett, Modell uriges Altholz, dessen Matratze viele dunkle Flecken aufweist, die nach Schwarzschimmel ausse-hen. Die Haut eines kompletten Gänseschwarms verteilt sich über Bärbels Körper. Sie schüttelt sich. Weder das Kopfkissen noch die Bettdecke sind von einem Bettbezug umhüllt und unter ihren Schuhen knirscht und knarzt der Dreck.

„So Bertl, hier ist dein Kaffee." Sie musste den gepunkteten Becher erst abspülen – danach hatte er keine Punkte mehr - und platziert ihn nun vor Bertls verheultes Gesicht. „Trink. Das wird dir guttun."

„Dankschee", nuschelt dieser mit zittriger Stimme und umschließt die Tasse mit beiden Händen.

Bärbel horcht auf. Sie dreht ihren Kopf in Richtung der Geräuschquelle, die sie aus der Ferne wahrzuneh-men glaubt. *Glauben oder hören,* fragt sie sich. *Eindeutig hören!* Sie nimmt ein Motorengeräusch wahr. *Lass es den Pitje sein, lass es den Pitje sein,* bettelt sie.

„Bin gleich wieder da." Bärbel huscht nach draußen. Die Dämmerung ist inzwischen zur Dunkelheit geworden. Sie starrt hinab in Richtung der sich auf den Hügel arbeitenden Scheinwerfer. *Trecker oder Skoda?* Sie starrt, rundet ihre Augen und beißt sich auf den Zeigefinger, auf dass sie Gewissheit erlangt. *Trecker oder*

Skoda? Das Modell des näherkommenden Fahrzeuges entscheidet über Frieden oder Krieg.

„Ah“, macht Bärbel und seufzt erleichtert. „Beides. Trecker und Skoda.“ Gerade erkennt sie, dass dem einem Scheinwerfer-Paar noch ein zweites folgt. *Perfektes Timing, Pitje!*

„Wos mocht die hier?“, keift Alois, als er von seinem Traktor springt. Fast hört man das Knacken seiner maroden Knie bei der Landung. Sein strubbeliger Hund, der sich zunächst ausgiebig kratzt, folgt ihm. Alois stürmt auf Bärbel zu und schimpft dialektal, regional und asozial. Bärbel weicht Schritt um Schritt zurück. Fast stolpert sie, während der Bergbauer seine Fäuste ballt und die Mundwinkel mitsamt dem Bart hinunterzwingt. Sein Hund schleicht um ihre Beine wie eine bedürftige Katze und reibt sich an ihr.

„Alois!“, mahnt Pitje, der sich mit einer Abwehrgeste vor Bärbel stellt. „Reiß di z'samma.“

„Und wenn i ihr sein Shirt scho seh, des is Provokation“, faucht er. Beinahe verausgabt er sich bei dem Versuch, Hochdeutsch zu sprechen. Alles, damit Bärbel jede noch so kleine verbale Feindseligkeit mithören kann.

„Is a Ruha nu“, tönt Pitje maximal dominant mit fester, lauter Stimme. Er stellt sich hüftbreit und stützt seine Hände auf dem starren Koppelgürtel ab.

Selbst Bärbel fühlt sich zu einem Achtel eingeschüchtert, obwohl sie nur seinen Hinterkopf betrachten und den eisigen Gesichtsausdruck gar nicht sehen kann.

Alois, zu mehr als Dreiviertel eingeschüchtert, verstummt sofort. Seine Atemzüge verursachen ein

Schnaufen wie das einer Museumslok, so wütend erregt ist er.

„Hock di do hi", befiehlt Polizeihauptmeister Benedikt Weiler. In diesem Augenblick, das sieht auch Bärbel ein, ist er genau der und nicht Pitje Puck, der spaßige Uniformträger.

Alois gehorcht knurrend und setzt sich auf den ihm zugewiesenen Hackklotz.

„Du, hock di do hi." Sehr viel ruhiger, mit Wärme und Fürsorge in der Stimme und einem Zwinkern im Augenwinkel, bietet er Bärbel den alten Karren an, der rechts vor der Tür steht und früher einmal, als Alois noch mehrere Sennenhunde besaß, dem Transport von Milchkannen diente.

„I geh nu zum Bertl rein", verkündet Pitje. „Hier draußen is a Ruha!"

Alois und Bärbel nicken.

Durch die offenstehende Hüttentür dringt Licht, dass die dunkle Umgebung fast schon stimmungsvoll ausgeleuchtet wird. Der flackernde, schwacharbeitende Außenstrahler ähnelt dem Flammenspiel einer Kerze. Bärbel seufzt. Alois' Hund schleppt sich zu ihr herüber. Er legt sich ebenfalls seufzend vor ihren Füßen ab. *Ach, was soll's?!* Sie beugt sich hinunter, um den verfilzten Pelzträger zu streicheln. Sofort dreht sich dieser auf den Rücken und schließt genießend seine braunen Augen.

„Wie heißt er eigentlich?", rutscht es Bärbel plötzlich heraus. Sofort ärgert sie sich. *Ich werde eh keine Antwort bekommen.*

„Ratzeputz", entgegnet Alois jedoch, wenn auch mit etwas Verzögerung.

Bärbel ist ob des Namens wenig erstaunt. Sofort denkt sie an einen Kräuterschnaps, der ebenfalls so heißt. „Schöner Name", lügt sie. „Passt zu ihm."

„Hm", erwidert Alois.

„Ich weiß, dass du mich nicht leiden kannst", erwähnt sie. „Ich kann dich auch nicht leiden."

„Hm."

„Aber man muss sich nicht mögen, um Frieden zu schließen." Alois bleibt still.

„Also, wollen wir?", fragt sie leise nach.

„Wos?", erkundigt sich der Bergbauer scharf. Scharf, doch auch sehr vorsichtig und zögerlich.

„Frieden schließen."

„Ja mei, worum net", erwidert er schließlich.

Bärbel erhebt sich und stakst die wenigen Schritte zu ihm hinüber. Ratzeputz schlurft hinter ihr her. Sie bringt sich vor dem ledernen Bauern in Position und streckt ihre Hand in seine Richtung, dass er nur noch zuzugreifen braucht.

Und das tut er schließlich auch. Seine harte, unflexible Pranke, hart und unflexibel wie die Sohle eines Barfußläufers, liegt in ihrer Hand und sie blickt ihm für etwa eineinhalb Sekunden in die Augen. Dann lassen sie wieder voneinander ab.

„Frieden?"

„Frieden!", antwortet Alois. „Weisch'st", nuschelt er und blickt hinunter. „I hob di Moni sehr gern g'hobt. I vermiss sie."

Das ist mit großem Abstand das Gefühlvollste, was Bärbel je von Alois gehört hat. Während sie das realisiert, wischt sie ihre Hand wieder und wieder am rechten Hosenbein ab. Sie kann sich nicht entscheiden, ob wegen des Hundes oder des Handschlags.

„So, also!" In dem Augenblick tritt Pitje aus der Hütte ins Freie.

Bärbel, gerade noch von Alois' gefühlvollen Bekenntnisses benommen, zuckt zusammen.

„I woiß, des du dem Bertl wegen die Fässer g'holfen hosch'st", äußert der Polizeihauptmeister und wendet sich zu Alois.

Alois schweigt.

Bärbel gibt sich unbeteiligt und beugt sich zu Ratzeputz hinunter. Sie massiert dem Rüden die Brust.

„Bertl g'steht ois, wenn i di aus der Sache rauslasse", fährt er fort und rollt das R wie ein geschickter Skater auf dem Supermarktparkplatz in Fichting-Au.

Alois nickt. Er lässt sich seine Rührung nicht anmerken – wenn er denn gerührt ist.

„Die Fässer wird eh niemand finden", erklärt er mit seinem unverkennbar harten Dialekteinschlag.

„I werd den Bertl morgen in der Früh hier abhol'n." Pitje nickt Alois zu. „Erscht amoi muss er nüchtern soa."

Ich kann es kaum erwarten, mich mit Pitje auszutauschen. Bärbel fährt mit ihrer kleinen Maschine über den Kiesweg des Campingplatzes. *Verbal! Verbal austauschen natürlich nur.* Der Stau hat sich aufgelöst. Überall parken Reisefahrzeuge, aus dessen Fenstern gedimmtes Licht hervorscheint. Was einer Stimmung nahekommt, die sonst nur auf Weihnachtsmärkten herrscht.

Sie fährt am Kiosk vorbei, hebt ihre Hand, winkt Schorsch und bremst wenig später vor ihrer Datscha ab. Kaum, dass sie von ihrer Maschine steigt, hört sie Schritte auf sich zukommen.

„Do bin i scho", murmelt Pitje und grinst.

Sie fährt herum, zieht ihren Kopf aus dem Helm und grinst ebenfalls. „Komm rein."

Pitje streift sich auf Bärbels Fußmatte die Schuhe ab und folgt ihr.

Knips. Die Stehlampe leuchtet. „Kann ich dir was anbieten?", ruft Bärbel aus dem Badezimmer, nachdem Pitje sich gesetzt hat. Sie wäscht ihre pelzigen Hände unter heißem Wasser mit drei Portionen Flüssigseife.

„Hosch'st no von diese Passé?", fragt er nach.

Bärbel schüttelt den Kopf, als sie zurück ins Wohnzimmer kommt und mit ihren Armen in einer Strickjacke verschwindet.

„Schaad!"

„Ich hab was anderes", erklärt sie mit erhobenem Zeigefinger und stürmt in ihre kleine Küche. Bärbel legt Butterkekse, Schokocreme, zwei Frühstücksteller und Messer auf den Wohnzimmertisch und klopft mit ihren dünnen Fingern einen Rhythmus auf das Holz. Sie hebt ihre Brauen und zuckt mit dem Kopf. „Komm schon, ich bin scharf auf deine News." Pitje räuspert sich, dann öffnet er seinen Mund und schüttelt zackig den Kopf. Sogleich erstattet er Rapport· „Bertl verzählte, dos er vom Schmidhuber-Clan e'presst worden isch."

„Das dachten wir uns ja schon." Bärbel nickt, während sie aufmerksam zuhört.

„Die Schmidhubers hom Schutzgeld von iam v'longt. Wos Bertl net zohl'n wollt." Pitje reibt sich die Lippen, dann fährt er fort. „Drum hot der Senior soane

Funditos g'schickt, die den Bertl mehr und mehr unter Druck g'setzt hom."

„Was sind das für Menschen?" Bärbel schüttelt ihren Kopf.

Auch Pitje schüttelt seinen Kopf. Mit dem Unterschied, dass er wieder ulkig seinen Mund öffnet. „Trotzdem, er hielt d'gegen. Er weigerte sich. I sog's dir, oane horte Nuss, der Heuser Bertl", fasst Pitje zusammen.

„Mh", entgegnet sie und rafft ihre Strickjacke vor der Brust zusammen. „Der Bertl war einer der letzten Selbstständigen im Ort, der sich nicht erpressen ließ", bestätigt sie.

„Drum drohten sie damit, seine Fische abzuschöpfen und sie selbst zu verkaufen", erklärt Pitje und spricht Hochdeutsch. „Bevor das passiert und bevor er sich erpressbar macht, meinte er, hat er sie sozusagen geopfert und vergiftet." Pitje beißt gerade von seinem selbstdekorierten Schokokeks ab, der daraufhin in zig kleine Stücke zerfällt und schokoseitig auf dem Boden landet. „Ja mei", flucht er und guckt entschuldigend.

„Nicht schlimm", entgegnet die gespannte Zuhörerin und macht eine wegwischende Handbewegung, die auch dem Boden gut gefallen würde.

„Die Fässer hot er bei die Brandners zwischeng'lagert. Die ham oanen Biomarkt in Stuttgart oder wo. Die kenna sich über so oan Einzelhandel-Bio-Trallala-Treffen. Die san b'freundet, glaub i. Drum hot er dera Schlüssel und schaut bei dena nach dem rechten. So weiß Bertl imma au glei, wann sie herkomma."

„Verstehe." Bärbel nickt. Sie grinst auch ein kleines bisschen, weil Pitje spannend erzählen kann und eine schöne tiefe Sprechstimme hat.

„Nachdem sich die Brandners an'kündigt ham, hot er die Fässer zum Alois bracht und sich dort v'rsteckt.“

„Wusste nicht, dass die sich so gut verstehen.“

„Ja mei, der Bertl mit dem Alois und dem Schorsch, die ham so a Verbindung. I glaub net, dass die Spezl san. Die san halt die Letzten im Ort, die si net erpressen ließen. Die letzten Überlebenden sozusog'n. Des schweißt z'samma, weisch'st?“

„Ja, klar“, erwidert sie und schiebt sich einen ganzen Butterkeks in den Mund, damit er nicht zerbröseln und mit der Schokoseite auf dem Boden landen kann.

„Heut in der Früh kam Bertl auf die Idee, z'rück zu schlogen, drum hot er b'hauptet, die Wasserleitungen im Schmidhuber-Tower v'rgiftet zu ham.“

„Behauptet?“, fragt Bärbel und knuspert ihren Keks.

„Jaa, des wor nix. Oane Finte. Der hot oane folsche Spur g'legt. Wie bei oane Bombendrohung. Nur des mia evakuieren miassen.“

„Ach was?!“

„Er hot nur a kloane Giftprobe do g'lassen, dos sie a g'funden wird. Mehr net. Ois guad.“

„Was geschieht nun mit ihm?“ Bärbel kaut immer noch.

„Morgen in der Früh wird er auf die Wache komm'n und oane Aussoge moch'n, meinte er.“ Pitje nickt. Dann hebt er seinen Zeigefinger. „Allerdings, er g'steht nur, wenn ich den Alois und den Schorsch rausholte.“

„Die beiden wussten die ganze Zeit davon?“

„Genau woiß i des net. Er wollte nix sogen. Z'mindescht hot der Alois ihm g'holfa, die Fässer zu lagern und verschwinden zu lassen. Des is kloar.“

„Schorsch hat ganz aktuell auch keine Nachteile durch diese Aktion“, frotzelt Bärbel und zwinkert einäugig. „Naheliegend, dass sie gemeinsame Sache gemacht haben. Wenn er nicht davon wusste, würde es mich schon sehr wundern. Schorsch war auffällig gut auf den heutigen Ansturm vorbereitet.“ Sie blickt kurz und mit schmalen Augen auf ihre Crime Wall, die langsam zu einem Evidence Board wird – *Beweise! Beweise! Beweise!* -, dann fährt sie fort: „Ich kann’s dem Schorsch nicht verdenken. Auch ihm haben sie sein Geschäft durch abartige Dumpingpreise, Rufmord und Propaganda kaputtgemacht.“

„Wenn der Bertl gegen die Schmidhubers aussagt, vielleicht lässt sich ein Deal aushandeln. Sein Geständnis gegen Straffreiheit“, überlegt Pitje laut und ringt abermals ums Hochdeutsche. Er klingt nicht gerade wie ein Hannoveraner, aber immerhin wie ein Bayer, der sich redlich bemüht. „Wegen der Umweltverschmutzung droht ihm sicher eine Strafe. Aber eine Geldstrafe, keine Haftstrafe“, schätzt der Polizeihauptmeister realistisch ein.

„Safe!“ Bärbel nickt. Ein Gedanke fällt auf ihre jugendlichen Freunde in Fichting-Au.

Gemeinsam ziehen Pitje und Bärbel noch einige Strippen auf ihrem Evidence Board. Oben rechts in die Ecke, als nicht länger verdächtig markiert, pinnen sie Alois, Bertl und Schorsch und ziehen davon ausgehend das rote Stopfgarn bis rüber zu den Schmidhubers und den darunter befestigten Funditos.

Auch wenn Monis Mord noch immer nicht aufgeklärt ist, so können sie sich immerhin sicher sein: Es gibt keinen Zusammenhang zwischen Bertl Heusers vergifteten Fischen und Moni Schwärzels Tod. Sie starren, nachdem sie mit einem Rückwärtsschritt auf Abstand gegangen sind, auf die umdekorierte Leinwand.

„Das Einzige …“, beginnt Bärbel. „Das Einzige …“, wiederholt sie noch einmal mit Nachdruck. „Das einzig Auffällige ist, dass irgendwie alles bei den Schmidhubers zusammenläuft.“ Sie klopft nachdenklich mit dem Zeigefinger auf ihre Nasenspitze. „Ich bleibe dabei! Ich bin mir sicher, dass der Schmidhuber-Clan, ob direkt oder indirekt, etwas mit Monis Tod zu tun hat.“

Pitje und Bärbel stehen auf der Veranda, bereit, sich voneinander zu verabschieden. Den Kuss, den Pitje ihr auf die Wange gegeben hat, hat Bärbel nicht vergessen. Sie hält ihre Arme vor der Brust verschränkt und schiebt den Kopf weit in den Nacken. Pitje späht mit vorgeschobenem Haupt nach einer körperlichen Einladung, während seine Arme leicht schwingend an ihm herunterhängen.

„Du hörst dich um wegen dem Krüger von der Kripo?“, fragt Bärbel.

Pitje nickt und lächelt breit.

„Servus“, sagt Bärbel und nickt zackig, da ist ihr mit einem Mal nach einer Umarmung zumute. Ihr Körper zuckt, sie beugt sich vor. Vielleicht sind es die Lichtverhältnisse, vielleicht die Freude darüber, dass durch ihre Hilfe ein Fall gelöst werden konnte – wohl eher ein Fällchen, betrachtet man den Mord an Moni Schwärzel als das große Ganze.

Als hätte Pitje auf diese Einladung gewartet, fasst er nach ihr und schnappt sich Bärbel. Ihr gelingt es gerade noch, die Arme aus der Verschränkung zu lösen, da hat er seine schon um sie gelegt. Bärbel stößt mit ihrer

Körpermitte gegen seinen Bauch. Im Lustzentrum knipst Miss August, ehemalige Mitarbeiterin des Monats, das Licht an und fährt die Systeme hoch. *Hui!* Das Hui schießt ihr in den Kopf und macht die Wangen rot. Sie zieht ihre Arme eng um seine Uniform und legt ihren Kopf auf seinem ab. *Augen zu und genießen.* Sie fühlt sich gehalten … auf der einen Seite. Auf der anderen Seite fühlt sie sich zum wiederholten Mal hingezogen. In ihr wächst die Lust auf einen Bacchata, einen Lambada oder eine Salsa. *Wie komme ich aus dieser Nummer wieder raus?*

„Bee!", ertönt es plötzlich aus der Nähe. In Mos Stimme schwingt ein Vorwurf mit.

Mo! Bärbel zuckt zusammen. Augenblicklich löst sie sich aus der Verbindung und schreckt zurück. Sie guckt wie eine Vierzehnjährige, die von ihrer Mutter beim Rauchen erwischt worden ist. Beim Rauchen von Gras.

„Wie die Klammeraffen", kommentiert Mo die Umarmung, weil er Trockensex in Anwesenheit von Franzi und dem Polizisten nicht sagen mag. Er hat die Schmidhuber Franzi mitgebracht. In einer wehenden Taillenhose läuft sie neben ihm her und betritt soeben die massiven Holzbohlen der Veranda.

„Servus", grüßt Pitje sehr höflich, sich fast verbeugend.

„Servus, Herr Weiler", grüßt Franzi zurück. „Des trifft sich, dass mia uns hier begegnen."

„Was macht ihr hier?", erkundigt sich Bärbel. Ihre Wangen noch immer so rot, als hätte sie Rouge verstrichen.

„Mit dir reden", erklärt Mo. „Du solltest die Franzi doch anrufen."

„Stimmt ja." Bärbel schlägt sich die Hand vor die Stirn. „So viel zu tun", flunkert sie. Wenn sie ehrlich ist, sie konnte sich einfach nicht durchringen, mit der siebzehn Jahre älteren Sexualpartnerin ihres Buben zu quatschen. Ihre Unterhaltung vor Tagen im Adelweiß war wenig angenehm. Noch dazu hat sich Franzi Mo gegenüber illoyal verhalten.

„I möcht gegen meinen Mann aussog'n", ergreift Franzi entschlossen das Wort.

Na gut, denkt Bärbel. *Von Illoyalität keine Spur mehr.* Dennoch bleibt sie skeptisch. Sie reckt ihr Kinn vor und verengt die Augen.

„Des b'sprech mia besser herinnen", schlägt Pitje vor und sieht sich in der Umgebung um.

Und schon sitzen sie zu viert in Bärbels bescheidener Datscha, verteilt auf Schwingsessel, Ausziehsofa und dem quietschenden Klappstuhl, den Bärbel rasch aus der Küche geholt hat. Franzi, mit allerlei Klimperkram und glitzernden Armbändchen am Handgelenk, legt ihr Smartphone und den Autoschlüssel auf Bärbels Wohnzimmertisch ab. Bärbel strengt ihre Augen an, verleiht ihrer Sehkraft vollen Schub und liest vom Plastikgehäuse ‚Opel' ab. *Kein Bentley, Benetton oder Bugatti. Nur ein Opel. Den fährt sie sicher nur, wenn sie den Pöbel besucht. Damit ihr Bentley, Benetton oder Bugatti auf dem Campingplatz nicht geklaut wird.* Bärbel schweigt und gibt sich locker. Ihre Finger tanzen auf dem Tisch und sie schürzt die Lippen, als würde sie pfeifen.

„I kann Ihnen Beweise vorleg'n", murmelt die Schmidhuber Franzi und fixiert Pitje, während ihre Lider fast wie der Flügelschlag einer Fledermaus flattern.

„Bittschee, mia duzen uns, oder?", entgegnet Pitje und lächelt.

Wenn der mit ihr flirtet, kann er mir gestohlen bleiben. Diesen Diebstahl kläre ich nicht auf, denkt Bärbel und wippt unruhig mit dem linken Bein.

„I bin die Franzi." Sie lächelt und die Geschwindigkeit ihrer Lider verringert sich.

„Benedikt." Er nickt und lächelt immer noch.

„Möchte jemand Butterkekse mit Schokocreme?" Bärbel bereut sofort, dass sie das gefragt hat. *Unnötig!* Sie errötet.

„Sehr gerne", entgegnet die Schmidhuber.

„Äh", macht Bärbel. „Dann bitte!" Sie holt ein weiteres Messer und einen sauberen Frühstücksteller aus der Küche und sofort greift die Schmidhuber zu.

„Köstlich", nuschelt sie. Sie krümelt und spricht mit vollem Mund.

Mo grient und schwärmt vor sich hin. Ein Glanz legt sich in seine Augen, den sonst nur Liebesapfel ausstrahlen.

So ungeniert und natürlich kann Bärbel ihrer potenziellen Schwiegertochter durchaus etwas Positives abgewinnen.

„I hab ois dahoam im Safe", verrät sie. „Geldwäsche, Erpressung, Schutzgelderpressung, Bandenkriminalität, ois!" Sie nickt. „I bin froh, wenn i den Rudi los bin. I schau net länger zua. I hob die Scheidung scho eing'reicht."

Mo grinst.

„Ja mei“, erwidert Pitje und guckt beeindruckt.

„I leg ois offen. Oane Bedingung, mia lassen meine Jungs raus. Die san nur Mitläufer. Der Rudi hat sie instrumentalisiert, benutzt und unter Druck gesetzt. Die drei san guade Jungs. Sie ham eine zweite Chance verdient.“

„Puh“, macht Pitje. Wieder ein Geständnis, dass an Bedingungen geknüpft ist. Vermutlich fragt er sich, wie er das dem Polizeichef erklären soll.

„Beweise, dass er was mit Monis Tod zu tun hat, gibt es die auch?“, erkundigt sich Bärbel.

„Wos? Na! Des war er net. I glaub des net. I hob nur Beweise für die Erpressungen. Mehr hob i net.“

„I krieg ihn noch, den Mörder von Moni“, flüstert Bärbel und nickt. *Erst fang ich ihn, dann pack ich ihn, dann fress ich ihn.*

„Ich hole mir mal Hemd und Hose aus dem Kleiderschrank“, erklärt Mo, streift Franzi mit einem Lächeln und begibt sich ins Schlafzimmer. „Ich habe morgen Frühdienst.“

„Wenn i kurz amoi aufs WC dürfte?!“ Pitjes Äußerung klingt zu gleichen Teilen nach einer Frage und Aussage mit Ausrufezeichen.

Bärbel deutet mit der Hand in die entsprechende Richtung und nickt. *Jetzt lassen die mich mit der Schmidhuber allein*, denkt sie und räuspert sich. Die beiden Frauen sitzen sich im Wohnzimmer gegenüber. Bärbel auf dem quietschenden Klappstuhl und Franzi auf dem zusammengefalteten Ausziehsofa.

„Tja“, macht Franzi.

„Tja“, erwidert Bärbel.

„Also …“, tönt Franzi.

„Also ... ich brauch mal frische Luft", erweitert Bärbel
Franzis Vorlage, steht auf, als wolle sie flüchten, öffnet
die Haustür und tritt auf die Veranda hinaus. Ein kräftiger Atemstoß vermischt sich mit der mittelwarmen
Abendluft. Dann hört sie Schritte hinter sich. Für eine
Hundertstelsekunde wünscht sich Bärbel, dass es Pitje
ist und seine Arme von hinten um sie legt. Augenblicklich verbietet sie sich dieses Gedankenspiel, noch dazu,
da sie gerade von Franzi angesprochen wird.

„Können wir reden?"

„Ja gut", entgegnet Bärbel. Franzi stellt sich neben sie
dicht an die Umrandung aus Holz. *Könnte mal wieder
gestrichen werden.* Bärbel wippt mit dem Bein.

„Es tut mir leid, wie ich mich neulich im Adelweiß benommen habe", entschuldigt sie sich. „Ich war hilflos.
Ich war in Panik."

„Hm", macht Bärbel. Ihr fällt nicht ein, was sie sagen
soll.

„Ich bin nicht die superreiche, arrogante Bitch, für die
mich alle halten."

Hat sie gerade Bitch gesagt, fragt sich Bärbel, obwohl
sie es genau verstanden hat. Ihre Augen weiten sich
und ihre Stirn legt sich in Falten.

„Ich bin eine ganz gewöhnliche Frau", meint Franzi.
Fast weht ein Flehen durch den Klang ihrer Stimme.

*Ich muss nun endlich mal etwas Sinnvolles von mir
geben.* „Mir tut es auch leid", erwidert Bärbel. *Ich habe
sie als geldgeile, eiskalte Schnalle ohne Gewissen und
ohne Gefühl bezeichnet.* Bärbel erinnert sich deutlich
und presst ihre Lippen aufeinander. *Behaupte ich nicht
immer, nicht nachtragend zu sein? Sollten die zwei heiraten, werde ich der Franzi eine gute Schwiegermutter*

sein. Das schulde ich Mo. „Wollen wir uns duzen?“, hört sie sich plötzlich fragen. Ein Vorschlag, den schon Pitje zu nutzen wusste und der für eine entspanntere Grundstimmung gesorgt hat.

„Gern“, entgegnet die Schmidhuber Franzi.

Sie duftet blumig. Angenehm blumig, nicht blumig schwer. Sie hat sicher weiche Haut. Ich könnte Mo danach fragen. Besser nicht, stoppt Bärbel ihre durchschwingenden Gedanken. *Sortiere dich mal.*

„Kannst du mir verzeihen?“

„Gibt nichts zu verzeihen. Ist doch alles gut“, erwidert Bärbel. Und siehe da, sie ist tatsächlich nicht nachtragend.

„Ich mag deinen Jungen.“ Kurz ist es still. „Sehr sogar!“

„Ich weiß“, flüstert Bärbel. Ihre Hände gefaltet, reibt sie mit dem einen Daumen über den anderen. Sie wippte mit dem linken Bein, ihr Lid zuckt.

„Er liebt dich“, stellt Bärbel klar und blickt ihr seitlich ins Gesicht, was in dem Moment von einem Lächeln geflutet wird.

„Ich ihn auch“, wispert Franzi. „Ich fragte ihn, ob er zu mir ziehen möchte“, offenbart die hübsche Frau mit den am Hinterkopf zusammengesteckten langen Haaren. „Er sagte nein. Sein Zuhause sei bei dir.“

Stolz mischt sich in Bärbels Blut, quetscht sich durch die Venen und speist ihr hüpfendes Herz mit einem Gefühl des Glücks. „Keine Sorge, irgendwann schmeiße ich ihn raus.“

Franzi kichert. „Stört’s dich, dass ich siebzehn Jahre älter bin?“

„Nein." Bärbel schüttelt ihren Kopf. „Liebe hat keine Ahnung von Herkunft und vom Alter. Sie schlägt einfach zu, wenn sie meint, dass es passt."

„Danke", haucht Franzi und fädelt Bärbel in eine Umarmung ein.

Bärbel erwidert den Körperkontakt und spürt auf beiden Seiten eine große Erleichterung. *Absurd, dass ich Franzi gehasst und sogar verdächtigt habe. Sie ist total in Ordnung.*

„Wow", entweicht es Mo und klatscht in die Hände. „Damit hätte ich nun nicht gerechnet."

„Wie die Klammeraffen", scherzt Bärbel und Mo breitet die Arme aus, um seine beiden Lieblingsfrauen - Jetzt neu! Sogar im Doppelpack! - fest an sich zu drücken.

Nur Pitje bleibt außen vor. Er steht mit leeren Händen im Türrahmen und blickt zu Boden, seine Oberlippe flutscht über die Unterlippe. Bärbel streift ihn mit einem Blick. Sie erinnert sich plötzlich, dass er neulich Abend ‚i liab di' zu ihr gesagt hatte. Und sie erschrickt.

Pfiats eich, Servus, Wiedaschaun und Guadnacht. Mo und Franzi haben sich verabschiedet und sind auf dem Weg, den Campingplatz zu verlassen.

„Du kennst doch Marta, oder? Marta Caivano!", ruft Bärbel Franzi hinterher.

„Kenn i." Franzi, die Mo an der Hand hält, stoppt und dreht sich elegant herum. Einfach alles an dieser Frau ist elegant.

„Sie sucht einen neuen Job."

„Sag ihr, sie kann gerne bei mir im Adelweiß vorbeischauen."

„Merci, Beaujolais!" Bärbel grinst. „Ich schick sie zu dir."

Franzi und Mo winken, dann verschwinden sie in die Dunkelheit. Selbst die neuerdings auf grell gestellten Strahler vom Schorsch kommen nicht hinterher.

„Das du sie ja besser bezahlst als deinen Ex-Mann", ruft Bärbel noch mit beiden Händen an ihren Mundwinkeln hinterher und kichert. „Et Viola." Bärbel klatscht in die Hände. „So werden Geschäfte gemacht." Sie lächelt schief. Noch immer stehen Pitjes Worte in ihren Gedanken. Sie räuspert sich. Schiebt ihre Hand am Hosenbein auf und ab. „Da haben wir unsere nächste Zeugin. Marta sagte, wenn sie nicht mehr für den Senior arbeiten muss, packt sie aus", erklärt Bärbel und weicht Pitjes Blicken wie beim Völkerball aus.

Pitje nickt.

„I pack's au. I werd ma los", entgegnet er. „Servus, Bärbel", murmelt er und stapft zunächst durch den unaufgeräumten Vorgarten, durch die kleine Pforte und auf den schmalen Weg, der an Schorschs Datscha vorbei- und zum Kiosk führt.

Bärbel trödelt in ihr Wohnzimmer und schließt die Tür. Sie wischt sich über die Stirn, stemmt ihre Arme in die Taille.

„I liab di", wiederholt sie Pitjes Worte. Sie schüttelt den Kopf. *Sicher nur ein Versehen.* Sie macht eine wegwerfende Handbewegung, zieht sich die Kopfhörer über und vertanzt ihre Emotionen.

„Ich komm auf die Party und will sofort wieder gehen", singt Bärbel. „Yeah, yeah!" Hände in die Höhe …

Sie nimmt den letzten Schluck aus der Tasse, spuckt die Krümel des Kaffeeweißers zurück und summt den

Song, der sie neuerdings weckt. Vamos a la playa. Sie ringt um gute Laune. Ihr ist flau im Magen. „Auf geht's, los geht's", flüstert sie, setzt sich den Helm auf und tritt wenig später auf den Kickstarter. Wrumm!

Sie rast zum Wanderparkplatz, inhaliert die frische Bergluft und ringt um Frieden. Doch ihr Innerstes ist in Aufruhe. Mit einem Satz springt sie von der Maschine, wirft den Helm von sich und spurtet auf den Gaisbichl. Sie begegnet Silvie und ihrer Dackeldame Doris, grüßt fröhlich, wird aber nicht zurückgegrüßt.

„Hm", macht Bärbel. „Daran muss ich mich erst noch gewöhnen", flüstert sie und setzt trotzig zu einem Sprint an, den sie erst wieder gegen Trab eintauscht, als sie durch das Weidegatter die Kuhweide betritt. „Servus, Denise", nuschelt sie im Vorbeilaufen.

Oben auf dem Gaisbichl ist die Sicht bescheiden. Das Wetter ist so lala. Es ist zwar sehr warm, doch auch bewölkt. Immerhin regnet es nicht, auch wenn es verdächtig danach aussieht. *Verdächtig, verdächtig. Nicht immer bestätigt sich ein Verdacht. Und nicht jeder Verdächtige ist ein Mörder.* Sie seufzt. *Je ne sais Peng.*

Bärbel blickt ins Leere. Ungeduld baut sich in ihr auf, ganz plötzlich, ohne Vorzeichen stampft sie mit dem Fuß auf. Einmal, zweimal, dreimal. Sie schnaubt, ballt ihre Hände zu Fäusten. *Ich will, nein, ich muss Monis Mörder überführen.* Sie erträgt die Tatsache nicht, dass in Fichting irgendwer herumläuft, unbeteiligt vor sich hin flötend, der Moni Schwärzel getötet hat. Sie blickt zum Gipfelkreuz und schleudert diesem ihre Fäuste entgegen. „Ah!", brüllt sie und fletscht ihre Zähne. Ihr Bein wippt wie das einer Schlagzeugerin. *Zu viel Druck,* sagt sie sich. *Ich muss locker bleiben.* Sie führt ihre

Hände Richtung Nase und atmet ein. Sie lenkt ihre Hände abwärts und atmet aus.

„Ich kann nicht ruhig“, faucht sie, wirft sich die Hände ins Gesicht und weint. Sie schnieft und schluchzt. *Was, wenn es tatsächlich Fahrerflucht gewesen ist? Was, wenn es niemand aus Fichting, sondern tatsächlich eine ortsfremde Person auf der Durchreise war? Dann wird sich der Fall nie aufklären, genauso wie der Polizeichef sagte.*

„Nein“, flüstert sie und atmet schnell. Sie schnäuzt in ein halbiertes Taschentuch. Ihr Gefühl sagt ihr, dass die Lösung nah ist, dass es jemand aus Fichting war. Sie nickt. *Es wird sich alles finden. Ich werde den Mörder von Moni finden. Erst fang ich ihn, dann pack ich ihn, dann fress ich ihn.*

Sie hockt sich hin, spürt die Dehnung ihrer Wadenmuskulatur und setzt sich schließlich auf den Boden. Sie rückt ganz dicht ans Gipfelkreuz und lehnt sich rücklings daran an.

Der Krüger von der Kripo hat ein Verhältnis mit dem Notfallsanitäter vom Bayerischen Roten Kreuz. Darüber denkt sie gerade nach. Sie guckt auf ihr Smartphone wie ein Smombie, das würden die Kids aus Au jetzt sagen, und fleht es an, sich bemerkbar zu machen. *Pitje, ruf an! Ich habe eine neue Theorie.*

„Der Gregor Greiner hat die Moni Schwärzel überfahren, woraufhin der Krüger von der Kripo die Ermittlungen boykottiert, bis sie schließlich mit den Worten ‚Schade, Fahrerflucht‘ fallengelassen werden“, erzählt sie sich selbst und nickt. Ihre Hände liegen auf ihren gemusterten Leggins und sprechen mit. Sie bewegen sich wie damals in der Schule, wenn sie Referate hielt.

„Das ist eine Verschwörung." Sie beißt sich auf die Unterlippe, wischt sich mit dem Handrücken über die Stirn. „Und der Polizeichef ist vielleicht sogar Mitwisser, weil er dem Krüger noch einen Gefallen schuldet." Bärbels Lid zuckt, sie reibt sich mit dem Handballen ihr Auge. *Am liebsten wäre es mir allerdings, wenn einer der Schmidhubers der Unfallfahrer wäre.* Bärbel schnaubt.

Da fällt ihr ein, dass sie Pitje noch immer nichts von den Rennwagen in Isolde Putzlers Scheune erzählt hat. *Für diesen Alleingang wird er sicher mit mir schimpfen*, denkt sie, erhebt sich – sie hat sich einen nassen Hintern geholt - und macht sich auf den Rückweg.

Zurück in ihrer Datscha kocht sie sich einen Kaffee und wirft sich in den Schwingsessel. Jede Sekunde schwingt sie zweimal vor und zweimal zurück. Im Hintergrund besingt Gina Gargano einen Sonnenuntergang. Bärbel löffelt den kleinen Rest des nicht gelösten Kaffeeweißers vom Tassenboden und schluckt ihn hinunter. Die Konsistenz von gewässerter Cellulose.

„Igitt", macht sie und muss an den Obstgarten in Alois' Hütte denken. Sie schnappt sich ihr Telefon und informiert sich. ‚Was macht eigentlich Gervais' gibt sie ein.

„Interessant! Gervais wurde von Danone aufgekauft. Und Danone hat sich 2012 die Ehrmann AG geschnappt. Weshalb Gervais Obstgarten jetzt Ehrmann Obstgarten heißt. So kann's gehen", seufzt Bärbel.

Was macht eigentlich Fancy?

„Servus, Marta!"

„Buongiorno, Bärbel", erwidert sie. „Mein Verhalten auf der Beerdigung tut mir leid", sagt Marta sofort.

Bärbel hört, dass sie gerade eine Zigarette raucht.

„Oh, wie schön, du hörst Gina Gargano." Marta klingt erfreut.

„Ja", bestätigt Bärbel und drosselt die Lautstärke ihrer Boxen per Fernbedienung. „Weshalb ich anrufe ...", fährt sie eilig fort. „Du sagtest, wenn du nicht mehr für den Senior arbeiten müsstest, würdest du gegen ihn aussagen. Ist das noch aktuell?"

„Ich denke schon", erwidert Marta zögerlich.

„Also ja?", fragt Bärbel.

„Ja!"

„Sehr gut! Ich hab einen Job im Adelweiß für dich. Hab gerade gestern mit der Franzi gesprochen. Du sollst gerne bei ihr vorbeikommen."

„Wao?", singt Marta. „Ist das wahr?"

„Ist wahr!" In dem Moment bemerkt Bärbel, dass ihr Telefon Puls hat und gleichmäßig pocht. Sie blickt auf ihr Display. „Sorry, Marta, ich werde gerade angerufen. Ich melde mich später noch mal." Sie beendet das eine und nimmt das andere Gespräch entgegen. „Pitje!" Sie schnauft, als käme sie gerade auf dem Gaisbichl an.

„Was ist los?" Sie richtet sich steil auf, die Pupillen wach und eng, ihr Gesäß berührt den Sessel nur noch zu einem Viertel.

„I hob wos", sagt er. „Zuerst amoi, i hob den Bertl in der Früh g'holt. Er is nüchtern un hot scho ausg'sogt." Pitje spricht leise.

Bärbel vermutet, weil er auf der Wache ist. „Ich bin auch nicht untätig gewesen. Ich habe mit Marta gesprochen. Auch sie sagt aus."

„Ois z'samma mit die Beweise von der Franzi krieg ma den Schmidhuber Rudi dron." Pitje klingt sehr zuversichtlich, aber irgendwie auch verändert, ein bisschen distanziert und etwas kühl. *Was hat er nur? So hat er sich schon gestern Abend verhalten.*

„Wer woiß, wenn di and'ren hör'n, dass der Senior fällt, v'leicht schliaßen si no weit're on."

„Das wäre ja super!" Bärbel gickst. Sie wippt aufgeregt mit dem Bein. Schlussendlich hält es sie nicht länger auf dem Schwingsessel. Sie steht auf und läuft im Raum hin und her.

„Des weit'ren, i hob mi wegen dem Krüger umg'hört." Pitje pausiert kurz.

„Erzähl", bettelt sie schrill und legt sich drei Finger vor den Mund.

„Ja mei", sagt er. „Alle mitanand wissen's scho. I alloi hobs net g'wusst. Olle and'ren scho."

„Ach was. So?" Bärbel schüttelt ihren Kopf. „Du meinst, die Beziehung ist kein Geheimnis?"

Pitje bestätigt ihre Anfrage. „I glaub net, dass es der Greiner g'wesen is."

„Hm", macht Bärbel. „Es deutet aber vieles darauf hin. Schon allein, weil die Polizeiarbeit so schlampig läuft."

Bärbel schreckt zusammen und presst sich ihre Hand gegen die Lippen.

„Entschuldige", rudert sie zurück. „Dich und deine Arbeit meine ich natürlich nicht."

„Passt scho." Der Polizeihauptmeister klingt unzufrieden, was Bärbel natürlich nur vermuten kann.

„Dich meine ich wirklich nicht."

„I denk, mia miassen viellei a bisserl Obstand von die Sache nehma. Viellei moch ma oane Pause, was meinsch'st?"

„Was?" Bärbel bleibt abrupt stehen. Sie schüttelt den Kopf. „Auf keinen Fall. Wir sind ganz dicht dran. Das spüre ich." Doch Bärbel traut sich gerade selbst nicht über den Weg. Im Moment spürt sie nur, wie ihre Beine schon wieder nervös hüpfen. „Heute Abend um neunzehn Uhr bei mir. Keine Widerrede. Mo und Franzi hole ich dazu. Wir gehen zusammen noch einmal ins Brainstorming", befiehlt Bärbel. Sie wartet Pitjes Widerworte erst gar nicht ab und beendet das Gespräch. *Mist, ich habe Pitje schon wieder nichts von meinem Alleingang in Isoldes Scheune erzählt. Das hole ich nach,* gaukelt sie sich vor.

„Moin Pitje." Bärbel grinst, blickt ihm aber nicht in die Augen. Zum vierfachen Glockenschlag um neunzehn Uhr – erst schlägt es vier Mal laut, dann siebenmal etwas leiser - steht Pitje im Freizeitdress auf ihrer Veranda. Er trägt kurze Bermuda mit den typischen Merkmalen einer Trachtenhose, die allerdings nur aufgedruckt sind. *Sehr witzig.* Sie steckt barfuß in Leggins und trägt ein frisch gewaschenes ‚Moin' auf der Brust.

„Dann ist die Sonne also doch noch rausgekommen", meint Bärbel. *Small Talk übers Wetter geht immer.*

„In der Früh soh's noch Reg'n aus", erwidert er.

„Komm rein!" Dann schließt Bärbel die Tür. „Mo hat gerade geschrieben, er und Franzi kommen etwas später", erklärt sie. „S'riecht noch v'bronntem Toast." Pitje rümpft die Nase und wedelt sich Luft zu. „Hab mir gerade die Haare geföhnt", erklärt Bärbel.

„Ja mei", staunt der Polizeihauptmeister, als sein Blick auf den Wohnzimmertisch fällt, auf dem Bärbel eine üppige Brotzeit vorbereitet hat.

„Ich dachte, ich richte rasch was her", erwidert sie und streicht über ihren Zopf, während sie hinab auf den Boden schaut. Brez'n, Semmel, Kartoffel-, Wurscht- und Kässalat, Bergkäse, Trauben, Feigen, Schinken, Landjäger, fein gehobelte Zwiebelringe und Gewürzgurken auf ihren schönsten Tellern und in Schalen präsentiert, warten darauf, vernascht zu werden.

„Des hosch'st schee g'mocht." Pitje strahlt.

Und Bärbel, von den gehobelten Zwiebelringen noch etwas mitgenommen, reibt sich ihre Augen, bis es schmatzt.

„Na komm her", murmelt der Polizist und fängt Bärbel mit seinen Armen ein. „Dankschee", flüstert er. „So schee." Ihr dicker Zopf landet beinahe in seinem Mund.

Trockensex, würde Mo jetzt sagen. Bärbel und Pitje stehen dicht an dicht. Ihr Schoß an seinem Bauch. Ein Hui im Gesicht. Die Systeme im Lustzentrum hochgefahren. Ihr kribbelt es in den Fingern – und überall dort, wo sich erogene Bereiche vermuten lassen. *Scheiß drauf. Warum eigentlich nicht?!* Sie packt sich Pitje am Becken und schiebt ihn ruckartig gegen die Vitrine, dass im Inneren die Gläser scheppern. In ihrem Inneren scheppert es auch, spätestens, als ihre Finger seinen

Nacken emporkriechen und das dichte Haar durchwühlen. Im Hintergrund läuft eine Folge Aktenzeichen XY. Romantischer könnte es für eine ehrenamtliche Ermittlerin gerade nicht sein.

Pitjes Hände benehmen sich deutlich zurückhaltender. Sie wandern von den Schulterblättern bis zur Taille und wieder zurück.

Bärbel lehnt sich gegen ihn. Die Gläser klirren und klingen. Dann endlich treffen Bärbels auf Pitjes Lippen. Bärbel nimmt das Tempo raus. Ruhig, jenseits von Ungestüm, liegen ihre Münder aufeinander. Noch ist es kein Kuss. Noch ist es nichts weiter als eine Berührung. Eine intime Berührung zwar, aber eben auch kein Kuss. Klopf, klopf! Der Messinghirsch poltert von außen an die Tür. Bärbel durchfährt es wie ein vom Musikknochen ausgelöster schiefer Ton. *Es war nichts*, denkt sie erleichtert. *Nur eine Berührung!* Alles wieder dunkel, ein Stromausfall im Lustzentrum.

„Mein Fehler“, wispert sie und legt die Hand über dem Brustbein ab.

„Koan Fehler“, erwidert er und lächelt.

„Ich mach mal auf“, vertont sie ihr Vorhaben mit brüchiger Stimme. Der schiefe Ton steckt ihr noch immer in den Knochen - was auch die zittrigen Beine beweisen.

„Wie siehst du denn aus?“, begrüßt Mo seine Ziehmutter und starrt sie mit großen Augen an. „Ist was passiert?“

„Nein!“ Bärbel winkt ab und zwingt sich zu einem gelöst wirkenden Grinsen. Es gelingt ihr nur leider nicht. Ihr Lächeln bleibt unecht und erzwungen. „Kommt rein“, trällert sie übersteuert. „Servus, Franzi!“

„Moin, Bärbel", kontert diese und zwinkert mit den Augen.

„Ich habe etwas hergerichtet. Ich hoffe, ihr habt Hunger. Was wollt ihr trinken? Setzt euch doch." Im Akkord, voller Aktionismus, während Pitje mit zerzaustem Haar noch immer an der Vitrine lehnt und die Gläser leise vor sich hin klirren.

„Entschuldige, dass mir so spät san. I hob oan G`spräch mit der Marta g'hobt. Sie fängt in zwoa Wochen bei mir a", erklärt Franzi.

„Toll, dass das geklappt hat", tost Bärbel, während sie die braunen Weißbier-Flaschen auf dem Tisch verteilt. Mo kneift die Augen zusammen und mustert seine Ziehmutter.

„Und jetzt haut rein. Auf geht's, los geht's", schmettert sie und klatscht in die Hände.

„Sauguad!" Pitje lässt sich gegen die Rückenlehne des Ausziehsofas fallen. „Des taugt ma", schiebt er noch hinterher wie das letzte Stückchen seiner Rohwurst.

„Herzlichen Dank", reagiert Franzi und lächelt mit Wärme in den Gesichtszügen. Die vier haben sich sattgegessen. Alle exklusive Bärbel verströmen gute Laune. *Ich hätte Pitje nicht attackieren dürfen*, hadert sie still mit sich selbst. *Das weckt nur unnötige und unbegründete Hoffnungen bei ihm.*

„Freut mich, dass es euch geschmeckt hat." Bärbel verbirgt ihre innere Unzufriedenheit und startet den Versuch eines Lächelns. Von diesem Treffen verspricht sie sich viel, weshalb sie keine Störungen noch negativen Strömungen erlaubt – sich selbst nicht und auch den anderen nicht. „Also ...", sagt sie. „Wollen wir ins Brainstorming gehen?" Ohne die Reaktionen ihrer

Gäste abzuwarten, positioniert sie sich vor ihrer Evidence Wall. Fehlen nur noch Laserpointer und Mikrofon.

„Du Spaßbremse", nörgelt Mo und schiebt sich wie ein Unterrichtsverweigerer vor dem Französisch-Vokabeltest über die Sitzfläche des Klappstuhls, der bedenklich wackelt und quietscht.

„Wos i no gor net verzählt hob", ergreift Pitje das Wort. „Die Ermittlungen wurden oing'stellt." Er geht in Deckung und blickt auf den Boden, um sich aus der Schusslinie zu begeben.

Doch einen Gefühlsausbruch hatte sie bereits. Und am Ende stand Pitje mit dem Rücken zur Vitrine. Keine Energie für eine weitere Eskalation, verrät Bärbels Stromsparprotokoll. Weswegen sie entscheidet, im Lustzentrum die Birnen rauszuschrauben. „Damit hab ich schon gerechnet", entgegnet sie und wischt gleichgültig von rechts nach links.

Allgemeines Erstaunen und eine spezielle Stille verteilen sich im Raum.

Pitje nutzt die Zeit, um noch einmal darauf hinzuweisen, dass er Interna eigentlich nicht verraten, noch nicht einmal hier sein und in seiner Freizeit ermitteln darf.

„Is scho kloar." Franzi nickt. „I hob übrigens die Unterlagen dabei." Sie hebt eine wertig verarbeitete Umhängetasche aus hellbraunem Leder auf den Schoß und reicht sie herüber.

„Dankschee! Schwer wie die Dosch'n von meiner Mutter damals." Pitje lächelt. „Sie war Rektorin."

„Der Rudi hot au ordentlich Dreck am Stecken", erwidert Franzi und guckt verliebt zu Mo hinüber.

„Den Senior kriegen wir also dran“, schlussfolgert Bärbel. „Marta müsste eigentlich gar nicht mehr aussagen.“

Pitje nickt.

Bärbel fällt gerade auf, dass ihm dieses Grinsen nicht mehr von der Mundseite weicht. Seit ihrem ‚Überfall‘ zeigt ein Mundwinkel dauerhaft nach oben.

„Wegen der Putzler Isolde ...“, leitet Bärbel ein und blickt unbeteiligt zu Boden. *Vor Mo und Franzi wird Pitje sicher nicht mit mir schimpfen.* „Ich war neulich Nacht auf ihrem Hof. In ihrer Scheune stehen unzählige Renn- und Luxusautos. Ohne Nummernschild. Ich wette, die sind gestohlen. Es sind aber definitiv keine Unfallautos.“

„Woooos?“, poltert Pitje. „I hob’s dir g’sogt, koane Olloingänge“, schimpft er.

Mist, er schimpft doch.

„Bist du etwa eingebrochen?“, poltert Mo und starrt sie mit offenem Mund an.

„Es ist nichts zu Bruch gegangen. Halb so wild“, erwidert Bärbel und zuckt mit den Schultern.

„I hob’s dir g’sogt“, schmettert Pitje noch einmal.

„Ist ja gut“, donnert Bärbel.

„Nun lasst sie doch mal“, verteidigt Franzi sie. „Was sie getan hat, finde ich sehr mutig.“

„Das ist illegal“, mault Mo.

„Aber mutig!“

„Danke, Franzi.“ Bärbel lächelt schief. „Was passiert nun mit Isolde, jetzt, da ich Beweise habe?“

„B’weise, mia hom koane B’weise. I hob nix gegen sie in der Hond. Mo hot recht. Du warsch’st illegol do.“

„Aber die Autos!“

„Des konn i net verwert'n." Pitje schüttelt seinen Kopf und öffnet affektiert den Mund.

„Mist", flucht Bärbel. Einen Moment lang bleibt es still.

„Fakt ist, in Fichting finden illegale Autorennen mit gestohlenen Fahrzeugen statt."

„Wie g'sogt, i hob nix in der Hond."

Wieder Stille.

„Meine Vermutung ist, dass der Gregor Greiner die Moni überfahren hat", sagt Bärbel jetzt.

„Du glaubst, der Krüger deckt ihn und missbraucht seine Position, indem er von unserem Polizeichef verlangt, die Ermittlungen zunächst in eine falsche Richtung laufen und schließlich ganz fallen zu lassen?", hinterfragt Franzi gut zusammengefasst.

„Ja genau", entgegnet Bärbel, schwenkt ihren Zeigefinger durchs Wohnzimmer und nickt.

„Nur was hat das Ganze mit den illegalen Autorennen zu tun?", wirft Mo ein, während der Klappstuhl unter ihm Geräusche macht, die nach einem Totalschaden klingen.

„Vielleicht hat der Greiner daran teilgenommen."

„Hm", macht Mo. Doch der Stuhl ist lauter.

„Passt das denn zeitlich", fragt Franzi. „Passt das mit dem Todeszeitpunkt zusammen?"

„Naa, i woiß net. Des posst oigentlich net", erwidert Pitje. Er schwenkt seinen Kopf von rechts nach links. „Des tät nur poss'n, wenn's Rennen in den Morgenstunden statt'gfunden hot. Ols es scho hell wor. Ab'r die fohr'n die Rennen oigentlich nur, wenn's dunkel isch."

„Ausnahmen bestätigen die Regel", murmelt Bärbel.

„Allerdings haben die Karren der Putzler keine Schäden", überlegt Mo laut.

„Dann haben die das Unfallauto weggeschafft", behauptet Bärbel. *Scheiße*, denkt sie. *Keine Ahnung, wo ich danach suchen soll.*

„Das klingt alles dubios", stellt Franzi fest. „Der Greiner soll während eines morgendlichen Autorennens die Moni überfahren haben und danach, als wäre nichts geschehen, ist er pünktlich zum Dienst und noch dazu im ersten Rettungswagen am Unglücksort erschienen?"

„So hat er immerhin ein Alibi, was niemand hinterfragt", mutmaßt Bärbel. „Oder habt ihr bei ihm nachgefragt?" Diese Frage richtet sie an den Polizeihauptmeister, doch sie vermeidet direkten Augenkontakt.

„Naa, hom ma net."

„Also!" Bärbel macht eine rechthaberische Geste. Eine rechthaberische, aber sympathische. Sie spitzt ihre Lippen, kneift die Augen zu und nickt.

„Das klingt mir alles zu dünn." Mo fährt sich durch die Haare und setzt sich zu Pitje und Franzi auf das gelbe Ausziehsofa.

„Ich sag's euch, der Greiner war's", beharrt Bärbel und stochert mit dem Zeigefinger auf den Wohnzimmertisch ein.

„Wenn dem so ist, sind die Schmidhubers raus. Dann sind sie nicht für Monis Tod verantwortlich." Mo hebt seine Hände und zuckt mit dem Kopf.

„Je ne sais Peng", entgegnet Bärbel und nestelt an ihrem Zopf.

„Ohne Frage scheinen mehrere Personen in die Causa Moni involviert, doch ich schätze, mein Noch-Ehemann hat ausnahmsweise nichts damit zu tun."

„Clankriminalität ist Clankriminalität und Mord ist Mord", fasst Bärbel zusammen. *Vielleicht wirklich zwei verschiedene paar Schuhe. Sie* nickt, so schwer ihr diese Zustimmung auch fällt.

„Wie geht's jetzt weiter? Ich meine, die Ermittlungen wurden eingestellt und wir haben eigentlich gar nichts", fasst Mo zusammen.

„Nur Vermutungen, ich weiß." Bärbel seufzt.

„Nur Vermutungen haben vor dem Gesetz kein Gewicht." Franzi hebt die Schultern und lässt sie wieder fallen.

Mo legt seine Hand auf ihr Knie und streichelt es.

Das hat er auch immer bei Moni gemacht, fällt Bärbel ein. „Hat noch irgendwer eine andere Theorie?", erkundigt sie sich und schaut sich zwischen ihren Gästen um. Alle paar Sekunden blickt sie nach hinten, um sich mit ihrer Crime Wall zu synchronisieren. Es bleibt still.

„Wir kommen hier heute nicht weiter", gesteht Mo nach einigen Momenten. Von der Seite her sieht er zu seiner Franzi herüber. In seinem Blick liegt ein: Lass uns gehen. Ich wäre jetzt gerne mit dir allein.

Nehmt Pitje am besten gleich mit. Nach dem Beinahe-Kuss möchte sie nicht mit ihm allein sein.

„Ich helfe dir noch beim Abräumen." Mo stapelt die Teller übereinander und beginnt mit den Aufräumarbeiten.

Ich möchte nicht mit Pitje allein sein.

„Viele Hände, schnelles Ende", trällert Mo. Bärbel hat das früher oft gesagt, wenn er nach dem Abendessen nicht mithelfen, sondern lieber faul vor dem Fernseher liegen wollte.

„Lieb von dir", erwidert Bärbel und schnappt sich die Schalen mit dem Kartoffel- und dem Wurstsalat.

„Alles in Ordnung bei dir?" In der Küche nimmt er Bärbel von hinten in den Arm. Beinahe wäre ihr eine der Schalen aus der Hand gerutscht. Sie stellt sie auf der kleinen Arbeitsplatte ab und seufzt.

„Bee", flüstert Mo von hinten in ihr Ohr. „Wir sehen alle, was du für Moni tust, aber beiß dich nicht so fest. Du solltest versuchen, Abstand zu gewinnen.". Seine sonst so tiefe Stimme klingt sehr weich und hell, als spräche er auf einen niedlichen Hundewelpen ein. „Die Polizei hat die Ermittlungen eingestellt. Ja, in Fichting wurden Straftaten begangen. Dank deines Engagements konnten die sogar aufgeklärt werden. Dafür werden dir alle dankbar sein. Doch vielleicht werden wir nie erfahren, wer Moni überfahren hat. Dann musst du dich bitte damit abfinden."

„Ich hätte beinahe mit Pitje geknutscht", erwidert sie.

„Oh", macht Mo. „Hast du mir überhaupt zugehört?"

„Ja", entgegnet sie „Aber was mache ich denn nun wegen Pitje?" Sie dreht sich um und sucht seinen Blick.

„Willst du was von ihm?"

„Nein." Sie schüttelt ihren Kopf. „Na ja." Sie blickt herab auf ihre sich gegenseitig massierenden Finger. „Sex."

„Bee?!" Mo reißt seine Augen auf, auch seine Nasenflügel werden groß.

„Was? Glaubst du, ich bin antisexuell!?"

„Was ist bitte antisexuell?" Mo zieht seine Brauen zueinander.

„Du verstehst mich schon“, behauptet sie. „Ich habe auch Bedürfnisse. Nur habe ich als Neunundfünfzigjährige wohl kaum eine Chance bei Tinder. Abschleppaktionen im Rambazamba sind vermutlich ähnlich erfolgversprechend.“

„Ich glaube, ich möchte dieses Gespräch nicht führen.“ Mo zieht eine Grimasse.

„Et Viola!“ Sie klatscht in die Hände. „Du datest eine siebzehn Jahre ältere Frau, aber ich darf keinen neun Jahre Jüngeren bumsen, was?!“

Mo hält sich die Ohren zu und legt sich einen Scherz in die Mimik. Er grient. „Sorry“, erwidert er. „Blöd von mir. Es ist nur so ...“ Er redet nicht weiter.

„Wie?“

„Es ist nur so ... Nicht, dass ich eifersüchtig wäre oder so. Aber ich kenne dich nicht in einer Beziehung. Ich habe Angst, dann abgeschrieben zu sein.“

„Du Doofmann“, flüstert sie und gibt ihm ein mütterliches Küsschen auf die unrasierte Wange. „An dich kommt niemand ran. Du bist immer meine Nummer eins.“

Mo blickt verlegen an ihr vorbei. „Außerdem, wer spricht hier von einer Beziehung?“ Bärbel schiebt ihren Kopf in den Nacken und lupft eine Augenbraue. „Ich sagte nur, ich hätte ihn beinahe geküsst.“

„Bee, jede Beziehung beginnt mit einem ersten Kuss“, erklärt er naseweis.

„Ich hab ihn aber nicht geküsst!“

„Störe ich?“ Franzi steht plötzlich dicht hinter ihnen in der Küchentür. Sie balanciert Gläser, den altersschwachen Brotkorb aus Filz und Schälchen in ihren Händen. „Ui“, macht sie und zieht ihre Lippen breit, das

Geschirr schwankt gefährlich. „Hilfe." Sie grient, ein Flehen weht durch ihre Stimme.

Im Adelweiß hat sie Leute, die solche Aufräumarbeiten für sie übernehmen. *Bloß kein Neid!* Bärbel grinst freundschaftlich. *Franzi ist eine von uns,* denkt Bärbel. *Eine von uns mit sehr viel mehr Geld, aber eine von uns.*

„Merci, Beaujolais", meint Bärbel. Im Küchenradio läuft Fancy.

Slice me nice, denkt Bärbel. Sie weiß ganz genau, was der ehemalige Klosterschüler heute macht, sie hat es gerade erst gelesen:
Sänger Fancy mit siebenundsiebzig Jahren wieder live in München!

Was macht eigentlich ALF?

Mo und Franzi haben sich verabschiedet. Bärbel schließt die Tür. „Ich bin auch schon ganz müde.", gaukelt sie dem Polizeihauptmeister vor, gähnt gekünstelt und streckt sich wenig authentisch. So wenig authentisch, dass sie aus der Theater-AG der Grundschule Fichting rausgeflogen wäre.

„Ja mei", meint Pitje. Er fährt sich über die Wange. „I würd gern no a bisserl schwätz'n", erklärt er und kratzt sich am Nacken.

„Also gut, setzen wir uns." Bärbel wippt mit ihrem Bein. Tonlos spult ihr Fernseher ein Aktenzeichen nach dem anderen ab.

„Wos is des mit uns?", interviewt er Bärbel und mustert sie, kaum dass sie sitzen.

„Müssen wir das ausgerechnet jetzt besprechen? Lass uns lieber überlegen, wie wir den Greiner drankriegen. Ich habe ein paar Anrufe gemacht und weiß zufällig, dass er heute Nachtdienst auf der Wache schiebt." Ihre Augenbrauen hüpfen auf und ab. „Sollen wir hinfahren und ich befrage ihn?"

„Naa!", kräht er. „I mog jetzt net über den Foll schwätz'n. I will wiss'n, worum du mi vorhin beinahe g'küsst hosch'st."

„Benedikt, bitte“, ermahnt sie ihn. *Benedikt. So habe ich ihn noch nie genannt.* Sie schluckt geräuschvoll. „Es tut mir leid, ich bin über dich hergefallen, aber ich wollte das nicht“, stammelt sie.

„Aber i hob's g'wollt“, entgegnet er so zackig, dass er sie um Haaresbreite unterbrochen hätte. Er rutscht über das Gelb ihres Ausziehsofas. Seine Hände fahren über die Bermuda auf und ab. „Du weißt scho, dass i in die verliabt bin?“ Er mustert sie wieder „I muss wiss'n, ob do wos is zwischen uns.“

Bärbel schweigt. *Ich habe jetzt keine Kapazitäten für so etwas.* Sie seufzt, lässt ihren Kopf vornüberfallen, faltet ihre Hände auf dem Schoß und betrachtet sie. Sie ahnte natürlich, dass er verknallt in sie ist. *Aber bin ich ein schlechter Mensch, weil ich es nicht erwidern kann? Weil ich es nicht erwidern will,* korrigiert sie sich. Es ist Zeit, ehrlich zu sein.

„Ich bin leider nicht verliebt in dich“, flüstert sie, hebt ihren Blick und schaut ihm mutig ins Gesicht. Sie beobachtet, wie die Hoffnung in seinen Augen schwindet, als zöge jemand eine halbtransparente Scheibengardine vor seinen Blick. *So sieht es aus, wenn jemand verletzt ist.* Sie presst die Lippen aufeinander.

„Wenn mia uns umarmen, do is do wos“, beharrt er. „Des is do net bloß oane Umarmung. Und dann d'r Kuss.“

„Das war doch kein Kuss“, erwidert sie und blickt auf die Holzdielen, auf denen noch immer die Schokocreme von Pitjes Keksunfall klebt.

„Ja mei, es hätt z'mindesch'st oaner werd'n könna.“ Er seufzt.

„Was die Umarmungen angeht ...“, beginnt sie, um auf Pitjes Mutmaßungen einzugehen. „Da ist was, du hast recht.“ Jetzt guckt sie wieder zu ihm herüber.

Ein leichtes Grinsen schießt ihm in den rechten Mundwinkel.

„Da ist was, aber anders als du denkst.“

Schwupp, sein Mundwinkel senkt sich wieder ab.

„Ich, ich ...“ Bärbels Blick schießt wieder in Richtung Boden. „Ich, ich ...“ Sie weiß nicht, wie sie sich ausdrücken soll. „Ich finde dich sexuell sehr anziehend.“

„Wos? Naa!“, erwidert Pitje.

„Doch“, bestätigt sie. „Ich würde gerne mit dir schlafen.“ Ein Hui, grellrot flammend crasht ihr blasses Gesicht.

„Sex?“

„Ja.“ Bärbel zwinkert.

„Aber liab hosch’st mi net?“

„Ich bin nicht verliebt“, flüstert sie.

„Naa! I könnt des net trenna“, erklärt Pitje. „I könnt net mit oana Sex hom, wenn i die net au liab hob.“

Hoffentlich habe ich jetzt nicht alles kaputtgemacht.

„Guad, dass ma d’rüber g’schwätzt hom“, murmelt Pitje ironisch und prustet. Er schüttelt den Kopf. „I hätt gern a Bierfläschle“, teilt Pitje mit.

„Kannst du haben.“ Bärbel nickt, sie traut sich nicht, ihm anzusehen, steht auf und schlurft mit hängendem Kopf in die Küche. „So eine Scheiße“, flucht Bärbel superleise, als sie dem Gemüsefach ihres Kühlschranks zwei Bierflaschen entnimmt. Sie stützt sich auf der Küchenarbeitsfläche ab, schließt die Augen und prustet. „Scheiße“, wispert sie noch einmal. Schließlich kramt sie den Flaschenöffner aus der Schublade, öffnet den Hopfensaft und geht zurück ins Wohnzimmer.

„Hier dein Bier." Bärbel überreicht Pitje eine der Flaschen, die er direkt ansetzt. Während die kohlensäurehaltige Flüssigkeit den Körper wechselt, macht Pitje Geräusche, die Bärbel an einen Pümpel erinnern, der gerade eine Rohrverstopfung bekämpft. Keine Minute später presst sich Pitje die Faust vor den Mund und lässt überschüssiges Gas entweichen. Es zischt wie eine abfahrbereite Dampflok.

„Noch eins?", fragt Bärbel nach. Ein bisschen ideenlos vielleicht, erbärmlich sicher auch, aber sie hat keine Ahnung, wie sie Pitje in seinem Liebeskummer anders trösten soll.

Er nickt und streckt seine Hand nach der braunen Mehrwegflasche aus.

„Wenn du das jetzt trinkst, fährst du aber nicht mehr nach Hause", stellt Bärbel klar.

„I werd net mit dia schlof'n", verkündet er.

„Was? Ne! Du schläfst auf dem Sofa." Bärbel schüttelt ihren Kopf. Sie ahnte schon, dass ihr Gespräch alles verändern wird und massiert sich ihre Finger.

„Gib scho her." Der Polizeihauptmeister grabscht nach der Flasche und nippt daran.

Wenn er seine Trinkmenge nicht langsam reduziert, muss er heute Nacht sicherlich viel raus, überlegt Bärbel. Gutes Stichwort. „Ich verschwinde mal kurz auf der Toilette", verkündet sie. Sie muss dringend mal durchschnaufen. Sie eilt aus dem Wohnzimmer, fast schon flüchtet sie. Greift im Flur nach der Türklinke und zwingt sie in die gleiche Richtung, in die auch ihre Mundwinkel drängen.

Sie setzt sich auf den Klodeckel, beugt sich vor, bis ihre Ellenbogen die Schenkel begrüßen, und vertraut das Gesicht ihren Handinnenflächen an. Sie atmet heftig ein und aus. „Was für ein Mist", flucht sie. *Was soll ich denn bloß tun*, befragt sie sich. *Gefühle sind unfair. Ich will Sex und Pitje will Liebe. Fazit, wir bekommen beide nicht, was wir wollen. Ich denke an Jetski und Pitje an Schwimmflügel. Unterschiedlicher könnten unsere Vorstellungen nicht sein.* Bärbel seufzt. *Kann es sein, dass ich einfach aus der Übung bin? Dass ich mich schlicht nicht mehr erinnere, wie es sich anfühlt, verliebt zu sein? Das letzte Mal ist schon so lange her.* Sie muss an Holger denken. Muss! Wollen will sie das nicht. *Kann es sein, dass ich an Sex denke, obwohl ich eigentlich Liebe meine? Bin ich körperlich so sehr ausgezehrt, dass ich nur noch ein Bedürfnis, aber keine Emotionen spüre?*

„Je ne sais Peng", säuselt sie und kramt ihr Telefon aus der Bauchtasche.

Sprachnachricht an Mo:

Hey, mein Großer! Pitje, äh, Benedikt ist in mich verliebt und ich will nur ... Wie dem auch sei, wir kommen nicht zusammen. Im wahrsten Sinne nicht. Jetzt hockt er im Wohnzimmer und betrinkt sich. Warum ich dir das erzähle? Je ne sais Peng! Egal. Ich wünsche dir und Franzi einen schönen Abend, lasst euch nicht stören. Auch von mir nicht. Lösch am besten, was ich gesagt habe. Hab dich lieb, ciao.

So ein Schlamassel, denkt sie. *Pitje wird sich von mir distanzieren. Warum gefällt mir der Gedanke nicht?*

Weil wir dann nicht mehr gemeinsam ermitteln kön-nen, behauptet sie still. *Oder gibt's einen anderen Grund? Hilfe, schick mir jemand einen Rettungswagen. Ich muss dringend abtransportiert werden. Ins Kran-kenhaus. Zur Reha. Hauptsache weg. Raus aus diesem Chaos, in dem Monis Mörder frei herumläuft und in dem ich Pitjes Gefühle nicht erwidern kann. Moment*, schießt ihr ein Gedanke von innen gegen die Stirn.

„Rettungswagen", schrillt sie und springt auf. „Was, wenn das zwei verschiedene Paar Schuhe sind?! Nicht nur Pitje und ich, sondern auch die illegalen Autorennen und das Unfallfahrzeug?! Hat irgendwer die Ret-tungswache durchsucht? Vielleicht hat der Greiner sie gar nicht während eines Autorennens überfahren." *Holzweg*, denkt sie. Zwei verschiedene Paar Schuhe auf dem Holzweg. Sie erhebt sich, steht wie ein Lineal auf ihrem plüschigen Badezimmerteppich und atmet schnell. *Das war die Erleuchtung, die ich gebraucht habe.* Pitje hat ihr erzählt, dass die Autowerkstätten in der näheren Umgebung keine verdächtigen Reparatu-ren bestätigen konnten. Und sie selbst hat die Autos der Putzler in Augenschein genommen. Bärbel ist Busfah-rerin: Sie erkennt ausgedellte Beulen und Blechschä-den aus fünfzig Meter Entfernung und bei Nacht.

„Der Greiner war's, ich bleib dabei", wispert sie aufge-löst.

Rasend ob dieser Erkenntnis, reißt sie die Tür auf, haut sich diese gegen die Stirn an die Stelle, wo zuvor schon der Geistesblitz zugeschlagen hat, und stürmt ins Wohnzimmer. Sie will gerade ansetzen, loszureden, da stockt sie.

Pitje schläft. *Echt jetzt? Er schläft?* Sie glaubt solchen Schmarrn in Filmen schon nicht. *Als ob*, denkt sie. Als ob jemand so hopplahopp, ich war gerade einmal fünf Minuten auf der Toilette, im Sitzen einschläft. Als ob jemand im Sitzen und zudem noch in einer fremden Wohnung einschläft. Sie schüttelt ihren Kopf. Unsinn! Schmarrn!

Bärbel schnauft, schäumt beinahe über vor Ermittlerschwung. Dann wird sie plötzlich ganz ruhig. Einatmen, ausatmen. Sie beobachtet ihn. *Er sitzt wirklich da und schläft.* Zwei leere Bierflaschen stehen vor ihm auf dem Tisch. Sie schnippt mit den Fingern. Nichts! *Ein schöner Mann*, denkt sie. *Tolle Haare. Er hat sich für mich den grässlichen Schnauzer abrasiert. Stopp.* Sie schüttelt den Kopf, atmet tief durch. *Darum geht's gerade nicht. Bleib beim Thema. Es geht um Gregor Greiner und um sonst nichts.*

Bärbel schnappt sich ihre karierte Wolldecke, pirscht sich an den Polizeihauptmeister und bedeckt seinen Körper mit dem Webstoff. Sie beugt sich zu ihm hinunter, die Hände zwischen die Schenkel geklemmt.

„Ich fahre jetzt zur Rettungswache", flüstert sie. „Der Greiner hat Dienst und ich werde ihn überführen." Sie nickt, als ob Pitje es sehen könnte. „Nur überführen, nicht überfahren", ergänzt sie noch. „Erst überführ ich ihn, dann pack ich ihn, dann fress ich ihn."

Das letzte Aktenzeichen ist gelöst. Sie schaltet den Fernseher ab und tritt hinaus in die Dunkelheit. Klapp. Tür zu.

„Auf geht's, los geht's", murmelt sie und setzt sich auf die kleine Maschine.

Mit dem ganzen Körper nimmt sie die Kurven. Sie hängt sich richtig rein. Der Fahrtwind treibt ihr die Kälte in den Körper. Sie bibbert und krallt sich am Lenker fest. Früher, als sie noch jung war, hat ihr die Kälte nichts ausgemacht. Mit Stirn- und Taschenlampe hat sie sich gegen vier Uhr in der Früh auf den Weg gemacht, um einen Berg zu besteigen. Alles nur, um allein und in Stille den Sonnenaufgang am Gipfelkreuz zu genießen. Sie saß still und reglos im Schneidersitz und starrte angefasst auf das zart ausgeleuchtete Panorama der umliegenden Gipfel. Diese Ruhe und Selbstsicherheit, die sie in solchen Augenblicken spürte, würde sie jetzt auch gerne spüren. *Schade, dass man innere Ruhe nicht einfrieren kann*, denkt sie. Dann hätte sie sich einen Vorrat aufgetaut, weil sie aktuell bemerkenswert unruhig und verunsichert ist. Sie hat keinen Plan. Nur eins weiß sie ganz genau: Erst fang ich ihn, dann pack ich ihn, dann fress ich ihn. *Etwas dünn vielleicht.* Nichtsdestotrotz lässt sie sich nicht abbringen.

„Jetzt bin ich schon mal auf dem Weg", flüstert sie in ihren Helm.

Leise, mit gedrosselter Geschwindigkeit fährt sie in das Alphorngässchen. *Jetzt wird es ernst. Letzte Chance umzudrehen.* Doch sie denkt gar nicht daran. Das kleine Sträßchen wirkt ausgeräubert. Sie muss an eine Zombie-Apokalypse denken.

Bärbel pumpt das Blut bis in die Lippen. Sie vibrieren. Oder ist das die Kälte? Vielleicht beides. Der in Wallung geratene Blutstrom verursacht ein Ohrenrauschen, das ihre Hörleistung mindert, woraufhin sie das Motorengeräusch ihrer Maschine kaum mehr wahrnimmt.

Auch wenn sie schon einmal hier gewesen ist, muss sie sich orientieren. Dunkelheit verleiht den Dingen ein zweites Gesicht. Nur vier Straßenlaternen stehen in gleichem Abstand zueinander, zählt Bärbel. Zu ihrer Zufriedenheit ist ihr Schein kaum heller als der eines Nachtlichts, das in Kinderzimmern über die Steckdose Behaglichkeit verströmen soll. Ähnlich funzelig also wie auf dem Campingplatz, bevor er reanimiert wurde und sein neues Herz bekam. *Gut für mich. So bleibe ich unentdeckt.*

„Aha", macht Bärbel. Dort das Lagerhaus für Trachtenmode, da das kleine Schlachthaus, mittendrin die Rettungswache vom Bayerischen Roten Kreuz und am Ende das Reisebusunternehmen mit dem großen Parkplatz. *Check, alles wiedererkannt.* Bärbel versteckt ihre Maschine auf dem Parkplatz zwischen den Bussen – in Fluchtrichtung versteht sich.

Sie setzt ihren Helm ab und schleicht über den Parkplatz quer über die schmale Straße in Richtung Rettungswache. Dann bleibt sie unvermittelt stehen. „Allerletzte Chance, umzudrehen", flüstert sie. Ihre Knie zittern, sie atmet viel zu schnell. „Nein." Sie schüttelt den Kopf. „Auf geht's, los geht's", wispert sie und schafft es nicht, ihre unruhigen Finger zusammenzuführen.

Auf leisen Sohlen – ihren Barfußschuhen sei Dank – passiert sie den großen Rundbogen, der auf den Hinterhof führt. Sofort poppt ein Scheinwerfer auf.

„Ich hasse Bewegungsmelder", wispert sie und rennt so schnell sie kann über das Kopfsteinpflaster zur Fahrzeughalle herüber, deren Rolltore offenstehen. Sie drängt sich im Inneren gegen die Wand, wandert einmal ums Eck und behält mit langem Rücken den Hof im Blick. Nichts! Niemand stört sich am ausgelösten Scheinwerfer und tritt auf den Hof. *Soll mir recht sein,* denkt Bärbel mit rasendem Puls und blickt hinüber zum Wachgebäude, durch dessen Sprossenfenster Licht nach außen auf den Hinterhof dringt. *Da drinnen sitzt und wacht er, der Greiner, der Mörder von Moni.* Bärbel rührt ihre Zunge durch den Mund. Der Bewegungsmelder schaltet auf blind. Bärbel inspiziert noch einmal den Hinterhof, bevor sie durch die Fahrzeughalle schleicht. Sie aktiviert die Taschenlampe ihres Telefons.

Et Viola! Sie schaut sich um.

„Alle da", flüstert sie und nimmt die Rettungswagen als vollzählig wahr. Mit ihrem Leuchtwerkzeug tastet sie das erste Fahrzeug ab, Zentimeter für Zentimeter. Sie schnauft und schwitzt. *Hoffentlich verraten mich die Reflektor-Streifen nicht.* Sie prustet und presst sich zur Geräuschabdeckung eine Hand vor den Mund. *Gut möglich, dass die Streifen meine Taschenlampe reflektieren.* Sie blickt sich um und klettert auf das Dach des Rettungswagens. Dank der Barfußschuhe verursacht sie weder Kratzer noch Lärm. Hoch oben pausiert sie kurz und tippt sich mit der Hand gegen die Stirn. *Das nächste Fahrzeug scanne ich nur bis zu den Außenspiegeln. Höher ragt eine Radfahrerin niemals empor.* Sie klettert hinunter und nimmt sich sofort das zweite Fahrzeug vor. Sie stelzt neben ihm her. Der Kotflügel ist unverletzt. *Da!* Sie lässt vor Schreck das Telefon fallen. Es landet auf dem Rücken und leuchtet nach oben die Halle aus. Pfeilschnell legt Bärbel ihre Hände auf den Spot und schnauft. Sie beleuchtet noch einmal das Flickwerk am vorstehenden Kastenaufbau des

Fahrzeugs und fährt mit der Hand über den Lack in Grellorange. Sie spürt unter ihren sensiblen Fingern Dellen und Riefen. *Gut gespachtelt, doch nicht gut genug,* entscheidet die Busfahrerin. Das Licht von unten nach oben über die verdächtige Stelle scheinen lassend sieht sie die Unebenheiten sehr deutlich. Die Lackfarbe weicht minimal vom Originalton ab und ist nur unregelmäßig aufgetragen. Kein Zweifel, an dieser Stelle muss irgendetwas beziehungsweise irgendwer gegengeschlagen sein. Zwar wurde die Beule beinahe professionell ausgebügelt, aber eben nur beinahe. Weshalb sie von den Reparaturarbeiten auch nur beinahe beeindruckt ist. Bei näherer Betrachtung fallen Bärbel noch längere Kratzer am Fahrerhäuschen auf, die quer über die Beifahrertür ziehen und ebenfalls überlackiert und beinahe professionell kaschiert worden sind.

Zwei verschiedene Paar Schuhe auf dem Holzweg … *Doch jetzt ergibt alles einen Sinn,* denkt Bärbel. *Moni wurde vom Greiner in einem Rettungswagen überfahren. Zunächst zerschrammt sie mit ihrem Lenker die Beifahrertür, dann schlägt sie mit dem Hinterkopf gegen den Kastenaufbau und stürzt zur Seite auf die Landstraße. Vermutlich war sie sofort tot. Genickbruch, Schädelhirntrauma, innere Blutungen.* Bärbel senkt ihren Kopf, während die Tränen genau das Gegenteil machen und aufsteigen. Sie fällt auf die Knie, die Pseudotaschenlampe in ihrer Faust. Wenngleich sie gerade eindeutig das Unfallfahrzeug identifizieren konnte, kann sie sich nicht freuen. Ihr Kopf schüttelt hin und her, ihr Augenlid zuckt und die Hände werfen sich vor ihren Mund, während sie dahinter ihre Lippen weit öffnet und erstickt schreit. *Der Rettungswagen ist einfach weitergefahren.* Schließlich gab es keine Bremsspuren am Unfallort. „Angefahren und einfach liegengelassen", stottert sie. Ihre Hände fallen zu Boden. „Na warte", faucht sie. „Dafür wirst du bezahlen."

Sie erhebt sich, wischt sich entschlossen die Tränen aus den Augen und verlässt die Fahrzeughalle, ohne den Bewegungsmelder auszulösen, weil sie sich ganz dicht an die Mauer gedrängt fortbewegt. *Vollschlank zu sein, hat manchmal auch Vorteile.*

Würde sie jetzt irgendwer fragen, ob sie nicht besser die Polizei informieren sollte, würde sie den Kopf schütteln.

„Wer bitte schön hat denn das Unfallfahrzeug gefunden?!"

Sie schleicht über den Hof und sieht sich, unbemerkt am Wachgebäude angekommen, um. *Nichts!* Sie nimmt die schwarze Türklinke in die Hand. Ein dünnes Außenlicht scheint von oben herunter. Insekten kreisen über ihr. Ihr Telefon, mit dem sie jetzt noch Hilfe ordern könnte, will sie schon zurück in ihre Bauchtasche stecken, da leuchtet es auf. *Mo!* Er schickt eine Reaktion auf ihre Sprachnachricht:

Alles wird gut! Null Problemo!

... und ein GIF von einem lächelnden ALF, dass sie aufmuntern soll. Sie liebt ALF. Sie hat alle einhundertzwei Folgen auf DVD. Leider weiß sie nicht, was aus Gordon Shumway geworden ist ... *Aber ich weiß, was aus Gregor Greiner wird.*

Sie drückt die Klinke sehr viel weniger aggressiv als den Kickstarter ihrer Fünfziger. Die Tür öffnet sich ohne die üblichen Türgeräusche wie Kratzen, Knarzen, Schnarren, Quietschen oder Schleifen und lässt sich ohne Widerstand in einen kleinen Flur mit schwarzer Fußmatte schieben. Für den Fall der Fälle, ihre Maschine steht auch schon zur Flucht bereit, lässt sie die furnierte Tür offenstehen. Wie im Alphorngässchen funzelt in dem kleinen Flur eine Art Nachtlicht. Zu wenig Licht zum Lesen, zu viel Licht zum Schlafen.

Drei Türen gehen vom Flur ab – eine rechts, eine links, eine geradeaus. Hinter der rechten Tür hört sie Stimmen – zwei Stimmen. *Zwei gegen eine*, denkt sie und prüft zunächst, was hinter den anderen Türen steckt. Geradeaus, zum Glück wieder eine leise Tür, geht es durch einen weiteren, sehr viel größeren Flur in einen anderen Gebäudetrakt. So weit sie spähen kann, ist der Flur mehr als zwanzig Meter lang. Etliche Türen gehen von ihm ab. Außer des Nachtlichts, das durch Bärbels Bewegung scharf geschaltet wurde, ist es dunkel. *Niemand da.* Sie atmet auf. Mit hyperaktiver Herzfrequenz schließt sie die Tür wieder. Sie horcht einen Augenblick, ob die zwei Stimmen rechts von ihr eine Reaktion zeigen, und umschließt wenig gefasst den Griff der linken Tür. Viel zu hastig und unkontrolliert zwingt sie ihn hinunter. Es kratzt, knarzt, schnarrt, quietscht und schleift. Vor lauter Schreck stößt Bärbel die Tür wieder zu, woraufhin noch ein Knall, ein Rumsen und ein Donnern zum Kratzen, Knarzen, Schnarren, Quietschen und Schleifen dazukommen.

„Scheiße“, keift Bärbel. *Das auch noch!* Ihre Haare stehen bis weit über den Ansatz im Schweiß. *Abbruch, Abbruch!* Bärbel macht kehrt und plant einen Sprint, doch zu spät.

Die Tür zu ihrer Rechten öffnet sich. Sie beißt sich vor Schreck von innen auf die Wange. Ein junger Mann, der ihr verdächtig bekannt vorkommt, steht im Rahmen und starrt finster. Das Deckenlicht aus dem Innenraum begleitet ihn und leuchtet den gesamten Flur aus. „Stopp!", befiehlt er.

Bärbel, die sich sonst nichts sagen lässt, gehorcht.

„Hiergeblieben", herrscht er sie an.

„Du?!", raunt Bärbel und reißt die Augen auf. Jetzt hat sie ihn eindeutig identifiziert. Ihr Atem geht schnell. Doch auch der Atem ihres Gegenübers geht schnell. Sie erkennt es am bebenden Brustkorb.

Der bullige Kerl mit kinnlangem Haarschopf und Vollbart fixiert sie mit geöffneten Lippen. „Was machst du hier?", hakt der Vollbärtige harsch nach und atmet durch den Mund.

„Bin schon wieder weg", erwidert sie und setzt sich in Bewegung. Doch in dem Moment legt sich die Hand des Funditos um ihren drahtigen Oberarm. *Au!* Sie attackiert ihn mit vorwurfsvollen, messerscharfen Blicken. „Lass mich los!" Sie denkt an das Schweizer Taschenmesser im Inneren ihrer Bauchtasche und befreit sich schüttelnd aus seinem Griff. Doch es ist unmöglich, ihren Griff ans Taschenmesser zu bekommen.

„Okay", flüstert er und hebt beschwichtigend, als würde er sich ergeben wollen, seine Hände. „Komm doch rein", bietet er ihr an. „Ich gebe dir auch eine Cola aus." Einäugig zwinkert er.

„Danke, nein!"

„Das war keine Bitte." Er geht einen Schritt zur Seite und winkt sie in den Wachraum. Sein Blick richtet sich auf sie, ähnlich hartnäckig wie damals im Rambazamba. „Schätze, es wird die Wachen-Leitung interessieren, dass wir einen ungebetenen Gast haben. Oder wolltest du dich um eine Stelle bewerben? Man hört ja, dass die Bärbel Schramm aus Fichting viele Talente hat. Von Adoptivmutter bis zur Ermittlerin“, frotzelt er.

„Et Viola.“ Bärbel grient provokant und schiebt sich am Uniformierten vorbei. „Wenn ich schon mal da bin. Die Cola nehme ich übrigens gern.“ Jetzt zwinkert auch sie.

Die Stimmung zwischen den beiden ist angespannt und hochexplosiv. Eine unüberlegte Regung und das Rettungsseil reißt beziehungsweise der Sprengstoff geht hoch.

„Setz dich.“ Er deutet mit dem Zeigefinger auf die abgerockte schwarze Ledercouch. Vor ihr ein niedriger quadratischer Tisch mit Schubladen. Sie sieht sich um. In der Ecke des etwa fünfzehn quadratmetergroßen Raumes sitzt ein zweiter Notfallsanitäter in einem Sessel.

„Servus!“ Bärbel grüßt ihn, doch er weicht ihrem Blick aus. Er erweckt den Eindruck eines nervösen Hemdes, wippt mit beiden Beinen und atmet schnaufend. Bärbel fühlt mit ihm und erkennt, dass er seinen Daumennagel abkaut. Dann lotet sie ihre Fluchtmöglichkeiten aus, falls der Bullige mit kinnlangem Haarschopf kurz verschwinden und ihr tatsächlich eine Cola servieren sollte. Gerade schließt er die Zimmertür. *Toll*, denkt sie ironisch und verzweifelt zu gleichen Teilen. Er schließt mit dem Zimmerschlüssel ab. Neben dem wortkargen Notfallsanitäter fallen ihr die Sprossenfenster auf, die sie von der Fahrzeughalle aus gut im Blick behalten hatte. Zwei dünne flatterige Rollos verhindern den

Ausblick in den Hinterhof. *Immerhin*, denkt sie, *eine Notfluchtmöglichkeit.* Und eine weitere könnte sich hinter dem nagelbeißenden Notfallsanitäter verstecken. Links von ihm führt ein Durchbruch in eine weißgeflieste Küche, die in mindestens einen weiteren Raum mündet. *Check.* Dann lässt sie sich auf das Sofa sinken. Sinken ist das korrekte Wort: Sie haut sich beinahe ihre Knie ins Gesicht. Der Bullige lacht herablassend. ‚D. Kurek‘ steht auf seinem weißen Arbeitshemd.

„Bekomme ich jetzt meine Cola?", fragt Bärbel, nachdem sie sich auf der rückgratlosen Couch zurechtgefunden hat.

„Einen Scheiß", faucht dieser. Der Mundatmer macht eine Drohgebärde und schießt mit seinem Oberkörper in ihre Richtung.

Sie zuckt zusammen und duckt sich.

„Große Fresse, sonst nichts", kommentiert er ihre Reaktion und lacht auf.

„Musstest du beim Bayerischen Roten Kreuz deine Nebentätigkeit als Berufskrimineller angeben?", tönt sie, obwohl ihr wie während jeder einzelnen Verfolgungsjagd eher kleinspurig und eingeschüchtert zumute ist. Sie zwingt sich zu einem breiten Grinsen.

„Dir Schlampe wird das Lachen noch vergehen", behauptet er.

„Arbeitet der Gregor heute gar nicht?" Sie bewahrt die Haltung. *Bloß wie lange noch*, fragt sie sich still. *Ich möchte heulen.*

„Siehst du ihn irgendwo?!", bellt Kurek. Er ist ein kleiner Mann. Noch kleiner als Pitje.

Pitje, denkt sie verzweifelt, *bitte komm und rette mich.* „Ich dachte, Gregor hätte heute Dienst." Ein klassischer Fall von Desinformation.

„Was du nicht alles denkst. Bist wohl mit der Schwuchtel befreundet, was?!"

Bärbel schweigt, obwohl sie den Fundito wegen der ‚Schwuchtel' gerne verbal gegen die Wand getackert hätte. Doch sie begreift gerade, dass sie nicht länger nach Gregor Greiner suchen muss, da sie dem Mörder von Moni Schwärzel schon längst gegenübersitzt. Sie schluckt unüberhörbar, als die Panik sie attackiert - sie schnaubt schon durch die Nüstern, scharrt schon mit den Hufen, wetzt schon die Klinge. *Nicht jetzt. Denn erst fang ich ihn, dann pack ich ihn, dann fress ich ihn,* denkt sie entschlossener denn je und startet eine Offensive. „Ich weiß, dass du Moni Schwärzel überfahren hast." Sie fixiert ihn.

„Pff", macht er, während seine Zunge im Mundinnenraum Salti schlägt.

„Ich weiß es!" Bärbel beharrt auf ihrer Aussage.

„Einen Scheiß weißt du", brüllt Kurek und tritt gegen den Sessel, auf dem sein Kollege gerade Nägel kaut. Sofort fixiert er sie wieder. Bärbel erschrickt. Sein Kollege gickst.

„Gib es zu", flüstert Bärbel.

„Was glaubst du Schlampe eigentlich." Weiter spricht er nicht. Er schlägt ihr seinen Arm entgegen, boxt durch den Raum und lässt seine Lippen ganz schmal und blutarm werden. Seine Blicke stechen auf ihre ein.

„Ich habe Beweise", behauptet sie.

Das ist der Moment, in dem der in der Ecke kauernde und kauende Notfallsanitäter zu schluchzen beginnt.

„Naa! Des pock i net“, wimmert dieser und springt auf. Er geht zwei Schritte vor, zuckt mit seinem Kopf, beißt sich auf die Finger, sieht sich um und geht einen Schritt zurück. Er hat die Panikattacke abbekommen, die Bärbel gerade noch abwehren konnte.

„Halt die Fresse, du Opfer, und setz dich hin“, befiehlt der Fundito. Er stürmt auf ihn zu, packt ihn am Hemd, das es aus dem Hosenbund flüchtet, und schubst ihn zurück in den Sessel. Mit seinem schweren Sicherheitsschuh bewaffnet, kickt er ihm gegen den Brustkorb und presst ihn gegen die Rückenlehne.

Der Getretene schreit auf, ächzt und atmet schwer.

Bärbel sitzt trotz der weichen Unterlage gerade da wie ein Autobahnschild. Ein Riesenschreck ist ihr in die Wirbelkörper gefahren.

„Behalt jetzt die Nerven. Die Schlampe hat gar nichts. Die kommt hier eh nicht lebend raus“, tost er, schnappt sich sein Smartphone und sticht mit starren Fingern darauf ein. Er räuspert sich. Langsam löst er seinen Fuß vom Brustkorb seines Kollegen, macht einen Schritt zur Seite und stellt sich vor das Fenster.

Bärbel muss sich einen Fluchtplan überlegen und spitzt die Lippen. Kurek presst das Gerät gegen das linke Ohr, trotzdem hört sie das Freizeichen während des Verbindungsaufbaus.

„Die Hexe ist hier.“ Er schnauft. „Wo schon?“ Er wirbelt mit dem rechten Arm herum, als würde er eine Wespe verscheuchen. „Auf der Wache“, keift er in sein Telefon. Er vibriert. „Sie sagt, sie hat Beweise.“ Sein Blick stürzt zu Boden. „Wie, was ich von dir will?“ Er blickt wieder auf. „Schick Leute!“ Sein Haupt flattert hin und her. „Wir müssen die loswerden.“ Er kehrt

Bärbel den Rücken zu, dreht sich aber sekündlich nach ihr um. „Verfickte Scheiße, Rudi", tost er.

Er nennt Namen, überlegt Bärbel. *Das bedeutet, dass er entweder unfassbar dämlich ist oder dass ich die Rettungswache gemäß seiner Drohung tatsächlich nicht lebend verlassen werde.* Immerhin weiß sie jetzt: Der Schmidhuber Senior ist involviert. *Ich wusste es! Schade nur, dass ich dieses Wissen wohl mit ins Grab nehmen werde.*

„Du sagtest, du hilfst mir!", schmettert er. „Hallo? Hallo Rudi?"

Rudi hat aufgelegt. Kriminelle halten immer nur so lange zusammen, bis die Rettung der eigenen Haut auf der To-do-Liste steht. *Jetzt oder nie. Ich muss den Moment nutzen, während er noch aufgebracht und abgelenkt ist.* Sie springt auf, kippt den Tisch um und stößt ihn dem Bulligen von hinten in die Waden. Er kreischt auf und stürzt rücklings zu Boden. Sein Telefon landet auf dem Boden, zerspringt in tausend Teile. Bärbel spürt das zerberstende Display unter ihren Barfußschuhen und flitzt quer durch den Raum. Sie wagt einen Blick zur Seite zum röchelnden Notfallsanitäter, der richtungsanzeigend seinen Arm ausstreckt und kaum verständlich ‚Lauf!' aushaucht.

Sie prescht durch die Küche, wirft dem Bulligen Stühle in den Weg. Ein Blick zurück ...

Kurek humpelt hinter ihr her. Er legt einen Gesichtsausdruck auf wie Jack Nicholson in Shining. „Fuck", flucht er.

Bärbel hastet durch die Tür in ein dunkles Zimmer mit zwei Etagenbetten. *Da, ein Fenster!* Sie reißt es auf, dass die Jalousie abstürzt, und hechtet kopfüber dem

Hinterhof entgegen. Sie schafft es gerade noch, schützend ihre Hände vors Gesicht zu schlagen. Der Bullige ist knapp hinter ihr und packt sie an den Füßen. Wie eine bedrängte Stute schlägt sie mit beiden Beinen nach hinten aus und trifft den Mörder mit Pagenschnitt im Gesicht. Sie rollt sich auf dem Kopfsteinpflaster ab. Doch nicht nur sie!

Kurek steht ebenfalls bereit, mit blutender Nase und anschwellendem Auge. Pünktlich zu Bärbels Überlebenskampf spendet der Bewegungsmelder Flutlicht. Der Bullige schlägt sie von hinten mit einer Unterarmgehstütze.

Sie schreit vor Schmerz und geht zu Boden. Bärbel ist nicht kampferprobt. Sie ist Läuferin, keine Mixed-Martial-Arts-Kämpferin. Dennoch bäumt sie sich auf und streckt sich zurück in die Höhe. Wieder kracht die Unterarmgehstütze auf sie nieder. Ohne den Schutz ihrer Hände landet sie auf der rechten Gesichtshälfte. Freier Blick auf den getunten Geländewagen des tosenden Funditos. Er parkt hinten links auf einem der Mitarbeiterparkplätze. *Mist, der ist mir vorhin gar nicht aufgefallen.*

Der Bullige mit blutrotem Vollbart schlägt wieder und wieder mit der Gehhilfe auf ihren Körper ein.

„Stopp! Reicht!", brüllt sie schließlich, klopft zweimal mit der Hand auf den Boden, weht in Gedanken eine weiße Fahne und schiebt ein ‚Ich ergebe mich' hinterher.

Der Kurek lacht triumphierend auf, dreht sie mit Fußtritten und der verbogenen Gehstütze auf den Rücken und setzt sich auf ihren Oberbauch, was ihr das Atmen erschwert. Als die Stütze mit Druck auf ihrem Kehlkopf landet, macht das alles noch schlimmer.

Sie reißt den Mund auf, ringt und saugt nach Luft, während sie die kalte Stange wegzudrücken versucht. Kraftlos haben ihre Arme das Nachsehen, woraufhin sie panisch auf ihren Henker einschlägt. Nichts von alledem ändert etwas an ihrer Situation.

„Wehr dich nicht!", befiehlt er schnaufend. Sein Mund steht offen.

Bärbel lässt ihre Hände neben den Körper fallen. Dann zeigt sie noch einmal mit rotierenden Händen auf. Sie versucht etwas zu sagen, doch ihr gelingen nur Sprechbewegungen.

„Was?", brüllt der Fundito und lässt die Stange locker. Bärbel nimmt einen tiefen Atemzug. Sie hustet.

„Noch irgendwelche letzten Worte?" Kurek atmet heftig und starrt sie aus feuchten Augen an.

„Erzähl mir, was passiert ist", bittet sie heiser, fast ohne Ton. „Ich werde es eh keinem weitererzählen können." Ihre Finger zeigen einen Schwur.

„Mmh", macht er. „Du wirst nie wieder etwas erzählen können." Beide nicken. Sie in dem Bewusstsein, dass sie sterben wird. Er in dem Bewusstsein, dass er sie erwürgen wird.

„Ich wollte sie nicht töten", hört sie ihn sagen, ganz ruhig und überlegt, jedoch nicht ohne Emotionen. Seine Stimme klingt traurig. Er zieht seine Mundwinkel herunter. Für einen Augenblick herrscht friedliche Stille. Doch Kurek räuspert sich, zuckt mit dem Kopf und erhöht sofort wieder den Druck auf ihren Kehlkopf. „Hör gut zu, ich werde es nur einmal sagen", flüstert er, während Bärbel röchelt und nickt. „Ich saß am

Steuer. Der vorherige Einsatz war beendet. Wir waren auf der Leerfahrt zurück zur Wache. Danach Dienstende. Es war noch nicht richtig hell. Ich war platt und müde. Nachtdienst halt. Plötzlich brüllt der Idiot neben mir: Pass auf!"

Der nagelkauende Kollege, denkt Bärbel, während sie die Luft in ihre Lungen saugt. „Da ist die Radfahrerin schon gegen das Auto gestoßen und zur Seite gekippt."

Die Radfahrerin hatte einen Namen, denkt Bärbel. *Sie hieß Moni Schwärzel.* Doch sie kann kaum atmen, wie soll sie ihn verbal zusammenfalten?!

„Ich hielt an, hundert, zweihundert Meter weiter, bin hin zu ihr, doch sie regte sich nicht. Der Kollege ist ausgeflippt." Kurek schüttelt seinen Kopf, prustet, senkt seinen Blick, fast schließt er seine Augen. „Ich bin Notfallsanitäter", fährt er fort.

Und Berufskrimineller, denkt Bärbel.

„Solche Unfälle passieren ständig. Kollision, Schädel-Hirn-Trauma, Genickbruch. Sie war schon tot. Ich kann das beurteilen", behauptet er. „Ich meinte zum Kollegen, wir können eh nichts mehr tun. Es wird nur unsere Leben ruinieren. Noch dazu ..." Der bullige Kerl mit Pagenschnitt seufzt. „Ich hatte keinen gültigen Führerschein."

Bärbel schaut nicht verstehend, schlitzt ihre Augen. Was sie hingegen versteht, ist ihr eigenes inspiratorisches Giemen und Brummen. *Jetzt wird's eng.*

„Autorennen", erklärt er, als wisse er, was sie fragen wollte. „War zu schnell, wurde erwischt. Allerdings drüben in Baden-Württemberg, nicht in Bayern. Anderes Bundesland, verstehst du?!" Der Arsch grient. „Rudi meinte, wenn ich nichts sage, erfährt es niemand auf der Wache. Er hatte recht. Nur noch eine Woche hätte ich abwarten müssen." Er blickt Bärbel direkt in die Augen, als erwarte er eine Reaktion des Verständnisses von ihr. „Fuck", schnaubt er. „Ich hab das doch nicht gewollt." Er schaut verzweifelt, zieht seine Lippen ein, als wolle er sie verstecken und kraust die Stirn. „Wäre ich am Unfallort geblieben, wäre alles rausgekommen. Fahren ohne Führerschein ... in meiner Position." Er schüttelt seinen Kopf. „Weiß nicht, das wäre dann Mord geworden, meinte Rudi."

Es ist so oder so Mord, kreischt Bärbel innerlich. Sie windet sich.

„Hey!", schreit Kurek sie an und drückt noch etwas fester zu. Seine Lippen werden schmal und Bärbels blau. Ihr bleibt die Luft nun gänzlich weg.

„Jemand ist gestorben. Reicht doch, wenn ein Leben versaut ist. Ich wäre vielleicht lebenslang in den Knast gewandert."

Bärbel gibt ihre Gegenwehr auf. Sie pfeift und röhrt. Vor ihren Blick schiebt sich ein nebliger Schleier. Sie dämmert weg, als leite jemand eine Narkose ein, während ihr warm wird, als stünde sie unter Kontrastmitteleinfluss. Sie spürt keine Angst, sie ist ganz ruhig, ganz Ohr, Johann Pachelbels Canon in D-Dur erklingt in sicherer Entfernung.

„Das tat gut", hört sie ihren Würger nach der Beichte sagen. Er seufzt.

Freut mich, dass ich helfen konnte, denkt Bärbel sarkastisch, dann schaltet sie sich ab.

Was macht eigentlich Bärbel Schramm?

Als Bärbel erwacht, fühlt sie sich wie nach einem Vollrausch. Als hätte der Alkohol Erinnerungslücken in ihre Hirnmasse gefräst. Doch sie liegt nicht vor der Toilettenschüssel auf ihrem plüschigen Badezimmerteppich mit abgewetzten Knien, sondern auf kühlem Kopfsteinpflaster. Sie muss sich erst einmal orientieren. In ihrer Umgebung flackert es, eine beeindruckende Lichtshow, wie ihr sonst nur im Rambazamba geboten wird – etwas eintönig vielleicht, nur blau.

„Sie is woch", hört sie jemanden rufen, der hinter ihr am Kopf zappelt.

Alufolie, denkt sie, als sie sich bewegt. Sie liegt unter einer knisternden Rettungsdecke, darüber eine Wolldecke, wie das Technische Hilfswerk sie benutzt. Sie bewegt die Lippen, doch bleibt tonlos.

„Scht, net red'n", bittet die Stimme hinter ihr und legt eine Hand auf ihren Oberarm.

Bärbel tastet sich ab und bemerkt diese starre Kunststoffkrause um ihren Hals. Sie hat Schmerzen. Wo? Eigentlich überall. Sie lassen sich schwer lokalisieren, ähnlich wie nach einem Vollrausch. Schwerfällig setzt sie sich auf. Die Person hinter ihr stützt sie vorsichtig. Dank der Halskrause ist der Bewegungsspielraum ihres Kopfes eingeschränkt. Sie kann nur geradeaus

blicken. Dort vor einem Polizeiwagen kauert der nagelkauende Notfallsanitäter. Er weint. Auch er ist in eine
Wolldecke gehüllt. Neben ihm spricht die junge Polizistin mit der feschen Kurzhaarfrisur auf ihn ein. Eine
Hand hat sie in den Koppelgurt gehängt, eine Hand
ruht auf seiner Schulter.

Plötzlich brüllt jemand ihren Namen. Zeitgleich
taucht Pitje zwischen den blaublinkenden Fahrzeugen
auf und rennt auf sie zu. Mit einem Krachen lässt er
sich dicht neben ihr auf die Knie fallen.

Aua, denkt Bärbel und schaut mitfühlend. Sie zieht
ihre Nase kraus.

Doch Pitje wischt ihre Bedenken weg und strahlt. Er
strahlt, als würde er für einen Zahnarzt Porträt stehen.
„I hob g'docht, du wärsch'st ..." Weiter spricht er nicht.

Bärbel überfällt ein warmes Gefühl. Als sie Pitjes Tränen bemerkt, greift sie nach seinen Händen und hält
sie ganz fest. Auch ihr rinnen Tränen über das Gesicht.
Tränen der Erleichterung, die sie geschickt mit ihrer
Zunge auffängt, und Tränen der Freude. Sie freut sich
so sehr, ihn zu sehen. Sie lächelt. Aus Mangel an Optionen, da sie sich gerade vor Schmerzen nicht rühren
und ihn nicht umarmen kann, schürzt sie ihre Lippen.

Er grient. Seine Augen glänzen und funkeln. Er errötet und seufzt. Dann wird er ernst. Langsam senken
sich seine Lider ab, während er seine Lippen auf Bärbels legt.

Bärbel küsst ihn zaghaft zurück. Ohne Zunge versteht
sich!

Bärbels Urne, ein schlichtes Kästchen aus unbehan-
deltem Holz steht auf einer Stehle zwischen zwei
prächtigen Bäumen, dessen Äste zum Aufsatteln und

Klettern einladen. Von einem der einladenden Äste hängt an zwei Seilen befestigt die ein quadratmetergroße Leinwand hinunter, die Bärbel mit verschwitztem Haaransatz und gebräunter Haut am Gipfelkreuz des Hitzkopfes zeigt. Sie lacht bis zu den Backenzähnen. Das Bild schaukelt vor und zurück. Mindestens genauso bewegt, wie ihr Leben war. Nachdem Pachelbel die Gäste auf ihre Plätze begleitet hat, folgt ein Liveauftritt von Gina Gargano. ,Sie ist über dem Berg' singt sie.

Auf der Wiese zwischen den Bäumen mit einem mindestens fünfundsiebzigprozentigen Gänseblümchen-Anteil sitzen die Trauergäste auf Decken, je eine gut gefüllte Picknickbox in ihrer Mitte. Sie trinken, lachen, weinen und naschen – unter anderem Passé von Torero. Ganz Fichting ist gekommen. Exklusive derer, die in einer Justizvollzugsanstalt ihre Strafe absitzen.

„Auf geht's, los geht's", schluchzt Mo in Bärbels Vorstellung und setzt zu seiner Trauerrede an. Franzi, die einen schlichten Verlobungsring trägt, streichelt seinen Rücken.

Fantastisch! Bärbel reißt die Augen auf. Ein Lächeln springt ihr ins Gesicht. Sie reibt sich die Augen und gähnt. „Was für ein Traum", flüstert sie. Sie ist heiser und greift sich an die Halskrause.

„Servus, Frau Schramm. Guad g'schlofn?", erkundigt sich eine Pflegekraft, die gerade das Zimmer betritt.

„Ich habe von meiner Beerdigung geträumt", röhrt Bärbel.

„Herrschoftszeit'n, wie schrecklich." Die Krankenpflegerin legt sich eine Hand vor den Mund.

„Nein, es war perfekt.“ Bärbel hustet und grinst. *Das muss ich gleich notieren.* „Wissen Sie, wo meine Bauchtasche ist?“

Die junge Frau in Weiß reicht sie ihr.

Bärbel liegt in einem Einbettzimmer. Dass sie eine exzellente Ermittlerin ist, muss sich rasch herumgesprochen haben.

„I bring glei noch die Milchsuppe.“ Die junge Frau verlässt das Einbettzimmer und Pitje tritt ein.

„Servus.“ Er hat einen Blumenstrauß in der Hand und gibt ihr

zur Begrüßung einen vorsichtigen Kuss.

Ein Bussi hat noch niemandem geschadet, denkt sie. *Nimm mit, was dir guttut. Das Leben ist zu kurz für Verzicht.*

Pitje setzt sich zu ihr auf die Bettkante, greift sich ihre Hand und erzählt. „I wor grod in Zimmer 314.“

„Aha“, wispert Bärbel.

„Do liegt der Hase Max. D’r Notfallsanitäter, der dir des Leben g’rettet hot“, erklärt Pitje.

Max Hase, soso. Bärbel nickt. Sie erinnert sich gut an das nervöse Hemd.

„Er hot Kurek von hinten niederg’schlogn und die Polizei alarmiert. Sein Brustbein is g’brochn.“

Bärbel greift sich an die Brust.

„Kurek ham mia festg’nommen, genau wie den Schmidhuber Rudi. Der Putzler Isolde hob i heit früh oanen Durchsuchungsbefehl üb’reicht. Olle Autos in ihra Scheune konnten unterschiedlichen Diebstählen zug’ordnet werden. Die Funditos werden mia zwangsauflösen und Bertl Heuser wird oane Geldstrafe für die v’gifteten Fischteiche zohlen miassen. Hob i wos v'gessen?", fragt sich Pitje und blickt zur Decke. „Naa, i glaub net." Sofort grinst er wieder und legt seinen Kopf schief. „Des hom mia ois dir zu v'donken."

Bärbel wischt durch die keimarme Umgebung, die nach scharfen Reinigungsmitteln riecht, und macht einen Gesichtsausdruck, der ein bescheidenes ‚Na ja' ausdrücken soll. Doch innerlich zerberstet sie beinahe vor Stolz.

Im Laufe der nächsten Stunden schaut ganz Fichting bei ihr vorbei. Wie für ein Speeddating mit Gina Gargano stehen sie vor der Tür und drängeln sich in ihr Zimmer. Diejenigen, die ihr Unrecht getan haben, entschuldigen sich bei ihr, alle anderen belassen es bei einem ehrlich gemeinten Krankenbesuch. Auch Gina Gargano besucht sie. Genauso wie Marta, die ihren ersten Tag im Adelweiß hatte. Der Einzige, der sie nicht besucht, ist Alois. *Was für ein Glück*, überlegt sie. Es juckt sie immer noch, denkt sie an seinen Ratzeputz.

Gerade sitzen der Greiner Gregor und der Krüger von der Kripo schräg neben ihrem Bett. „Wir haben Ihnen sehr viel zu verdanken", erklärt Krüger und lächelt.

„Das ich dein T-Shirt zerrissen und mich auf dich geschmissen habe, tut mir sehr leid", beteuert Bärbel Gregor gegenüber. Der winkt hektisch ab, während Hagen Krüger den Mund aufsperrt und die Augenbrauen lupft.

Zwei Wochen sind seit Bärbels Krankenhausaufenthalt vergangen und nicht viel hat sich verändert. Den Prellungen und Blessuren hat sie ein Ultimatum ausgesprochen: *Bis zum Zwölften seid ihr weg!* Das war vorgestern. Drum tost sie seit gestern wieder auf den Gaisbichl. Noch ist sie etwas langsamer und die Pause bei

Kuh Denise etwas länger als gewohnt. Doch Bärbel ist halt Bärbel und ziemlich unerschütterlich.

„Auf geht's, los geht's", trällert sie. Die Stimme sitzt wieder fest wie sie auf ihrer Fünfziger. Alles beim Alten. Bis auf die Pressetermine und die Sonderberichterstattung im ‚Fichtinger Anzeiger' – Bärbel Schramm auf Doppelseite. Bis auf ihren Eintrag ins Goldene Buch der Stadt. Sonst alles beim Alten. Vielleicht sollten die neuerlichen Krimiabende, zu denen sie Pitje zu sich nach Hause einlädt, noch Erwähnung finden. Doch bloß nicht zu detailliert – ‚Krimiabend' könnte ein Synonym für etwas ganz anderes sein. Könnte! Alles beim Alten. Ach ja, Pitje soll Polizeichef werden. Der vorherige wurde entlassen, nachdem bewiesen werden konnte, dass er sich vom Schmidhuber Rudi hat korrumpieren lassen und die Ermittlungen nur halb gar betrieb. Aktuell sitzt er in Untersuchungshaft. Dank Franzis beherzten Eingreifens sind die Schmidhuber Söhne neuerdings auf Resozialisierungskurs. Flori kümmert sich um die Vermietung der Luxus-Ferienunterkünfte, um die sogenannten Chalets. Und Ferdi und Gerdi bieten im Schmidhuber-Tower künftig ausschließlich bezahlbaren Wohnraum an.

Schorsch sagt: „Nicht Konkurrenz belebt das Geschäft, sondern keine Konkurrenz belebt das Geschäft." Drum ist und bleibt sein Campingplatz bis auf unbestimmte Zeit ausgebucht. Alles beim Alten. Bärbel pfeift auf die Ultras und das angedrohte Vereinsausschlussverfahren, dass sie inzwischen zurückgezogen haben. Sie plant ihren eigenen Alphornchor. Sie hat schon mächtig viele Abreißzettel im Ort verteilt, im Super-

und Drogeriemarkt, in der Apotheke, im anatolischen Imbiss, im Rambazamba, überall.

Mitglieder für Alphornchor gesucht. Keine bürokratischen Hürden. Gerne Que(e)reinsteiger. Kein Trachtenzwang.

Die Nummer ihres alten Tastentelefons ist gut sichtbar auf den schmalen Abreißstreifen gedruckt. Alles beim Alten. Ihr Bonanzarad und den reparaturbedürftigen E-Scooter hat sie über die Kleinanzeigen an Selbstabholer verschenkt. Sie hat sich stattdessen ein gebrauchtes Mountainbike gegönnt. Und Mo und Pitje haben ihren kleinen Garten hergerichtet.

„Sehr fotogen", staunt Bärbel und lächelt, ihre Augen weiten sich. Und schon lösen die Kameras der Journalisten wieder aus, die tagtäglich vor ihrer Datscha herumlungern. Alles beim Alten ...

„Darf ich bitten", erkundigt sich Pitje in bestmöglichem Hochdeutsch. Er öffnet seine Lippen, legt den Kopf in den Nacken und schüttelt ihn. Dann macht er eine vornehme Geste mit seinem rechten Arm.

Bärbel kichert. „Merci, Beaujolais." Sie nimmt seine Hand und folgt ihm auf die Tanzfläche. Heute findet das großangekündigte Camping-Festival statt. Es sollte Schorschs krachender Abschied werden. Doch Schorsch hat seine Verkaufsabsichten noch einmal überdacht. I bin do net bläd, meinte er zu Bärbel, rieb sich die Hände und lachte.

Es ist zwanzig Uhr dreißig. Es dunkelt schon stark. Gerade betritt Gina Gargano die Bühne und bringt Glanz und Glamour auf den Campingplatz. Bärbel klatscht in die Hände, als wolle sie ein Schnitzel plattieren. Der eigentlich geplante Auftritt vom Reppenschläger Dominik wurde abgesagt. Es gab Streit, nachdem sich herausstellte, dass der angeblich gute Freund gar kein professioneller Musiker ist und auch keinen Fanklub hat. Außerdem brauchte Schorsch die Campingbucht. Täglich drängen neue Reisemobile auf den Platz.

„Servus, guten Abend." In die Menge winkend begrüßt Gina das Publikum. Touristen als auch Einheimische sind auf den Beinen und feiern, während nicht nur sie, sondern auch Lichterketten gespannt sind. Bunte Lampions verbreiten ein Gefühl von Romantik und Öllampen flackern. Der Schwenkgrill swingt und das Bier sorgt für Umdrehungen.

Gina Gargano plant ihr großes Comeback. Bärbel war die Erste, die davon erfuhr. „Mein Comeback starte ich mit einer Coverversion. Lambada von Kaoma auf Deutsch. Was meinst du?", hat sie Bärbel um ihre Meinung gebeten.

„Ich bin begeistert!", trällerte sie.

„Knie, Schenkel, Hüfte. Knie, Schenkel, Hüfte", beginnt Gina skandierend mit verzerrter Stimme, einmal durchs Autotune geschickt.

Die will es aber wissen, denkt Bärbel und schiebt ihre Brauen in die Höhe.

„Ich und du, mein Herz, tanzen sinnlich dicht an dicht", singt die Ornella Muti des Allgäus schließlich ganz natürlich weiter. Ihr Kopf folgt dem Mikrofon, das bewegt von ihrer linken Hand gesteuert wird. Sie lässt ihr Becken locker tanzen, ganz nach Vorgabe des Originals.

Bärbel schiebt ihr Knie zwischen Pitjes Beine und nimmt den Rhythmus in ihrem Körper auf.

Die Nahtoderfahrung, wie Bärbel ihre Bewusstlosigkeit infolge der abgewürgten Sauerstoffzufuhr nennt, hat ihr Denken verändert, behauptet sie. Damit rechtfertigt sie auch, dass sie sich entgegen allen verbalen Beteuerungen nun doch auf Pitje eingelassen hat. Nur wie weit sie sich auf den spaßigen Uniformträger eingelassen hat, verrät sie nicht.

„Je ne sais Peng, was soll ich sagen?! Das Leben ist so kurz“, meinte sie auf Nachfrage zu Mo, der sich sehr stark motivieren musste, die neue Beziehung seiner Mom zu akzeptieren.

„Es ist keine Beziehung“, behauptete sie.

„Was sonst?“

„Uns verbindet die Leidenschaft fürs Ermitteln und wir treffen uns regelmäßig auf einen Krimi. Mehr nicht“, flunkerte sie.

Gina Gargano ist ein aufsehenerregender Auftritt gelungen. Bärbel strahlt. Es ist einundzwanzig Uhr fünfundzwanzig geworden ... und kalt.

„Und jetzt darf ich Fichtings neue Heldin auf die Bühne bitten“, tost der Bürgermeister, während das Publikum applaudiert und im Kanon ‚Bärbel, Bärbel‘ ruft.

Sie gibt sich bescheiden, wedelt mit der Hand vor ihrem Gesicht wie mit einem Fächer und schwenkt ihren Kopf von Seite zu Seite.

„Die hier ist für Sie“, erklärt der Bürgermeister, während er ihr auf Zehenspitzen balancierend eine Ehrenmedaille über den Kopf zieht. Die Menge klatscht.

Ununterbrochen winkt Bärbel gegen die Sprechchöre an. Sie blickt hinunter, nimmt dem Bürgermeister das Mikrofon ab. Sie betrachtet es geniert, als wäre es ein

Dildo. „Medaille für besondere Verdienste", liest sie leise vor. Trotzdem verteilt sich ihre Stimme laut über den gesamten Platz. „Nicht ich bin eine Heldin, sondern Moni", erklärt sie und senkt ihren Blick. Ihr dampfender Atem steigt auf und vermischt sich mit der Dunkelheit. „Nicht ich habe den Fall gelöst, sondern sie. Ohne ihren Tod hätte ich mich nie auf die Suche gemacht, wären all die kriminellen Machenschaften niemals ans Tageslicht gekommen. Um den Frieden in Fichting wiederherzustellen, hat sie das denkbar größte Opfer gebracht. Diese Medaille gehört dir, Moni!" Bärbel eilt von der Bühne. Doch der Applaus folgt ihr.

„Du warsch'st großa'tig", schwärmt Pitje. Er geht auf die Zehenspitzen, beugt sich vor und schürzt die Lippen. Aber er trifft nicht, Bärbel weicht ihm aus. „Hoppla", macht er und stolpert fast.

Bärbel guckt genauso streng wie Mo. „Nicht hier", zischt sie.

Mo schüttelt seinen Kopf.

„Einen Moment." Bärbel hebt ihren Zeigefinger in die inzwischen wieder leiser gewordene Umgebung, auch wenn der Beifall in Gänze noch immer nicht verebbt ist. Sie fummelt ihr Tastentelefon aus der Bauchtasche. Es schrillt. *Also doch richtig gehört*, denkt sie und schaut auf das gelblichgrünleuchtende Display, von dem sie ‚Anonym' abliest. „Die erste Anmeldung für den Alphornchor", tönt sie und grinst, zwinkert der Schmidhuber Franzi zu und stellt sich etwas abseits mit dem rechten Zeigefinger im Gehörgang. „Hallo?", quiekt sie und lehnt sich gegen einen winzigen Wohnwagen, mit dem auch ihre Fünfziger fertig werden würde.

„Spreche ich mit Bärbel Schramm?", ertönt eine Frauenstimme.

„Ja, Bärbel Schramm."

„Die Ermittlerin Bärbel Schramm?"

„Äh", stutzt sie. „Na ja. Eigentlich Alphornbläserin. Ich ermittele nur ehrenamtlich und außer Konkurrenz", haspelt sie. *Peinlich! Was rede ich für einen Mist.* Bärbel schüttelt den Kopf.

„Eine Frau ist verschwunden. Meine beste Freundin. Ich verdächtige Dominik Reppenschläger. Sind Sie interessiert?"

Danksagung

Danke D., dass du mich als aktuell noch „ehrenamtliche" Geschichtenschreiberin (er)trägst. Ich bin von Herzen dankbar für dich ... und für deine Liebe.